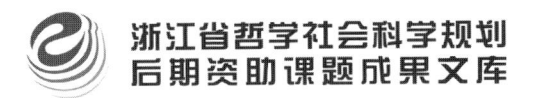

古代六言诗研究

Gudai Liuyanshi Yanjiu

唐爱霞 著

中国社会科学出版社

图书在版编目(CIP)数据

古代六言诗研究／唐爱霞著．—北京：中国社会科学出版社，2016.5

ISBN 978-7-5161-8391-5

Ⅰ.①古… Ⅱ.①唐… Ⅲ.①古体诗–诗歌研究–中国–古代 Ⅳ.①I207.22

中国版本图书馆CIP数据核字(2016)第133333号

出 版 人	赵剑英
责任编辑	宫京蕾
特约编辑	大 乔
责任校对	董晓月
责任印制	何 艳

出　　版	中国社会科学出版社
社　　址	北京鼓楼西大街甲158号
邮　　编	100720
网　　址	http://www.csspw.cn
发 行 部	010-84083685
门 市 部	010-84029450
经　　销	新华书店及其他书店

印刷装订	北京市兴怀印刷厂
版　　次	2016年5月第1版
印　　次	2016年5月第1次印刷

开　　本	710×1000　1/16
印　　张	16
插　　页	2
字　　数	246千字
定　　价	48.00元

凡购买中国社会科学出版社图书，如有质量问题请与本社营销中心联系调换
电话：010-84083683
版权所有　侵权必究

目　　录

引言 …………………………………………………………… (1)
第一章　六言诗体的起源和形成 ………………………… (19)
第一节　六言诗的概念 …………………………………… (19)
　　一　六言诗应通篇都是六言 …………………………… (19)
　　二　四句以上为一首完整的六言诗 …………………… (21)
　　三　六言诗应包括骚体六言 …………………………… (21)
第二节　六言诗的起源 …………………………………… (23)
第三节　两汉：六言诗体的形成 ………………………… (27)
第二章　魏晋南北朝时期的六言诗 ……………………… (31)
第一节　魏晋诗人对六言诗体的探索 …………………… (31)
　　一　诗人的诗集中各体皆有 …………………………… (33)
　　二　在拟古乐府过程中探索和发展六言诗 …………… (34)
　　三　用六言诗重复其他诗体中相似的内容 …………… (40)
第二节　魏晋时期六言诗的发展 ………………………… (43)
　　一　魏晋六言诗的题材丰富 …………………………… (43)
　　二　句式确定 …………………………………………… (44)
　　三　技巧提高 …………………………………………… (47)
第三节　南北朝时的六言诗：形式凝固 ………………… (48)
　　一　文学观念的转变与六言诗的内容 ………………… (49)
　　二　讲究音律和对偶 …………………………………… (51)
　　三　句数逐渐凝固 ……………………………………… (52)
　　四　句式逐渐固定 ……………………………………… (53)
　　五　讲究辞藻 …………………………………………… (53)

第三章 唐代六言诗 (55)
第一节 唐代六言诗概述 (55)
一 唐代六言诗的作者和作品 (55)
二 唐代六言诗的题材内容 (57)
三 唐代六言诗的律化 (57)
四 唐代六言诗的句式 (62)
第二节 作为歌辞的六言诗 (63)
一 佛偈、佛颂 (63)
二 郊庙歌辞 (65)
三 流行音乐的歌辞 (66)
第三节 徒诗作品 (76)
一 山水田园隐逸诗 (76)
二 羁旅行役诗和抒情诗 (79)
三 文人之间的酬答、送别诗 (80)
四 情诗 (83)
五 哲理、咏物等其他题材诗 (84)
第四节 唐代六言诗的艺术技巧 (86)
一 用典妙化无痕 (86)
二 对偶精工 (86)
三 应用叠字、连绵字和复沓的修辞手法 (87)
四 应用色彩字 (88)
五 用新异的地名引起人的联想："借景" (89)
六 浑融的意境 (89)
小结 (90)

第四章 宋代六言诗 (91)
第一节 宋代六言诗的作者与作品 (91)
一 文人与文人式的诗 (91)
二 六言诗创作的几个高峰期 (93)
三 僧人成为创作的一大主体，道士也是不可忽视的力量 (95)
四 金代六言诗 (96)
第二节 宋代六言诗的体裁形式、题材内容、应用范围 (97)
一 体裁形式 (97)

二　题材内容 …………………………………………… (100)
　第三节　宋代六言诗的艺术技巧与特色 …………………… (116)
　　一　用典 ……………………………………………………… (116)
　　二　用熟语、化用前人语 …………………………………… (120)
　　三　用口语 …………………………………………………… (122)
　　四　用叠字、连绵字 ………………………………………… (123)
　　五　意象并置 ………………………………………………… (124)
　　六　对偶 ……………………………………………………… (125)
　第四节　宋代六言诗在句法上的新变 ……………………… (128)
　　一　散文化句法 ……………………………………………… (128)
　　二　突破"二、二、二"式普通节拍 ………………………… (129)
　　小结 …………………………………………………………… (131)
　第五节　宋人对六言诗的理论总结 ………………………… (132)
　　一　记录六言诗佳作，评论六言诗优劣 …………………… (133)
　　二　开始总结六言诗的文体特点 …………………………… (134)
　　三　论六言诗要"自在"：从理论上研究怎样把六言诗写好 … (135)
　　四　创作实践上：通过与其他诗体的对比来探索六言诗的诗体
　　　　特性，开拓六言诗的题材领域 …………………………… (137)
　　五　出现普及六言诗的著作和选本 ………………………… (141)
　　小结 …………………………………………………………… (141)

第五章　元明清六言诗 …………………………………………… (143)
　第一节　元明清六言诗概况 ………………………………… (143)
　第二节　元明清六言诗的体裁与题材内容 ………………… (145)
　　一　体裁 ……………………………………………………… (145)
　　二　句式：绝大多数为普通句式 …………………………… (148)
　　三　题材内容 ………………………………………………… (149)
　第三节　明清六言诗理论 …………………………………… (155)
　　一　明清六言诗选本扩大了六言诗的影响 ………………… (155)
　　二　明清的六言诗理论 ……………………………………… (156)
　　小结 …………………………………………………………… (158)

第六章　六言诗的文体特点与没有流行的原因 ……………… (159)
　第一节　六言诗的文体特点 ………………………………… (159)

一　六言诗的节奏与句式 …………………………………………（159）
　　　二　六言诗中的"自在" …………………………………………（161）
　　　三　五言、七言诗的文体特点 …………………………………（166）
　　　四　六言诗与五言、七言诗相比较 ……………………………（169）
　　　五　诗体特点对题材的限制 ……………………………………（172）
　　第二节　六言诗未能盛行的原因 …………………………………（174）
　　　一　音节死板 ……………………………………………………（174）
　　　二　"六言难工" …………………………………………………（175）
　　　三　政治文化原因 ………………………………………………（176）
　　　四　更深层的原因：文学形式的演进与人性发展的关系 ……（177）
　　小结 …………………………………………………………………（179）

第七章　六言诗与音乐 ………………………………………………（180）
　　第一节　六言诗的起源与音乐 ……………………………………（180）
　　　一　源于音乐：由配乐歌唱的六言句，产生了全篇的六
　　　　　言诗 ………………………………………………………（180）
　　　二　汉乐府歌辞向六言诗的演变 ………………………………（181）
　　第二节　南北朝时音乐的民族融合 ………………………………（185）
　　　一　我国古代的音乐系统一直都处在动态发展过程中 ………（185）
　　　二　南北朝时音乐方面的民族融合与胡乐之广受欢迎 ………（186）
　　　三　隋唐音乐系统中，胡乐比例较重 …………………………（190）
　　第三节　六言诗作为歌辞得到发展 ………………………………（191）
　　　一　南北朝时期的六言歌辞 ……………………………………（191）
　　　二　初唐的六言歌辞 ……………………………………………（192）
　　第四节　胡乐对六言诗体的影响 …………………………………（194）
　　　一　《回波乐》《三台》《倾杯乐》等胡乐性质的曲子 ………（194）
　　　二　胡乐的音乐特点与应用 ……………………………………（196）
　　　三　从胡乐的六言歌辞看胡乐对六言诗体的影响 ……………（199）
　　小结 …………………………………………………………………（206）

第八章　六言诗向词的演变 …………………………………………（207）
　　第一节　唐代六言声诗调演变为词调 ……………………………（207）
　　第二节　由唐代《三台》演变来的一组词调 ……………………（221）

一　《三台》与《三台令》《调笑令》《古调笑》《宫中
　　　　调笑》《转应词》 ································(222)
　　二　《三台》与《伊州三台令》 ························(233)
　　三　宋代万俟咏的《三台·清明应制》 ················(234)
　　四　《三台》与《三台春》 ····························(234)
　　五　《三台》与《开元乐词》 ··························(235)
　　六　《三台》与《长干三台》 ··························(236)
第三节　六言诗向词转化的技术手段 ······················(237)
第四节　以六言诗为词的观念 ····························(240)
参考文献 ···(242)

引 言

一

我国的主流诗歌样式,从最早的诗歌总集《诗经》时代算起,先后经历了四言诗、五言诗、七言诗的发展兴盛时期。汉末魏晋时期,六言诗与五言、七言诗一样,都是新兴诗体。经过六朝宫体诗时期、初唐七言歌行大盛时期,五、七言确立了诗体正宗地位。六言诗失去了成为主流文学样式的机会,从此在诗歌长河中沉寂下来。

古人对于六言诗体,与对五、七言诗有别,把它另列一类,这从《后汉书》叙班固和孔融的著述可以看出:"固所著《典引》《宾戏》《应讥》、诗、赋、铭、诔、颂、书、文、记、论、议、六言,在者凡四十一篇。""(融)所著诗、颂、碑文、论议、六言、策文、表、檄、教、令、书、记凡二十五篇。"① 这里将"诗"与"六言"分提,没有把"六言"当作"诗"。东晋挚虞在《文章流别论》中把各种诗歌分为三言、四言、五言、六言、七言和九言,说:"雅音之韵,四言为正。其余虽备极曲折之体,而非音之正也。"② 刘勰在《文心雕龙·明诗》中说:"若夫四言正体,则雅润为本;五言流调,则清丽居宗。至于三六杂言,则出自篇什。"③ 挚虞和刘勰宗《诗经》,论诗以四言为正体。这个时期的另一些论著,如萧统的《文选序》,钟嵘的《诗品》,都以新兴的五言为主要对象,不涉及六言诗。爰及唐宋,直至明清,六言诗从作品到理论研究,相对于

---

① (刘宋)范晔:《后汉书·班固传》,中华书局1965年版,第1386页;《后汉书·孔融传》,第2279页。

② (晋)挚虞:《文章流别论》,见(清)严可均辑《全晋文》卷七七,商务印书馆1999年版,第820页。

③ (梁)刘勰:《文心雕龙》,中华书局1986年版,第62页。

五言、七言诗来说，是太少了。仅有的一些关于六言诗的理论，也总是以贬斥居多。如明代高棅说六言诗是"诗人赋咏之余"①，清代赵翼说"此体本非天地自然之音节"②。今人把六言诗纳入杂体诗一类，认为杂体是"消闲，戏谑，无关宏旨"③。20世纪80年代后，关于六言诗的研究有了进展。进入21世纪后，由于古代文学学科的发展壮大，关于六言诗的论著多了起来。但是，至今没有一部研究六言诗的专著。六言诗虽然只是古典诗歌的一隅，但是，它也是一种独立的诗歌体裁，是古典文学百花园中的一枝，值得深入研究。目前研究者或探讨其起源、发展状况，或研究其六言诗的格律，或总结六言诗未能盛行的原因，但是，都是单篇文章，虽不乏创见，内容略显单薄，仍有研究的余地。

第一，六言诗从起源到发展、定型这段期间的全貌并不清晰，六言诗的起源仍是众说纷纭，有认为源于《诗经》，有认为源于楚辞，或含糊地说都有影响，但没有真正令人信服的论断。

第二，黄庭坚、刘克庄等人刻意打破六言句"二、二、二"的节拍，形成"二、一、三""二、三、一""三、一、二"等节拍，却显得佶屈聱牙，反不如"二、二、二"的节拍更有美感；宋代人总结出王安石的优秀六言诗最成功之处是"自在"，清代人也把"自在"视为"六言诗法"。究竟什么才是"自在"呢？怎样才能达到的"自在"的境界？解决了这个问题，就可以说清楚六言诗体有什么特点，从文体特点来分析，它为什么被诗史冷落了。要解决这个众所周知、却很难说出所以然的问题，需要联系音韵知识来分析，而此前这方面的研究比较薄弱，这也是本书选题的一个原因。

第三，唐诗从整体上来看取得了古典诗歌的最高成就（虽然近年学者们不断强调宋诗的成就，但论点在于唐音宋调有别，不以唐音绳宋调，而非宋诗超越唐诗而为古诗最高峰），但是就六言诗这一体来说，宋代六言诗在技巧方面显然超过了唐代的成就。这其中原因也值得研究。

第四，至今没有一部研究六言诗的专著。六言诗从魏晋定型，作品一直很少。笔者统计，魏晋南北朝有六十八首，尚包括二十四首佛偈；唐代

---

① （明）高棅编选：《唐诗品汇》卷四十五，上海古籍出版社1982年版，第426页。
② （清）赵翼：《陔余丛考》卷二十三，商务印书馆1957年版，第452页"六言"条。
③ 鄢化志：《中国古代杂体诗通论》，北京大学出版社2001年版，第47、113页。

有一百一十五首，宋代有一千多首，元明清以后就少了，至今只辑得七百多首。因为有《先秦汉魏晋南北朝诗》《全唐诗》《全宋诗》这三种总集，对于宋前六言诗可以觇其全貌，因此可以作整体研究，勾勒出其在每个朝代的内容倾向、题材领域、艺术风格等。六言诗是古诗之一体，研究六言诗，对于古典诗歌研究是有益的补充。

二

（一）文学史著作中有关六言诗的研究

在着手进行有关六言诗的文献收集时，首先感到的就是资料的匮乏。这与人们对于六言诗的观念有关，也说明六言诗需要进一步的研究。首先从文学史来看，新中国成立前的几部文学史，如胡适的《白话文学史》[①]，刘大杰的《中国文学发展史》[②]，柳存仁等著的《中国大文学史》[③]，林传甲等的文学史讲义[④]，刘师培的《中国中古文学史讲义》[⑤]，郑振铎的《中国文学史》[⑥]，李维的《诗史》[⑦]，龙榆生的《中国韵文史》[⑧]，都未提及六言诗。

新中国成立后的一些文学史和诗歌史也将六言诗忽略不计。作为高校教材、影响很大的几部文学史，如游国恩主编的《中国文学史》[⑨]，章培恒主编的《中国文学史》[⑩]，袁行霈主编的《中国文学史》[⑪]，都未提及六言诗体。游国恩主编的《中国文学史》和罗宗强主编的《隋唐五代文学

[①] 胡适：《白话文学史》，岳麓书社1986年版。
[②] 刘大杰：《中国文学发展史》，上海古籍出版社1997年新二版。
[③] 柳存仁：《中国大文学史》，上海书店出版社2001年版。
[④] 林传甲、朱希祖、吴梅著，陈平原辑：《早期北大文学史讲义三种》，北京大学出版社2005年版。
[⑤] 刘师培：《中国中古文学史讲义》，上海古籍出版社2000年版。
[⑥] 郑振铎：《中国文学史》，团结出版社2006年版。
[⑦] 李维：《诗史》，东方出版社1996年版。
[⑧] 龙榆生：《中国韵文史》，上海古籍出版社2002年版。
[⑨] 游国恩：《中国文学史》，人民文学出版社2002年版。
[⑩] 章培恒、骆玉明：《中国文学史》，复旦大学出版社1997年版。
[⑪] 袁行霈：《中国文学史》，高等教育出版社1999年版。

史》①，在叙王维时提到他的六言诗《田园乐》，这是从诗歌艺术成就而非从诗体方面对六言诗的关注。此外，郭预衡主编的《中国古代文学史》②，王瑶的《中古文学史论》③，罗宗强、陈洪主编的《中国古代文学发展史》④，亦未介绍六言诗。一些诗歌史，如莫林虎的《中国诗歌源流史》⑤、孙明君的《三曹与中国诗史》⑥，张松如主编的《中国诗歌史论》⑦《中国诗歌史（魏晋南北朝）》⑧，也都未介绍六言诗体。

有些文学史提到六言诗，但不是对诗体的研究。如郑振铎《中国俗文学史》在第五章《唐代的民间歌赋》中引了一段《燕子赋》，大部分是六言诗。这是从介绍民间歌赋影射世态的角度来看的。在第六章《变文》中介绍说："就一般地说来，变文的韵式，全以七言为主。""也有使用六言的。"⑨胡云翼所著文学史在"汉代的诗歌"一章顺带提了六言诗："五言诗和七言诗都是起源于民间，是无可怀疑的。民间的歌谣初无一定的格式，他们任意的撰制，有时做出长短其句的歌，有时做出句调整齐的四言，五言，六言，七言歌。后来大家做五言和七言做得顺手，唱得顺口，形式又整齐美观，大家便不约而同的走向做五七言诗一途，五七言诗便自然地发达起来。"⑩林庚的《中国文学史》在第八章《苦闷的觉醒》一章中提及曹丕有六言作品《寡妇》⑪，未说明是诗还是赋。陆侃如、冯沅君的《中国诗史》在《建安诗人》这一章中提到了孔融的六言诗，主要关注点在于辨别是否伪托："孔融……今存诗八首，其中《六言诗》三首有云：'从洛到许巍巍，曹公忧国无私'，与融平日言行不合，疑出伪托。"⑫

---

① 罗宗强、郝世峰主编：《隋唐五代文学史》，高等教育出版社1990年版。
② 郭预衡：《中国古代文学史》，上海古籍出版社1998年版。
③ 王瑶：《中古文学史论》，北京大学出版社1986年版。
④ 罗宗强、陈洪：《中国古代文学发展史》，南开大学出版社2003年版。
⑤ 莫林虎：《中国诗歌源流史》，中国社会科学出版社2001年版。
⑥ 孙明君：《三曹与中国诗史》，清华大学出版社1999年版。
⑦ 张松如：《中国诗歌史论》，吉林大学出版社1985年版。
⑧ 张松如：《中国诗歌史（魏晋南北朝）》，吉林大学出版社1989年版。
⑨ 郑振铎：《中国俗文学史》，上海人民出版社2006年版，第137页引用《燕子赋》，第157页介绍变文也有六言。
⑩ 胡云翼：《胡云翼重写文学史》，华东师大出版社2004年版，第41页。
⑪ 林庚：《中国文学史》，鹭江出版社2004年版，第87页。
⑫ 陆侃如、冯沅君：《中国诗史》，山东大学出版社2000年版，第238页。

也提到了曹丕的六言作品："他的徒诗,虽然偶有些四言的如《黎阳作》,六言的如《令诗》,骚体的如《寡妇》……"① 并未说明《寡妇》的体裁。钱志熙的《魏晋南北朝诗歌史述》在"嵇康和他的诗"这一节里提到："嵇康的诗,五言、六言、四言都有,他所尝试的诗体较阮籍为广。"② 周建忠主编的《中国文学史》在第二章《盛唐文学》中分析了王维《田园乐》七首的艺术成就③。袁世硕、张可礼主编的《中国文学史》在第十六章《盛唐诗歌》中同样提到了《田园乐》七首④。以上这些文学史对于六言诗的说法,一般来讲,仅仅就是提到六言诗存在的现象,很少有对于六言诗的研究观点。

对六言诗做了专门注意的文学史只有寥寥几部。中国的第一部文学史,即谢无量的《中国大文学史》在第三编《中古文学史》中有《谷永》一节,介绍了谷永,兼及六言诗的起源："任昉《文章缘起》曰:六言诗,汉大司农谷永作。按《国风》'我姑酌彼金罍'六言之属也。《文选》注引董仲舒《琴歌》二句,乐府《满歌行》尾亦六言。"⑤ 在对孔融的介绍中,引用了《后汉书·艺文志》："(融)所著诗颂碑文论议六言策文表檄教令书记凡二十五篇。"⑥

郑宾于的《中国文学流变史》是对六言诗体比较重视、列有专章的一部文学史。作者在第三章《诗的再造时期》第一节《两汉的徒歌》中列有:(一)论三言四言五言六言七言诗之产出底先后。其中有这样一段:"五言之后才有六言:相传六言始于成帝后赵飞燕的《归风送远操》。……此辞也同《乌孙公主歌》一样,因为兮字止是声,所以说它是六言。然此亦固非纯粹的六言诗也,有之,则惟献帝时的孔融(详后)。任昉《文章缘起》和《沧浪诗话》都谓六言始于汉司农谷永,但惜今已不传,无由考见。"⑦(二)论三言四言五言六言七言诗的继起。其中这样

---

① 陆侃如、冯沅君:《中国诗史》,山东大学出版社2000年版,第249页。
② 钱志熙:《魏晋南北朝诗歌史述》,北京大学出版社2005年版,第57页。
③ 周建忠:《中国古代文学史》,南京大学出版社2003年版,第405、408页。
④ 袁世硕、张可礼:《中国文学史》,人民文学出版社2006年版,第300页。
⑤ 谢无量编:《中国大文学史》,影印1918年中华书局本,中州古籍出版社1992年版,第48页。
⑥ 同上。
⑦ 郑宾于:《中国文学流变史》,影印1936年北新书局本,中州古籍出版社1991年版。

说:"六言诗在此时的作物中不特是很少,而且亦得不到良好的成绩。即在'三百五篇'中亦不多见。汉代的诗人本来已属寥寥,而六言的组织比较上又要难些,所以四百年来的作家惟在汉末的孔融等。"① 此处作者将六言句与六言诗混淆,而且说六言诗的组织较难,却没有提出难在哪里,究竟是什么使得组织六言诗较难。还有一段:"他的抒写与表现虽不能说十分精到,然而总没有碑铭等呆板的积习,总是趋向自然方面的东西,所以比较可称述了。"最可贵的是作者对于六言诗形式的探索:"于此可以悟出六言形式的构成可有两种:一是造句时把六字均分,而其句中间以'兮'字的……一是句中并不用兮字,而却将六字三等分,使二字连属成词者。究竟将六字均分之形式的六言诗,中间可否不用'兮'字引长其声而便句调谐适呢?"②

日本人泽田总清原所著《中国韵文史》在"两汉的韵文"这一时期中提到了谷永与六言诗:"谷永,字子云……但在这里不能不说的,因为自来有六言诗起于谷永之说。不过,我们要知道《诗经》里的'我姑酌彼金罍'是六言句;《文选注》里的董仲舒《琴歌》二句和《乐府》《满歌行》也是六言句。"③ 作者的意思是,《诗经》时期和西汉时期已经有了六言句子。

王钟陵的《中国中古诗歌史》在第六编《高唱发踪的魏诗》中提到孔融"也曾写下称颂曹操的《六言诗三首》"④,不过并未从诗体方面对此评论。在同一章中提到曹丕对于六言诗体的探索:"子桓在诗体上也做了多方面的探索,他的存诗中,四、五、六、七、杂言,各体均有。"⑤

罗根泽的《乐府文学史》在《魏晋乐府诗人》这一章中说:"傅玄有《历九秋篇董逃行》一首,词虽不佳,然通体六言,于乐府诗歌之体制

---

① 郑宾于:《中国文学流变史》,影印1936年北新书局本,中州古籍出版社1991年版,第245页。

② 同上书,第247页。

③ [日]泽田总清源:《中国韵文史》,商务印书馆1937年2月第一版,1998年4月影印第一版,第123页。

④ 王钟陵:《中国中古诗歌史》,江苏教育出版社1988年版,第247页。

⑤ 郑宾于:《中国文学流变史》,影印1936年北新书局本,中州古籍出版社1991年版,第268页。

上，颇有关系。"① 这里作者注意到了六言诗这一体。

李日刚的《中国诗歌流变史》在《乐府》一章中专门提到了六言诗："胡应麟《诗薮》云：'余历考汉、魏、六朝、唐人诗，有三言、四言、五言、六言、七言、杂言、近体、排律、绝句，乐府皆备有之。……《妾薄命》（杂曲歌）等篇，六言也……据此则三言、四言、五言、六言、七言、杂言、五绝起于汉魏，其说可信。若详征之，两汉乐府，三言，四言居多；魏晋而后，始开唐诗、宋词各体。如……曹植《妾薄命》为六言诗……是乐府者，唐诗、宋词之渊源也。'"②

徐公持的《魏晋文学史》在第六章对于六言诗体作了关注："（孔融）今存诗不多，主要有《六言诗》及《临终诗》。《六言诗》作于建安元年，时作者始被征，到许任职，诗中热情赞扬曹操，谓：'瞻望关东可哀，梦想曹公归来。''从洛到许巍巍，曹公忧国无私。'表现当时对曹操的极大信任和期待。从诗体角度言，此为中国诗歌史上最早的完整的六言作品，因此具有重要意义。"③ 本章还提到嵇康有六言诗十首。

以上这几部文学史，对于六言诗作了一定的研究，其观点综合起来讲有以下几点：一是在六言诗的起源问题上，承古人之说，认为源于《诗经》。二是最早的六言诗作品，史载始于西汉谷永，但没有诗证。三是现存最早最完整的六言诗作品是汉末孔融的《六言诗》三首。四是魏晋时期为六言诗体的探索成型期。不过，这些研究中，史实多而论证少，或基本没有论证，没有进行到一定的深度。

（二） 其他专著中关于六言诗的研究

萧艾《六言诗三百首》④ 在"卷前絮语"中对于六言诗的产生、发展、与其他文体的关系作了提纲挈领式的论述。作者认为，从起源来看，六言诗源于楚辞，其兴起在五言、七言诗之前。六言诗的发展，从孔融、曹丕之句句押韵，到齐梁时代强调声律对偶，到萧纲、庾信手里，基本上完成了格律化和骈偶化。对于六言诗未能繁荣的原因，作者指出有几个因素：首先，唐代进士科以五七言取士。其次，乐工歌伎，多以五七言被之

---

① 罗根泽：《乐府文学史》，东方出版社1996年版，第76页。
② 李日刚：《中国诗歌流变史》，台北文津出版社1987年版，第62—63页。
③ 徐公持：《魏晋文学史》，人民文学出版社1999年版，第135页。
④ 萧艾：《六言诗三百首》，中州古籍出版社1987年版。

管弦。最主要的,"可能还是音节上的问题。六言音调迫促,不如七言的抑扬婉转"。关于六言诗与其他文体的关系,作者指出:"从楚辞到五七言诗,中间经历了六言阶段……跟随六言诗而来的是'连珠'这一文学样式的产生、兴旺。紧接着'连珠'出现的是'四六文',终于形成了六朝骈体文高潮。""六言诗产生于骚体盛行之际,而骚体分明是来之民间谣曲。魏晋六朝的六言诗,许多就是乐府。从唐、五代开始流行的长短句曲子词,更不用说是里巷之曲进一步的提高,而其中就有不少曲子词与六言诗合二为一。至于六言句在曲子词中普遍存在,尽人皆知。这些充分说明六言诗与可以歌唱的楚骚、乐府、曲子词,有着血肉相连的关系。"这篇《卷前絮语》,可以说是对于六言诗体的整体考察。

褚斌杰的《中国古代文体概论》在《六言》这一节中对六言诗的起源、发展、未能通行的原因作了简单叙述。作者叙六言诗的起源与形成:"在先秦两汉的民歌中,已有六言散句出现。如《诗经》中'我姑酌彼金罍'、'我姑酌彼兕觥';'室人交遍谪我'、'室人交遍摧我';'五月斯螽动股,六月莎鸡羽振羽'……故刘勰在《文心雕龙·明诗篇》中说:'至于三六杂言,出自篇什。'其实六言句在楚辞中亦不少见,如'苟得列乎众芳'……汉乐府民间歌辞中亦有六言句,如'妇病连年累岁'等等。""据南朝梁任昉《文章缘起》与明徐师曾《文体明辨》皆说六言诗起始于汉司农谷永,但谷永诗已失传。现今所见最早的完整的六言诗是东汉末年的孔融(所作)。孔融有六言诗三首……另外,曹丕、曹植曾是尝试多种形式诗歌的能手,他们除写五、七、杂言诗外,也曾试写六言。"

作者叙六言律和六言绝的产生:"唐代近体律诗兴起以后,于是产生了所谓六言律和六言绝。如鱼玄机的《隔江寄子安》。王维的《田园乐》为六绝。"

最后,作者总结六言诗在我国古代并未普遍通行的原因:"它的主要缺点是音节过于死板。六言虽比五言多一字,延长了句式,但它缺乏奇偶相生的调剂。六言诗句是由三个双音节构成的,这在词汇上限制了单双搭配,特别是三音词的所用,更重要的是它缺少三字尾的悠长声韵,因而显得'音促调板'。故清赵翼《陔余丛考》说:'此体本非天地自然之音节,故虽工而终不入大方之家耳。'"[①]

[①] 褚斌杰:《中国古代文体概论(增订本)》,北京大学出版社1990年版,第230—233页。

鄢化志的《中国古代杂体诗通论》直接就把六言诗作为杂体诗的一种。书中叙六言诗的起源、在魏晋时的发展，唐代出现六言律、绝，以及六言难于通行的原因，与《中国古代文体概论》大致相同。唯作者说"六言是在两个三言句结合或楚辞七言句省去兮字的基础上形成"[①]，草率武断，成为众矢之的。后来不少论文每论及六言诗的形成，便以这句为靶，加以批评。

在六言诗研究方面具有极大参考价值的专著，首推任半塘的《唐声诗》。该书在唐代六言声诗方面的研究，开山导源，识见卓越，极具启发性。从六言声诗数量来说，"燕乐更制之初，长短句歌辞尚未大兴以前，五、七言之歌辞甚至不及六言歌辞数多"[②]。探究唐代六言声诗何以数量特少的原因，认为"六言歌辞尤大用于艳曲及酒筵著辞两方面。因在士大夫传统之假面具下，每指艳曲浮薄，易遭物议，乃避之，作者虽有其辞，多不敢自承，或托之无名氏，或归乐工、歌伎所有，或谓民间里巷所传，其辞遂不登文人诗卷，主编选集或总集者，因亦无从采录……于是随作随歌、随歌随弃，不复顾惜。其传辞较五、七言之量所以特少者，此必一要因也"[③]。作者对于六言诗的地位评价："必谓'正体'或'天地自然之音节'乃专属于五、七言而已，不复旁落他体，诚有何凭？直赘闻疣见耳。之所以不入封建时代'大方之家'者，因传辞内容违反封建礼教故，与其形式之为六言何关？"[④] 此种论点，真乃人所未言。作者还指出六言声诗与后代词曲之关系："据许敬宗《上恩光曲歌辞启》《游仙窟》所见之'著辞'，六言已多用作歌辞。六言本身，虽亦齐言，但在歌辞中，不啻已离开一般齐言地位，而处于五、七言与长短句二者之间，成一过渡体，直至近世，如《词律》《词谱》中依然认为如此。"[⑤] 下编《格调》内收录了唐代六言声诗十一调，在资料收集方面予后人以极大方便。

（三）专论六言诗的论文

六言诗向来研究者少，专论六言诗的论文，在21世纪之前仅有数篇。

[①] 鄢化志：《中国古代杂体诗通论》，北京大学出版社2001年版，第170页。

[②] 任半塘：《唐声诗》，上海古籍出版社1982年版，第97页。

[③] 同上书，第98页。

[④] 同上。

[⑤] 同上书，第97页。

进入21世纪之后,随着古代文学学科的发展,六言诗的研究亦进入繁荣期。由于现有论文绝大多数为本世纪以后产生,本书在分析时对于论文资料方面不再分期。

1. 关于六言诗的起源和发展过程

这方面的论著有马海祥等的《古代六言诗的产生及其格律化过程》[①],俞樟华、盖翠杰的《论古代六言诗》[②],王正威的《古代六言诗发生论》[③],卫绍生的《六言诗体研究》[④],张弦生的《六言诗的发展轨迹》[⑤],谷凤莲的《论六言诗的嬗变》[⑥],等等。

在六言诗的发展过程这个问题上,各文基本无异议,都认为:现存最早的完整的六言诗是孔融的《六言诗》三首;六言诗经历了魏晋至南朝齐梁三百多年的发展,到了北周王褒、庾信,初步律化;六言各体在唐代成熟定型。

有争议的是六言诗的起源问题。从产生时间上,研究者有的认为它产生于先秦,有的认为产生于西汉。从产生渊源上,有的认为始于《诗经》,有的认为始于楚辞,还有的认为两者都有影响。

马海祥等人认为,六言诗产生于西汉时民歌:"像五言诗产生于民歌一样,六言诗当也是产生于民间,即应在文人六言诗产生之前,民间已有较完整的六言民歌了。……如司马迁在《史记·佞幸传》中曾引'力田不如逢年,善仕不如遇合。'又如《广韵》载'汉有应曜……时人语之曰:"南山四皓,不如淮阳一老。"'"从这些六言句的句式构成方式以及所属时代来看,可以说,它与六言诗的产生有着密不可分的关系。"[⑦]

俞樟华等人认为,"六言诗的产生并不晚于五言、七言诗六言诗的

[①] 马海祥等:《古代六言诗的产生及其格律化过程》,《韶关学院学报》2002年第5期,第32—33页。

[②] 俞樟华、盖翠杰:《论古代六言诗》,《文学评论》2002年第5期,第40—44页。

[③] 王正威:《古代六言诗发生论》,《天水师范学院学报》2003年第3期,第19—22页。

[④] 卫绍生:《六言诗体研究》,《中州学刊》2004年第5期,第95—99页。

[⑤] 张弦生:《六言诗的发展轨迹》,《漳州师范学院学报》2006年第1期,第41—44页。

[⑥] 谷凤莲:《论六言诗的嬗变》,《枣庄学院学报》2007年第1期,第11—13页。

[⑦] 马海祥等:《古代六言诗的产生及其格律化过程》,《韶关学院学报》2002年第5期,第32—33页。

源头是来自《诗经》的……早在西汉初年，就有完整的文人六言诗了"。①

王正威认为，六言诗的滥觞期在先秦，先秦时期六言诗句已经存在于某些诗歌中。完整的六言诗体（四句以上）"发生于西汉，而且谷永较早写作此种体式"。

卫绍生叙述六言诗的产生发展说："从《诗经》中偶尔可见的六言散句，到《楚辞》中六言连句的频繁出现，再到两汉乐府较少使用虚词的六言句，最后到梁鸿的《五噫歌》、《适吴诗》和东汉文人抒怀小赋中出现的六字句段落，可以清楚地看出六言诗发展演变的轨迹。……完整而规范的六言诗是在建安时期才出现的。"② 文中引人争议的地方是："《离骚》的基本句式是上七下六……这样一种句式，如果去掉上句的'兮'字，实际上已经具备了六言诗的雏形。"③ 马海祥文中就说："现存六言诗的句式结构与楚辞的六言句式结构有着很大的差异……六言诗不产生于楚辞。"④ 王正威文中也说："'兮'字是楚辞固有的体式，实不能删。"⑤ 另外俞樟华、盖翠杰《论古代六言诗》一文也说："六言诗……与两节拍的骚体句有着完全不同的结构方式，因而两者之间不可能有形式上的直接承继关系。"⑥

张弦生认为，"六言诗（这里应指六言句）的起源很早，在《诗经》《楚辞》时代就已经存在了"。"最早的六言诗人是西汉的东方朔，而不是较晚的谷永。"作者引《文选》李善注，认为："从这两处可知，东方朔可能已有多首六言诗作品。""前后两汉，六言诗作品已不在少数。"

谷凤莲认为："六言诗的产生有两个源头：一是由《诗经》、汉乐府中的六言句式演化成篇；一是由楚辞骚体六言句式发展而成，二者并行不悖。……《离骚》的上七下六句式及《楚辞》中大量出现的整齐的六言句，为六言诗的产生奠定了基础。"

---

① 俞樟华、盖翠杰：《论古代六言诗》，《文学评论》2002年第5期，第40页。
② 卫绍生：《六言诗体研究》，《中州学刊》2004年第5期，第95页。
③ 同上。
④ 马海祥等：《古代六言诗的产生及其格律化过程》，《韶关学院学报》2002年第5期，第33页。
⑤ 王正威：《古代六言诗发生论》，《天水师范学院学报》2003年第3期，第19页。
⑥ 俞樟华、盖翠杰：《论古代六言诗》，《文学评论》2002年第5期，第41页。

2. 关于六言诗诗体的研究

六言诗这一体的形成、律化过程，为何"声促调板"和"六言难工"，这些问题要从诗体方面来考察。这方面的论著有刘继才的《论唐代六言近体诗的形成及其影响》[①]，林亦的《论六言诗的格律》[②]，松浦友久的《关于诗型与节奏的研究》[③]，俞樟华、盖翠杰的《论古代六言诗》[④]，卫绍生的《六言诗为何未能广为流行——兼及六言诗的评价问题》，张明华、王启才的《黄庭坚与六言诗在两宋之际的发展变化》等。

林亦的文章考察了历代六言诗1040首，从中总结出六言格律诗的体式与押韵、平仄、拗救、节奏、对仗的规律，是研究六言诗格律艺术方面最为全面、深入细致的一篇文章。

松浦友久在诗歌内在的韵律中发现了"拍节节奏"和"休音"的作用，从这个度对节奏的发展和诗型成立的关系作了深入的挖掘。他认为，诗型的发展和诗歌节奏的变化有关。而"句末休音之有无"是"拍节节奏"产生变化的原因之一。六言诗因没有句末休音，"其结构形式无法产生出生动且多样化的节奏感来"，"六言诗几乎没见流行"，是由于"句末无休音的关系"。从音韵角度考察诗歌，对于六言诗为何未能盛行的原因，很有启发意义。

俞樟华、盖翠杰的《论古代六言诗》一文着力分析六言诗体在中国古代起源及发展的状况，力求全面展现六言诗这种文学样式的概貌，并简要探究其不能成为流行诗体的原因。这是目前关于六言诗体研究最全面的一篇文章。该文除探讨六言诗体的起源外，还简单探索了它与乐府、与词曲的关系。在六言诗为何未能流行的问题上，文章总结出几点："首先是诗体自身的问题，其中最重要的是句式问题。……其次，还有深刻的社会和文体发展原因。唐代进士考试以五七言取士，从而使五七言诗歌成为进入仕途的捷径，作为闲暇之作的六言诗当然不可能与统治阶级所倡导的诗歌形式相抗衡。"关于文体发展原因，作者认为，唐代古文运动打击四六骈文，"又从一个侧面影响了六言诗的发展"。

---

① 刘继才：《论唐代六言近体诗的形成及其影响》，《文学遗产》1988年第2期，第64—72页。

② 林亦：《论六言诗的格律》，《文学遗产》1996年第1期，第13—21页。

③ 松浦友久：《关于诗型与节奏的研究》，《文学遗产》2002年第4期，第131—135页。

④ 俞樟华、盖翠杰：《论古代六言诗》，《文学评论》2002年第5期，第40—44页。

且六言句长期用于骈文、辞赋中，使得诗句中四言、六言减少。"音乐与六言诗歌的分离，也是导致六言诗走向衰微的原因之一。""再次，历代诗话对于六言诗的轻视或者说是忽视，使得六言诗的创作缺乏一种理论的指导和可遵循的规矩。"

卫绍生的《六言诗为何未能广为流行——兼及六言诗的评价问题》一文广泛收集了古人和今人对六言诗体的评价，提出一个颇为新颖的观点：六言诗未能流行并非由于"音促调板"："六言诗虽然是以双章节词和二二二句式为主，但由于每一个字词的声调和调值各有不同，所以也就不可能出现'声促调板'的现象。"并举《诗经》为反证："(《诗经》)句子皆是四言，句式皆是二二，同样都是偶数，同样缺乏奇偶相生，但自古至今，有何人指责过《诗经》句式单调、音节死板？""至于今人所说的诗歌与音乐的分离，则不单单是六言诗，其他诗歌在魏晋以后都表现出这种趋势。如果说音乐与诗歌的分离仅仅是六言诗（这一体）走向衰微的原因，则显然与事实不符。"作者总结六言诗未能流行的原因："以四言句、双音节词和二二句式为主的《诗经》作为一种主流文化形式在先秦时期已经流行了数百年，所以，古典诗歌继续发展的结果，必然是对这种以偶数句和双音节词为主的诗歌形式的变革……《诗经》之后有楚辞，楚辞之后有五七言诗，五七言诗之后有宋词和元曲，这是古典诗歌内在发展规律的体现，也是诗歌发展过程所表现出的丰富性、多样性的必然选择。……与四言诗相近似的六言诗……不可能像五七言诗那样成为唐代或其他时代的主流文化形式，这不是六言诗自身的问题，而是诗歌发展的规律使然。"①

张明华、王启才的文章探索了六言诗在两宋之际的发展变化，认为这其间黄庭坚为一枢纽："六言诗的起源很早，但直到唐朝，诗歌数量仍然很少。北宋徽宗朝前后，六言诗蓬勃发展起来，在题材、对仗和句式上都形成了鲜明的特点。六言诗在两宋之际的发展和黄庭坚有着非常密切的关系。从元祐时期看，他不但是创作六言诗数量最多的诗人，而且诗歌的特点也最为鲜明，艺术成就最高；从徽宗时期的创作情况看，属于'江西诗派'的潘大临等人共创作了六言诗32首，惠洪有96首之多，他们的六言

---

① 卫绍生：《六言诗为何未能广为流行——兼及六言诗的评价问题》，《中州学刊》2006年第2期，第198—203页。

诗都主要是学黄的；南宋初年，六言诗仍然普遍学黄，所以创作走向了衰落。"①

2008年6月同时出现了两篇研究六言诗的硕士学位论文：兰州大学刘剑的《六言古体诗研究》②和上海社会科学院赵飞文的《论唐代六言绝句》③。这两篇学位论文基本上是辗转陈述或因袭前人之说，缺乏新意。

3. 关于六言诗的诗艺

历代六言诗都不乏有特色的作品。这些作品也吸引了研究者的目光。这方面的论著有周裕锴的《宋代六言绝句的绘画美和建筑美》，包建强的《陈继儒六言绝句初探》④，徐浩的《嵇康六言诗简论》⑤等。

周裕锴的文章从审美特性方面对宋代六言绝句作了精辟的研究。作者通过对宋代六言绝句的总体考察与个案分析，总结出："六言绝句在节奏、声律方面缺乏音乐美，因此作为一种补偿，写作六言绝句的诗人便在形式上强化其绘画美和建筑美，尤其是宋代诗人更自觉地意识到这种'有意味的形式'的审美特征，即'清绝可画'和'事偶尤精'。六言绝句的绘画美来自颜色字、叠字（包括联绵字）、方位词、意象并置等具有绘画性质的词汇和构词方式。与五七言绝句相比，六言绝句更适合共时性的并列呈现、静态描绘，宜于传达粗略的总体印象，刻画客观的画面。六言绝句的建筑美来自精巧用典和工整对仗的结合，尤其是'多重工对'，在语言上表现为形、音、义和语法、修辞等复杂因素的均衡对称。"⑥

包建强的文章总结了陈继儒的六言绝句在节奏韵律、对仗、押韵形式、意境等方面的独创性。具体来说，陈继儒综合了古体诗与近体诗的特点，创造了自己的六言绝句节奏形式。他的六言诗采用全对仗、全不对

---

① 张明华、王启才：《黄庭坚与六言诗在两宋之际的发展变化》，《滁州学院学报》2006年第2期，第1—5页。

② 刘剑：《六言古体诗研究》，兰州大学硕士学位论文，2008年。

③ 赵飞文：《论唐代六言绝句》，上海社会科学院硕士学位论文，2008年。

④ 包建强：《陈继儒六言绝句初探》，《甘肃联合大学学报》2004年第4期，第24—27页。

⑤ 徐浩：《嵇康六言诗简论》，《周末文汇学术导刊》2006年第1期，第46—48页。

⑥ 周裕锴：《宋代六言绝句的绘画美和建筑美》，《吉首大学学报》2004年第2期，第17—22页。

仗、前两句对仗三种形式；押韵形式有首句入韵和首句不入韵两种，而以前者为主；意境富有情韵；抒情主人公形象鲜明。包建强认为，这些特色已自成一体，可称为"眉公体"。

徐浩的文章结合嵇康的其他诗文及相关材料对其六言诗十首进行了梳理，总结道："以贤人君子理想为核心，这十首六言诗构成了一个有机的整体；它们在浓缩了嵇康的社会与人生理想的同时，也浓缩了其诗文的基本主题。"

4. 关于六言诗体与骈文、词曲等文体的关系

六言句在古代文体中有着广泛的应用。从汉魏六朝骈文、辞赋到晚期的词、曲，其中都有六言句。人们就以六言句为中介，推究六言诗与这些文体的关系。这方面的论著有韩经太的《词体：两大声律系统的复合》[①]，易闻晓的《诗与骈文句式比较》[②]，王丹的《论词、散曲与六言诗之渊源》[③]，周萌的《六朝诗赋观考辨——以〈文赋〉、〈文章流别论〉、〈文选〉、〈文心雕龙〉为中心》[④] 等。

韩经太的文章认为，以声韵格律的讲求为基本标志而分别形成的五言、七言律诗和四言、六言骈俪两大系统，演化、复合而成词体。文章关注的焦点是："这两大声律系统——辞章诗赋与词体以句式建构为中介而发生的历史联系。"其中牵涉到六言句。文章逐层论述：首先，"由《诗经》而《楚辞》而汉赋，一方面是'诗人'转型为'辞家'，一方面则是《诗经》与《楚辞》的基本句式历史地复合为以四、六言为基本句式的辞赋体"。其次，"初看上去，就像钟嵘不以辞赋为吟咏之体那样，四、六言的文体与五、七言的诗体自兹（齐梁）便分道扬镳了。其实未必。因为齐梁之际的声律论就是包容诗文两体的……中古时代的声律自觉地导致了辞赋之文与吟咏之诗因共求声律而合二而一。六朝抒情小赋，便多有诗赋交织之体，而所交织，归根到底，即是四、六言句与五、七言句基本句式的复合，像庾信的《春赋》等"。最后，"大凡物

---

① 韩经太：《词体：两大声律系统的复合》，《文学遗产》1994年第5期，第61—69页。
② 易闻晓：《诗与骈文句式比较》，《贵州师范大学学报》2006年第6期，第102—107页。
③ 王丹：《论词、散曲与六言诗之渊源》，《湖南科技学院学报》2006年第8期，第1—3页。
④ 周萌：《六朝诗赋观考辨——以〈文赋〉、〈文章流别论〉、〈文选〉、〈文心雕龙〉为中心》，《深圳大学学报》2007年第5期，第116—121页。

至于极而必求新变。骈文律赋的四六格局，与律诗的五七类型，体现着汉民族文学语言在声律美建构上的奇偶两系，它们各自的定型，便意味着分别建构的圆满完成。接下来，自然是如何新变的问题了"。作者认为，词体便是两大声律系统求新变的复合体："词体呈现出合奇偶句式以自塑的明显特性。"这篇文章对于六言句在骈文、辞赋和词中的应用有着诸多发明。

易闻晓的文章从句式、属对、辞藻多方面将诗与骈文进行比较。作者总结："句式的运用突出显示诗与骈文的体制特点：诗语句式一定，骈文参差四六，又或间取三五；二体俱用四六，然《诗》之四言，绝多散语，而骈四为偶，结构整练；诗之六言，声气甘媚，节奏平板，骈文结构，取用虚字，化去板滞；骈体四六偶俪，其式错落不一，造语益为灵活。"对于六言句在骈文中的应用很有参考价值。

王丹的文章中说："纵观整个中国古代诗歌体式演进的规律，由诗而发展为词，由词而发展为散曲，六言诗在其中起到了或显或隐的作用。"作者举大量词、曲的例证说明："一，唐前及唐代的六言诗对词的产生有明显的影响。""二，六言诗对散曲有着远承关系。"

周萌的文章重点辨析了陆机《文赋》中"诗缘情而绮靡，赋体物而浏亮"这一命题的理论内涵，考察其来龙去脉。文中追溯了诗赋观的源流，力求厘清六朝人与汉人诗赋观的异同，初步勾勒这两个时期诗赋辨体的情况。该文可资六言诗研究参考的是，作者梳理了《文赋》、《文章流别论》、《文选》、《文心雕龙》中关于诗体的叙述，如分析挚虞之论"'正体'之外，仍有高下之分，三言用于郊庙，其用近于颂，地位也相当尊崇，次之为六言，用于乐府，亦可登大雅之堂，最次为五言和七言，俳谐倡乐所用，等而下之……在徵圣、宗经思想下，这种观点是追源溯流时的主流看法"。再如分析萧统之论："萧统认为，诗体在汉代中叶开始分途，主要是四言、五言之分。各体之间虽有区别，但可以并驾齐驱，没有高下之别。萧统是从诗歌创作的角度来说的。"

三

从目前的研究现状来看，六言诗正逐渐引起学术界的关注，也取得了一些成果，但较之六言诗在诗史上的实际情况，研究的深度和广度度依然不够。首先，目前对六言诗的专门研究不多，相关的诗歌、文体研究论著，又受限于论题，未能对此充分展开。有些问题，如"六言诗体主要因为节拍和韵律的关系而未能盛行"，这一命题，论者都能认识到，但缺乏更为细致、扎实、贴切的论证。更有研究者有异议，认为非"音促调板"之过（见卫绍生《六言诗为何未能广为流行》一文），这将如何作答？其次，论者大都是就某一个方面来论六言诗，而缺乏对六言诗的整体考察，这些"点""面"的研究不能有机统一起来，六言诗发展的全貌尚不清晰。因此，本书试图在已有的研究成果基础上，作进一步的考察发掘，并希望在以下方面有所突破：

第一，全面考察六言诗的起源，六言诗与《诗经》、楚辞的渊源。关于六言诗的起源，历来众说纷纭，由于缺乏早期作品，尤其是谷永被认为作六言诗的第一人却没有作品流传，因此，究竟真相如何，也许永远不可知，后人所能做的不过是尽可能还原历史，最大限度接近于真相。那么对于流传下来的有限的作品，更要认真分析，追寻这些六言诗作与《诗经》、楚辞、民谣之间的蛛丝马迹，作出合理的推断。

第二，汉末魏晋时期是各种诗体发展演变、交错升潜时期，当时制作六言的有孔融、曹丕、嵇康、傅玄、陆机……从这个名单可以看出，这些探索者都是当时领袖文坛的人物。这些人的诗集中，包括四言、五言、六言、七言、杂言诗，五言、七言诗并未占压倒性优势，说明他们是在努力尝试各种诗体。此时实为六言诗能否成为主流诗体的关键时期。但此时，四言尚被尊为正体，六言的音节韵律又最接近四言，为何六言未蒙及乌之爱，成为主流诗体，五言、七言却被诗人们选择？若言板滞不畅，此特点为四言、六言共有，为何未有人向流传数百年的四言诗体清算，却屡屡加之于六言诗体呢？可见诗体之外，别有原因在。这种原因，单指六言诗不流行是因音节呆板则难于自圆其说，笔者以为，若从章培恒先生论文学与人性发展的观点[①]来考察，或将别有会心。

第三，一直以来，人们都认为六言诗作者少、作品少。但任半塘先生的《唐声诗》中指出："燕乐更制之初，长短句歌辞尚未大兴以前，五、七言之歌辞甚至不及六言歌辞数多。"[②] 此论人所未言，关系到唐人究竟

---

① 章培恒：《中国文学史·导论》，复旦大学出版社1997年版，第46—61页。
② 任半塘：《唐声诗》，上海古籍出版社1982年版，第97页。

如何看待、创作六言诗的问题。笔者唯有尽可能多地收集资料，以事实来拨开历史的迷雾。

第四，梳理从六言诗向词过渡的渐进过程。

第五，探索在六言诗产生、发展、向词演化过程中，音乐起的作用。

第一章

六言诗体的起源和形成

在诗学研究领域中,六言诗一向由于作品少、理论资料少而难于引起重视,至今尚无大家操觚。关于六言诗的理论著作亦寥寥,且不乏矛盾混乱之处。我们以为,诗学领域的"显学"经过从20世纪80年代至今的集中研究,已是盛极难继。前辈名家深厚的学养是现今的年轻学者难以望其项背的,不管再翻新出奇,对于这些领域也只能是"锦上添花",很难再有突破性进展。六言诗亦属诗学领域一隅,若能踏踏实实做些补苴罅漏的工作,对六言诗进行全方位研究,也还是有意义的。

第一节 六言诗的概念

研究的开始,有必要对"六言诗"作一定义,一是因为有些学者将"六言诗"与"六言诗句"混淆了;二是要确定几句才能构成一首六言诗;三是因为有些研究者认为骚体六言诗应从六言诗中析出(详后)。

一 六言诗应通篇都是六言

晋代挚虞和梁代任昉、刘勰对于六言句和六言诗都分得很清楚。挚虞《文章流别论》中说:"古之诗有三言、四言、五言、六言、七言、九言。大率四言为体,而时有一句、二句杂在四言之间。后世演之,遂以为篇……六言者,'我姑酌彼金罍'之属是也,乐府亦用之。"[①] 这是说由诗经中的六言句子,演变成了通篇六言。任昉《文章缘起》:"六

[①] (清)严可均辑:《全晋文》,商务印书馆1999年版,第820页。

言诗汉大司农谷永作,国风'我姑酌彼金罍',六言之属也。"① 任昉说谷永最先作了六言诗,国风中的"我姑酌彼金罍"就是六言句。刘勰《文心雕龙·章句》辨析六言句、篇很清楚:"六言、七言,杂出《诗》《骚》,两体之篇,成于西汉。"周振甫先生译为:"六字句七字句,夹杂在《诗经》《离骚》中间,运用这两种句子的文体,到西汉时才完成。"②

但是,明代杨慎和清代赵翼,都把六言句与六言诗混淆了。杨慎《升庵诗话》卷一:"任昉云:'六言诗始于谷永。'慎按:《文选》注引董仲舒《琴歌》二句亦六言,不始于谷永明矣。乐府《满歌行》尾一解'命如凿石见火,居世竟能几时',亦六言也。"③ 赵翼《陔余丛考》卷二十三云:"按《毛诗》'谓尔迁于王都'、'曰予未有家室'等句,已开其端,则不始于谷永矣。"④ 郭绍虞先生在《沧浪诗话校释》中辨析道:"杨赵之说均本于挚虞,重在六言单句,与《文章缘起》所言性质不尽相同。就单句言,乐府中如《悲歌》'悲歌可以当泣,远望可以当归'二句,《猛虎行》'饥不从猛虎食,暮不从野雀栖'二句之类,可谓六言早已流行。《文章缘起》所言谷永之作,当指通篇全用六言,非指六言单句,惜有目无诗,今不可考耳。"⑤

现在仍有学者将六言诗与六言诗句混淆,如张弦生在《六言诗的发展轨迹》一文中说:"《汉书·卷二十二·礼乐志第二》中记载,太初四年,武帝诛宛王获宛马,作《天马》歌,有'月穆穆以金波,日华耀以鲜明'六言诗句。……边韶《解嘲》诗,有'寐与周公通梦,静与孔子同意'六言诗句。可见前后汉两代,六言诗作品已不在少数。"这里把六言诗句视为完整的六言诗。若把诗中夹杂的六言句都作为六言诗产生的证据,则由于《诗经》中也有六言句,竟可谓"在春秋时代,已有六言诗"了吗?

---

① (梁)任昉:《文章缘起》,《丛书集成初编》第 2625 册,商务印书馆 1937 年版,第 2 页。

② 周振甫:《文心雕龙今译》,中华书局 1986 年版,第 311 页。

③ (明)杨慎:《升庵诗话》,丁福保辑《历代诗话续编》,中华书局 1983 年版,第 650 页。

④ (清)赵翼:《陔余丛考》,商务印书馆 1957 年版,第 452 页。

⑤ (宋)严羽著,郭绍虞校释:《沧浪诗话校释》,人民文学出版社 2006 年版,第 50 页。

还有人把谢晦的《悲人道》当成六言诗看待①，而这首诗的开头是"悲人道兮，悲人道之实难"，是杂言诗。因此，六言诗的第一个条件为通篇都是六言。

二 四句以上为一首完整的六言诗

各种诗体都是先有古体再有近体，各体诗的定型都是从古体开始说的。1989年版《辞海》对"古体诗"的释义是："诗体名，和近体诗相对。产生较早。每篇句数不拘。有四言、五言、六言、七言、杂言诸体。后世使用五、七言者较多。不求对仗，平仄和用韵也较自由。"

从这里来看，"句数不拘"，那么一句、两句算不算一首诗呢？最早的《候人歌》只有一句："候人兮猗！"是一首完整的歌谣。两句诗，如《易水歌》："风萧萧兮易水寒，壮士一去兮不复还。"三句诗，如刘邦的《大风歌》："大风起兮云飞扬，威加海内兮归故乡，安得猛士兮守四方。"从这里来看，一句、两句、三句诗都可以称为一首诗，那么我们是否可以把六言诗的产生时间上推到商丘成的一句诗《醉歌》："出居安能郁郁！"所产生的西汉时代？

但是，从我国文论传统来看，论四言诗体，虽然一句的《候人歌》产生在先，还是以《诗经》为本；论七言诗，虽然《易水歌》《大风歌》早就有，但论到七言诗之定型还是以曹丕的《燕歌行》为最早；因此，完整的六言诗定义，也应以四句以上为宜。一句、两句歌谣，属于诗歌的原始形态。后代文人偶作（如傅玄《杂诗》二句，唐代顾况的六言诗《渔父词》只有三句），已属变态而非常态。

所以，六言的一句诗（即商丘成的《醉歌》）虽然西汉就有，但论到完整的六言诗还是要以现存记录最早的东汉的孔融《六言诗》三首为准。

三 六言诗应包括骚体六言

主张"骚体"从六言诗中析出的，如王正威在《古代六言诗发生论》一文中说："因习惯上立楚歌为诗之一体，因此我们讨论的六言诗不包括

---

① 刘剑：《六言古体诗研究》，兰州大学硕士学位论文，2008年，第41页。赵飞文：《论唐代六言绝句》，上海社会科学院硕士学位论文，2008年，第5页。

骚体六言。"① 如清代王先谦《汉书补注》的《天门篇》: "蟠比豼兮回集,貮双飞兮常羊。假清风兮轧忽,激常至兮重觔。"②

这种分类,笔者以为不妥。因为在后世,骚体六言诗一直不绝如缕。比如唐代许敬宗的《上恩光曲歌辞启》: "某启:少傅元龄奉宣令上日,垂使撰恩光曲词六言四章,章八韵。……今故杂以兮字,稍欲存于古体。"③ 可见许敬宗所撰的《恩光曲歌辞》是特意带"兮"字,仿"古体"的六言诗。再如元代虞集《题柯博士画》: "登高丘而望远,见江上之枫林。放余舟兮澄浦,何山高而水深?"颇有楚辞风味,亦不可谓非六言诗。

在此,引用王锡九先生《试论"七言古诗"含义的演变》一文对于将"骚体"从七言古诗中析出的辩驳来作为旁证。王先生说: "与明清人严辨'七古'和'乐府歌行'有点相类似,他们中有些人还强为'七古'和'骚体'进行辨析。这也是有弊病的。因为既然体涵长短杂言的'七古'的分类基础是'以言为次',那么,就没有必要由于体式和风格上的相异,而将所谓的'骚体'从七古中区别出来。""源于宋元,成于明清时代主张将'骚体'从七古中析出的论点,其论者唐汝询、王尧衢、沈德潜等,都是兼诗论家和诗选家于一身的人,从他们对唐代诗歌的铨选可知,其'骚体'诗的含义,指的是汉代以来在形式上具有楚文学种种特点的作品(包括我们所说的'楚歌'和'骚体'),而真正具有屈《骚》风格的意境的作品,则是弃之不顾。这种做法,首先,与他们'以言为次'进行包括'七古'在内的各种诗体的分类是相抵牾的。其次,论者这么做,看来是为了强调其题材和主题,体制和风格上的独特性。那么,从正面说,似乎应该把得屈《骚》精髓的作品涵括进去,不然,其分类本身是不完善的。从反面讲,归入七古中的'乐府'诗,尽管它失去了

---

① 王正威:《古代六言诗发生论》,《天水师范学院学报》2003年第3期,第19页。

② (清)王先谦:《汉书补注》,中华书局1983年版,第488页中录有这四句,但是《乐府诗集》中,汉代《天门篇》并非只有这四句,而是杂言形式的长诗: "天门开,詄荡荡,穆并骋,以临飨。光夜烛,德信著,灵浸鸿,长生豫。太朱涂黄,夷石为堂,饰玉梢以舞歌,体招摇若永望。星留俞,塞陨光,照紫幄,珠煩黄。幡比豼回集,貮双飞常羊。月穆穆以金波,日华耀以鲜明。假清风轧忽,激长至重觔。神裴回若留放,殣冀亲以肆章。函蒙祉福常若期,寂漻上天知厥时……"

③ (清)董诰等:《全唐文》,中华书局1983年版,第1549—1550页。

音乐的凭籍，但在内容和形式上，也是具有它自身的基本特征和规范性的，又为什么要打破'乐府'的独立分类呢？这不是论者自己破坏了自己的诗歌分类理论吗？显然，他们将'骚体'从七古中析出，是一个破绽很多，难以自圆其说的不正确做法。""我们的意思是，'骚体'不应也不必从七古中分离出来，就把它视作一般的七古诗即可。"① 准此，我们以为，"骚体"不必从六言诗中分离出来，但需依王先生所言，要"从表现方式上辨明'骚体'诗的独特性"。

第二节 六言诗的起源

六言诗句起源于民歌和《诗经》、楚辞

我国古代诗歌发生的规律总是从民歌、集体创作走向文人单独创作，从散句形成全篇。四言、五言、七言诗如此，六言诗也是如此。《中国古代文学词典》认为"六言诗亦当源于先秦民间歌谣"。六言句最早见于先秦歌谣：

《尚书大传》记录了《伊尹歌》："去不善而就善，何乐兮。"② 在《韩诗外传》所记《夏桀群臣歌》中，这句歌辞被引用为："去不善而从善，何不乐兮。"③

《毛诗草木虫鱼疏·释楰》："灶下自有黄土。山中自有楰。"《释黄鸟》："黄栗留。看我麦黄杏熟。"④

《荀子·引逸诗》："如霜雪之将将，如日月之明光。"⑤

这些诗句产生于《诗经》之前，是最早的六言句子。

《诗经》里间杂有六言的句子，例如：

《魏风·伐檀》：置之河之干兮，河水清且涟猗。
《豳风·七月》：五月螽斯动股，六月莎鸡振羽。

---

① 王锡九：《试论"七言古诗"含义的演变》，《文学遗产》1988年第2期，第61—62页。
② （清）杜文澜辑，周绍良整理：《古谣谚》，中华书局2000年版，第3页。
③ 同上书，第7页。
④ 同上书，第4、5页。
⑤ 逯钦立：《先秦汉魏晋南北朝诗》，中华书局1982年版，第69页。

《豳风·鸱鸮》：迨天之未阴雨……曰予未有室家。

《周南·卷耳》：我姑酌彼金罍

《小雅·小弁》：君子无易由言

《小雅·大东》：不可以挹酒浆

《大雅·卷阿》：蔼蔼王多吉士

由于《诗经》是我国最早的诗歌总集，后人论六言起源就从《诗经》说起。最早提到六言诗的是东晋挚虞。他在《文章流别论》中说："古之诗有三言、四言、五言、六言、七言、九言。大率四言为体，而时有一句、二句杂在四言之间。后世演之，遂以为篇……六言者，'我姑酌彼金罍'之属是也。"① 也就是说，《诗经》里有六字句，后人敷演成篇，便是六言诗。刘勰《文心雕龙·明诗》也说："三六杂言，则出自篇什。"②

六言诗起源于民歌和《诗经》，研究者都无异议。对于楚辞也是六言诗的源头，则有不同的看法。

最早说六言诗源于楚辞的是刘勰。他在《文心雕龙·章句》一篇中说："六言七言，杂出《诗》《骚》，两体之篇，成于西汉。"周振甫先生译为："六字句七字句，夹杂在《诗经》《离骚》中间，运用这两种句子的文体，到西汉时才完成。"③

楚辞里确有大量六言句，《离骚》基本上是上七下六句式："帝高阳之苗裔兮，朕皇考曰伯庸。摄提贞于孟陬兮，惟庚寅吾以降。皇览揆余初度兮，肇锡余以嘉名。名余曰正则兮，字余曰灵均。纷吾既有此内美兮，又重之以修能……"

因为《离骚》中有很多六字句，刘勰又说"六言七言，杂出《诗》《骚》"，一些学者认为六言是由楚辞直接简化来的。萧艾在《六言诗三百首》的序言中说："如果把《离骚》句尾的语气词'兮'去掉，稍加整理，便是长篇巨制的六言诗了。"④ 鄢化志在《中国古代杂体诗通论》中

---

① （晋）挚虞：《文章流别论》，（清）严可均辑《全晋文》，商务印书馆1999年版，第820页。

② 周振甫：《文心雕龙今译》，中华书局1986年版，第311页。

③ 同上书，第311页。

④ 萧艾：《六言诗三百首》，中州古籍出版社1987年版，第2页。

说：“六言是在两个三言句结合或楚辞七言句省去兮字的基础上形成。”①张弦生在《六言诗的发展轨迹》一文中说："从现在的楚辞也不难发现，只要将诗句中的'兮'字去掉，其实很多也是六言诗句。"②

杨仲义、梁葆莉认为："如果除去'兮'字不算，《离骚》基本上是六言诗，只间杂少量四、五、七言句。《九章》中的《惜诵》《涉江》《哀郢》《抽思》《思美人》《悲回风》是六言为主，但杂有大量四、五、七言句；《怀沙》是三、四、五、六、七言句兼而有之且难分主次。……《山鬼》《国殇》是比较工整的六言诗；《少司命》《礼魂》四、五、六言句交替出现，难言主次。"③ 对于七言古体诗的起源他们是这样说的："关于七言体的起源，最远自然可以追溯到《诗经》、楚辞，因为《诗经》中已有一些七言句子，楚辞中的七言句数量仅次于六言句（不算'兮'字）。如果把'兮'字计算在内，则《山鬼》《国殇》简直就是十分整齐的七言诗。"④ 除去"兮"字《山鬼》《国殇》就是比较工整的六言诗；算上"兮"字就是十分整齐的七言诗，似乎楚辞的句子有弹性，可以随意拉长或缩短，而那个"兮"字对楚辞没有多大作用。

这种简单的删字法引来了很多批评。学者们引刘熙载《艺概·赋概》中"骚调以虚字为句腰，如之、于、以、其、而、乎、夫是也"⑤ 来说明，"兮"是骚调的特点，删去则不成楚辞。更重要的是，从句式来看，楚辞一句是两拍，而成熟的六言诗一般是三个节拍，二字一顿，句式结构不同。如马海祥等人的《古代六言诗的产生及其格律化过程》一文中说："《离骚》从构成特点来看，其句式以六言为主（去掉'兮'），而中间（第四字）是虚词，节奏形式是三字一顿……早期六言诗则有另一种构成特点，其大部分是二字构成一个语义单位，节奏形式是二字一顿。现存六言诗的句式结构与楚辞的六言句式结构有着很大的差异，这就说明了，楚辞可能影响过后代的六言诗，但六言诗不产生于楚辞。"因此，一些学者

---

① 《中国古代杂体诗通论》，第170页。
② 张弦生：《六言诗的发展轨迹》，《漳州师范学院学报》2006年第1期。
③ 杨仲义、梁葆莉：《汉语诗体学》，学苑出版社2000年版，第84页。
④ 同上书，第100页。
⑤ （清）刘熙载：《刘熙载集》，华东师范大学出版社1993年版，第130页。

认为，"两者之间不可能有形式上的直接承继关系"。①

对于非骚体的六言诗来说，马海祥、王正威、俞樟华、盖翠杰等学者的看法是正确的。萧涤非先生在《汉魏六朝乐府文学史》中分析，《楚辞》是三言诗、七言诗的渊薮："故吾人谓'三言体'导源于《楚辞》固可……此体出于《楚辞》，自可无疑也。""三言体既出于《楚辞》，惟七言亦然。盖《楚辞》句法，本与七言接近，而汉初复例用楚声，故作者得从而通融变化之也。汉人变化《楚辞》而创为七言句之方法或途径，约有四种：其一，代句中'兮'字以实字者。其二，省去句中羡出之'兮'字者。其三，省去句尾剩余之'兮'字者。第四种，即省去《大招》《招魂》篇中句尾之'些'、'只'等虚字是也。……汉魏七言诗，其共同之特点有二：一为句法之上四下三；一为用韵之每句押韵。……故由《国殇》《山鬼》之体而变为三言，与由《大招》《招魂》之体变而为七言，皆极其自然。"②萧涤非先生分析《楚辞》演变为三言、七言诗，特别联系到句式、节拍来说明，因此很有说服力。

准此以推，从最早的完整的六言诗，到后世成熟的六言诗，其句式大都遵循"二、二、二"的形式（宋代诗人刻意打破这种节律，被称为"破句"，并非六言句式的常态），与楚辞并不相同，从这点来看，六言诗并非由楚辞演变而来，更不是由楚辞直接简化来的，所以那些说六言诗是由楚辞简化而来的论点实不可取；但是，六言诗于楚辞确有继承关系。首先，骚体六言实与楚辞一脉相承。比如清代王先谦《汉书补注》的《天门篇》：蟠比翍兮回集，贰双飞兮常羊。假清风兮轧忽，激常至兮重觞"③，其节律一依楚辞。又如元代虞集《题柯博士画》："登高丘而远望，见江上之枫林。放余舟兮澧浦，何山高而水深？"很有楚辞风味。其次，就非骚体的六言诗而言，在这一体式的探索期，总是带有由旧有的体式演化的痕迹；六言诗体要确立，首先要出现六字句，其次才会逐渐规范、成熟。《诗经》、楚辞中的六字句对六言这种诗歌体式，都产生过影响。但后来六言诗的发展背离了楚辞一句两拍、句中带"兮"的特征，而是紧

---

① 王正威：《古代六言诗发生论》，《韶关学院学报》2003年第6期，第20页。俞樟华、盖翠杰：《论古代六言诗》，《文学评论》2002年第5期，第41页。王正威：《古代六言诗发生论》，《韶关学院学报》2003年第6期，第41页。

② 萧涤非：《汉魏六朝乐府文学史》，人民文学出版社1984年版，第36—41页。

③ （清）王先谦：《汉书补注》，中华书局1983年版，第488页。

承着《诗经》六字句一句三拍、多用实词的特征,最后定型为二字一顿,一句三拍,不用"兮"的形式。(楚辞对六言诗的影响,见下文分析曹丕的《寡妇诗》和傅玄的《历九秋篇》。)

至于楚辞为何没有直接影响到非骚体的六言诗,和骚体的六言诗为何后世独少,其中原因我认为是:楚辞后来向赋的方向演变,赋中的六言句,继承了骚体六言句以虚字为句腰的特征。分流了骚体六言诗的数量。打个比喻说,以楚辞为文学长河的上游,那么,上游的水源流到中游,水质起了变化,分成两条支流继续向下流:一个大的支流改名叫赋;小的支流改名叫六言诗,与《诗经》这条文学长河中的六言句合流;赋的那条支流,后来又演变为骈体文;骈体文支流与六言诗支流,共同保持着最初上游的一个特征,就是六言句,不过水质不尽相同。骈文与六言诗流到下游,各自分出六言句来,并入了词、曲这一文学河流。

第三节　两汉:六言诗体的形成

刘勰《文心雕龙·章句》一篇中说:"六言七言,杂出《诗》《骚》,两体之篇,成于西汉。"①

南朝梁任昉在《文章缘起》中说:"六言诗,汉大司农谷永作。"② 后人如宋代严羽、魏庆之以及明代高棅、谢榛、徐师曾等都接受了这种观点。

宋代严羽《沧浪诗话·诗体》:"六言起于汉司农谷永。"③

宋代魏庆之《诗人玉屑》:"六言诗,起于汉司农谷永。"④

明代高棅叙六言诗的发展过程说:"六言始自汉司农谷永,魏晋间曹陆间出。至唐初,李景伯有回波乐府。逮开元大历间,王维、刘长卿诸人相与继述而篇什屡见,然亦不过诗人赋咏之余矣。"⑤

---

① 周振甫:《文心雕龙今译》,中华书局1986年版,第311页。
② (梁)任昉:《文章缘起》,《丛书集成初编》,商务印书馆1937年版。
③ (宋)严羽著,郭绍虞校释:《沧浪诗话校释》,人民文学出版社2006年版,第48页。
④ (宋)魏庆之:《诗人玉屑》卷十九"中兴诸贤"条,上海古籍出版社1978年版,第420页。
⑤ (明)高棅编选:《唐诗品汇》,上海古籍出版社1982年版,第391页。

明代谢榛《四溟诗话》卷二："六言体起于谷永陆机长篇一韵。"①

明代徐师曾《文体明辨序说》："按六言诗昉于汉司农谷永，魏晋间曹（植）陆（机云兄弟）间出，其后作者渐多，然不过诗人赋咏之余耳。"②

从现有文献记载来看，诗、骚和先秦民间歌谣中开始有六言句，如上节所引歌谣、《诗经》、楚辞中的六言句。汉乐府中六言句渐多，如清调曲《董逃行》："山头危险大难""百鸟集来如烟""陛下长生老寿，四面肃肃稽首，天神拥护左右"；杂曲歌辞《悲歌》"悲歌可以当泣，远望可以当归"；西汉时期有一些作家尝试创作六言诗，但作者既不多，作品又湮没无传。赵翼《陔余丛考》卷二十三记载："古六言诗间有可见者。《文选》注引董仲舒琴歌二句。又《乐府》：'月穆穆以金波，日华耀以宣明。'边孝先解嘲：'寐与周公通梦，静与孔子同意。'《满歌行》：'命如凿石见火，居世竟能几时。'"③他所举的这些例子，《满歌行》是杂言体诗中夹杂六言句，非通篇六言诗。《文选》注所引董仲舒《琴歌》、边孝先的《解嘲》，不知是诗中摘句还是通篇六言。《文选·蜀都赋》中"合樽促席，引满相娱"，下注：善曰："东方朔《六言诗》曰：'合樽促席相娱。'"④左思《咏史八首》之八："计策弃不收，块若枯池鱼"，善曰："东方朔《六言诗》曰：'计策弃捐不收。'"⑤

任昉记载谷永有六言诗，刘勰又说"两体之篇，成于西汉"，或有所本，但有题无诗。李善引了东方朔的六言诗，也无全诗，因此这些都不可执以为证。后代论者其实如矮人看戏，既未目见，拾人牙慧。值得注意的是，西汉时出现的这些六言句已多是实词，"兮""而""乎""之"等虚词较少见。每句三拍，两字一顿。到了商丘成的《醉歌》，虽然只有一句，"出居安能郁郁"，但已是独立成篇而非摘句。可以说是有记载的最早的原始形态的六言诗了。

范晔的《后汉书》在《班固传》和《孔融传》中记载了他们二人都

---

① （明）谢榛：《四溟诗话》，丁福保辑《历代诗话续编》，中华书局1983年版。

② （明）吴讷：《文章辨体序说》；（明）徐师曾：《文体明辨序说》，人民文学出版社1962年版，第109页。

③ （清）赵翼：《陔余丛考》卷二十三"六言"条，商务印书馆1957年版，第452页。

④ 《昭明文选》上册，京华出版社2000年版，第125页。

⑤ 《昭明文选》中册，第49页。

写有六言诗："固所著《典引》《宾戏》《应讥》、诗、赋、铭、诔、颂、书、文、记、论、议、六言，在者凡四十一篇。""（融）所著诗、颂、碑文、论议、六言、策文、表、檄、教、令、书、记凡二十五篇。"① 班固所著的六言诗现在已不可见，孔融的三首六言保留了下来：

  汉家中道衰微，董卓作乱乘衰。僭上虐下作威，万官惶怖莫违。百姓惨惨心悲。
  郭李纷争为非，迁都长安思归。瞻望关东可哀，梦想周公归来。
  从洛到许巍巍，曹公忧国无私。灭去厨膳甘肥，群僚率从祁祁。虽得俸禄常饥，念我苦寒心悲。

这是现存最早的六言诗。其句数尚不齐，有五句，有四句，有六句。多用实词，一句三拍，每拍二字，每句都押韵。正像七言诗初期张衡等人的七言诗一样，句数参差、每句押韵，这也正是一种诗体已经定型而所有的规则尚未齐备时的特征。从语言、内容方面来看，语言质实，较少文采。三次用叠字，有汉乐府古诗遗习。内容赞美曹操，而叙事平实。孔融现存诗七首，而六言诗就有三首。从这个比重，也可以看出孔融当时对六言这种新诗体的兴趣。

曹丕也有几首六言诗：《令诗》《黎阳作诗》《董逃行》《寡妇诗》。其中《黎阳作诗》中已有意于对偶：

  奉辞讨罪遐征，晨过黎山巉峥。东济黄河金营，北观故宅顿倾。中有高楼亭亭，荆棘绕蕃丛生。南望果园青青，霜露惨凄宵零。彼桑梓兮伤情。

这首诗仍是每句都押韵。其中"东济黄河金营，北观故宅顿倾"，对得比较工整，"中有高楼亭亭，荆棘绕蕃丛生"，与"南望果园青青，霜露惨凄宵零"又形成扇对，语言也较孔融有文采。可见汉末三国时期，诗人已开始对六言诗的语言、对偶进行探索。

---

① （刘宋）范晔：《后汉书·班固传》，中华书局1965年版，第1386页。《后汉书·孔融传》，第2279页。

值得注意的是曹丕的《寡妇诗》，这首诗以虚字"兮"为句腰，句式为两拍：

霜露纷兮交下，木叶落兮凄凄。候雁叫兮云中，归燕翩兮徘徊。妾心感兮惆怅，白日急兮西颓。守长夜兮思君，魂一夕兮九乖。怅延伫兮仰观，星月随兮天廻。徒引领兮入房，窃自怜兮孤棲。愿从君兮终没，愁何可兮久怀。

这首诗表现出六言诗体探索发展期诗人对楚辞形式的借鉴。说明在汉代，六言诗的形态分为两种脉络：一种承着民歌、《诗经》的传统而多用实词，一句三拍；另一种承着楚辞的传统，以兮字为句腰，一句两拍。

第二章

魏晋南北朝时期的六言诗

魏晋时期是六言诗的探索发展时期。此期的诗坛各体并存。一方面，四言诗与五言诗连辔并驰，望路齐驱。流行的诗体是五言诗，同时四言诗在观念上仍占据着"正体"的地位。另一方面，七言方兴，六言亦为探索中的一体。可以说，魏晋时期是各种诗体交错升潜的时期，亦实为某种诗体能否成为主导诗体的关键时期。对于六言诗来说，能否成为主导诗体，很有点"得之我幸，不得我命"的意味。很遗憾，由于诗体、句式、观念等种种原因（在第六章专门讨论这一问题），六言诗在这场诗体的竞争角逐中没能脱颖而出，而是节节败退，连连失守。六言诗的题材范围从魏晋时的较为丰富：举凡军旅行役、宴乐抒情、哀悼怀人、哲理游仙，皆可以六言写之，到南北朝时的题材狭窄，剩下艳情、歌辞、文字游戏，和必须用六言诗的享庙之作。至唐初更只守住歌辞这一隅。五言、七言诗成为诗坛正体，六言诗从此在沉寂下来。虽历代作者不绝如缕，然终难与五言、七言诗相提并论。另外，魏晋时期又是六言诗体确立的时期。经过从曹丕、曹植到傅玄、陆机等人的尝试探索与创作实践，六言诗的技巧提高，句式确定，诗体正式确立。一方面是题材的变化，另一方面是诗体的确立，合此两方面而言，魏晋时期实是六言诗发展的一个关键时期。

第一节 魏晋诗人对六言诗体的探索

魏晋诗人对于诗艺之深好与精研是与在上者的爱好分不开的。建安时期，"魏武以相王之尊，雅爱诗章，文帝以副君之重，妙善辞赋，陈思以公子之豪，下笔琳琅"[①]。曹丕在给王朗的书信中说："人生有七尺之躯，

---

① 周振甫：《文心雕龙今译》，中华书局1986年版，第403页。

死为一棺之土，唯有立德场名，可以不朽；其次莫如著篇籍……故论撰所著典论、诗赋盖百余篇，集诸儒于肃城门内，讲论大义，侃侃无倦。"①上有所好，下必甚焉，曹氏父子对文学的爱好，有力地推动了诗体的发展。

  魏晋时期，传统的诗学观念仍以四言诗为正体。晋代挚虞在《文章流别论》中说："夫诗虽以情志为本，而以成声为节。然则雅音之韵，四言为正，其余虽备曲折之体，而非音之正也。"② 直到南北朝时期，梁代的刘勰还在《文心雕龙·明诗》中说："若夫四言正体，则雅润为本……五言流调，则清丽居宗。华实异用，唯才所安。"③ 时人的观念尚以五言诗为"流调"，也就是流行诗体。既是流行之体裁，五言诗在当时是作者和作品最多的一种。五言诗从汉代开始发展，魏建安年间，出现了"五言腾涌"的兴盛局面。经过魏晋时期进一步深入人心，到梁代已经呈现出取代四言诗的势头，梁代钟嵘的《诗品》中说："夫四言……每苦文繁而意少，故世罕习焉。"又说："五言居文辞之要，是众作之有滋味者也，故云会于流俗。""嵘今所录，止乎五言。"④ 同时，七言方兴，文人对这种文体还存在着偏见，晋人傅玄在《拟四愁诗序》中说："七言诗体小而俗。"⑤ 然七言"其兴也勃"，魏文帝的七言诗出手不凡，晋代左思的七言《咏史》诗也为后人所宗。这一期间，诗坛留给六言的空间似乎已经有限了，幸好一些很有造就的诗人对于六言这一体也同样感兴趣，他们也在尝试写作六言诗，并且取得了一定成绩，即提高了六言诗的艺术技巧，确立了六言诗的句式。

  魏晋期间六言诗的作者大都是当时的重要诗人，比如曹丕、曹植及嵇康、傅玄、陆机、谢灵运等人。他们的诗集中有四言、五言、六言、七言等各种诗体，可见他们对于诗体的探索兴趣浓厚，也可以说，其所取得的

---

 ① （清）严可均辑：《全上古三代秦汉三国六朝文·全三国文》，中华书局1958年版，第1090页。

 ② （晋）挚虞：《文章流别论》，见《全晋文》卷七十七，商务印书馆1999年版，第820页。

 ③ 周振甫：《文心雕龙今译》，中华书局1986年版，第62页。

 ④ （梁）钟嵘：《诗品》，（清）何文焕辑《历代诗话》，中华书局1981年版，第3、5页。

 ⑤ 逯钦立辑校：《先秦汉魏晋南北朝诗》，中华书局1983年版，第573页："昔张平子作四愁诗，体小而俗，七言类也。"

第二章 魏晋南北朝时期的六言诗

造诣正来自研究写作诗的兴趣。这种对于诗体的探索兴趣表现在以下几个方面。

一 诗人的诗集中各体皆有

他们的诗集中，有四言、五言、六言、七言诗，没有哪一种诗体占压倒性优势，留下了诗体交错升潜时期诗人们尝试各种诗体的痕迹。诗人对诗体探索的兴趣，从他们的作品数量比例上也可以略见一斑。

曹丕今存诗44首，其中有四言诗9首，五言诗22首，六言诗4首，且有1首骚体六言诗。七言诗2首，杂言诗7首[①]。

曹植今存诗83首，其中四言诗14首，五言诗59首，六言诗1首，六言残句三段。七言诗2首，杂言诗7首[②]。

嵇康今存诗歌60首，其中有四言诗36首，五言诗12首，六言诗10首，七言骚体诗2首[③]。

傅玄今存诗63首，其中有四言诗5首，五言诗37首，六言诗1首，七言诗7首，九言诗1首，杂言诗12首[④]。

陆机今存诗113首，其中四言诗19首，五言诗76首，六言诗2首，七言诗11首，杂言诗5首[⑤]。这些诗中，属于乐府诗的有41首。陆机对汉末《古诗十九首》特别爱好，拟作了其中十二题。

庾阐今存诗20首，其中四言诗1首，五言诗13首，六言诗6首[⑥]。

从这些诗的总量来看，四言诗与五言诗占比重较大，但是就每个诗人

[①] 根据《先秦汉魏晋南北朝诗》魏诗卷四与《魏武帝魏文帝诗注》互相参看。黄节校注：《魏武帝魏文帝诗注》，人民文学出版社1958年版。

[②] 根据《先秦汉魏晋南北朝诗》魏诗卷六、卷七与《曹植集校注》互相参看。赵幼文校注：《曹植集校注》，人民文学出版社1984年版。

[③] 根据《先秦汉魏晋南北朝诗》魏诗卷九与《六朝十大名家诗》互相参看。陈书良等编校：《六朝十大名家诗》，岳麓书社2000年版。

[④] 傅玄诗保存在《先秦汉魏晋南北朝诗》晋诗卷一，没有专门的单行本。其中有不少诗是残篇，很难判断究竟是杂言还是齐言。比如《乐府》，共有九行残句，分别是四言、四言、五言、七言、杂言、杂言、杂言。韩国崔宇锡在《魏晋四言诗研究》中未说明将《乐府》算作几首。因此，笔者在统计时暂不论残篇，除非诗题标明体裁的才算，如《四言杂诗》算四言诗。

[⑤] 根据《先秦汉魏晋南北朝诗》晋诗卷五与《陆机集》互相参看。(晋)陆机著，金涛声点校：《陆机集》，中华书局1982年版。

[⑥] 庾阐的诗保存在《先秦汉魏晋南北朝诗》晋诗卷十二。

的作品而言，则有的以四言诗为主，有的以五言诗居多，无法从中看出这一时代哪种诗体为主导。还有一种有趣的现象，就是某个诗人写得多的诗体并非就是他擅长的诗体，写得少的诗体却可能出了精品。比如曹丕，虽然四言诗与五言诗都不少，真正使他诗史留名的却是七言诗。曹植的六言诗相对于四言诗来说数量很少，但他的唯一完整的六言诗是魏晋时期六言翘楚，最富文采之作，其四言诗却默默无闻。我们可以说，魏晋时期，是各种诗体的交错升潜的时期，没有哪一种诗体占主导地位，诗人们对各种诗体都有兴趣去尝试创作。正是他们这种探索的热情，促进了诗体的发展，提高了诗的艺术技巧。

二　在拟古乐府过程中探索和发展六言诗

魏晋时期诗人雅爱拟古乐府。萧涤非《汉魏六朝乐府文学史》曰："魏为乐府之模拟时期。""世多谓乐府为诗之一体。实则一切诗体皆由乐府生也。汉乐府多杂言及五言，四言甚少，至六言七言，则更绝无其作。魏则诸体毕备，吾国千百年来之诗歌，虽古近不同，律绝或异，要其大体，盖莫不导源于此时矣。"[1] 从曹丕到谢灵运等人，每人集中都有不少拟古乐府之作。这些作品在模拟中有新变，促进了诗体的创新发展。

《三国志·魏书·文帝纪》卷二云："帝好文学，以著述为务，自所勒成垂百篇。"[2] 曹丕今存诗40多首，乐府与古诗参半。他的乐府诗有时用原题写新的内容，比如汉乐府《董逃行》本写求仙之兴，曹丕写军队出征；汉乐府《艳歌何尝行》本写夫妻别离，相顾不忍，曹丕的《艳歌何尝行》写人生感受；汉乐府《饮马长城窟行》"言征戍之客，至于长城而饮其马，妇人思念其勤劳，故作是曲也"[3]，曹丕用来写军队出征。汉乐府《陌上桑》写罗敷之美、盛夸其夫以绝觊觎者，曹丕用来写从军行路之苦。有时他的乐府诗还袭用古乐府中的句子，如汉乐府《艳歌何尝行》中"妻卒被病，不能相随。五里一反顾，六里一徘徊。吾欲衔汝去，口噤不能开；吾欲负汝去，毛羽何摧颓"，曹丕几乎原封不动地搬进了自创的《临高台》里："鹄欲南游，雌不能随。我欲躬衔汝，口噤不能开；

---

[1] 萧涤非：《汉魏六朝乐府文学史》，人民文学出版社1983年版，第126页。
[2] （晋）陈寿撰：《三国志·魏书·文帝纪》卷二，中华书局1971年版，第88页。
[3] 《乐府诗集》，第555页，郭茂倩所作《饮马长城窟行》解题。

我欲负之，毛衣摧颓。五里一顾，六里徘徊。"又如汉乐府《东门行》："上用沧浪天故，下当用此黄口儿。"曹丕《艳歌何尝行》中："上惭仓浪之天，下顾黄口小儿。"全仿汉乐府古辞。曹丕还有创为新体的七言诗，如《燕歌行》。曹丕对六言诗的贡献，主要在于他对于乐府诗在模拟中更有创新。乐府古题《上留田行》本是带有六言的杂言诗，通过他的中介作用，到陆机时，《上留田行》变成了纯六言诗。乐府古题《董逃行》也是带有六言的杂言诗，他沿用此题，写成纯六言诗《董逃行》，而且内容也与古诗完全不同。

　　曹植的乐府诗和六言诗都不多，但质量极高。胡应麟《诗薮·外编》说："建安中，三、四、五、六、七言、乐府、文、赋俱工者，独陈思耳。"[1] 曹植的乐府诗在模拟中总有些创新。比如《薤露行》汉乐府古辞为三、七杂言，曹植用原题，体裁变为整齐的五言诗。再如《怨歌行》，汉代古题写宫怨，曹植用来写君臣之遇。有自出新题者，如《名都篇》《白马篇》《妾薄命篇》，因意命题，无所依傍。他现存的六言诗几乎都是乐府诗，如《妾薄倖》《妾薄相行》《乐府妾薄命行》，还有一句六言残句："秋商气转微凉。"其中《乐府妾薄命行》极具文采：

　　　　携玉手喜同车，北上云阁飞除。钓台蹇产清虚，池塘灵沼可娱。仰泛龙舟绿波，俯擢神草枝柯。日既逝矣西藏，想彼宓妃洛河。
　　　　日月既逝西藏，更会兰室洞房。花灯步障舒光，皎若日出扶桑。促樽合座行觞。主人起舞娑盘，能者冗触别端。腾觚飞爵阑干，同量等色齐颜。任意交属所欢，朱颜发外形兰。袖随礼容极情，妙舞仙仙体轻。裳解履遗缨，俯仰笑喧无呈。览持佳人玉颜，齐接金爵翠盘。手形罗袖良难，腕弱不胜珠环，坐者叹息舒颜。御巾裹粉君傍，中有霍纳都梁。鸡舌五味杂香，进者何人齐姜，恩重爱深难忘。召延亲好宴私，但歌杯来何迟。客赋既醉言归，主人称露未晞。

　　这首诗写宴饮歌舞的场面，对兰室洞房的华美极尽铺陈之能事，辞意繁杂而伤于轻艳，实为梁、陈宫体诗的先声。
　　傅玄长于乐府诗创作。他现存诗中乐府诗占有三分之二强。沈德潜

---

[1] （明）胡应麟：《诗薮》，上海古籍出版社1979年版，外编卷二。

《古诗源》评论傅玄诗歌说："休奕诗，聪颖处时带累句，大约长于乐府，而短于古诗。"①他的《艳歌行》在词句完全模仿汉乐府民歌《陌上桑》，不过仿得不成功。从这种字规句模可以看出他对于模拟古乐府诗的兴趣。他模拟《怨歌行》的作品是《怨歌行朝时篇》，古题后带了个尾巴，写新的内容。他用乐府古题《董逃行》写了《董逃行历九秋篇》，亦此种模拟、探索之作，是成功之作。

陆机现存诗 113 首。其中乐府诗有 51 首。他的诗，语言精美，形象清晰，虽有脱离生活之嫌，但他在辞藻和对偶上的精研，提高了诗的语言艺术，对于以后诗歌创作形式上的精美产生了重大影响。他对于汉末《古诗十九首》特爱好之，拟作了其中的 12 首。他的乐府诗《日出东南隅行》（又名《罗敷艳歌》），描写女子美貌，模仿汉乐府《陌上桑》的开头一段对罗敷的刻画赞美。陆机的两首六言诗《上留田行》和《董逃行》都是乐府古题。从这两题，可以看出魏晋诗人是如何将其改造为六言诗的。《董逃行》属汉乐府中的《相和歌辞》，清调曲，是杂言诗：

  山头危险大难。遥望五岳端，黄金为阙班璘。但见芝草，叶落纷纷。

  百鸟集来如烟，山兽纷纶，麟、辟邪；其端鹍鸡声鸣。但见山兽援戏相拘攀。

  小复前行玉堂，未心怀流还。传教出门来："门外人何求？"所言："欲从圣道求一得命延。"

  教敕凡吏受言，采取神药若木端。白兔长跪捣药虾蟆丸。奉上陛下一玉柈，服此药可得神仙。

  服尔神药，莫不欢喜。陛下长生老寿，四面肃肃稽首，天神拥护左右，陛下长与天相保守。

这首诗有五言、六言、七言、八言、九言，而以六言句居多。语言朴拙。从句法上来看，"门外人何求？""服尔神药，莫不欢喜"，还是散文

---

① （清）沈德潜：《古诗源》，中华书局 1990 年版，第 150 页。

句法。曹丕的《董逃行》、傅玄的《董逃行历九秋篇》、陆机、谢灵运①的《董逃行》演为全篇六言。曹丕的诗尚嫌质朴，傅玄之后的诗在辞藻、修饰上已经完全是文人诗了。

  晨背大河南辕，跋涉遐路漫漫，师徒百万哗喧，戈矛若林成山，旌旗拂日蔽天。（曹丕《董逃行》）

傅玄的《董逃行历九秋篇》全篇六言，但是每一节开头一句都带有"兮"字，是普通句式与骚体六言诗杂糅：

  历九秋兮三春，遣贵客兮远宾。顾多君心所亲，乃命妙伎才人。炳若日月星辰。
  序金罍兮玉觞，宾主递起雁行。杯若飞电绝光，交觞接卮结裳。慷慨欢笑万方。
  ……

陆机的《董逃行》，全篇六言，句式固定，且文采、对偶都胜过前人：

  和风习习薄林，柔条布叶垂阴。鸣鸠拂羽相寻，仓庚喈喈弄音，感时悼逝伤心。
  日月相追周旋，万里倏忽几年，人皆冉冉西迁。盛时一往不还，慷慨乖念凄然。
  昔为少年无忧，常怪秉烛夜游，翩翩宵征何求，于今知此有由。但为老去年遒，
  盛固有衰不疑。长夜冥冥无期，何不驱驰及时。聊乐永日自怡，赍此遗情何之。

---

① 《乐府诗集》题解："古词云'我欲上谒从高山，山头危险大难'，言五岳之上，皆以黄金为宫阙，而多灵兽仙草，可以求长生不死之术，令天神拥护君上以寿考也。若陆机'和风习习薄林'，谢灵运'春虹散彩银河'，但言节物芳华，可及时行乐，无使徂龄坐徙而已。"可见谢灵运诗在宋代尚存。

人生居世为安，岂若及时为欢。世道多故万端，忧虑纷错交颜，老行及之长叹

谢灵运的《董逃行》残句："春虹散彩银河。"

《董逃行》从汉代到东晋陆机，有如下变化：第一，从杂言变为齐言。第二，汉代基本上是以五句为一节，曹丕的一首诗有五句，傅玄、陆机的诗也都以五句为一节。第三，句式从无序的杂言，到六言普通句式"二、二、二"，到骚体六言与普通六言糅合，再到普通六言句式，这中间有过反复，最终确定了"二、二、二"的普通句式。第四，曹丕的诗在末两句有了对偶的意识，傅玄、陆机的诗不对偶。可惜谢灵运的诗只剩一句，不知道他的《董逃行》有无对偶。从"春虹散彩银河"这一句，可看出其辞藻华美。

再如《上留田行》，在《乐府诗集》中属于相和歌辞，瑟调曲。郭茂倩引《乐府广题》曰："盖汉世人也。云：'里中有啼儿，似类亲父子。回车问啼儿，慷慨不可止。'"在汉代，此题尚为五言或含有五言之杂言诗。曹丕《上留田行》以六言为主，后缀"上留田"三个衬字，可能是和声①：

居世一何不同，上留田。富人食稻与粱，上留田。贫子食糟与糠，上留田。
贫贱亦何伤，上留田。禄命悬在苍天，上留田。今尔叹息将欲谁怨？上留田。

陆机的《上留田行》将去掉了衬字"上留田"，演变为全篇六言：

嗟行人之蔼蔼，骏马陟原风驰。轻舟泛川雷迈。
寒往暑来相寻。零雪霏霏集宇，悲风徘徊入襟。
岁华冉冉方除，我思缠绵未纾，感时悼逝伤心。

---

① 《世说新语·任诞》："桓子野每闻清歌，辄唤'奈何'。"张㧑之《世说新语译注》引《古今乐录》曰："'奈何'，曲调之遗音也。"即一人唱，众人唤"奈何"相和。

刘宋谢灵运的同题拟作，又把衬字"上留田"加上了，而且每节第一句重复：

薄游出彼东道，上留田。薄游出彼东道，上留田。循听一何蠹蠹，上留田。澄川一何皎皎，上留田。
悠哉遐矣征夫，上留田。悠哉遐矣征夫，上留田。两服上阪电逝，上留田。舫舟下游飙驱，上留田。
此别既久无适，上留田。此别既久无适，上留田。寸心系在万里，上留田。尺素遵此千夕，上留田。
秋冬迭相去就，上留田。秋冬迭相去就，上留田。素雪纷纷鹤委，上留田。清风飙飙入袖，上留田。
岁云暮矣增忧，上留田。岁云暮矣增忧，上留田。诚知运来讵抑，上留田。熟视年往莫留，上留田。

谢灵运这首诗，除去衬字、重句，其实为：

薄游出彼东道，循听一何蠹蠹，澄川一何皎皎。
悠哉遐矣征夫，两服上阪电逝，舫舟下游飙驱。
此别既久无适，寸心系在万里，尺素遵此千夕。
秋冬迭相去就，素雪纷纷鹤委，清风飙飙入袖。
岁云暮矣增忧，诚知运来讵抑，熟视年往莫留。

暂且不论衬字和重复句子，将这三首诗对照来看，可以发现：汉代古题是五言或杂有五言的杂言诗，曹丕的诗定下了以六言为主的调子，后两诗都为六言；曹丕的诗定下了三句一节的节奏，后两诗都是三句一节；曹丕的诗第一节"居世一何不同，富人食稻与粱，贫子食糟与糠"，是第一句总提，后两句对偶，分别发挥首句的意思。陆诗与谢诗也是这样，而且在语言清丽与对偶精练方面远超过了曹丕的作品。从《董逃行》和《上留田》由杂言变化为六言诗的过程，我们可以看出，魏晋诗人们是怎样在模拟乐府古题的过程中，探索尝试，促使了含有六言诗的古题凝固定型，最终成为六言诗的。

三 用六言诗重复其他诗体中相似的内容

曹丕、傅玄、陆机的诗集中，常会出现一种饶有意味的现象：相似的内容或主题，用其他诗体写过了，再用六言诗重写一篇，似乎是想看看诗体不同，写作效果有什么差异。

比如曹丕的六言诗《董逃行》与五言诗《饮马长城窟行》内容字句都相似：

晨背大河南辕，跋涉逶路漫漫，师徒百万哗喧，戈矛若林成山，旌旗拂日蔽天。（《董逃行》）

浮舟横大江，讨彼犯荆虏。武将齐贯甲，征人伐金鼓。长戟十万队，幽冀百石弩。发机若雷电，一发连四五。（《饮马长城窟行》）

这两首诗都是写出征队伍。渲染军队的气势：一曰"晨背大河南辕"，另一曰"浮舟横大江"，一水一陆都是写军队行军，背景都有大河。一曰"师徒百万哗喧"，另一曰"征人伐金鼓"，从声音上表现声势壮观；一曰"戈矛若林成山，旌旗拂日蔽天"，另一曰"长戟十万队"，从数量上盛陈军队实力，总之，这两首诗主题相同，内容字句相似。

陆机的五言诗《豫章行》中第一节与六言诗《上留田行》的第一节内容相似，"泛舟清川渚"与"轻舟泛川雷迈"，连用字都相似，难究哪一句在先。

泛舟清川渚，遥望高山阴。川陆殊途轨，懿亲将远寻。（《豫章行》）

嗟行人之蔼蔼，骏马陟原风驰。轻舟泛川雷迈。（《上留田行》）

六言诗《董逃行》的第一节与五言诗《悲哉行》的开头一段写景物的字句极其相似：

和风习习薄林，柔条布叶垂阴。鸣鸠拂羽相寻，仓庚喈喈弄音，感时悼逝伤心。（《董逃行》）

游客芳春林，春芳伤客心。和风飞清响，鲜云垂薄阴。蕙草饶淑

气，时鸟多好音。翩翩鸣鸠羽，嗜嗜仓庚音。……（《悲哉行》）

"和风习习薄林，柔条布叶垂阴"与"和风飞清响，鲜云垂薄阴"相似；"鸣鸠拂羽相寻，仓庚嗜嗜弄音"与"翩翩鸣鸠羽，嗜嗜仓庚音"相比，简直是照搬。据说诗人得了好句，不舍得用一次便罢，有时会反复使用。陆机在五言诗中用了这几句，又用六言诗写了一遍。

傅玄的《豫章行苦相篇》与《董逃行历九秋篇》的主题相似：

苦相身为女，卑陋难再陈。男儿当门户，堕地自生神。雄心志四海，万里望风云。
女育无欣爱，不为家所珍。长大逃深室，藏头羞见人。无泪适他乡，忽如雨绝云。
低头和颜色，素齿结朱唇。跪拜无复数，婢妾如严宾。情合同云汉，葵藿仰阳春。
心乖甚水火，百恶集其身。玉颜随年变，丈夫多好新。昔为形与影，今为胡与秦。
胡秦时相见，一绝逾参辰。（《豫章行苦相篇》）

《董逃行历九秋篇》：

历九秋兮三春，遣贵客兮远宾。顾多君心所亲，乃命妙伎才人。炳若日月星辰。
序金罍兮玉觞，宾主递起雁行。杯若飞电绝光，交觞接厄结裳。慷慨欢笑万方。
奏新诗兮夫君，烂然虎变龙文。浑如天地未分，齐讴楚舞纷纷。歌声上激青云。
穷八音兮异伦，奇声靡靡每新。微披素齿丹唇，逸响飞薄梁尘。清爽渺渺入神。
坐咸醉兮沾欢，引樽促席临轩。进爵献寿翻翻，千秋要君一言。愿爱不移若山。
君恩爱兮不竭，譬若朝日夕月。此景万里不绝，长保初醮结发。何忧坐成胡越。

携弱手兮金环,上游飞阁云间。穆若鸳凤双鸾,还幸兰房自安。娱心极意难原。

乐既极兮多怀,盛时忽逝若颓。寒暑革御景廻,春荣随风飘摧。感物动心增哀。

妾受命兮孤虚,男儿堕地称珠。女弱虽难若无,骨肉至亲更疏。奉事他人托躯。

君如影兮随形,贱妾如水浮萍。明月不能常盈,谁能无根保荣。良时冉冉代征。

顾绣领兮含辉,皎日廻光则微。朱华忽尔渐衰,影欲舍形高飞。谁言往思可追。

荠与麦兮夏零,兰桂践霜逾馨。禄命悬天难明,妾心结意丹青。何忧君心中倾。

《苦相篇》描写男女不平等的社会现象,着重写女子的不幸命运:生下来就不受喜爱重视,嫁人后更是仰人鼻息。见了丈夫要低眉顺眼,对待婢妾也着意接纳,免得她们从中兴风作浪,这是多么耻辱又无可奈何的事情啊!丈夫情浓时她也战战兢兢,丈夫变心后对她百般不顺眼。年老色衰,丈夫对她冷落到永不相见的地步。《董逃行历九秋篇》上半部分写宴会,下半部分则写生为女子的苦楚:生为女子,必须仰仗丈夫的宠爱,时时警惕害怕失去他的欢心。但"明月不能常盈",恩爱不能永久,丈夫变心了:"影欲舍形高飞",女子无能为力,只能把一切寄托于命运:"禄命悬天难明。"

两首诗写男子地位优越,一曰"男儿当门户,堕地自生神",另一曰"男儿堕地称珠";写家人对女孩子的轻视:一曰"女育无欣爱,不为家所珍",另一曰"女弱虽难若无,骨肉至亲更疏"。写妻自惭为女,一曰"葵藿",另一曰"浮萍",写妻以夫为天,一曰"情合同云汉,葵藿仰阳春",另一曰"君恩爱兮不竭,譬若朝日夕月"。比喻妻为形,昼夜永在,夫为影,有时而存,一曰"昔为形与影",另一曰"君如影兮随形";写丈夫随妻色衰而变心,一曰"玉颜随年变,丈夫多好新",另一曰"朱华忽尔渐衰,影欲舍形高飞"。写夫妻关系疏远,一曰"今为胡与秦",另一曰"何忧坐成胡越"。

从写作方式上看,《豫章行苦相篇》是叙事诗的形式,从头到尾叙述女子一生命运；《董逃行历九秋篇》则是抒情诗的形式，先写欢宴，女子在宴会中献寿称觞，"千秋要君一言"，与丈夫盟誓永远相爱。乐往哀来，引出女子的心理描写。以下部分，既像是对自己命运的预见，又像是对丈夫变心现实的哀叹。这首六言诗似乎是作者有意把五言诗扩而广之，描写更细致，语言也更有文采。比如唯恐丈夫变心："明月不能常盈，谁能无根保荣。"再如心怀隐忧："乐既极兮多怀，盛时忽逝若颓。寒暑革御景廻，春荣随风飘摧。感物动心增哀。"心理活动细腻，抒情气息浓厚。

如果说，曹丕、陆机等人在不同诗体中有相同的字句或出偶然，那么傅玄这两首诗因整体内容的相似，可以说，确实是有意为之，从篇幅、语言技巧等各方面来看，《苦相篇》语言较为质朴，《董逃行》的语言则显得从容舒缓，叙事、抒情更周详，篇幅增广，因此可断定是以《苦相篇》为蓝本的扩写，其对比、探求的意图很明显。作者试图通过相同的内容，探索六言诗与五言诗体在表现功能上有何差异。我们把这两首诗跟陆机和曹丕的诗对比，大致会有一个印象：就是六言诗的语言比起五言来舒缓一些。就写景而言显得典雅，抒情也更舒缓。用在写军事方面，则显得凝重，也有些沉滞的感觉。这是六言诗的节拍所决定的，后面将有专章讨论。总之，诗人们尝试着诗歌样式的革新，虽然六言诗这一体在魏晋时尚未成气候，但作者的创新精神和艰苦努力却昭然可见。

第二节　魏晋时期六言诗的发展

一　魏晋六言诗的题材丰富

现存魏晋时期的六言诗共计 24 首，还有 2 段残篇[①]，2 句残句。这些诗，有军旅行役题材，如曹丕的《董逃行》《黎阳作诗》；有述志抒情，如曹丕的《令诗》《寡妇诗》；有宴乐、怨情，如曹植的《乐府妾薄命行》、傅玄的《董逃行历九秋篇》，成为后世宫体诗、闺怨诗的滥觞；有咏史议论哲理诗如嵇康的《六言诗十首》，游仙诗如庾阐的《游仙诗》4首，前者成为后世玄言诗的先声。总的看来，此期六言诗内容涉及社会生

---

① 《先秦汉魏晋南北朝诗》中还辑有曹植"齐讴楚舞纷纷，歌声上激青云"两句，但这两句是傅玄的《董逃行历九秋篇》中的句子。

活的很多方面，题材较为丰富。

二 句式确定

六言诗从《诗经》、楚辞和民间歌谣中六言句演进而来的，因此，从它产生时就有两种句式：一种是继承《诗经》和民歌传统，多用实词，一句三拍，两字一顿；另一种是继承楚辞风格，一句两拍，以虚字为腰，句式为前三后二或前二后三。前一种是六言诗的普通形式，以后历代诗人写作六言时一般是用这种句式；魏晋时期的六言诗大多是这种形式，如曹丕的《令诗》、曹植的《乐府妾薄命行》，陆机的《上留田行》等。后一种可称为骚体六言诗，如曹丕的《寡妇诗》，这是魏晋时唯一的骚体六言诗。此后遗音甚渺，几成绝响，只是文人有意为之时才偶尔一用[①]。魏晋时期还有第三种形式：就是诗、骚特征合流的六言诗。这种诗以后历代再未出现过。魏晋是六言诗探索发展时期，这种形式的六言诗说明了诗人对六言诗句式的探索。此后，六言诗的句式就凝固下来，定型为普通的"二、二、二"节拍，多用实词的形式。

1. 骚体六言诗的节拍：魏晋时期唯一的骚体六言诗是曹丕的《寡妇诗》。建安七子之一阮瑀早逝，曹丕写了这首诗表达对他孀妻的同情：

霜露纷兮交下，木叶落兮凄凄。候雁叫兮云中，归燕翩兮徘徊。妾心感兮惆怅，白日急兮西颓。守长夜兮思君，魂一夕兮九乖。怅延伫兮仰观，星月随兮天廻。徒引领兮入房，窃自怜兮孤棲。愿从君兮终没，愁何可兮久怀。

这首诗以虚字"兮"为句腰，一句两拍，带着浓重的楚辞风味，表现出六言诗体探索发展期诗人对楚辞形式的借鉴。

2. 诗、骚体六言句式特征的合流：这种形式只在魏晋时期存在过，就是嵇康的《六言诗十首》和傅玄的《董逃行历九秋篇》。先来看傅玄的

[①] 如梁代萧钧的《山中楚辞六首》，即特地学习楚辞风格，其中两首是六言诗。再如唐代许敬宗《上恩光曲歌辞启》："窃寻乐府雅歌，多皆不用六字。近代有《三台》，《倾杯乐》等，艳曲之例，始用六言。今故杂以兮字，稍欲存于古体。"这是为了和六言艳曲相区别，特意写成带兮的骚体风格的六言诗。

作品：

  历九秋兮三春，遣贵客兮远宾。顾多君心所亲，乃命妙伎才人。炳若日月星辰。
  序金罍兮玉觞，宾主递起雁行。杯若飞电绝光，交觞接卮结裳。慷慨欢笑万方。
  奏新诗兮夫君，烂然虎变龙文。浑如天地未分，齐讴楚舞纷纷。歌声上激青云。
  穷八音兮异伦，奇声靡靡每新。微披素齿丹唇，逸响飞薄梁尘。清爽眇眇入神。
  坐咸醉兮沾欢，引樽促席临轩。进爵献寿翻翻，千秋要君一言。愿爱不移若山。
  君恩爱兮不竭，譬若朝日夕月。此景万里不绝，长保初醮结发。何忧坐成胡越。
  携弱手兮金环，上游飞阁云间。穆若鸳凤双鸾，还幸兰房自安。娱心极意难原。
  乐既极兮多怀，盛时忽逝若颓。寒暑革御景廻，春荣随风飘摧。感物动心增哀。
  妾受命兮孤虚，男儿堕地称珠。女弱虽难若无，骨肉至亲更疏。奉事他人托躯。
  君如影兮随形，贱妾如水浮萍。明月不能常盈，谁能无根保荣。良时冉冉代征。
  顾绣领兮含辉，皎日廻光则微。朱华忽尔渐衰，影欲舍形高飞。谁言往思可追。
  荠与麦兮夏零，兰桂践霜逾馨。禄命悬天难明，妾心结意丹青。何忧君心中倾。

  这首诗采用了一种奇妙的形式：每节的第一句，都使用"兮"字（第一节第二句也用了"兮"字），明显是楚辞风格，而每节的后四句都是普通六言诗的句式，作者似乎要把两种句式糅合在一首诗里看看效果如何。傅玄对于六言诗句式的尝试，加上这首诗在内容上对于《豫章行苦相篇》的扩展，表明他是一个对于六言诗极感兴趣的诗人。我甚至推测他所作的六言诗不止这一首，但只有这一首保存下来了。

嵇康的《六言诗十首》现存的形式是这样的：

惟上古尧舜，二人功德齐均。不以天下私亲，高尚简朴慈顺，宁济四海蒸民。

唐虞世道治，万国穆亲无事。贤愚各自得志，晏然逸豫内忘。佳哉尔时可喜。

智慧用有为，法令滋章寇生。纷然相召不停，大人玄寂无声。镇之以静自正。

名与身孰亲，哀哉世俗狥荣。驰骛竭力丧精，得失相纷忧惊。自贪勤苦不宁。

生生厚招咎，金玉满堂莫守。古人安此粗丑，独以道德为友。故能延期不朽。

名行显患滋，位高势重祸基。美色伐性不疑，厚味腊毒难治。如何贪人不思。

东方朔至清，外似贪污内贞。秽身滑稽隐名，不为世累所撄。所欲不足无营。

楚子文善仕，三为令尹不喜。柳下降身蒙耻，不以爵禄为已。靖恭古惟二子。

老莱妻贤明，不愿夫子相荆。相将避禄隐耕，乐道闲居采萍。终厉高节不倾。

嗟古贤原宪，弃背膏粱朱颜。乐此屡空饥寒，形陋体逸心宽。得志一世无患。

这首诗中所咏，有尧舜、东方朔、楚子文、柳下惠、老莱妻、原宪等历史人物，又有对于"智慧"与"法令""名与身"关系的思考，对守财、狥荣的警示，在咏史和说理过程中朝廷议论，因此属于包含咏史和哲理的一组议论诗。

逯钦立认为，这十首诗的第一句都是诗的正文，而非子目。他在《先秦汉魏晋南北朝诗》中于此题下辩证："各篇起句率与本篇为韵，自是诗之本文，不应列为子目。再各起句皆五言，题为六言诗，似亦不合。窃谓此诗起句沿用楚歌句式，上三下二为实字，中间联以兮字。而足为六言。

后人逞臆删去兮字，遂致此谬。"① 笔者也认为这十个子目其实就是每首诗的第一句，并从文意上来补充证明：第五首如果"生生厚招咎"是题，一句"金玉满堂莫守"就来得突兀。反之如果以"生生厚招咎"为第一句，则"金玉满堂莫守"就有了承接对象。如果这还可勉强说得过去的话，第八首如果题为《楚子文善仕》，就无法包含全诗内容。因为全诗是讲楚子文和柳下惠两个人的，诗末收尾说："靖恭古惟二子。"明显说的是两人的事迹。只有把"楚子文善仕"作为第一句，与第二句"三为令尹不喜"连起来写楚子文，第三、第四句写柳下惠，最后一句总结二子，全诗才结构完整。因此这十首诗应该是"惟上古兮尧舜，二人功德齐均。不以天下私亲，高尚简朴慈顺，宁济四海蒸民"的形式，其句式和傅玄的《董逃行历九秋篇》是完全一样的。傅玄可能是学习了嵇康的句式。魏晋以后，六言诗的句式确定下来，没有这种"混合句型"作品了。

这一期六言诗的句数尚不确定，长诗不论，短诗似以五句、九句为普通形式。每首五句的如曹丕《令诗》、嵇康《六言诗十首》，每首九句的如曹丕《黎阳作诗》、陆机《上留田行》。诗中每一节的句数也不定，有每节三句的，如陆机《上留田行》；有每节四句的，如曹丕《寡妇诗》；有每节五句的，如曹植《乐府妾薄命行》、傅玄的《董逃行历九秋篇》，陆机《董逃行》。

三　技巧提高

1. 语言较有文采，描写细腻

汉末孔融的《六言诗三首》可谓质木无文。从曹丕的《寡妇诗》开始，已经有了细致的心理描写、环境烘染。比如用"霜露纷兮交下，木叶落兮凄凄"，这样凄凉的意境来衬托寡妇的哀愁。用"守长夜兮思君，魂一夕兮九乖"来刻画寡妇耿耿不寐，肠回九折的悲苦。曹丕虽为政治上极有手腕的人物，然同时又有文士的灵心善感，且文学素养极高，这使他能准确体会到人物的内心世界并得体地表现出来。在刻画心理方面，傅玄的《董逃行历九秋篇》对女子忧栗又自知不免的心理也体察入微。此后陆机的《董逃行》《上留田行》也都能做到情景交融。

---

① 逯钦立编：《先秦汉魏晋南北朝诗》，中华书局1983年版，第489—490页。

2. 押韵

六言诗初起时，孔融的六言诗三首，两首句句押韵，一首是隔句用韵。曹丕的六言诗是一韵到底，句句押韵。曹植、傅玄、陆机的长篇六言诗都是以五句为一节，一节之内句句押韵，每节转韵。我们知道，成熟的古体诗和律诗都是隔句用韵的（首句不论），当曹丕的五言诗已经是隔句压韵的时候，他的六言诗和七言诗《燕歌行》一样，都是句句押韵，说明这一时期六言诗与七言诗一样都是新兴诗体，尚不成熟。

3. 对偶

在艺术手法方面，曹丕《董逃行》《黎阳作诗》开始有意为对偶，尽管这种对偶还是很初级的，不太工整的：

戈矛若林成山，旌旗拂日蔽天。(《董逃行》)

中有高楼亭亭，荆棘绕蕃丛生。南望果园青青，霜露惨凄宵零。(《黎阳作诗》)

陆机的《董逃行》前四句也是不太工整的对偶："和风习习薄林，柔条布叶垂阴。鸣鸠拂羽相寻，仓庚嘈嘈弄音。"他的《上留田行》中的对偶已经较为工整了：

嗟行人之蔼蔼，骏马陟原风驰，轻舟泛川雷迈。
寒往暑来相寻。零雪霏霏集宇，悲风徘徊入襟。

可以看出来，从曹丕到陆机，文字渐渐倾向雕琢，对偶一步步讲求工整。综合以上三个方面来看，魏晋时期的六言诗，内容较为广泛，心理描写细腻，句式已经固定，对偶也逐渐趋向工整。但短篇句数尚不确定，长篇每节的句数也不确定。押韵方面，还是句句押韵。六言诗的下一个阶段就是南北朝诗人对声律、对偶的进一步精研和句数的凝固了。

第三节　南北朝时的六言诗：形式凝固

魏晋诗人的六言诗在传情写意方面已经能做到得心应手。诗人们在对六言诗的探索上完成了句式的凝固，产生了对偶意识。六言诗要进一步发展，下一个历史任务就是精研音律和对偶，为六言诗从古体的向格律体的转化作准备。同时，南北朝时由于文学观念的转变，"文""笔"分开，文学"吟咏性情"的意识增强，而社会生活内容从文学中减退。因此，南北朝时的六言诗，其特征是内容较魏晋期间狭窄，而句数确定，辞采艳发，音律和对偶工整。一言以蔽之，就是形式凝固，艺术技巧又前进一步。

一 文学观念的转变与六言诗的内容

文学真正从儒家诗学体系中分离出来，是在南朝时代。南朝文人又通过"文"与"笔"的辩证深化了对诗歌本质的理解，突出了对文学价值的确认。萧绎在《金楼子·立言》中说："吟咏风谣，流连哀思者，谓之文。……唯须绮縠纷披，宫徵靡曼，唇吻遒会，情灵摇荡。"[①]"萧绎所谓的'绮縠纷披'，也就是钟嵘所说的丹彩，陆机所说的绮靡，班固所说的辨丽，指文学作品的辞藻的精细，华美，结构的巧密和舒展，犹如锦缎之经纬相成，形成一种粲若披锦的艺术特点，在整体上给人以美感。……'宫徵靡曼'，与齐梁人惯用的方法一样是借乐曲中的'宫商角徵羽'来说明文学语言的声、韵、调通过有机协调安排后所产生的美感。"[②]也就是说，文学作品要写得声情并茂才能感人。

到"永明体"作家们，更是以吟咏性情，讲究辞藻，注重声律为能事。当代研究者认为，萧梁宫体诗派的作品主要有四个系列：乐府系列、美人系列、闺怨系列、体物寓情系列[③]。其实这四个系列都有一个中心：就是摹写女性。"文变染乎世情。"这一时期的六言诗作品，也不可避免地带着时代的烙印，其内容与宫体诗派几乎是同步的，以消闲、抒情、刻画声色为主[④]。在体物方面，有梁代萧统的《貌雪诗》；消闲方面，有梁代萧祇的回文诗，王规的《细言应令诗》；刻画声色、抒写艳情方面，有梁代萧纲的《倡楼节怨》，北周庾信的《舞媚娘》《怨歌行》，王褒的《高句丽》，陈陆琼的《还台乐》。总之，南北朝时期这类六言诗的内容，

[①] 钟士伦：《〈金楼子〉研究》，中华书局2004年版，第106页。
[②] 同上书，第142页。
[③] 石观海：《宫体诗派研究》，武汉大学出版社2003年版，第166—181页。
[④] 庾信有六首宗庙祭祀的六言诗。因其有特殊要求，其内容由不得诗人做主，暂不论。

与当时的宫体诗大致合拍，都是以女子为摹写的中心。例如萧纲的《倡楼节怨》：

> 朝日斜来照户，春鸟争飞出林。片光片影皆丽，一声一啭煎心。上林纷纷花落，淇水漠灌苔浮。年驰节流易尽，何为忍忆含羞。

这首诗写时光易逝，转瞬节气更换，倡女触景生情，不无幽怨。诗的结句："年驰节流易尽，何为忍忆含羞？"似乎在自问：时光倏忽青春无多，何不及时行乐大胆尽欢？又似在自怨懦弱，空耽年华。此后五代牛峤的"须作一生拚，尽君今日欢"（《菩萨蛮》），韦庄的"妾拟将身嫁与，一生休。纵被无情弃，不能羞！"（《思帝乡》）这两首词对于女性感情之决绝热烈的描写，不知是否受了萧纲这首诗的启发。

再如庾信的《舞媚娘》："朝来户前照镜，含笑盈盈自看。眉心浓黛直点，额角轻黄细安。只疑落花漫去，复道春风不还。少年唯有欢乐，饮酒哪得留残。"写女性，写妆，写色，写及时行乐，正是南朝之宫体的内容。庾信早年在梁朝宫廷中以风格绮艳流丽的诗文备受恩遇，42岁时出使西魏被留，此后乡关之思、忧嗟身世的感慨时常出现在诗中，曾自比"倡家遭强聘，质子值仍留"（《拟咏怀》其三），自喻"纤腰减束素，别泪损横波。恨心终不歇，红颜无复多"（《拟咏怀》其七）。因此他的《怨歌行》也是借女子远嫁之悲来自喻自况："家住金陵县前，嫁得长安少年。回头望乡泪落，不知何处天边？胡尘几日应尽，汉月何时更圆？为君能歌此曲，不觉心随断弦。"这是南北朝时期为数极少的写怨情的六言诗之一。

王褒原本是梁朝的宫廷诗人，后来在北周朝廷也颇见亲任。他的《高句丽》："萧萧易水生波，燕赵佳人自多。倾杯覆碗漼漼，垂手奋袖娑娑。不惜黄金散尽，只畏白日蹉跎。""不惜黄金散尽，只畏白日蹉跎。"对于浮世欢娱如此执着，愿倾尽所有来换取。与此对比，"浮生常嫌欢娱少，肯爱千金轻一笑？""千金买笑"，对"黄金散尽"，犹然相形见绌！其及时行乐的欲望无比强烈。

陈陆琼《还台乐》："蒲萄四时芳醇，瑠璃千钟旧宾。夜饮舞迟销烛，朝醒弦促催人。春风秋月恒好，欢醉日月言新。"从夜饮看舞，到朝醒听弦，夜以继日地沉溺于感官享乐中乐此不疲。在作者看来，春风秋月都是为人的享乐而凑趣助兴的，其于声色之惑溺简直到了醉生梦死的地步了。史载陈后主常使妃嫔与手下的文人狎坐，饮酒赋诗，通宵达旦，其诗总以赞美张贵妃、江贵嫔容色为主。上有所好，下必甚焉，我们从这一首六言诗也可看出当时文人的生活内容。总之，这一时期的六言诗的内容主旨，主体上与当时的五言诗保持同步，内容以艳情为主，描写女性妆容声色，抒发及时行乐的思想。

二 讲究音律和对偶

现存最早的六言诗，即孔融的六言诗，其中四句一首的中间换韵，其余两首都是一韵到底，诗中没有对仗句子，平仄也不合律。自魏晋以来，中国声韵学由于受印度梵音学的影响，有了新的发展。陆机在《文赋》中就已经注意到文学作品的音韵之美，要求作品要"暨音声之迭代，若五色之相宜"。在六言诗方面，魏晋时曹丕始有意为对偶，他的《黎阳作诗》的平仄是：

> 奉辞讨罪遐征，晨过黎山巉峥。东济黄河金营，北观故宅顿倾。
> 仄平仄仄平平　平仄平平仄平　平仄平平仄平　仄平仄仄仄平
> 中有高楼亭亭，荆棘绕蕃丛生。南望果园青青，霜露惨凄宵零。
> 平仄平平平平　平平仄平仄平　平仄仄平平平　平仄平仄平平
> 彼桑梓兮伤情。
> 仄平仄平平平

与孔融之作相比，这首诗中间几联虽然不是工对，但已经有了对偶意识，如第三句与第四句，"中有……宵零"四句的扇对。而且一联之中平仄相反，上下联之间平仄相同之处较多。这首诗与孔融的六言诗相比，已经向格律化迈进了一步。其后陆机的六言诗作品，在对偶方面更精练一些。

但真正把声律原则具体明确地引入诗歌创作，是在齐武帝永明年间。当时沈约在周颙发现四声的基础上，根据四声和双声叠韵来研究诗句中声、韵、调的配合，指出诗歌易犯的八种声病，主张"一简之内，音韵尽殊，两句之中，轻重悉异"的声律原则，注重诗歌的声律、对仗。按照平、上、去、入四声处理诗歌的音韵，的确可以使诗歌韵律和谐、语调铿锵，呈现出前所未有的音乐美。当时以沈约、谢朓为主的诗人们创作了大量八句型的五言诗，世称"永明体"。它们与古诗最大的差异在于对仗和声律，这种诗或者全诗对偶，或者前三联对偶；诗篇中出现了大量的律句。只是这种诗体总体上还没有导入"粘"的规则，与近体诗中的五律还有距离，但已经是近体律诗的先声。梁简文帝时又有了"宫体"之称，这类诗歌共同的艺术特点，是注重辞藻、对偶与声律，更趋格律化。尽管"四声八病"的原则主要是应用于五言诗的，但是六言诗躬逢其时，诗人们自然而然会把声韵方面的技巧运用到六言诗写作上。如萧纲的《倡楼节怨》：

> 朝日斜来照户，春鸟争飞出林。片光片影皆丽，一声一啭煎心。上林纷纷花落，淇水漠漠苔浮。年驰节流易尽，何为忍忆含羞。

这首诗是古体诗，中间换了一次韵，因此不是律诗。但是在四句之内，隔句用韵，中间两联基本对仗；一句之中的平仄、句与句之间的平仄虽不尽合律，但亦无大忌出现。六言三韵诗，如萧统的《貌雪诗》：

> 既同摽梅英散，复似太谷花飞。密如公超所起，皓如渊客所挥。无羡昆岩列素，岂匹振鹭群归。

也比较合律。六言二韵诗也有较为接近六言绝句的，如梁代王规的《细言应令诗》。这说明，随着齐梁时五言诗声律对偶的精研，六言诗的格律化、骈偶化也已基本完成。同时由于只对不粘是齐梁体诗的主要形式，此期的六言诗也未形成"粘"的规律。随着五七言诗由古体走向近体，六言诗的格律化也逐渐成熟。到了唐代，除了有六言律诗外，还出现了六言绝句、六言排律等近体诗。唐代绝句比律诗稍多，从宋代之后六言诗的体裁就以绝句为主，律诗较少。

三 句数逐渐凝固

精研声律为对仗的工整提供了进一步的条件。由于讲求对仗，六言诗就不可能再有五句、九句的篇幅。因此，南北朝时期的六言诗，句数逐渐凝固，一般是四句、六句和八句的形式，没有奇数句了。六言律化之后，这三种句型分别成为六言绝、三韵六言律、六言律。在从古体向格律体的演化过程中，六言诗的发展是与五七言诗基本同步的。

另外有种现象，就是五言、七言诗确立了近体形式之后，古体并未消亡，而是与近体同时并行于唐代之后作品中。而六言诗的古体长篇，在魏晋时期比较多，从南北朝时期起一直很少，南北朝、唐代几乎没有，宋代仅有十来篇，明代有几篇。这一点与五言、七言诗都不同，其中的消息亦耐人寻味。

我们认为原因之一是，五、七古都适合于表达流畅奔放的感情，六言诗在音节方面的先天条件使它无法形成摇曳多姿的悠长声韵，口吻不太流利，找不到一气呵成的感觉，从而限制了感情的表达。因而诗人在想要不受格律束缚、随心所欲地以诗写意时，不愿再受六言诗"板滞不畅"的限制。原因之二是，唐代六言诗的题材范围有限，初唐为歌辞，盛唐写山水，中晚唐以后虽有些诗抒情、写怀，总的来看，人们已经习惯了六言诗的这种题材范围，也习惯了与这种题材相对应的诗歌体裁。

四　句式逐渐固定

南北朝时的六言诗，一句中基本上是以三个实词构成"二、二、二"的句式。不过，萧祗的骚体诗《山中六言》仍以虚字为句腰，形成"三、三"的句式。庾信的《周祀宗庙歌·黑帝云门舞》《周五声调曲·羽调曲五首》，其文句似赋，有些句中有虚词"于""而""其"作为句腰，成为"三、三"句式，可称为"赋体六言诗"。这种以虚字为句腰的句式，在南北朝的六言诗中是少数。可以认为，南北朝时的六言诗，句式已经趋于稳定，即以"二、二、二"为常式。

五　讲究辞藻

《文心雕龙·明诗》说："宋初文运，体有因革……俪采百字之偶，争价一字之奇，情必极貌以体物，辞必穷力而追新。"这里所指出的穷情尽貌、炫偶争奇虽是宋初诗风的特征，其实贯穿整个南朝。齐梁宫体诗之绮艳精工，与宋初比起来有过之而不及。这种风习反映到六言诗中，就是辞藻精美，刻画入神。

谢灵运有一句六言诗的残句："春虹散彩银河。"① 虽未窥全貌，可以想见全诗一定是彩丽竞繁。他的《上留田行》中的句子："两服上阪电逝，舫舟下游飙驱。""素雪纷纷鹤委，清风飘飘入袖。""电逝""飙驱""素雪""鹤委""清风"这些词有高度的艺术概括力。梁代萧钧的《山中楚辞》："日华粲于芳阁，月金披于翠楼。"金碧辉煌，耀眼生光。萧纲的《倡楼节怨》："朝日斜来照户，春鸟争飞出林。片光片景皆丽，一声一转煎心。"写得春光怡荡，哀感顽艳。萧统的《貌雪诗》，用了"标梅英散""太谷花飞""昆岩列素""振鹭群归"来比拟雪花纷飞的景色，既形象又美丽。再如陆琼的《还台乐》："蒲萄四时芳醇，琉璃千钟旧宾，夜饮舞迟销烛，朝醒弦促催人。"颓靡中有绮艳。总之，六言诗在艺术上经过南北朝时期诗人们的精研与雕琢，从音律、对偶、辞藻、句数方面都比前规范、精美，为进入唐代成熟时期做好了准备。在题材上，六言诗经过南北朝的变迁，题材范围比魏晋时期狭窄了，局限于艳情、文字游戏等。唐初六言诗的题材更窄，甚至到了唯用为歌辞的地步。这种情况要等到王维等大家操觚时，才能有突破性进展。

---

① 《乐府诗集》《董逃行》下注：《乐府解题》曰："古词云：'吾欲上谒从高山，山头危险大难。'言五岳之上……若陆机'和风习习薄林'、谢灵运'春虹散彩银河'，但言节物芳华，可及时行乐，无使徂龄坐徒而已。"说明谢灵运有六言诗《董逃行》。

第三章

唐代六言诗

第一节 唐代六言诗概述

一 唐代六言诗的作者和作品

相对于《全唐诗》五万多首的规模，唐代六言诗数量很少，关于六言诗的选本也很少。南宋洪迈认为："予编唐人绝句……合为万首，而六言不满四十。"[1] 明代赵宦光、黄习远重编《万首唐人绝句》[2]，收录六言绝句50首。明代高棅的《唐诗品汇》[3] 在五言绝之后附了20首六言律绝诗。明代黄凤池刊刻的《六言唐诗画谱》[4]，共收录六言绝句61首，但其中只有14首可查证是唐代作品。今人萧艾选编的《六言诗三百首》[5] 中收唐五代六言诗共61首。壮子的《历代六言诗选注》[6] 收唐五代六言诗29首。

唐代（包括五代）六言诗究竟有多少？刘继才的《论唐代六言近体诗的形成及其影响》认为《全唐诗》中共有75首[7]。俞樟华、盖翠杰的《论古代六言诗》也这么认为[8]。笔者根据《全唐诗》（包括《全唐诗外编》《全唐诗补编》）、《敦煌歌辞总编》、唐人笔记和其他材料，共辑得唐

---

[1] （宋）洪迈：《容斋随笔》，上海古籍出版社1978年版，第838页。
[2] （明）赵宦光、黄习远编，刘卓英校点：《万首唐人绝句》，书目文献出版社1983年版。
[3] （明）高棅选编：《唐诗品汇》，上海古籍出版社1982年版。
[4] （明）黄凤池刊刻：《六言唐诗画谱》，上海古籍出版社1982年版。
[5] 萧艾选编：《六言诗三百首》，中州古籍出版社1987年版。
[6] 壮子选注：《历代六言诗选注》，大连出版社1991年版。
[7] 刘继才：《论唐代六言近体诗的形成及其影响》，《文学遗产》1988年第2期，第67页。
[8] 俞樟华、盖翠杰：《论古代六言诗》，《文学遗产》2002年第5期，第41页。

五代六言诗 125 首，其中古近体绝句 71 首，三韵小律、律诗与长篇共 53 首，三句体一首（顾况《渔父引》）。

这些六言诗的作者，从后妃、将相、官员、士人、布衣，到僧、道、娼、优，覆盖了社会的各个阶层。值得注意的是，创作六言诗的人，往往是对于新鲜事物有着强烈兴趣的人，比如权德舆，他的诗集中有很多形式新异的诗；或者是对于传统思想并不遵从的人，比如唐代三位女诗人：鱼玄机、薛涛、李冶，她们是唐代著名的不守"妇德"的才女，而她们三人都有六言诗留下来。这是否透露了这样一点消息：六言诗不是传统"正体"，对于新鲜事物有探索兴趣的人，才会尝试创作？

唐代六言绝句作者作品数量表

	初唐	盛唐	中唐	晚唐五代	不详	总计
作者	徐惠1 武则天《唐明堂乐章》1 灵辩1 沈佺期1 李景伯1 《昭和》作者1 中宗优人1	张说6 王维7	刘长卿3 郎士元1 皇甫冉3 刘方平1 张继3 韩翃2 韦应物2 朱放1 李冶1 顾况1 白居易2 刘禹锡3 柳宗元1 王建6 薛涛1	杜牧2 王贞白2 李中4 贯休1 方干1 李主簿1 彦光1 法满1 景岑1 郁山主1	李真1 吕洞宾1 韦庠1 《塞姑》作者1 《轮台》作者1	39人
作品	7首	13首	31首	15首	5首	71首

唐代三韵诗、律诗与长篇数量表

	初唐	盛唐	中唐	晚唐	五代	总计
作者	王梵志长篇7 武则天律诗、排律、小律共4 王勃三韵诗1 崔日用歌辞1 《十二月三台词》1 了元和尚1	张说《破阵乐》2 哥舒翰《破阵乐》1	刘长卿律诗2 韩翃律1 卢纶律1 刘禹锡律1 李嘉祐律1 权德舆律1 康骈律1 韩滉判词1 皎然联句诗2	温庭筠律1 鱼玄机律2 韩偓律3 皮日休律1 陆龟蒙律1 李中律4 腾腾和尚1 苏溪和尚1 张鷟著辞1 窦弘余律1	和凝《何满子》1 毛文锡《何满子》1 冯延巳《寿山曲》1 后汉郊庙歌辞1 吕岩1 法灯禅师《古镜歌》1	33人
作品	15首	3首	11首	18首	6首	53首

从以上两个表格可以看出，初唐六言诗作者成分比较复杂，从后妃、大臣到优伶、布衣都有。这可能因为此时期作品主要为歌词，既有正式郊

庙歌辞又有随口而出的舞著辞①，所以人人可作。盛唐文人案头作品登场，而且取得了六言诗这一领域的最高成就，再次说明盛唐是唐诗的黄金时代。中唐创作六言诗的主体是文人，作品以酬答赠别、抒情写怀居多。他们的文化修养使得此时期的六言诗作品数量多、质量齐，整体水平很高。晚唐五代六言诗作者仍以文人为主，这时期的六言诗重又出现了歌辞和酒筵中的著辞。

二　唐代六言诗的题材内容

从上文两表可以看出，初唐的六言诗主要用于歌辞。盛唐开始出现文人用六言描写田园生活的诗，中晚唐六言诗以文人赠答、酬别、抒情写怀居多。具体内容如下：

1. 佛偈、佛颂。用六言诗来宣扬佛教理论，劝化世人，或自作偈子来阐明佛理。比如王梵志的《回波乐》，了元和尚《腾腾歌》，苏溪和尚《牧护歌》，彦光等的《偈》。

2. 郊庙歌辞、应制歌辞、舞著辞。追崇先王、述德怀远、描写宗庙祭祀，是郊庙歌辞的主要内容。应制歌辞表现宫廷之庄严肃穆，或描写宫廷戏乐。舞著辞用于酒筵戏乐场合。

3. 描写田园生活、山水风光、抒发隐逸情致，这类诗数量多，质量最高，是唐代六言诗中的精品。

4. 酬答、送别诗。这类诗的作用相当于书信或短束。

5. 感怀诗、羁旅行役诗。

6. 情诗。有写相思之情的，有忆幽期密约的，有怀恋相聚时光的。

7. 咏物、哲理诗。

三　唐代六言诗的律化

目前为止，研究六言诗格律的著作有王力的《汉语诗律学》②，启功

---

① 《唐代酒令艺术》第61页："我们可以把作为唐代艺术术语的'著辞'一名，理解为那些配合音乐和舞蹈的、作为酒令节目的依调撰辞或依曲唱辞。"

② 王力：《汉语诗律学》，上海教育出版社2002年版。书中提到六绝和六律的诗歌体式，但没有对其平仄格律的分析。

的《诗文声律论稿》①，马海祥等的《古代六言诗的产生及其格律化过程》②，刘继才的《论唐代六言近体诗的形成及其影响》③，林亦的《论六言诗的格律》④，赵飞文的硕士学位论文《论唐代六言绝句》中的专章⑤，周崇谦的《六言格律诗的平仄格律》，林海权的《谈六言近体诗的格律》⑥。

王力、启功、马海祥的著作中对六言格律仅涉及一点，并未深谈。周崇谦和林海权的文章笔者未见。赵飞文的文章则主要是对刘继才、林亦两位先生观点的引用和因袭。笔者认为，刘、林两位先生对于六言诗的格律问题已经研究得深入透彻，因此，本书只对此做了一些补充。

1. 六言诗的格律化是随着五言、七言诗的格律化开始的

中国古代诗歌的格律化是从对五言诗的研究开始的。无论永明体还是宫体，其主要研究对象都是五言诗。永明体作家发现了汉字的四声规律，并产生了自觉的对偶意识，其后又经过宫体诗人对诗歌艺术的继续探索，诗歌声律、对仗、讲究语言的技巧进一步提高，虽然这时的诗体尚未讲究到"粘"。诗人们的这些艺术经验自然也会应用在六言诗创作上，因此，南北朝时期的六言诗，在语言的富丽、对仗的工稳精致方面已经有了很高的技巧。比如庾信的《舞媚娘》："眉心浓黛直点，额角轻黄细安。只疑落花漫去，复道春风不还。"陆琼的《还台乐》："夜饮舞迟销烛，朝醒弦促催人。"对仗技巧已经很高了。

到了初唐，五律在沈宋手里完成了最终定型。他们不仅回忌声病，讲究对仗，更在实践中确立了律诗的粘对规律⑦。具体来说，除了一联之中讲究平仄对仗之外，还要求上一联的对句与下一联的出句平仄相粘。粘的

---

① 启功：《诗文声律论稿》，中华书局2002年版，第135—146页。

② 马海祥、李柱梁、陈传万：《古代六言诗的产生及其格律化过程》，《韶关学院学报》（社会科学版）2002年第5期，第32—33页。

③ 刘继才：《论唐代六言近体诗的形成及其影响》，《文学遗产》1988年第2期，第64—72页。

④ 林亦：《论六言诗的格律》，《文学遗产》1996年第1期，第13—21页。

⑤ 赵飞文：《论唐代六言绝句》，上海社会科学院，硕士论文，2008年，第17—21页。

⑥ 赵飞文《论唐代六言绝句》第17页提到有这两篇文章，但笔者未见到。

⑦ 王力《汉语诗律学》第72页"平仄的格式"："出句如系仄头，对句必须是平头；出句如系平头，对句必须是仄头，这叫做'对'。上一联的对句如系平头，下一联的出句必须也是平头；上一联的对句如系仄头，下一联的出句必须也是仄头，这叫做'粘'。"

作用在于造成联与联之间的音律有规律地反复，而非重复。这种粘对规律贯穿全篇，就形成一首诗的联与联之间平仄相关，通篇声律和谐。这样，永明体的四声律过渡为唐诗的平仄律，便于识记和掌握运用；而且这种粘对、平仄律具有推导和连类而及的作用，是一种推而广之的声律法则。在此基础上，七言近体诗在中宗景龙年间定型了。唐代六言诗也随着五律的定型，走向格律化。在研究六言近体诗的格律之前，我们先看看从齐梁到北周，六言诗的情况：

平仄：已经讲究平仄，只是还无"粘"的规则。

对仗：对仗工整。

押韵：隔句押韵（第一句有押韵有不押韵）

句数：逐渐凝固，有四句、六句、八句和长篇。

句式和用词：一般是用三个实词构成"二、二、二"句式。庾信的《周祀宗庙歌·黑帝云门舞》《周五声调曲·羽调曲五首》中有些句中有虚词"于""而""其"作为句腰，成为"三、三"句式。

可以看出，南北朝时六言诗的平仄、对仗、押韵、句数都已经与近体诗差别不大。唐代诗人们对六言诗的平仄继续讲究，开始注意"粘"的规则，句式方面，一般是三个实词构成"二、二、二"句式，即使是"三、三"的句式，也很少用虚字作句腰。① 也就是说，唐代在六言诗格律方面的进步，主要是有意识讲究"粘"，这也与五言近体诗的发展进程是一致的。

2. 初唐六言诗尚处于古体阶段

初唐五律也正在形成阶段，尚不能给六言诗提供成熟的经验；同时佛偈作者的文化水平不高、舞著辞的口语化也限制了六言诗的技巧。现存初唐的六言诗，以佛偈、歌辞居多。王梵志的《回波乐》长篇七首，连押韵都很勉强。沈佺期等人的《回波乐》是随口唱词，除了押韵之外，平仄对仗全都不讲。《全唐诗》中最早的六言诗是徐惠的《拟小山篇》，是骚体六言。许敬宗在《上恩光曲歌辞启》中说："今故杂以兮字，稍欲存于古体。"②他特地把《恩光曲》的歌辞写成骚体形式，当然无法讲格律。

---

① 许敬宗在《上恩光曲歌辞启》中说："今故杂以兮字，稍欲存于古体。"他写的歌辞已逸，唐代的骚体六言诗现存的只有徐惠的《拟小山篇》一首，其余都是普通六言诗。讨论六言近体诗，以普通六言诗为对象。

武则天的《唐享昊天乐·第三》注重了押韵和对仗，句式也是"二、二、二"实词的标准句式：

乾仪混成冲邃，天道下济高明，阊阳晨披紫阙，太一晓降黄庭。圜坛敢申昭报，方璧冀展虔情。丹襟式敷衷恳，玄鉴庶察微诚。

这首诗是平起首句不入韵式，隔句和韵，韵脚"明""庭""情""诚"分别属庚、青、庚、庚，八庚与九青韵通押，这在严谨的律诗中是不允许的。全诗平仄为："平平仄平平仄，平仄仄仄平平。仄平平平仄仄，仄平仄仄平平。平平仄平平仄，平仄仄仄平平。平平仄平平仄，平仄仄平平平。"在"粘""对"方面与律诗还有差距。

3. 盛唐出现律句而尚无严格的粘对

盛唐张说有《舞马辞》六首，《破阵乐》二首，歌舒翰《破阵乐》一首，王维有《田园乐七首》。张说的《破阵乐》之一："汉兵出顿金微，照日明光铁衣。百里火幡焰焰，千行云骑騑騑。（足威）踏辽河自竭，鼓噪燕山可飞。正属四方朝贺，端知万舞皇威。"全诗的平仄为："仄平平仄平平，仄仄平平仄平。仄仄仄平仄仄，平平平仄平平。仄仄平平仄平，仄仄平平仄平。仄仄仄平平仄，平平仄仄平平。"全诗各句基本都是律句，中间两联的对仗也很工稳，但是颈联平仄失对，不能算作律诗。王维的《田园乐》之一："出入千门万户，经过南邻北邻。蹀躞鸣珂有底，崆峒散发何人。"对的很工整，但是失粘。

4. 中晚唐六言诗的格律趋于成熟

王力先生在《汉语诗律学》一书中举出卢纶的《送万臣》，认为这首诗已经是合格的六言律诗了："把酒留君听琴，难堪岁暮离心。霜叶无风自落，秋云不雨空阴。人愁荒村路细，马层寒溪水深。望断青山独立，更知何处相寻。"① 这首诗有几处拗格，但在粘、对方面都没什么问题，可以算作是一首合格的律诗。

刘长卿的《苕溪酬梁耿别后见寄》是较成熟的律诗："清川永路何极，落日孤舟解携。鸟向平芜远近，人随流水东西。白云千里万里，明月前溪后溪。惆怅长沙谪去，江潭芳草萋萋。"其中"白云千里万里"末三

---

① 王力：《汉语诗律学》，上海教育出版社2002年版，第22页。

字犯了"孤仄",不过在本句的下句中的相应处加以补救了。

皮日休的《胥口即事》其二,已经是合格的律诗了:"拂钓清风细雨,飘蓑暑雨霏微。湖云欲散未散,屿鸟将飞不飞。换酒帩头把看,载莲艇子撑归。斯人到死还乐,谁道刚须用机。"这首诗平仄合律,对仗工稳,技巧已经完全成熟。

这一时期的六言绝句,已经合乎有近体诗格律的作品,比如王建的《宫中三台》之二:"池北池南草绿,殿前殿后花红。天子千秋万岁,未央明月清风。"平仄为:"平仄平平仄仄,仄平仄仄平平。平仄平平仄仄,仄平仄仄平平。"完全合律。《江南三台》第一、第二、第四首,平仄与此相同。刘长卿的《寻张逸人山居》:"危石才通鸟道,空山更有人家。桃源定在深处,涧水浮来落花。"在粘、对方面基本符合近体格律。

5. 六言近体诗对"粘"的要求不严格

从整个唐代六言诗的情况来看,六言诗在格律化方面很难解决失粘的问题。比如李嘉祐的《白田西忆楚州使君弟》:"山阳郭里无潮,野水自向新桥。鱼网平铺茶叶,鹭鸶闲步稻苗。秣陵归人惆怅,楚地连山寂寥。却忆士龙宾阁,清琴绿水萧萧。"这首诗就每一句而言,基本上都可算作律句,在对仗和押韵上也无大碍,问题是粘、对失当,即该粘的地方没有粘或粘得不紧,该对的地方没有对或对得不严,相反地,不该粘对的地方反而出现了粘对。由于它在平仄的基本要求方面多不合律,所以从严格意义上讲,不算作近体诗。对于六言诗格律上的这种特殊性,刘继才先生说:"五言诗是二三式,七言诗是四三式,这样,三字脚就形成了一个节奏,所以显得很重要,既不能有孤平、孤仄,也不能出现三平、三仄,但三音顿的六言诗,往往两个字一个节奏,所以只要看两字脚就了。""六言近体中往往粘对与避免孤平、孤仄不能两全,所以也不能像要求五、七言近体诗那样来要求六言近体诗。"[①] 林亦统计了从唐到清共1003首绝句,发现只对不粘的情况占百分之六十一,成为常态而非特例[②]。因此,林亦和刘继才先生都认为,对于六言近体诗来说,"只对不粘"是符合格律的。

---

① 刘继才:《论唐代六言近体诗的形成及其影响》,《文学遗产》1988年第2期,第66页。
② 林亦:《论六言诗的格律》,《文学遗产》1996年第1期,第15页。

6. 唐代六言诗近体诗以绝句居多

唐五代共有六言诗 124 首，其中古近体绝句共 71 首，三韵诗、律诗和长篇共 53 首。从数量上来说，绝句居多。合律的六绝有 57 首，六律有 28 首，集中在中晚唐。唐代六言近体诗以绝句为多。这一习惯约定俗成下来，并且比例越来越偏向绝句。唐代之后，绝句成为六言诗创作的主流，六律已经很少见了。

四　唐代六言诗的句式

南北朝六言诗一般是用三个实词构成"二、二、二"句式，也有极少以虚字为句腰的骚体六言诗（如萧绎的《山中楚辞》）。庾信的《周祀宗庙歌·黑帝云门舞》《周五声调曲·羽调曲五首》中有些句中有虚词"于""而""其"作为句腰，成为"三、三"句式，这种可以称"赋体六言诗"，以便与"骚体六言诗"相对应区别。

唐代现存的六言诗，除徐惠的《拟小山篇》为骚体六言，其余都是普通型六言诗（许敬宗所制《恩光曲》歌辞特意带上"兮"字，不过现已佚失）。初唐除《拟小山篇》外，六言的句式都是三个实词组成"二、二、二"的节奏形式。如崔日用《又赐宴自歌》，节奏为："东馆总是鹓鸾，南台自多杞梓。日用读书万卷，何忍不蒙学士。墨制帘下出来，微臣眼看喜死。"

盛唐开始出现"四、二"的节奏。如王维《田园乐七首》之三，其节奏为："采菱渡头/风急，策杖村西/日斜。杏树坛边/渔父，桃花源里/人家。"这种节奏形式中晚唐渐多，如"扬子津头/月下，临都驿里/灯前"（白居易《寄刘梦得二首》其一），"丫髻山头/残月，腊岩洞口/斜阳"（韦庠《题〈丫髻岩〉》）。

中晚唐还出现了"三、三"的节奏。如刘禹锡《答乐天临都驿见寄》其二的节奏："一政政/官轧轧，一年年/老骎骎。身外名/何足算，到来诗/且同吟。"全诗都是"三、三"节奏。韩偓《六言三首》其二："一灯前/雨落夜，三月尽/草青时。"如果细分，这种节奏其实暗含"三、一、二"节拍。皮日休《胥口即事六言二首》其一："黑蛱蝶/（粘莲蕊），红蜻蜓/（裛菱花）。"这些音节节奏与语义节奏不同步的诗，产生新奇的艺术效果。

宋代黄庭坚、吕本中、刘克庄等进一步使用散文句法，打破六言诗

"二、二、二"的节奏。比如黄庭坚的"听他下/虎口着，我不为/牛后人"(《赠高子勉四首》其三)。"向侯/赋我/菁莪，何敢当/不类歌。顾我乃/山林士，看君取/将相科。"(《荆南签判向和卿用予六言见惠次韵奉酬四首》其二)吕本中的"置/王坦之/膝上，着/陈长文/车中"(《泗上赠杨吉老二首》其二)，刘克庄的"盐铁论/儿读否，聚敛臣/子攻之。公卿大夫/民贼，贤良文学/汝师"(《送明甫赴铜铅场六言》)。过多的散文句法，损害了六言诗的节奏之美，反倒显得支离破碎，佶屈聱牙。

第二节 作为歌辞的六言诗

唐代是六言诗与音乐紧密结合的时期，又是诗乐开始分离的时期。初唐的六言诗主要用于歌辞。王维的六言诗成为文人创作案头作品的先例，也意味着六言诗与音乐的分离，同时他的六言诗也达到了唐代六言诗的最高水平。中唐是六言诗的成熟期，律、绝创作的数量是唐代最多的，这也与五、七言诗的情况相类。晚唐五代时期，六言诗再度与音乐结合，但是，这次结合导致的方向是六言诗向词转变，从此词与乐结合而诗与乐分离。到了宋代，六言诗作为歌辞的功能被词取代，六言诗彻底与音乐分离。唐代六言歌辞从题材内容方面可分为以下几类。

一 佛偈、佛颂

从晋代开始，六言诗就用于佛偈、梵呗，宣扬佛教理论，劝化世人，或自作偈子阐明佛理。南朝梁代释慧皎所撰《高僧传》，卷十三为"兴福、经师、唱导"，在"经师第九"叙历代梵呗，其中晋代支昙龠"所制六言梵呗，传响于今……即《大慈哀愍》一契，于今时有作者"[1]，说明从晋到梁都有创作六言梵呗的传统。梁代释宝志《大乘赞》十首和《十四科颂》十四首[2]，也是六言梵呗。其辞意内涵，与后世禅宗旨趣多所暗合，禅宗门下诸祖师多有引用者。初唐白话诗人王梵志有《回波乐》七首，其一：

---

[1] （梁）慧皎等撰：《高僧传合集》卷十三，"经师第九·晋支昙龠"，上海古籍出版社1991年版。

[2] （宋）释道原撰：《景德传灯录》卷二九、卷三十，上海书店出版社1985年版。

> 回波尔时六贼，不如持心断惑。纵使诵经千卷，眼里见经不识，不解佛法大意，徒劳排文数黑。头陀兰若精进，希望后世功德。持心即是大患，圣道何由可剋。若悟生死如梦，一切求心皆息。

王梵志其人，据唐代冯翊子《桂苑丛谈》，生于隋末，然其说具有神话色彩，前辈学者认为他是白话诗人的代表，很多作品都归入了他的名下①。这首《回波乐》其一，实际上是梁代释宝志《大乘赞》第九首的改作。原赞文是：

> 声闻心心断惑，能断之心是贼。贼贼递相除遣，何时了本语默。口内诵经千卷，体上问经不识。不解佛法圆通，徒劳寻行数黑。头陀阿练苦行，希望后世功德。希望即是隔圣，大道何由可得。譬如梦里渡河，船师度过河北。忽觉床上安眠，失却度船轨则。船师及彼度人，两个本不相识。众生迷倒羁绊，往来三界疲极。觉悟生死如梦，一切求心自息。

这首赞中，反对仅仅在形式上持经持论，重视心性上的证悟。反对以苦行来作为悟道的根本途径，而是要求内心真正了悟。总之，就是破除一切有形有为之法，而要达到心性明澈，彻底觉悟。禅宗对待文字语言的破斥是十分彻底的，后世的禅师乃至于标榜"不立文字"之教。不自苦其形，也不厌苦求乐，任运随缘，见自本性，这无疑是契于禅之中道的。

王梵志《回波乐》之一与《大乘赞》之九相比，较为简短和通俗易懂。《大乘赞》22句，《回波乐》删去了"梦里渡河"这一比喻，12句。"六贼"比喻色、声、香、味、触、法六种尘境，"六贼"以眼、耳、鼻、舌、身、意这"六根"为媒介扰乱人心，使人失去智慧、定力等"善法"，民间有"六贼戏弥陀"的俗语，比喻某人所受的外力干扰。"声闻"

---

① 项楚先生《唐代的白话诗派》文中说："实际上，所谓'王梵志诗'并非一人一时之作，而是从初唐（以及更早）直至宋初的很长的历史时期内，许多无名白话诗人作品的总和，由于王梵志已经成为了白话诗人的杰出代表，这些不同来源的白话诗便如同江河汇入大海一样，纷纷归入了王梵志的名下。"（《江西社会科学》2004年第2期）

指声闻乘,又叫"小乘",即是听闻佛法而觉悟的人。他们之所以被称为小乘人,是因为他们心量小,只求自己解脱。佛教的主要目标,是要"上求佛道,下化众生",除了自己修行、解脱、证果外,还要引导其他众生解脱生死轮回,走上涅槃之道。此即"大乘"。宝志《大乘赞》,引小乘为对比,意在赞美大乘。梵志作为通俗诗人,其作品的目的是劝化普通百姓,使他们皈依佛法,因此,没有提声闻乘,只劝人保持六根清净,勿为六贼所扰,尤其是不要"持心",也就是要断"法尘"。

《回波乐》之七是也是改自宝志《大乘赞》之三,比原作稍短,更加通俗易懂。实际上,《回波乐》就是以通俗的白话语言来劝化世人,因此很少引用佛教原典或术语,而是尽量用日常俗语。这种通俗性在《回波乐》之五中表现得更明显:

凡夫有喜有虑,少乐终日怀愁。一朝不报明冥,常作千岁遮头。财口口缘不足,尽夜栖楣规求。如水流向东海,不知何时可休。

"凡夫有喜有虑,少乐终日怀愁",用的语言完全是口语,说的也正是普通人每日的生活状态,让人一听就有熟悉感,很适于对普通百姓作宣讲。

到了武后时,有腾腾和尚作《了元歌》,后有苏溪和尚《牧护歌》,都是对佛理的独特表达与阐释。景岑的《偈》、彦光的《答谢建偈》、法满的《偈》、郁山主的《颂》、南唐法灯禅师的《古镜歌》之三,表现的也主要是佛理。这类偈词颂歌,质木无文,或者是因为佛法本来就排斥对形式美的过分注重。禅宗对文字语言的破斥更是十分彻底的,后世的禅宗乃至于标榜"不立文字"之教。铭赞偈颂阐述佛理的作用在宋朝得到众多诗僧的进一步发扬,宋代道士也有作颂的。到金代王喆(王重阳)和他的弟子马钰等人又开始写"藏头诗"来阐述行功炼气的法门,更加了无诗味。在此举唐代的《回波乐》为例,借以窥见历代佛道偈颂的大致要点,此后研究唐代之后的六言诗时,关于佛道偈颂这一块就不再赘述了。

二 郊庙歌辞

郊庙歌辞是祭祀用的,祀天地、宗庙、明堂、社稷等。唐五代六言郊庙歌辞现存7首，其中武则天作品有5首，中宗神龙时享太庙乐章1首，后汉宗庙乐章歌辞1首。《旧唐书·音乐志》："贞观二年，太常少卿祖孝孙既定雅乐，至六年，招褚亮、虞世南、魏征等分制乐章。其后至则天称制，多所改易，歌辞皆是内出。开元初，则中书令张说奉制所作，然杂用贞观旧词。"[1]

武后的六言诗作品为：《唐享昊天乐·第三》《唐大飨拜洛乐章·咸和》《唐大飨拜洛乐章·显和》《唐明堂乐章·羽音》《唐武氏享先庙乐章》。此外有中宗初年佚名的《郊庙歌辞·享太庙乐章·昭和》和后汉宗庙乐《章庆舞》歌辞。

郊庙歌辞内容庄重严肃，一般写得平板典正，无非是上邀天福，下陈衷款，答谢皇天后土。比如武则天的《唐享昊天乐·第三》："乾仪混成冲邃，天道下济高明，闾阳晨披紫阙，太一晓降黄庭。圜坛敢申昭报，方璧冀展虔情。丹襟式敷衷恳，玄鉴庶察微诚。"虽然遣词造句方面极尽工整，但没有什么灵魂和生气。

武则天的《唐武氏享先庙乐章》，倒不纯是堆砌辞藻，而是前述先德，后申建庙原因。其立言也颇为得体：

先德谦撝冠昔，严规节素超今。奉国忠诚每竭，承家至孝纯深。追崇惧乖尊意，显号恐玷徽音。既迫王公屡请，方乃俯遂群心。有限无由展敬，奠酹每阙亲斟。大礼虔申典册，蘋藻敬荐翘襟。

武则天在夺取政权、巩固政权的过程中，贬杀了大批忠于李唐王室的人，这才得以建号为周，立武氏七庙。这期间也有一些人望风承迎，以中上意。所以"既迫王公屡请，方乃俯遂群心"。虽然是事实，不过这"事实"背后大有内容。不论如何，这是郊庙诗中唯一一首有点意味而不纯是堆砌辞藻的诗。

三　流行音乐的歌辞

初唐时期大多数六言诗是作为声诗歌辞，主要用于歌筵酒席，配合《破阵乐》《回波乐》《倾杯乐》《三台》等流行乐曲。中唐以后，文人写

---

[1]（后晋）刘昫等：《旧唐书》，中华书局1975年版，第1089页。

作歌辞，作为案头作品的增多。

1. 应制歌辞，用于朝廷正式庆典上乐曲的歌辞

《破阵乐》是秦王李世民破突厥后庆功之作，此后朝廷大典每用。张说有《破阵乐》两首，是律诗，内容也很符合乐曲雄壮的声容：

汉兵出顿金微，照日明光铁衣。百里火幡焰焰，千行云骑騑騑。蹴踏辽河自竭，鼓噪燕山可飞。正属四方朝贺，端知万舞皇威。少年胆气凌云，共许骁雄出群。匹马城西挑战，单刀蓟北从军。一鼓鲜卑送款，五饵单于解纷。誓欲成名报国，羞将开阁论勋。

《倾杯乐》乐曲在初唐是"艳曲"。唐高宗时许敬宗《上恩光曲歌辞启》："近代有《三台》《倾杯乐》等，艳曲之例，始用六言。"到了玄宗时，朝廷大典中用舞马之戏，配《倾杯乐》曲。①张说有《舞马辞》六首，可能是《倾杯乐》的歌辞：

其一：万玉朝宗凤扆，千金率舞龙媒。盼鼓凝骄蹙踧，听歌弄影徘徊。

其二：天鹿遥征卫叔，日龙上借羲和。将共两骖争舞，来随八骏齐歌。

其三：彩旄八佾成行，时龙五色因方。屈膝衔杯赴节，倾心献寿无疆。

其四：帝皂龙驹沛艾，星阑骥子权奇。腾倚骧洋应节，繁骄接迹不移。

其五：二圣先天合德，群灵率土可封。击石骖驔紫燕，摐金顾步苍龙。

其六：圣君出震应箓，神马浮河献图。足踏天庭鼓舞，心将帝乐踟蹰。

---

① 《旧唐书·志第八·音乐一》："玄宗若宴设酺会，即御勤政楼……日旰，即内闲厩引蹀马三十匹，为《倾杯乐》曲，奋首鼓尾，纵横应节；又施三层板床，乘马而上，抃转如飞。"《明皇杂录补遗》："玄宗尝命教舞马四百蹄，各为左右，分为部目……其曲谓之《倾杯乐》者数十回。奋首鼓尾，纵横应节。"

这六首诗描写当时舞马的场景：舞马按照毛色列队成行，会在听到歌声时摇头晃尾、顾影徘徊，若有所会；会随着音乐节奏，屈膝衔杯献寿；会踩着鼓点作出舞蹈动作，好像沉醉在音乐之中。这些歌辞因是应制之作，虽然用了大量典重华丽的辞藻，对仗也很工整，但显得板强无风韵，缺乏美的情思意味，不过是有韵的记叙文。

《敦煌歌辞总编》卷二载歌舒翰的《破阵乐》歌辞："西戎最沐恩深，犬羊违背生心。神将驱兵出塞，横行海畔生擒。石堡岩高万丈，雕窠霞外千寻。一唱尽属唐国，将知应合天心。"《旧唐书》卷一零四载，天宝八载，歌舒翰拔石堡城。此举满足了玄宗好大喜功、开疆拓宇的心理，翰倚功骄奢自恣。《唐语林》卷六："鲁公制科高第，授长安尉，迁监察御史。因押班，贵武班中喧哗者，命小吏录奏次，即哥舒翰也。翰恃有新破石堡城功，泣诉明皇。坐鲁公轻侮功臣，贬蒲州掾。"任半塘先生曰："翰恃破石堡功如此，当时撰辞扬已，固宜然也。"① 这首诗渲染石堡城之高险，唐朝军队之振迅威猛，如果是别人所作尚可，自称自赞确实有点张扬。

五代冯延巳的《寿山曲》："铜壶滴漏初尽，高阁鸡鸣半空。催启五门金锁，犹垂三殿帘栊。阶前御柳摇绿，仗下宫花散红。鸳瓦数行晓日，鸾旗百尺春风。侍臣舞蹈重拜，圣寿南山永同。"描写清晨上朝时朝廷气象。应制作品大部分安闲平庸，浮华雍容，尤其是那些颂美太平的谀诗，对仗虽工而流于雕琢，文采虽丽而无生气，雕琢卖弄，堆砌辞藻，读多了不免让人有贫乏单调、苍白无力的感觉。不过，冯延巳这首诗因其语言功力，"鸳瓦数行晓日，鸾旗百尺春风"，意象壮丽，"识者谓有元和词人气格"②。

2. 在宴会上即兴创作的舞著辞

《破阵乐》声容雄壮，每逢朝廷大典才用，演奏时百官起立，天子避席，用于非常庄重的场合。舞马之戏也是在朝廷大典是才用，因此现存的《舞马词》也写得板板正正。与之相对应的，是轻松随意的宴会中，主客随时即兴创作的舞著辞。这种舞著辞有自舞自唱的，也有文人创作交给歌女演唱的。

唐代有在宴会上自歌自舞的风俗习惯。杜甫诗中有"晚酣留客舞，凫

---

① 史双元：《唐五代词纪事会评》，黄山书社1995年版，第75页。
② （宋）陆游：《南唐书》列传卷第八，见四库全书本，明代李清《南唐书合订》。

鸟共差池"①"自笑灯前舞,谁怜醉后歌"②的句子,还有唐代典籍中的大量记载,都说明当时有这种风俗。宴会上所唱的歌辞,叫作"著辞"③,可用于劝酒、酬答、表达当时心情意愿等。现存王勃有一首三韵诗《杂曲》,可能是在宴会场合交给歌女演唱的:"智琼神女来访,文君蛾眉始约。罗裙初薰歌齐,曲韵舞乱行分。若向阳台荐枕,何啻得胜朝云。"

《回波乐》《倾杯乐》《三台》等乐曲,在唐代都是用于宴会送酒、配合歌舞的乐曲,称为"艳曲"(见许敬宗《上恩光曲歌辞启》),其歌辞不出调谑、艳情等娱乐等范围,当时《回波乐》流行于宴会,其歌辞为六言声诗,随时创作,应有很多,可惜传辞甚少,应是因其内容俚俗,作者、听者都不以为其收藏价值,于是随作随弃。五代后汉和凝被称为"曲子相公",并非美名,和亦悔之。④故唐代作者于此等宴前歌辞,不予收录,可能是怕坏了自己名声。

据《大唐新语》卷三记载,唐中宗景龙年间,帝宴群臣,大臣纷纷唱《回波词》,提出各种要求。李景伯亦唱:"回波尔时酒卮,微臣职在箴规。侍宴既过三爵,喧哗窃恐非仪。"⑤《新唐书·崔日用传》:"宴内殿,酒酣,起为回波舞,求学士,即诏兼修文馆学士。"⑥其传辞曰:"东馆总是鹓鸾,南台自多杞梓。日用读书万卷,何忍不蒙学士。墨制帘下出来,微臣眼看喜死。"另据唐代孟棨的《本事诗·嘲戏第七》,中宗宴会,优人唱《回波乐》:"回波尔时栲栳,怕妇也是大好。外边只有裴谈,内里无过李老。"⑦这是用唱歌来调侃皇帝。这么多关于唱《回波乐》的记载,说明当时《回波乐》相当流行。以上《回波乐》的辞,用词都是口语词,内容上甚至还有调侃皇帝的,带着鲜明的轻松随意、即兴发挥的性质,说明《回波乐》在宴会中演奏时,气氛是相当轻松随意的,这也决定了歌

---

① 杜甫:《九日杨奉先会白水崔明府》。
② 杜甫:《陪郑广文游何将军山林十首》之十。
③ 《唐代酒令艺术》,第61页:"我们可以把作为唐代艺术术语的'著辞'一名,理解为那些配合音乐和舞蹈的、作为酒令节目的依调撰辞或依曲唱辞。"
④ (五代)孙光宪撰,林青、贺军平校注:《北梦琐言》,三秦出版社2003年版,第112页:"晋相和凝,少年时好为曲子词,布于汴洛。洎入相,专托人收拾焚毁不暇。"
⑤ (唐)刘肃撰:《大唐新语》,中华书局1984年版,第45页。
⑥ 《新唐书》第一二一卷,第4327页。
⑦ (唐)孟棨:《本事诗》,丁福保辑《历代诗话续编》,中华书局1983年版,第22页。

辞的性质不可能严肃。

张鷟《游仙窟》中男主人公的舞著辞:"从来巡绕四边,忽逢两个神仙。眉上冬天出柳,颊中旱地生莲。千看千处妩媚,万看万处嫣妍。今宵若其不得,剩命过与黄泉。"这首诗借唱歌调情,但不知配的是哪种乐曲。

3. 文人的歌辞

以上那些应制歌辞,可想而知,必须是预先写好,交付乐工演习熟练,再在庆典上演唱。出于庄重的考虑,应制歌辞写得非常平正、庄重、典丽;而宴会中的舞著辞,又是脱口而出,随心所欲,非常轻脱随意,简直就是把口语唱出来,没有任何艺术性可言。介于这二者之间的,有文人所作的歌辞。这种歌辞文学艺术性既高,而又无须限用字眼,是歌辞中的精品。

（1）《三台》的歌辞

唐代《三台》曲非常流行。许敬宗的《启》中已提到"近代有《三台》《回波乐》,艳曲之例"。《敦煌掇琐》卷三一《白话诗》:"忆想平生日,悔不唱《三台》!"[1] 意谓悔未及时行乐。唐代《佛说阿弥陀经讲经文》:"更兼好酒唱《三台》"[2],以此作为"痛饮狂歌"的快意恣睢生涯的代表。王建《江南三台》诗中有:"朝愁暮愁即老,百年几度《三台》!"谓人生苦短,能得几时欢娱。可见唐代《三台》曲深入人心,《三台》的歌辞也较多。

王建有《宫中三台》二首,《江南三台》四首。前者是描写宫中生活场景,后者题旨不一,有的写商人少妇离情的,有写江南景色的,有对时光流逝与人生短暂的感慨。

《宫中三台》其一:"鱼藻池边射鸭,芙蓉园里看花。日色柘黄相似,不着红鸾扇遮。"其二:"池北池南草绿,殿前殿后花红。天子千秋万岁,未央明月清风。"王建擅长写宫词,这两首《宫中三台》,也可以作为《宫词》来看。鱼藻池、芙蓉园、红鸾扇、未央宫,都是宫中景物,不过这两首诗表达的情感比较隐晦,没有明显的宫怨字眼,然而,透过射鸭、

---

[1] 任半塘:《唐声诗》下册,上海古籍出版社1982年版,第96页,引刘复《敦煌掇琐》卷三一《白话诗》。

[2] 任半塘:《唐声诗》下册,上海古籍出版社1982年版,第96页,引唐代《佛说阿弥陀讲经文》。

看花、游池南池北、经殿前殿后这些活动来看，日长寂寥的感觉虽未说出，却通过一件件无聊的小事表达了出来。

《江南三台》其一：扬州桥边小妇，长干市里商人。三年不得消息，各自拜鬼求神。

其二：青草湖边草色，飞猿岭上猿声。万里湘江客到，有风有雨人行。

其三：树头花落花开，道上行人去来。朝愁暮愁即老，百年几度三台！

其四：闻身强健且为，头白齿落难追。准拟百年千岁，能得几许多时？

第一首是写商人夫妇别情的。自来"商人重利轻别离"，不过这一对夫妇，并非一个在外面逍遥自在，另一个在家中流泪，而是互相牵挂，情意深长。

第二首以青草湖、飞猿岭为代表来写江南山水，突出其草色湖光，烟雨行人，充满诗情画意。明代黄凤池《六言唐诗画谱》就收录这首诗，为之配上画面，可见这首诗是宜于入画之作。

三、四两首是对时光流逝与人生短暂的感慨。"树头花开花落，道上行人去来"，让人联想到刘希夷的"洛阳女儿好颜色，坐见落花长叹惜。今年花落颜色改，明年花开复谁在？"（《代悲白头翁》）或者是李白的"天津三月时，千门桃与李。朝为断肠花，暮逐东流水。前水复后水，古今相续流。新人非旧人，年年桥上游"（《古风》五十九首之十八）。"百年几度三台"，也就是"能得几许多时"。人生苦短，时光流逝，谁也无法长绳系日，谁也难免头白齿落，这既是作者一时的感慨，又是古往今来无论贤愚共同的感慨。

韦应物有两首《三台》是写闲情的："一年一年老去，明日后日花开。未报长安平定，万国岂得衔杯？""冰泮寒塘始绿，雨余百草皆生。朝来门阁无事，晚下高斋有情。"这两首诗写作者春来无事，闲中所见所思。有一些淡淡的对时光流逝的无奈，有一些对时局的忧虑，不过这种无奈与忧虑，看来并未妨碍他在公余欣赏池塘生春草的闲情逸致。

从"更兼好酒唱三台"，可知《三台》也是随时可以在歌筵酒席中演唱的。比起上举《回波乐》歌辞的用语，王建和韦应物的这几首《三台》，虽然也明白如话，但不是原生状态的口语，而是提纯过的诗的语言，文学性和概括力都很强，可以断定为案头作品。或者说，这是预先写好的歌辞，不是当场张口就来的那种歌辞。

（2）《谪仙怨》的歌辞

刘长卿有《苕溪酬梁耿别后见寄》，据《唐语林》卷四记载，是在祖筵上依《谪仙怨》这支曲子制作的歌辞："清川永路何极，落日孤舟解携。鸟向平芜远近，人随流水东西。白云千里万里，明月前溪后溪。惆怅长沙谪去，江潭芳草萋萋。""白云千里万里，明月前溪后溪"，见得千里万里之远，遥望白云，都是绵绵无尽的相思；前溪后溪风景依旧，只有当时明月，空照黯然销魂的诗人。这两句诗将万种起伏的心潮纳入清寂又寥廓的画面中，具有很强的艺术感染力。

窦弘余的《广谪仙怨》前的序文，详细记述了《谪仙怨》这支曲子的来历和他所制歌辞的用心：

> 天宝十五载正月，安禄山反，陷没洛阳，王师败绩，关门不守。车驾幸蜀，途次马嵬驿，六军不发，赐贵妃自尽，然后驾行。次骆谷，上登台下马，望秦川中，遥辞陵庙，再拜，呜咽流涕。左右皆泣，谓力士曰：吾听九龄之言，不到于此。乃命中使往韶州，以太牢祭之。因上马索长笛，吹笛曲成，潸然流涕，伫立久之，时有司旋录成谱。及銮舆至成都，乃进此谱，请名曲。帝谓：吾因思九龄，亦别有意，可名此曲为"谪仙怨。"其旨属马嵬之事。厥后以乱离隔绝，有人自西川传得者，无由知，但呼为"剑南神曲。"其音怨切，诸曲莫比。大历中，江南人盛为此曲，随州刺史刘长卿左迁睦州司马，祖筵之内，长卿遂撰其词，吹之为曲，意颇自得，盖亦不知本事。余既备知，聊因暇日撰其词，复命乐工唱之，用广其不知者。

窦诗："胡尘犯阙冲关，金辂提携玉颜。云雨此时萧散，君王何日归还？伤心朝恨暮恨，回首千山万山。独坐天边初月，蛾眉犹自弯弯。"这首诗写安禄山反，玄宗赐死杨贵妃后的伤心怀恋，也就是发挥序文中的意思。

后来康骈认为窦辞有未尽之处：

窦使君序《谪仙怨》云：刘随州之辞，未知本事，及详其意，但以贵妃为怀。盖明皇登骆谷之时，实有思贤之意。窦之所制，殊不述焉。骈因更广其辞，盖欲两全其事；虽才情浅拙，不逮二公，而理或可观。贻诸识者。

康骈诗曰："晴山碍目横天，绿叠君王马前。銮辂西巡蜀国，龙颜东望秦川。曲江魂断芳草，妃子愁暮烟凝。长笛此时吹罢，何言独为婵娟。"诗中将玄宗想起张九龄时的思贤之意，与思念杨妃并举，认为这才完整地诠释了曲名的本意。

（3）顾况的《渔父引》

顾况的《渔父引》："新妇矶边月明。女儿浦口潮平。沙头宿鹭鱼惊。"

前两句充分利用新奇地名的联想、暗示、衬托作用，烘染出美妙的意境。用"新妇矶"来暗示、衬托明月之明朗皎洁，用"女儿浦"暗示、衬托潮水之温柔平和，第三句则以鱼惊来反衬出夜之静谧美好。比顾况（725—814）同时稍前的杜甫（713—780）有诗"沙头宿鹭联拳静，船尾跳鱼拨剌鸣"[1]，不知顾况是否融合了这两句，成为"沙头宿鹭鱼惊"。

杜诗中常出现新异的地名，比如"凤林戈未息，鱼海路常难"，"水落鱼龙夜，山空鸟鼠秋"，"已收滴博云间戍，更夺蓬婆雪外城"。杜甫也许并非有意为之，后人却从这些诗中总结出：别致的地名可以为诗增色。后来一些诗人由于好翻新出奇，新奇的地名也能引起他们的兴趣，连地名也拿来做文章。清人黄生说："诗中用地名，必取其佳者，方能助色。如凤林、鱼海、乌蛮、白帝、鱼龙、鸟鼠是也。"[2]他所举这些例子，仅仅是因地名新异别致，可为诗增加些异域的新奇风味。

而顾况这首诗，而是利用地名的联想、暗示、衬托作用，将地名用字中蕴含的让人联想的特质，与月的特质、水的特质联系起来，互想融合映衬。"新妇"两字让人产生的联想是鲜艳明媚，"新妇矶"边的明月，给

---

[1] （唐）杜甫：《漫成一首》，（清）仇兆鳌注：《杜诗详注》，中华书局2002年版，第三册第1267页。黄鹤系于大历元年（766）作。

[2] 《杜诗详注》第三册第1171页，引清人黄生评论。

人的感觉就更是明朗皎洁;"女儿"两字让人产生的联想是温柔静美,与"浦""潮"放在一起,让人感觉到,如此"温柔"的浦名,其潮水也定是如女儿般温柔的。宋代人也注意到了顾况这首诗中地名的妙用。黄庭坚取这首诗与张志和的《渔歌子》合为一首《浣溪沙》而歌之,徐俯也曾隐括二者为一首《浣溪沙》词①,都用了"新妇矶"与"女儿浦"这令人遐想的地名:

  新妇矶边秋月明。女儿浦口晚潮平。沙头鹭宿戏鱼惊。(徐俯《浣溪沙》上片)
  新妇矶边眉黛愁,女儿浦口眼波秋,惊鱼错认月沉钩。(黄庭坚《浣溪沙》上片)

  徐俯对于顾况一词只是加了三个字,修辞手法未改。黄庭坚则通过暗喻和拟人的修辞手法,把明月、潮水也拟人化了,明月喻为眉黛,潮水喻为眼波,"眉黛愁"还用了移用的修辞手法。在他的笔下,一弯明月如同新妇蹙弯的眉黛,浦口潮水如同女儿横流的眼波。顾况只是用地名来激发读者的联想,起到暗示作用,而黄作则整句都是用暗喻、拟人和移用的修辞手法,也就是苏轼所说的:"以山光水色替却玉肌花貌。"② 宋代惠洪《赠汾山湘书记二首》其一:"山学春愁眉黛",又化用了黄庭坚的词。
  宋代王观《卜算子》词:"水是眼波横,山是眉峰聚。欲问行人向哪边,眉眼盈盈处。"自从《西京杂记》中有"文君姣好,眉色如望远山",白居易写弹筝的女子是"双眸剪秋水",文学作品中通常是把眉峰比作春山,把媚眼比作秋波,王观却反其意而用之,是否受了黄庭坚的词的影响?由此可见,顾况这首诗实在是影响深远。

---

  ① (宋)曾慥:《乐府雅词》卷中,影印文渊阁四库全书,台北商务印书馆1986年版。张志和《渔父词》云:"西塞山前白鹭飞,桃花流水鳜鱼肥。青箬笠,绿蓑衣,斜风细雨不须归。"顾况《渔父词》:"新妇矶边月明,女儿浦口潮平。沙头鹭宿鱼惊。"东坡云:"元真语极丽,恨其曲度不传,加数语以《浣溪沙》歌之云:……"山谷……取张、顾二词,合为《浣溪沙》云:"新妇矶边眉黛愁,女儿浦口眼波秋,惊鱼错认月沉钩。""……东湖老人因坡、谷互有异同之论,故作浣溪沙、鹧鸪天各二阕云。"徐俯《浣溪沙》词如下:"新妇矶边秋月明。女儿浦口晚潮平。沙头鹭宿戏鱼惊。……"
  ② 史双元编著:《唐五代词纪事会评》,黄山书社1995年版,第103页引。

（4）《何满子》的歌辞

《何满子》是唐代新创的乐曲。白居易《何满子》："世传满子是人名，临就刑时曲始成。一曲四词歌八叠，从头便是断肠声。"自注："开元中，沧州有歌者何满子，临刑，进此曲以赎死。上竟不免。"[1]《何满子》在唐代有五言、七言歌辞（今存五言有薛逢的《何满子》，七言有白居易的《何满子》）。现存六言歌辞有五代时毛文锡与和凝二人的作品。

毛文锡作品："红粉楼前月照，碧纱窗外莺啼。梦断辽阳音信，那堪独守空闺。恨对百花时节，王孙绿草萋萋。"和凝的《何满子·其一》："写得鱼笺无限，其如花锁春晖。目断巫山云雨，空教残梦依依。却爱熏香小鸭，羡他常在屏帏。"这两首歌辞都是写相思之情的。前者是从妻子的角色来落笔，因丈夫从军辽阳而独守空闺。后者"羡他常在屏帏"，则是男性口吻，诗中有"花锁春晖"，似乎幽期密约，不能暴露于人前。

4. 其他歌辞

唐代民间的六言歌辞，现存的有三首。

《塞姑》：昨日卢梅塞口，整见诸人镇守。都护三年不归，折尽江边杨柳。

《轮台》：燕子山里食散，莫贺盐声平回。共酌葡萄美酒，相抱聚蹈轮台。[2]

从"塞口""都护"可知《塞姑》是西北边境的歌曲。轮台在今新疆轮台县，"葡萄酒"是新疆特产。"燕子山"即"焉支山"，是北方游牧民族长期生活的地区。"盐"带着西域乐的特征。可知《轮台》曲也是西北少数民族地区歌曲。"共酌葡萄美酒"，"相抱聚蹈轮台"，为我们提供了唐代新疆地区少数民族的日常饮食习俗和民族歌舞形式的资料。

还有一首《十二月三台词》，是新疆出土的唐墓中的一卷手写稿，写于高宗景龙四年："正月年首初春，□□改故迎新。李玄附灵求学，树下乃逢子珍。项托七岁知事，甘罗十二相秦。若无良妻解梦，冯唐宁得忠

---

[1]（宋）郭茂倩：《乐府诗集》，中华书局1979年版，第1133页。
[2] 这首诗不见于《全唐诗》，在《大日本史礼乐志》中。见任半塘《唐声诗》下册，上海古籍出版社1982年版，第312页。

臣。"这本是一组12首诗，因为其下还有"二月遥望梅林，青条吐叶……"但是很可惜，所发掘的原文只抄到这里。这说明，初唐时民间《三台》歌曲是很流行的。

第三节　徒诗作品

一　山水田园隐逸诗

盛唐以后，出现了大量的徒诗作品，而且以山水田园和隐逸诗居多。唐代隐逸诗，应该以初唐徐惠的骚体六言诗《拟小山篇》为开山作："仰幽岩而流盼，抚桂枝以凝想。将千龄兮此遇，荃何为兮独往。"这首诗写自己在山中徘徊流连，主题似为求仙，意境清深幽美。盛唐王维开始写田园诗，而且一试手便取得了这个题材的最高成就。此外，刘长卿、皇甫冉等人的山水隐逸诗也有很高的艺术性。

1. 王维的诗：工于画道者对于色彩和位置的经营

王维是盛唐山水田园诗的大家，他的《田园乐七首》又叫《辋川六言》，是集中写辋川山居生活的组诗：

一、出入千门万户，经过南邻北邻。蹀躞鸣珂有底，崆峒散发何人。

二、再见封侯万户，立谈赐璧一双。讵胜偶耕南亩，何如高卧东窗。

三、采菱渡头风急，策杖村西日斜。杏树坛边渔父，桃花源里人家。

四、萋萋芳草春绿，落落长松夏寒。牛羊自归村巷，童稚不识衣冠。

五、山下孤烟远村，天边独树高原。一瓢颜回陋巷，五柳先生门前。

六、桃红复含宿雨，柳绿更带春烟。花落家僮未扫，莺啼山客犹眠。

七、酌酒会临泉水，抱琴好倚长松。南园露葵朝折，东谷黄粱夜舂。

第一首写"乘马鸣珂"的意气自满与"散发"之自在生涯的对比。第二首写高官厚禄不如归田闲卧。第三首描写田园风景，有如桃花源。后四首都是用一个个山居生活镜头来展示田园之美。

这组诗写田园之美，有的古淡悠闲，有的清新明丽，仿佛一组田园乐画面，情韵俱佳。后人对这组诗有很高的评价。宋代刘克庄说："六言尤难工……惟王右丞、皇甫补阙所作绝妙。"[1] 宋代胡仔《苕溪渔隐丛话》评价："'桃红复含宿雨'云云，每吟此句，令人坐想辋川春日之胜，此老傲睨闲适于其间也。"[2] 明代方回《瀛奎律髓》卷二十三《辋川闲居》评："右丞有六言《田园乐》七首，'花落家童未扫，莺啼山客犹眠'，举世称叹。'山下孤烟远村，天边独树高原'与此'时倚檐前树，远看原上村'，予独心醉不已。"[3] 明代董其昌《画禅室随笔》卷二《题孤烟远村图》："山下孤烟远村，天边独树高原。非右丞工于画道，不能得此语。"[4] 明代黄升《玉林诗话》中说："六言绝句如王摩诘'桃红复含宿雨'及王荆公'杨柳鸣蜩绿暗'二诗最为警绝，后难继者。"[5] 明代顾璘评点这七首诗："首首如画。"[6]

除了诗中有画，用典的妙化无痕也增加了诗的容量与深度。唐代六言诗以不用典者居多。歌辞、歌谣等甚为浅显，没有用典的。文人作品由于多意象并置，注重语言的浅切明了，也很少用典。王维这七首诗中用典了，而且在用典上有很高技巧。比如第二首中的"万户侯"出自《汉书》；"立谈"，出自《史记》："虞卿立谈而取卿相。""偶耕"出《论语·荷蓧丈人》："长沮、桀溺偶而耕。""高卧东窗"，暗用陶潜《与子俨等疏》"尝言五六月中北窗下卧，遇凉风暂至，自谓是羲皇上人"[7]。每句

---

[1]（宋）叶寘撰：《爱日斋丛钞》，程毅中主编《宋人诗话外编》下册，国际文化出版公司1996年版，第1527页。

[2] 杨文生：《王维诗集笺注》，四川人民出版社2003年版，第271页。

[3]（元）方回选评，李庆甲集评校点：《瀛奎律髓汇评》，上海古籍出版社1986年版，第933页。

[4]（清）赵殿成笺注：《王右丞集笺注》，上海古籍出版社1984年版，第514页《附录二》引用。

[5] 吴战垒校注：《千首宋人绝句校注》，浙江古籍出版社1986年版，第767页。

[6]（元）杨士弘编选，（明）张震辑注，（明）顾璘评点，陶文鹏、魏祖钦点校：《唐音评注》，河北大学出版社2006年版，第534页。

[7] 王瑶编注：《陶渊明集》，人民文学出版社1957年版，第153页。

都用典，但用而不觉。不知典故的人，也能看懂字面意思；知道典故的人，获得了更深的理解，这就是用典的最高境界了。"杏树坛边渔父"，也是暗用典，《庄子》杂篇《渔父第三十一》："孔子游乎缁帷之林，休坐乎杏坛之上，弟子读书，孔子弦歌鼓琴奏曲未半，有渔父者下船而来，须眉交白，被发揄袂，行原以上，距陆而止，左手据膝，右手持颐以听曲终。"桃花源就更是典故了。第五首中"颜回陋巷"，是关于颜回的典故，五柳先生，出陶潜《五柳先生传》。这组诗中用了这么多关于古代高人隐士的典故，综合来看，隐然自况辋川的主人和乡民是像古代的高士和隐者一样的人。

王维的这七首六言诗对后世影响很大。王维之后，六言诗多用于流连光景，陶情怡性，或随笔戏谑，题材较为轻松随意。在技巧上讲究四句全用对偶，纯客观描写而少主观的情绪。唐代其他诗人在六言诗中用典的很少，而盛宋六言诗人往往好用典，也可说是上继王维了。

2. 刘长卿的诗：渐入佳境的结构

刘长卿的《寻张逸人山居》：危石才通鸟道，空山更有人家。桃源定在深处，涧水浮来落花。这首诗用欲扬先抑的手法，先说其险，再由落花来引人入胜。"危石"令人想到"大石侧立千尺，如猛兽奇鬼，森然欲搏人"①；一线山路盘旋直上，似乎只有鸟儿才能飞过；然而空山深处竟然还住有人家。从水面漂浮来的落花猜测，涧水上游定是桃花源一般美丽的地方。不直说危石之后隐藏有什么地方，而是略露一斑，让人从水面落花来判断美好的境地深藏其后，从而引人入胜。明代顾璘评点"桃源定在深处"："有趣。"② 这首诗的结构独具匠心，就像《红楼梦》中大观园的设计，迎门就是"一带翠嶂挡在前面"。所谓"非此一山，一进来园中所有之景悉入目中，则有何趣。……非胸中大有邱壑，焉想及此"③。

3. 皇甫冉的诗：问句之后的无穷兴味

皇甫冉的六言诗也深具清旷闲逸之美。《小江怀灵一上人》："江上年年春早，津头日日人行。借问山阴远近？犹闻薄暮钟声。"《送郑二之茅

---

① （宋）苏轼：《石钟山记》。
② （元）杨士弘编，（明）张震辑注，（明）顾璘评点，陶文鹏、魏祖钦点校：《唐音评注》，河北大学出版社2006年版，第538页。
③ （清）曹雪芹：《红楼梦》第十七回《大观园试才题对额》。

山》:"水流绝涧终日,草长深山暮春。犬吠鸡鸣几处?条桑种杏何人?"《问李二司直所居云山》:"门外水流何处?天边树绕谁家?山色东西多少?朝朝几度云遮?"

这三首诗中都有"问"的意思:"借问山阴远近?""条桑种杏何人?"第三首通篇问句。问句使得内容带有不确定性,因其未有实指而使得一句的容量更大,从而启人思索,给人以无穷的兴味。正是在问句中,作者写出江头远远的钟声带来的隐者消息,写出郑二所居的茅山,村里有犬吠鸡鸣,山里人艺桑种杏,充满生活气息。幽涧长流,春色常在。第三首甚至通篇问句。清代陈仅《竹林答问》:"问:诗中有具问答体者……有全章皆问辞者,如皇甫冉《问李二司直》六言绝句是也。"[1] 这首诗借问句,来反映出李二所居的山中种种美景:人所居住的环境,在云遮雾绕之处,在绿树环绕之中,有流水从门前潺潺经过,山溪曲曲折折,不知流向何方;山色深深浅浅,浓淡相间……好一幅云居野趣图!洪迈称这三首诗"清绝可画"[2],的确,写景如绘,意境宁静淡远是这三首诗共同的特点。

4. 张继等人的作品

张继的《山家》:"板桥人渡泉声,茅檐日午鸡鸣。莫嗔焙茶烟暗,却喜晒谷天晴。"选取板板桥、茅檐、鸡鸣、焙茶、晒谷等典型场景,写出山家勤劳淳朴宁静的生活。

李嘉祐的《白田西忆楚州使君弟》:"山阳郭里无潮,野水自向新桥。鱼网平铺茶叶,鹭鸶闲步稻苗。秣陵归人惆怅,楚地连山寂寥。却忆士龙宾阁,清琴绿水萧萧。"这首诗写白田西的景物:野水,新桥,渔网铺在茶树上晾晒,水鸟在稻田里悠闲地踱步。这些带有典型水乡风情的景物,组合起来成为一幅优美的画卷。

二 羁旅行役诗和抒情诗

但凡旅途中所历、所见、所闻、所想,风霜劳顿,触景生情,抒发感慨等都属此类。如顾况《归山》,韩翃《宿甑山》。

朱放《剡溪舟行》:"月在沃州山上,人归剡县溪边。漠漠黄花覆水,时时白鹭惊船。"剡溪风光美丽,向来是文人笔下题咏的对象。谢灵运曾

---

[1] 郭绍虞等:《清诗话续编》第四册,上海古籍出版社1983年版,第2263页。
[2] (宋)洪迈:《容斋随笔》下册,上海古籍出版社1978年版,第569页。

在剡溪留下足迹，李白《梦游天姥吟留别》中说剡溪美景是："渌水荡漾清猿啼。"在朱放诗中，夜月清朗，照见水面布满了黄色的水草花，栖息的白鹭时时被行舟惊起。夜月下的溪水是平静的，白鹭惊飞又是动的，动静相衬，静中有生机活力。这首诗虽归入旅途所作，但内容则是写山水景物的。

韩翃《宿甑山》："山中今夜何人，门下当年近臣。青琐应须早去，白云何用相亲。"《别甑山》："一身趋侍丹墀，西路翩翩去时。惆怅青山绿水，何年更是来期。"这两首诗都是写旅途中的复杂心情：既有离开朝廷、不能实现自己政治抱负的惆怅，又有丝脱身的轻松感，还有自我劝慰的心理。

顾况《思归》："不能经论大经，甘作草莽闲臣。青琐应须长别，白云漫与相亲。"这首诗的后两句与韩翃的《宿甑山》后两句很相似。韩翃为天宝十三年（754）进士，约卒于贞元初。顾况（725—814），与韩翃为同时代人，诗句相似，也许是流传过程中混淆。诗中表达的心理"不能经论大经，甘作草莽闲臣"，则多了一点不易觉察的牢骚。他的《归山》："心事数茎白发，生涯一片青山。空林有雪相待，古道无人独还。"白发、青山、雪、古道、空林，这些意象组合起来，十分冷落、孤独、寂寥，可与"千山鸟飞绝"的意境互相参看。这一幅幅画面，有着统一于孤寂的和谐，透露出作者的心境之寂寥冷清。明代顾璘评点："语短意长。"[①] 这首诗因其清冷意象的和谐组和，也被明代人选入《六言唐诗画谱》中。

柳宗元《诏追南来诸宾》："一生拚却归休，谓着南冠到头。治长虽解缧绁，无由得见东周。"作者的心情是一丝怨愤中透着十分凄凉的。

三　文人之间的酬答、送别诗

才子词人之间相互用诗来酬别赠答，亦是文人雅事。刘长卿的六言律《苕溪酬梁耿别后见寄》，其实是酬答诗，但因属歌辞，所以在前面已说过了。另外皇甫冉和张继互相酬答的诗，因为内容是写风景的，也列入山水景物诗中了。

白居易《寄刘梦得二首》："扬子津头月下，临都驿里灯前。昨日老

[①]（元）杨士弘编，（明）张震辑注，（明）顾璘评点，陶文鹏、魏祖钦点校：《唐音评注》，河北大学出版社2006年版，第540页。

于前日，去年春似今年。""谢守归为秘监，冯唐老作郎官。前事不须问着，新诗且更吟看。"这两首诗，有对朋友相聚时光的回忆，有对友人终于从外任归来入朝的安慰，更多是勉励：诗人老去春光在，往事已矣赋新篇，对于老朋友来说既有同情之理解又有开朗的引导，是语气很合宜的一封信。

刘禹锡《答乐天临都驿见寄》："北固山边波浪，东都城里风尘。世事不同心事，新人何似故人。""一政政官轧轧，一年年老骎骎。身外名何足算，到来诗且同吟。"答诗表达了对世事翻覆无常的感慨，对官场倾轧的倦怠厌恶，对老朋友的感谢之情和自我开解。

刘长卿《送陆澧还吴中》（《全唐诗》诗题下标注："一作李嘉祐诗"）："瓜步寒潮送客，杨柳暮雨沾衣。故山南望何处，秋草连天独归。"《发越州赴润州使院留别鲍侍御》："对水看山别离，孤舟日暮行迟。江南江北春草，独向金陵去时。"《蛇浦桥下重送严维》："秋风飒飒鸣条，风月相和寂寥。黄叶一离一别，青山暮暮朝朝。寒江渐出高岸，古木犹依断桥。明日行人已远，空余泪滴回潮。"这三首诗都是送别朋友的。在他的诗里，风、月都被赋予了人性化的感情："寂寥。"黄叶象征着他和朋友像黄叶一样被风吹散，各自分离；青山又似乎是他和朋友的友情，像山一样稳固厚重，像山一样长久。离情又像山一样沉重，朝朝暮暮时时刻刻都压在心上。"山"又似乎是一个旁观者，沉默不语地看着他和朋友一离一别。

卢纶《送万臣》也是送别之作："把酒留君听琴，谁堪岁暮离心。霜叶无风自落，秋云不雨空阴。人愁荒村路细，马怯寒溪水深。望尽青山独立，更知何处相寻。"另有韩翃的《送陈明府赴淮南》："年华近过清明，落日微风送行。黄鸟绵蛮芳树，紫骝蹀躞东城。花间一杯促膝，烟外千里含情。应渡淮南信宿，诸侯拥旆相迎。"

卢纶所送是朋友，友情深厚，所以他眼中看去，景物都带了深情，从落叶，到秋云，到阴暗的天空，都带了离思愁意，荒村细路和寒溪冷水，处处是愁人之景；韩翃的诗，也许是在一个应酬的场合送一个官员，所以感情浅，应景的话多，而且着意选取了令人心情舒畅的景物：年节为清明后，适意的微风、黄鸟、芳树、紫骝、花间。更想象"诸侯拥旆相迎"，画出一个热闹的前景。从诗里看不出作者与陈某有什么交情，只知时间、地点，然后写上句预祝的话。可见同是送别诗，感情有深浅之别，眼中所见的景物染上的色彩也就不一样。

温庭筠《送李亿东归》:"黄山远隔秦树,紫禁斜通渭城。别路青青柳弱,前溪漠漠苔生。和风淡荡归客,落月殷勤早莺。霸上金尊未饮,燕歌已有余声。"诗中使用叠音词:"青青""漠漠";双声、叠韵词:"淡荡""殷勤",音节和婉。敷色用"黄山""紫禁""青青""金尊",色彩明净。意象用"黄山""秦树""柳""溪""苔""和风""落月""早莺",都令人产生自然、素淡的联想。体式上,不用五言、七言而使用六言这种音步较为舒缓的体式。从整体构成的意境效果来看,给人清新淡雅的感觉。李亿当时是衣锦还乡,所以送他的诗中没有愁苦情绪;但两人是故交好友,诗人又不可能因他的离开而欢喜,所以他眼中所见景物是自然素淡而明净的。

郎士元《寄李袁州桑落酒》:"色比琼浆犹嫩,香同甘露仍春。十千提携一斗,远送潇湘故人。"这首诗描述了桑落酒的色与香,加上十千一斗这昂贵的价格,和远送潇湘这遥远的距离,令人感到朋友间的深情厚谊,也对桑落酒的芬芳甘美颇有向往,在咏物方面也是成功的。

张继的《奉寄皇甫冉补阙》是寄给黄甫冉的:"京口情人别久,扬州估客来疏。潮至浔阳回去,相思何处通书。"唐代人常用"情人"来指感情深厚的朋友。比如唐代袁郊《甘泽谣》中载释圆观对朋友李源所唱"惭愧情人远相访,此身虽异性长存"[1]。至于"相思"在古代也不仅用于男女之间。《晋书·嵇康传》:"东平吕安服康高致,每一相思,辄千里命驾。"[2]《隋书·韩擒虎传》:(帝)又下优诏于擒、弼曰:"班师凯入,诚知非远,相思之甚,寸阴若岁。"[3] 黄甫冉有一首七言诗《酬张继》,其序言说:"懿孙,予之旧好,祗役武昌,有六言诗见忆,今以七言裁答,盖拙于事者繁而费。"诗曰:"怅望南徐登北固,迢遥西塞望东关。落日临川问音信,寒潮惟带夕阳还。"从这首诗中可知,皇甫住在北固山附近。北固山,在京口附近,而张继诗中正说"京口情人久别"。这首诗中说"落日临川问音信,寒潮惟带夕阳还"。而张继诗中说"潮至浔阳回去,

---

[1] (唐)袁郊:《甘泽谣》,《唐五代笔记小说大观》,上海古籍出版社 2000 年版,第 543 页。

[2] (唐)房玄龄等:《晋书》卷四九,中华书局 1971 年版,第 1372 页。

[3] (唐)魏征等撰:《隋书》卷五二,中华书局 1973 年版,第 1340 页。

相思无处通书"，两首诗内容息息相关，正是酬答体段。

四　情诗

六言的情诗有刘方平、鱼玄机、杜牧、韩偓等人的作品。

刘方平《拟娼楼节怨》："上苑离离莺度，昆明羃羃蒲生。时光春华可惜，何须对镜含情。"这首诗题名为"拟"，明显在模仿梁代萧纲的《倡楼节怨》。

鱼玄机的两首诗都是抒发相思之情的：

　　江南江北愁望，相思想望空吟。鸳鸯暖卧沙浦，鸂鶒闲飞橘林。烟里歌声隐隐，渡头月色沉沉。含情咫尺千里，况听家家远砧。（《隔汉江寄子安》）
　　红桃处处春色，碧柳家家月明。楼上新妆待夜，闺中独坐含情。芙蓉叶下鱼戏，蝴蝶天边雀声。人世悲欢一梦，如何得作双成！（《寓言》）

鱼玄机本是李亿的妾，才色俱全，后爱衰下山。这样的女子，其内心世界丰富，敏感细腻，对于感情的要求无疑会比一般人更多更高。第一首诗是与李亿隔江时，抒发对于丈夫的相思情爱。第二首则以春天月夜美景，反衬作者的孤独盼望。"人世悲欢一梦"，对爱情既有强烈的渴望，又有幻灭的感觉。如此这般独坐含愁，倒不如无知无觉，学仙飞升，可以解脱。

杜牧的《代人寄远二首》：

　　河桥酒旆风软，候馆梅花雪娇。宛陵楼上瞪目，我郎何处情饶？
　　绣领任垂蓬鬓，丁香开结春梢。剩宜新年归否，江南绿草迢迢。

写思妇对游子的思念，用满眼春色来对照，更觉独自一人无聊。唐代诗人屡用"瞪目"这个词，如温庭筠《夜宴谣》："脉脉新蟾如瞪目。"顾嗣立引《埤苍》解："瞪，直视也。"[①] 如果是按今天的"瞪眼睛"来解

---

① （清）曾益等笺注：《温飞卿诗集笺注》，上海古籍出版社1998年版，第4页。

释，那就词笨意拙，因此解作"注目"，才合情合理。

韩偓的《六言三首》：

秦楼处子倾城，金陵狎客多情。朝云暮雨会合，罗袜绣被逢迎。华山梧桐相覆，蛮江豆蔻连生。幽欢不尽告别，秋河怅望平明。（其一）

一灯前雨落夜，三月尽草青时。半寒半暖正好，花开花谢相思。惆怅空教梦见，懊恼多成酒悲。红袖不干谁会，揉损连娟淡眉。（其二）

此间青山更远，不惟空绕汀洲。那里朝日方出，还应光照西楼。忆泪应成恨泪，梦游常续心游。桃源洞口来否？绛节霓旌久留。（其三）

第一首诗写幽期密会，写得较为肉麻。温庭筠的《博山》也用隐喻、比拟来写欢会："粉蝶团飞花转影，彩鸳双泳水生纹。"然而富丽娴雅，格调决不低下。"相覆、连生"则有些直白浅露。当然这也与"朝云暮雨"、"罗袜绣被""幽欢"等直白浅露的明示有关。后两首则写得较为深情体贴。比如拟想女子"红袖不干谁会"，怜惜她袖上泪痕无人能懂，想象她一定因频频拭泪把美丽的淡眉都揉损了。再如作者采用想象中的时空交织法："此间青山更远"，"那里朝日方出"。由自己想到情人，猜想情人在思念自己，设身处地去体会她的思念与忧伤，是比较能打动人的。

五 哲理、咏物等其他题材诗

1. 李冶的诗：洞察人情，深含哲理

李冶的《八至诗》："至近至远东西，至深至浅清溪。至高至明日月，至亲至疏夫妻。"这首诗对于物质的矛盾的统一有了朴素的认识，虽然这种认识并不透彻：因为"东西""日月""夫妻"都是互相对应的两种事物，而"清溪"只是一物；"至高"与"至明"并不矛盾，而其他三句写的都是事物中体现出的矛盾性质。不过，这不影响这首诗耐人寻味的优点，因为"至亲至疏夫妻"是诗中的点睛之笔，也是前三句连兴带比的归着所在。

"至亲至疏"，可以从几层意思来理解：其一，夫妻本不相识，因为

婚姻走到一起，这是由至疏而到至亲。然这种"亲"远非稳定的血缘关系之亲，而是极不稳定的。封建社会妻子随时可能被"出"，与夫成为"至疏"。其二，封建社会提倡虚伪的夫妻之礼，妻对夫最好"举案齐眉"，如对严宾，虽为至亲，也要做出至疏的姿态。其三，更有"枕前发尽千般愿"，结果"恩爱一时间"的露水夫妻，更是霎时至亲，转头就成了至疏。其四，从古至今，同床异梦、各怀异心的夫妻不知有多少，只是无人敢于把这层窗户纸捅破。而李冶以女子的身份竟然揭露了婚姻的这种本质，其识固透彻，其胆更锋锐：封建社会妻依附于夫，要把一切都奉献给丈夫，生是夫家人，死是夫家鬼。丈夫可以疏妻，妻却不许自疏于丈夫，不许有"疏"的意识。李冶却敢于将这种"疏"挑明了说，敢于把夫妻关系看成在特定时候最疏远的关系。李冶本是"形气既雄，诗意亦荡"[①]，作风大胆的才女，曾以女道的身份与名士唱和调谑，她的思想已经远远超越了她所属的时代。

2. 咏物诗

薛涛《咏八十一颗》："色比丹霞朝日，形如合浦圆珰。开时九九知数，见处双双颉颃。"这是唐代唯一流传下来的六言咏物诗。到宋代，咏物、题画成了六言诗的重要题材。

3. 闲情诗

贯休《春野作》："闲步浅青平绿，流水征车自速。谁家挟弹少年，拟打红衣啄木。"作者闲步平野，红衣啄木鸟和挟弹少年吸引了他的目光。耐人寻味的是，作为一个理应有好生之德的僧人，他对少年之打鸟并无厌恶责备、强烈排斥之意，而是远观着所有生机勃勃的、美好的一切，欣赏着万物的生机活力。"挟弹少年"让人想到臂弓走马、自在不羁的少年形象，看来作者并非四大皆空，这个释子的禅衣里，有个羡慕自由自在的灵魂在。

4. 判词

韩滉《判僧云晏五人聚赌喧争语》："正法何曾执贝，空门不积余财。白日既能赌博，通宵必醉尊罍。强说天堂难到，又言地狱长开。并付江神

[①] 傅璇琮：《唐人选唐诗新编》，陕西人民教育出版社1996年版，第506页，引高仲武《中兴间气集》评。李冶事见傅璇琮主编《唐才子传校笺》第五册，中华书局2000年版，第60—63页。

收管，波中便是泉台。"唐代真是一个六言诗百无禁忌的时代，连判词也可以用这种体裁。

第四节　唐代六言诗的艺术技巧

唐代六言诗作品共有一百多首，其中舞著辞部分由于其随口而唱，平铺直叙，只是有韵的口语罢了，没有什么艺术性。佛偈部分质木无文，虽然对后世禅宗思想、对后世诗僧的创作有一些影响，在艺术性方面，同样无可称道。判词的情况与此相类。唐代六言诗的艺术成就，主要表现在文人作品中。

一　用典妙化无痕

宋代周紫芝《竹坡诗话》："凡诗人作语，要令事在语中而人不知。……诗至于此，可以为工也。"[①] 唐代六言诗以不用典者居多。歌辞、歌谣等甚为浅显，没有用典的。文人作品由于多意象并置，注重语言的浅切明了，也很少用典。但是用得少不等于不会用，唐代六言诗在用典上有很高技巧。比如王维的《田园乐七首》二，每句都用典，但用而不觉。不知典故的人，也能看懂字面意思；知道典故的人，获得了更深的理解，这就是如盐着水、不着色相的用典技巧，是用典的最高境界了。

二　对偶精工

应制歌辞如张说的《舞马辞》《破阵乐》，冯延巳的《寿山曲》，在对仗的精工和用语的富丽堂皇方面，有值得借鉴的地方。如张说的《舞马辞》之三："彩旄八佾成行，时龙五色因方。屈膝衔杯赴节，倾心献寿无疆。"前两句简洁地写出舞马毛色鲜明，行列整齐，后两句则形象地描写了舞马的表演动作，语言概括能力很强。其《破阵乐》："百里火幡焰焰，千行云骑騑騑。蹴踏辽河自竭，鼓噪燕山可飞。"成功地渲染出军队的军容声威。再如冯延巳的《寿山曲》"鸳瓦数行晓日，龙旗百尺春风"，写得意象壮丽，甚为后人称道。

[①] （宋）周紫芝：《竹坡诗话》，（清）何文焕《历代诗话》，中华书局1981年版，第346页。

一些文人作品，对偶中另有"清"的特色。王维《田园乐七首》："山下孤烟远村，天边独树高原。""酌酒会临泉水，抱琴好倚长松。南园露葵朝折，东谷黄粱夜春。"选取远村、独树、泉水、长松、露葵、黄粱这些有田园风味的景物作对，写出田园生活的闲适之情。刘长卿的《苕溪酬梁耿别后见寄》："白云千里万里，明月前溪后溪"，高远明净。韩翃的《送陈明府赴淮南》："花间一杯促膝，烟外千里含情"，从眼前想到千里之外。刘长卿《蛇浦桥下重送严维》："寒江渐出高岸，古木犹依断桥。"卢纶《送巨万》："霜叶无风自落，秋云不雨空阴。人愁荒村路细，马怯寒溪水深。"顾况《归山》："心事数茎白发，生涯一片青山"，清苦萧瑟。

三 应用叠字、连绵字和复沓的修辞手法

叠字和连绵字可以更好地形容事物。《文心雕龙·物色》说："物貌难尽，故重沓舒状。"意思是用重叠复沓才能写尽景物的情状。《文心雕龙·物色》说："故'灼灼'状桃花之鲜，'依依'尽杨柳之貌，'杲杲'为出日之容，'瀌瀌'拟雨雪之状，'喈喈'逐黄鸟之声，'喓喓'学草虫之韵。'皎日'、'嘒星'，一言穷理；'参差'、'沃若'，两字连形：并以少总多，情貌无遗矣。"① 所谓"情貌无遗"，就是叠字和连绵字除了描写物的貌，还能反映内在的"情"。唐代六言诗的节拍绝大部分为"二、二、二"形式，正适合用双音步的叠字、连绵字。这些叠字、连绵字用在诗中，增加了景物的生动形象性，传达了作者的情感。

王维的《田园乐七首》四："萋萋芳草春绿，落落长松夏寒。""萋萋"写春草，"落落"写长松，形象贴切，作者对于这优美的环境感到适意自在。

温庭筠《送李亿东归》："别路青青柳弱，前溪漠漠苔生。和风淡荡归客，落月殷勤早莺。"诗中使用叠音词："青青柳弱""漠漠苔生"；双声、叠韵词："淡荡归客""殷勤早莺"，音节和婉，很适合六言这种音步较为舒缓的体式，整体意境清新淡雅。

朱放《剡溪舟行》："漠漠黄花覆水，时时白鹭惊船。""漠漠"可见水面布满了黄色的水草花，"时时"见栖息的白鹭之多，不是一只两只，就使得夜航的过程不至于孤寂而是充满生机。

---

① 周振甫：《文心雕龙今译》，中华书局1986年版，第415页。

鱼玄机《寓言》："红桃处处春色，碧柳家家月明。"用叠字"处处""家家"，可见春满人间，月照万家。热闹的春意和明朗的月色，反衬出作者的孤独与对感情的渴望。

　　皮日休《胥口即事六言二首》："波光杳杳不极，霁景澹澹初斜。""杳杳"可见波光潋滟不定的状态，"澹澹"可见初晴时候日光柔和而不刺眼强烈。"拂钓清风细丽，飘蓑暑雨霏微。"风是"细丽"的微风，雨是"霏微"的细雨，可见作者的悠然闲适之情。

　　李中《所思》："门掩残花寂寂，帘垂斜月悠悠。"这首诗是写对家乡的思念的，所以"寂寂""悠悠"加强了客中寂寥、时光悠长的感觉。

　　唐代六言诗还使用复沓的修辞手法，比如王建的《宫中三台》二："池北池南草绿，殿前殿后花红。"用"池北池南""殿前殿后"，似乎眼前景物不变，写出宫女那种长日无聊的寂寞和对眼前事物的倦怠心理。他的《江南三台》四："树头花落花开，道上人去人来。朝愁暮愁即老，百年几度三台。""花落花开"，可见年年景物如此；"人去人来"，可见朝朝人情如此。"朝愁暮愁"，见愁之深、愁之久。

　　刘长卿《苕溪酬梁耿别后见寄》："白云千里万里，明月前溪后溪。"《蛇浦桥下送尹维》："黄叶一离一别，青山暮暮朝朝。"窦弘余《广谪仙怨》："伤心朝恨暮恨，回首千山万山。"写感情，用复沓手法一写再写，显出感情之深厚，增强了诗的感染力。皮日休《胥口即事六言二首》："湖云欲散未散，屿鸟将飞不飞。"用"欲散未散"来描写湖上云影徘徊，用"将飞不飞"来描写湖边水鸟流连，很形象。

四　应用色彩字

　　宋代人评论唐代六言诗的精品"清绝可画"，这与唐代六言诗中常常使用颜色字是分不开的，因为色彩是构成画面的要素。唐代写景、送别、抒怀的作品中都有颜色字，这些字眼唤起读者一种具体鲜明的色彩联想，充满画意。

　　王维《田园乐七首》："桃红复含宿雨，柳绿更带春烟。"色彩红绿对开，景物鲜明润泽。

　　王建《宫中三台》一："日色柘黄相似，不着红鸾扇遮。"

　　刘长卿《蛇浦桥下重送严维》："黄叶一离一别，青山暮暮朝朝。"

　　韩翃《送陈明府赴淮南》："黄鸟绵蛮芳树，紫骝蹀躞东城。"

韩翃《宿甑山》:"青琐应须早去,白云何用相亲。"
韩翃《别甑山》:"惆怅青山绿水,何年更是来期。"
鱼玄机《寓言》:"红桃处处春色,碧柳家家月明。"
王贞白《仙岩二首》一:"白烟昼起丹灶,红叶秋书篆文。"
冯延巳《寿山曲》:"阶前御柳摇绿,仗下宫花散红。"
毛文锡《何满子》:"红粉楼前月照,碧纱窗外莺啼。"
温庭筠《送李亿东归》全篇着色:"黄山远隔秦树,紫禁斜通渭城。别路青青柳弱,前溪漠漠苔生。和风淡荡归客,落月殷勤早莺。霸上金尊未饮,燕歌已有余声。"这首诗里用了"黄""紫""青""金"等色彩,画面的整体效果淡雅明净。

五 用新异的地名引起人的联想:"借景"

顾况的《渔父词》用"新妇矶"和"女儿浦"这新异的地名引起人的联想,衬托新月之明朗皎洁与潮水之温柔平和,借用了"新妇""女儿"字面可联想的"景"。这种技巧,在清代朱彝尊的《顾十一孝廉嗣立载酒寓楼遂同夜泛三首》二"白鹭鸶拳一足,绿杨柳散千条。谁唱弯弯月子,赤栏干第四桥"中重现了。"弯弯月子"有暗示、引发联想作用,让读者联想到一弯新月挂在天上的画面,如改成"弯月之歌"就没有这种效果。这种写法似乎没有技巧,或者说技巧用得不着痕迹。诗中用名物来唤起读者的联想,目前"修辞手法"中尚无此类,我们可以称为"借景"。

六 浑融的意境

唐代六言诗人选取的意象,总是统一于一种情绪、一种境界之内的典型意象,从而使得一首诗具有浑融的意境。比如上文提到的顾况的《归山》,各种景物都统一于寂寥冷清的情绪之中。或者说,诗人为了表达内心的冷落感,特意选取了与他的情绪吻合的种种意象,从而使作品带有主观色彩,具备言外之意。

再如刘长卿《送陆澧还吴中》:"瓜步寒潮送客,杨柳暮雨沾衣。故山南望何处,秋草连天独归。"《发越州赴润州使院留别鲍侍御》:"对水看山别离,孤舟日暮行迟。江南江北春草,独向金陵去时。"《蛇浦桥下重送严维》:"秋风飒飒鸣条,风月相和寂寥。黄叶一离一别,青山暮暮朝朝。寒江渐出高岸，古木犹依断桥。明日行人已远，空余泪滴回潮。"每种景物染上了作者的情绪，或者说每种景物都是为表现作者的情绪服务的，宋代文天祥《山中六言》："流水白云芳草，清风明月苍苔。"看起来这也是选取山中几个很美的意象叠加起来，但是打动读者的效果却不如刘长卿《苕溪酬梁耿别后见寄》中"白云千里万里，明月前溪后溪"。我分析，其一，因为刘长卿的作品中有强烈的惜别、伤感之情，这是文天祥诗中没有的，而诗文当以气为主。其二，刘诗中白云的空间极广："千里万里"，明月映照的范围也很大："前溪后溪。"而文天祥诗中只有清幽感而没有寥廓旷远感。其三，刘诗中视角是自然合理的：从仰头见白云、明月，再远望月下的前溪后溪。文天祥诗中的视角按次序是这样的：流水在地，白云在天。芳草要低头看，明月又要仰头，苍苔又要低头看。不停转变的视角摄取到的景物是琐碎的，构不成一个完整浑融的意境。唐代六言诗美在浑融的意境，宋代六言诗贵在精妙的艺术手法，这是唐代与宋代六言诗的区别。

小结

唐代六言诗是六言诗与音乐紧密结合的时期，又是六言诗与音乐分离的时期。初唐六言诗多数是用作歌辞，在酒筵歌席这样的声色场合演唱，初唐的六言歌辞甚至有可能比五言、七言还多。六言诗经过初盛唐的发展，出现了王维所创作的写景六言诗。这组诗从题材和应用范围上看，是以田园景物为题材的徒诗，摆脱了作为音乐的附庸，艺术成就又极高。王维的六言诗，标志着六言诗艺术上的成熟，也标志着六言诗与音乐开始分离。

唐代又是六言诗完成了格律化的时期。六言诗的平仄、对仗在唐代都已合律，但是由于六言诗体的特点，"粘"始终是无法完全解决的问题，因此，"粘"的规则在六言律诗中也就稍宽，与五言、七言不同。唐代六言诗的句法以普通"二二二"的节拍为主。

唐代文人所作的六言诗是这一期的精品。普遍具有语言清新自然、写景如画、意境浑融的特点。这与唐诗的整体艺术风格是一致的。

第四章

宋代六言诗

第一节　宋代六言诗的作者与作品

宋代是六言诗的鼎盛时期。宋代六言诗的数量远远超过唐代，达到一千多首[①]。从宋初梅尧臣、文同等人的六言诗开始，到南宋末年刘克庄带着提倡六言诗的目的大量创作[②]，宋代六言诗作者多、作品多、佳作多。

一　文人与文人式的诗

1. 文人的诗

六言诗的作者，由唐代的多阶层，变成了以文人为主体，僧、道也参与写作。宋代政府官员的主体是文人，大臣如司马光、王安石都是文人，宋代六言诗作者又以官员占绝大多数，因此宋代六言诗作者，主体是文人。宋代第一流的诗人和文人，如梅尧臣、司马光、王安石、苏轼、苏辙、黄庭坚、曾巩、秦观、张耒、吕本中、陈与义、中兴四大家、朱熹、刘克庄等人全都留有六言诗。其次是僧人、道士参与创作六言诗。北宋僧人惠洪、参寥，南宋道士白玉蟾都大量写六言诗，另有一些僧道用六言诗写偈、颂。因此，僧道也成了六言诗创作不可忽视的力量。此外还有民间作者创作的六言歌谣。宋人记载当时有种《穆护歌》，是以六言来演唱的，有点像唐代的《回波乐》，有固定的格式，以"听说商人穆护"等为

[①]　根据《全宋诗》统计。

[②]　（宋）叶寘撰：《爱日斋丛钞》，程毅中主编《宋人诗话外编》下册，国际文化出版公司1996年版，第1527页："后村刘氏选唐宋以来绝句，其叙云：'六言尤难工……学者所未讲也。使后世崇尚六言自予始，不亦可乎。'"

开头，但这些诗没有流传下来，不知真实面目，只能略去不谈①。

据我们统计，宋代写作六言诗最多的人是刘克庄，《全宋诗》收录了他的六言诗397首，其数量比宋代以前历代六言诗总和都多。刘克庄可能也是历史上写作六言诗最多的人。宋代写六言诗次多的是范成大，共100首。僧人惠洪写了91首，在《石门文字禅》卷一四中有89首六言绝句。其他作品较多的诗人还有：黄庭坚73首，赵蕃47首，参寥34首，苏轼32首，陆游30首，文同27首，陈渊23首，周紫芝23首，张耒22首，白玉蟾16首。除参寥和惠洪是北宋僧人，白玉蟾是南宋道士，其他人都是文人。从这里可以看出来，宋代六言诗的主要作者为文人，其次是僧人、道士。盛宋六言诗比初宋多，南宋六言诗数量比北宋多（有个原因是刘克庄大力创作六言诗），这表明六言诗在宋代的发展态势是以一个斜线状持续上升的。

2. 文人式的诗

为什么说宋代六言诗是"文人式的诗"呢？宋代六言诗作者没有武夫、优、倡、女子、后宫，作品中没有郊庙歌辞，这使得作品的风格不如唐代多样。宋代六言诗没有歌舒翰的《破阵乐》的粗豪气，也没有中宗时优人歌辞的油滑气，没有郊庙歌辞的陈腐气，没有鱼玄机的情诗那种缠绵的儿女气，没有武则天的诗那种唯我独尊的霸气，司马光、王安石身居相位，其六言诗也并无冯延巳《寿山曲》的雍容贵气——这可能因为《寿山曲》是应制作品而后两者只是抒发个人情致。统观宋代六言诗，如果把偈、颂这种内容非常专业的诗暂放一边不算，只算普通的诗，就会发现，所有的诗大致呈现就是文人清气与书卷气，连惠洪、参寥、祖可和白玉蟾的诗在内都是如此。分辨宋代六言诗的风格是非常困难的，或者说根本无法分清：司马光的六言诗，其清闲的情调与参寥和惠洪难分难解，而惠洪在用典方面与范成大、陆游等人也不相上下。宋代六言诗，大致可分

---

① 宋代张邦基《墨庄漫录》："苏阴和尚作《穆护歌》，又地理风水家亦有《穆护歌》，皆以六言为句，而用侧韵。黄鲁直云：黔南巴、夔间，赛神者皆歌《穆护》，其略云：'听唱商人穆护，四海五湖曾去。'"洪迈《容斋随笔》也记此事说："其人祭神罢而饮福，坐客更起舞而歌《木瓠》。其词有云：'听说商人穆护'……末云：'一言为报诸人，倒尽百瓶归去。继有数人起舞，皆陈述己事，而始末略同。"北宋王尧臣编《崇文总目》卷八"五行类"有《穆护词》一卷，乃李燕撰，六言，文字记五行灾福之说，应该就是张邦基所说"地理风水家亦有《穆护歌》"。

为两类风格：一类是清气，写景物和闲适的生活，有生活气息，清新，明朗，"清绝可画"。另一类是书卷气，在议论和咏史诗中大量用典，以用典为能，以用典相高，反复相难，追求用典铢两悉称的极致水平，"事偶尤精"。

宋代六言诗呈现较为单调的风格，一是因为作者成份较简单，二是与当时约定俗成的题材习惯密切相关。众所周知，宋人把情欲这一题材移入词了。而重大的社会问题，又在诗中表现。古文运动解除了用散文抒情的障碍，深刻的人生哲理常常在散文中表现出来。因此，剩给六言诗的题材领域就是写景、闲适、议论、咏史、纪游、题画。流连美景，抒点闲情，发点牢骚，不伤大雅，无关紧要（也有极少内容感情深厚凝重的，这样的作品因气势充沛，往往就是精品）。从大臣到僧人，都在写景、写闲适、抒心情，无人写爱情，很少写社会问题。正因为宋代六言诗的作者主体是文人，其题材又以写景和闲适、咏史议论居多，所以，宋代六言诗是充满文人清气与书卷气的诗。

二　六言诗创作的几个高峰期

陈衍在《宋诗精华录》卷一的按语中认为宋诗与唐诗一样也可分为四个阶段，元丰、元祐前为初宋，以后至北宋末为盛宋，南渡后曾几、陈与义及"四大家"为中宋，"永嘉四灵"后为晚宋[1]。他把所录宋诗按一、二、三、四卷分为初、盛、中、晚。六言诗创作的时段，也适用这个分期法。

初宋六言诗的作者少，作品也少。这时只有梅尧臣、司马光等人创作的少量写景的六言诗，内容清新可诵，不过句式、诗体的应用范围等都没有特殊之处。比如梅尧臣的《过雁洲》："船从雁洲北去，雁背春风亦归。但见平沙绿水，萎蒿荻笋方肥。"句式是普通的"二二二"常态，没有用典，从艺术创新的角度来看，没有提供更多超过前人的东西。

盛宋是宋代诗歌创作的高潮期，六言诗的创作也出现了繁荣景象。这主要表现在以下几个方面：一是作者多。元祐时期写六言诗的有王安石、

---

[1] （清）陈衍编选，蔡义江、李梦生撰：《宋诗精华录译注》，上海古籍出版社1999年版，（卷一）第1页案语："此录亦略如唐诗，分初、盛、中晚。……今略区元丰、元祐以前为初宋；由二元尽北宋为盛宋……南渡茶山、简斋、尤、范、陆为中宋……四灵以后为晚宋。"

文同、苏轼、苏辙、参寥、黄庭坚、秦观、张耒、惠洪等人。二是作品数量大量增加，这一时期的六言诗有三百多首。三是出现了优秀的六言诗作品，比如王安石"绝代销魂"（陈衍语）的《题西太一宫壁》二首。四是出现了成就较大的诗人文同、黄庭坚、惠洪。文同是宋代第一个大量写六言诗的文人，他的《郡斋水阁闲居》六言诗26首，绝大多数为写景之作。黄庭坚在六言诗作品方面开拓的散文句法，和在六言诗中发议论、用典故、熟语入诗的做法，已经自成一体——"江西体"①。他的这种风格，影响了南宋范成大和刘克庄，后者在破句和用典、用熟语方面变本加厉。惠洪对六言诗的应用范围进行了有意识的尝试。

南宋四大家中，尤袤的诗只有一卷，其中六言诗只有两首。杨万里的六言诗不多，《宴客夜归》达到了六言这一体的最高艺术成就。陆游对六言诗似并不在意，六言诗有30多首，虽绝对数量不少，但对比于近万首诗的总数来说，比例就太小了，他有几首景物诗写得清新秀丽。范成大的六言诗有百首，在破句、用典、化用前人语方面上承黄庭坚，他开拓了六言诗的另一题材：写生活俗事。在他笔下几乎无事不可入诗，擤鼻涕、薰蚊子都写进了诗里，成为第一个在六言诗中不避琐碎俗事、不避粗硬字眼的诗人。

宋末刘克庄异军突起，写了397首六言诗，成为宋代创作六言诗最多的人。他表达达"使后世崇尚六言自予始"②，有意识地提倡六言诗。在诗题中明示"六言"的诗，就有365首。刘克庄才学雄赡，对诗歌又有精到的见识，他的诗在"事偶尤精"③方面，可以说是奋有前人之所长。他往往化用典故，或抉取前人成语加以点化，对偶精妙，贴切无痕，比如："梦里谁无采笔，暗中别有朱衣。"（《代举人主司问答六言二首·代主司答》）"不合小时了了，可堪长夜茫茫。"（《兑女余最小孙也慧而夭悼以六言二首》二）"此乃靖欲反矣，是亦羿有罪焉。"（《冬夜读几案间杂书得六言二十首》三）"天既劳我佚我，侯偶得之失之。"（《六言五首为

---

① 周紫芝有《雨中对竹清甚效江西作六言一首》，可见黄庭坚独特的六言诗句法已经自成一体。

② （宋）叶寘：《爱日斋丛钞》卷三，程毅中主编《宋人诗话外编》下册，国际文化出版公司1996年版，第1527页："后村刘氏……云：'使后世崇尚六言自余始，不亦可乎。'"

③ （宋）叶寘：《爱日斋丛钞》卷三，程毅中主编《宋人诗话外编》下册，国际文化出版公司1996年版，第1527页："今后村集中多六言，事偶尤精，近代诗家所难也。"

仓部弟寿》三）他对自己的六言诗成就也是相当自负的，曾自评："六言与七字，如九转炼成。"① 他是宋代六言诗当之无愧的殿军人物。

三　僧人成为创作的一大主体，道士也是不可忽视的力量

宋代僧人对于写诗有很大兴趣，其六言作品整体水平也较高，出现了参寥、惠洪这两个大量写作六言诗（讲究艺术性的诗，不是宣扬佛道的偈颂）的僧人。宋代还出现了白玉蟾这个创作六言诗较多，水平也较高的道士（唐代虽有题名吕洞宾的六言诗，作者可能是文人）。宋代诗僧、诗道的兴起，与宋代社会环境和政治制度有关。

宋代封建经济繁荣，雕版印刷术与造纸术有很大发展，书籍和佛教典籍大量印行，这使得僧人的文化水平普遍提高。宋王朝的宗教政策也提供了政治支持，使得寺院经济独立。曹刚华的《宋代佛教史籍研究》说："总的来看，宋王朝对佛教的政策大致可以分为两个阶段，第一阶段是从建国初到高宗时，这时期的佛教政策是崇奉与限制并重。从高宗以后到宋王朝灭亡，多数皇帝完全沉溺于佛教之中。"② 邱明洲在《中国佛教史略》中说："真宗一代维护佛教……寺院也相应增加到4万所。这些寺院都拥有适当数量的田园、山林，同时受到免除赋税和徭役的特殊待遇。"③ "佛教寺院经济已经完全自立，不再依赖于外在的护法和布施现象，这就为僧人能够有充分的时间从事理论、文字的建设工作创造了条件。"④ "神宗时国家开始发（卖）出僧尼的度牒。"⑤ 可以想见，能够买得起度牒的僧人，至少是有一定经济力量的。《水浒传》中关于鲁智深出家的描写，还有《醒世恒言·佛印师四调琴娘》中关于佛印出家的描写，也从侧面反映了宋代一些僧人的经济条件较好。

在僧人的六言诗中，也可看出他们衣食无忧。像参寥诗中"吾庐宛同彭泽，绕屋美荫交加"（《夏日山居》一），"纨扇轻裁孤月，竹簟冷织双纹"（《夏日山居》三），"茶瓯满浮云腴"（《夏日山居》二），"为君沉

---

① 刘克庄《演雅》："学道无所成，惟于鄙事能。九衷后篇什，来世有公评。岂未登社坛，直欲破刘城。六言与七字，如九转炼成。……讵能追高雅，或可洗腐陈。"
② 曹刚华：《宋代佛教史籍研究》，华东师范大学出版社2005年版，第4页。
③ 邱明洲：《中国佛教史略》，四川省社会科学院出版社1986年版，第110页。
④ 曹刚华：《宋代佛教史籍研究》，华东师范大学出版社2005年版，第10页。
⑤ 邱明洲：《中国佛教史略》，四川省社会科学院出版社1986年版，第110页。

李浮瓜"（《夏日山居》六），"呼童为汝开帘"（《夏日山居》十），简直是大富人家的生活水平。惠洪诗中"饭罢一瓯春露""空斋棐几明窗"（《山居四首》一），"倚蒲却看炉烟"（《山居四首》三），"手谈聊复忘纷"（《即事三首》一）说明饮食无忧，居住条件相当清雅，还可耽于文人雅事。据《六一诗话》载，宋初有九僧以诗名于世。有诗集号《九僧诗》①。这还仅是有名的僧人。无名的僧人能诗的还有不少。《归田录》："浮图能诗者不少，士大夫莫为汲引，多汩没不显。予尝在福州，见山僧有朋有诗百余首。"② 可见当时诗僧不少。

宋徽宗崇尚道教③，其时，道士林灵素被赐号"通真达灵先生"，居通真宫，曾入皇宫内供奉，自称"浮名满世峥嵘"（《颂》）。白玉蟾是宁宗时掌天下道箓的道教最高首领，他的生活是相当优裕的："箪织湘筠似浪，帐垂空翠如烟。"（《午睡》）不知作者是谁的话，还以为这是富贵人家精美的内寝。"先将茶蘼薰酒，却采枸杞烹茶"（《谢叶文思惠茶酒》），讲究食不厌精。这些人衣食无忧，又有较高文化水平，耽于风雅也是顺理成章的。这是宋代僧道尤其是僧人大量创作六言诗的原因。

四　金代六言诗

金代六言诗数量很少，文人所作、有文学艺术性的六言诗只有三十多首，比如王寂《题扇》、高宪《焚香六言四首》、元好问的几首题画题扇诗等。金代李俊民的《庄靖集》卷四有 25 首六言绝，是金代六言诗最多的作者。其余几十首都是道士所作，比如侯善渊《六言绝句十二首》，都是谈道教理论的，并无诗意。如其一："玄精出乎众类，幻释凝祥拔萃。至理易俗移风，运化灵阳天瑞。"王喆和他的门人马钰、丘处机等人做了几十首"七言藏头诗""七言藏头拆字诗"，比如王喆的《赠仁法师讲忏》："能消忏劝人初，利天中自展舒。利佛前香篆起，知师父作真如。"马钰《赠长安李茂春》："曝晒上催老人，然觉苦又惊辛。分开悟来投道，许长安李茂春。"（拆日字起）虽然是六言形式，但都读不通（因为缺了

---

① （宋）欧阳修：《六一诗话》，（清）何文焕辑《历代诗话》，中华书局 1981 年版，第 266 页："国朝浮图，以诗名于世者九人，故时有集号《九僧诗》。"

② （宋）欧阳修：《归田录》，程毅中主编《宋人诗话外编》上册，国际文化出版公司 1996 年版，第 74 页。

③ 曹刚华：《宋代佛教史籍研究》，华东师范大学出版社 2005 年版，第 4 页。

一个字），还是按他们自己的定义归为七言诗妥当。由于金代六言诗很少，就不再另立章节，而是随在宋代六言诗中来探讨了。

第二节 宋代六言诗的体裁形式、题材内容、应用范围

一 体裁形式

1. 以近体绝句为主

宋代六言诗主要形式是近体绝句。现存一千多首六言诗，律诗和古绝句数量寥寥。宋代文人写的六言诗一般是近体绝句，很少写律诗，现存律诗有谢邁的《集庵摩勒园观李伯时画阳关图以不能舍余习偶被世人知为韵得人字赋六言》、黄庭坚的《戏呈田子平》、郭祥正的《春闺六言三首》等几首。排律有谢逸的《拟岘台》，朱彦的《麻姑山》等。文人创作的古体长篇有黄庭坚的几首赞、颂体诗，如《荔枝绿颂》《慈母岩亮长老颂》《戏呈峨嵋僧正简之颂》和潘大临的《诗一首》等。古体绝句多数是一些名气不大的僧人们创作的偈、颂等。这些僧人的文化水平有限，掌握近体诗的技巧还有困难，所以一般采用古体绝句的形式。由于宋代六言诗体裁形式的这些特点，我们以下论及的一些六言诗作品，几乎都是近体绝句。

2. 唱和诗、次韵诗大量增加

唐代诗人已经开始用六言诗唱和，比如白居易和刘禹锡的唱和诗。宋代出现了比一般唱和更进一步的次韵唱和的六言诗。次韵要严守原诗之韵，又要自抒怀抱，搞得不好，就会顾此失彼；但才力大者，则可借此争奇斗胜，即元稹所谓的"以难相挑"[①]。次韵是考验才学的一个标准。比如苏轼曾写五首次韵诗《和何长官六言次韵五首》：

一 作邑君真伯厚，去官我岂曼容。一廛愿托仁政，六字难赓变风。

二 五噫已出东洛，三复愿比南容。学道未逢潘盎，草书犹似李风。（自注：李凝式也。）

三 石渠何须反顾，水驿幸足相容。长江大欲见庇，探支八月

[①] （唐）元稹：《上令狐相公诗启》。

凉风。

　　四　清风初吼地籁，明月自写天容。贫家何以娱客，但知抹月批风。

　　五　青山自是绝色，世人谁与为容。说向市朝公子，何殊马耳东风。

五首诗都押"容、风"二字。容字押韵五次用了三个典：曼容，南容，谁与为容。"曼容"出自《汉书·龚胜传》："汉兄子曼容亦养志自修。""南容"出自《论语·先进》："南容三复白圭。""谁与为容"出自《诗经·伯兮》："谁适为容。"风字押韵五次用了四个故事和熟语：变风，李风，马耳东风。"变风"出自《毛诗序》，李风是五代人，"马耳东风"是熟语。禅宗有"薄批明月，细抹清风"之语。前两首诗里，典故形成工整的对仗，显示出丰富的才学。

　　刘克庄集中和诗最多。他对六言诗有兴趣，是历代创作六言诗最多的诗人，曾编六言诗集，并说"使后世倡六言自予始"，他也确实以创作实践大力提倡了六言诗。他认为作诗是不朽之事："功名随露电过，文字如星斗垂。吾评潞公五福，何如放翁万诗。"(《赠谢子杰校勘六言三首》三)正因如此，他以一种勤勉敬业的态度大量创作，对于和诗这种争能斗胜、展示才学的形式很有兴趣。他有时一和十首二十首，比如《老病六言十首呈竹溪》，《竹溪再和余亦再作》：

《老病六言十首呈竹溪》：

　　一　贱臣通金闺岁，先帝凭玉几年。韦曲桑麻如旧，茂陵松柏参天。

　　二　发　恰则垂髫两髦，俄然揽镜千丝。昧老聃守黑义，动墨子染白悲。

　　三　耳　昔似子期善听，今如祈父不聪。怕有学人问话，向道老僧害聋。

　　四　目　射虱心法未亲，读蝇头字不真。顾我八十余老，见公两三分人。

　　五　口　存三四齿皆碎，落第二牙尤衰。渠能更听鲸脍，何不姑食肉糜。

六　鼻　萧訾数步闻臭，荀令三日犹香。老子年来鼻塞，不分鲍肆麝房。

七　腰　客来怕折枝揖，诏下尚扶杖观。佩吕翁一瓢易，悬季子六印难。

八　手　七窍岂堪频凿，百骸渐觉不仁。若非右臂作字，乃公已是废人。

九　足　识郑尚书曳履，嫌高将军污靴。难伴小儿上树，且饶跛子看花。

十　假合幻躯难靠，夭寿定数孰逃。屈子大招奚益，渊明自挽最高。

《竹溪再和余亦再作》：

一　帝率耆英入社，攀留穷鬼忘年。华胥国在吾手，桃花源别有天。

二　发　老丑难瞒青镜，纯白不生黑丝。露顶秃鹙堪笑，垂头病鹤可怜。

三　耳　海潮音入佛耳，薰风句达帝聪。我已阳喑不语，君无借听于聋。

四　目　薄雾乍舒乍卷，空花是假是真。昔曾有刮膜者，世岂无明眼人。

五　口　谨守三缄晚嘿，仅含两齿早衰。先贤食粥乞米，呆汉炊沙作糜。

六　鼻　纸帐参梅花观，铜彝炷柏子香。适梦游旃檀国，觉来元在禅房。

七　腰　竹马恍曾聚戏，金鱼从美外观。随柱史青牛易，骑吕仙黄鹤难。

八　手　掇英可以忘忧，采薇可以求仁。忙杀遮西日客，愧死攫白昼人。

九　足　舍车出郊步屦，系鞋入院不靴。未妨扶九节杖，似曾踏八砖花。

十　谁能遁而无闷，吾非恶此欲逃。林下寂寂人少，花间累累冢高。

由《竹溪再和余亦再作》这个题，可见还有一组和诗已经逸失了。这两组诗里，用了很多典故来写全身之老病。比如《发》用的"垂髫两髦"出《诗经·柏舟》："髧彼两髦，实维我仪。""老聃守黑"出自《老子·道经》："知其白，守其黑，为天下式。""墨子染白"出自《吕氏春秋·仲春纪第二》："墨子见染素丝者而叹。"《耳》用钟子期是俞伯牙听琴知音的故事，"祈父"用《诗经·祈父》："祈父，亶不聪。""阳喑"用了王维服药取喑的典。刘克庄还有《左目痛六言九首》《后九首》《自和前九首》《又和后九首》，连篇累牍的和韵组诗，反复说的都是同一个事情，既可以看到他的才力，也有粗滥的毛病。而且这么多和诗都以用典取胜，以形象感人的"诗意"却很淡。

和诗可以与原作者不同时和，比如苏、黄看到王安石的《题西太一宫壁》二首，各自和了两首，黄庭坚后来又写了《有怀半山老人再次韵二首》。也有几人同时唱和的。苏轼有《奉敕祭西太一和韩川韵四首》第一首押"年""然"，第二首押"香、湘"，第三首押"风、桐"，第四首押"香、墙"。黄庭坚《次韵韩川奉祠西太一宫四首》与苏轼诗的韵脚一模一样。张耒亦有《和子瞻西太一宫祠二首》，第一首押"年、然"，第二首押"香、湘"。这是一次四个人用同韵作诗的大型唱和活动。

次韵诗一方面显示了诗人的才学，丰富了六言诗的种类，另一方面也因首先要考虑押韵，几乎变成了抉取成语典故的竞赛，诗人的真情实感反被冲淡乃至淹没。洪迈《容斋随笔》卷十六"和诗当和意"条："古人酬和诗，必答其来意，非若今人为次韵所局也。观《文选》所编何劭、张华、卢谌、刘琨、二陆、三谢诸人赠答，可知已。唐人尤多，不可具载。姑取杜集数篇，略记于此。……（杜甫的和诗都是和意）如钟磬在虡，叩之则应，往来反复，于是乎有余味矣。"[①] 这里指出的宋代次韵和诗的弊端，对于六言诗也同样适用。

二 题材内容

宋代六言诗最多题材的是写景抒怀，其次是议论和咏史，此外还有题

[①] （宋）洪迈：《容斋随笔》上册，上海古籍出版社1978年版，第210页。

画、阐释典籍、偈颂（新增品种是临终偈）等。

1. 写景和抒情诗

唐代写景抒情诗只占一部分，而在宋代成为压倒多数，写景抒情为最大一宗。原因第一节已经解释了，因为宋代的作者成分较唐代简单。

世间没有单纯的写景诗，诗人在写景的同时总会或多或少地透露自己的情感。只不过有时候这种情感是比较隐晦的，不易觉察的，感情是潜藏在景物内；有时是见景生情，明显的直抒胸臆。这其实是王国维所谓"有我之境"与"无我之境"。两种写法没有优劣之分，端看如何运用。"有我之境"者，如王安石的《题西太一宫壁》二首、杨万里的《宴客夜归》，景中寄寓深情。

王安石《题西太一宫壁》二首：

> 杨柳鸣蜩绿暗，荷花落日红酣。三十六陂春水，白头想见江南。
> 三十年前此地，父兄持我东西，今日重来白首，欲寻陈迹都迷。

从景物描写来看，"绿暗"与"红酣"色彩对比鲜明。"绿暗"写出了夏天的绿荫给人的清凉舒适感。夏天的太阳下，一道道刺眼的白光会令人烦躁，有了"绿暗"，杨柳的绿荫使得阳光不刺眼了，如果写冬天的景物用"暗"就是阴沉了。现行的本子一般作"柳叶"，但是洪迈认为，应该是"杨柳"才佳①。我也认为，作"杨柳"意境更美。因为如果说"杨柳"是"绿暗"，那是指至少一棵杨柳树提供了一片阴凉的绿色。而"柳叶"所能提供的绝不会是一片荫凉。柳叶上有蝉，这说得通；说柳叶"绿暗"，那是指柳叶是深绿色的，而不能说柳叶提供了一片阴阴的绿荫。

"三十六陂春水，白头想见江南。"眼前的美景在白头人的心中，引起无限波澜。第二首在叙事中寄寓感慨，写得十分朴素精练。两首诗一是侧重于写景，另一侧重叙事，景和事中都饱含深情，而且今昔对照，时间和空间的跨度大，表现出一种人世沧桑的深沉感慨，这就比单纯写景更厚重更耐人寻味。

---

① （宋）洪迈《容斋随笔·四笔》卷七"西太一宫六言"条："荆公《题西太一宫》六言首篇，今临川刻本以'杨柳'为'柳叶'，其意欲与荷花切对，而造语遂不佳。"见（宋）洪迈著：《容斋随笔》下册，上海古籍出版社1978年版，第691页。

杨万里《宴客夜归》:"月在荔枝梢上,人行豆蔻花间。但觉胸吞碧海,不知身落南蛮。"在月光下的田园中,夜气夹杂着荔枝与豆蔻的芬芳浮动着,人在扶疏的花木间穿行,或许还会"道狭草木长,夕露沾我衣"。这一片绿色的海洋中,夜是自己的,月是自己的,花香果香是自己的,作者似乎把这天地间所有的美好都吞吐于胸中,忘记了人在何处,忘记了身在南蛮、抛家别亲的愁苦思念。宋代魏庆之的《诗人玉屑》卷十九引黄升《玉林诗话》说:"杨诚斋《醉归》一章,雄健富丽。"[①] 富丽当指景物之富丽,雄健当是指"胸吞碧海"这种气度。这首诗中深含着思乡情绪,只是用"不知"来反面着笔,似乎身在南蛮而不以为苦,其实他是无时或忘"身在南蛮"的。

王安石和杨万里的诗,其成功之处就在于情景自然和谐地交融,诗中不仅有美丽的景色,更有深沉的感情。其结构都是写景再抒情,眼前的景物触动了作者的感情。苏轼《失题三首》二:"望断水云千里,横空一抹晴岚。不见邯郸归路,梦中略到江南。"用的就是这种结构法:从眼前联想到远方,从现在联想到过去,从对"江南"的思念中透露出人世沧桑的感慨。

"无我之境"者,如王安石的《西太一宫楼》:"草际芙蓉零落,水边杨柳欹斜。日暮炊烟孤起,不知鱼网谁家。"诗中并未有抒情的字眼,但从"零落""欹斜""日暮""孤起"这些用词,我们自然懂得作者的感情是惆怅的。张昌《游真源宫》:"木末轻风索索,云边小雨斑斑。行尽丹霞林樾,皖公下看灊山。""丹霞林樾"是"万山红遍,层林尽染"的秋天美景,作者虽未写自己的情绪,读者可以体会他是兴致勃勃的。陆游的《夏日六言四首》三写得清新自然:"溪涨清风拂面,月落繁星满天。数只船横浦口,一声笛起山前。"景中似无主观之情,但用"清风"和"繁星"这样的词来写风和星星,作者的愉快心情我们就都能体会得到。再如许棐《三台春曲》一:"昨夜微风细雨,今朝薄霁轻寒。檐外一声啼鸟,报知花柳平安。"以"微"来写风,以"细"来写雨,以"轻"来写寒,可见这风、雨、寒都不令人厌,而是令人悦。加上以"薄霁"来写天气,"平安"来写花柳,作者对春之热爱就在不言之中了。

[①] (宋)魏庆之:《诗人玉屑》卷十九"中兴诸贤"条,上海古籍出版社1978年版,第420页。

有些写景的诗中含蓄地带着言外之意，显得耐人寻味。比如孙觌的《东塔》二：“偶与白云共出，忽随倦鸟俱还。明日重寻旧路，桃花流水空山。”诗里化用了陶渊明《归去来兮赋》中"云无心以出岫，鸟倦飞而知还"，暗示诗人出仕与归隐。而"桃花流水空山"也使人想到《桃花源记》中的隐逸之地。再如李靰《三学院》："小槛平临更爽，孤云徙倚长闲。飞出偶成霖雨，归来依旧青山。"这首诗写孤云闲漫之状与看云闲适之情，深一层有以云自比之意：孤云偶或出山，则行霖雨以济苍生；归来则依旧环抱于青山之间，也就是"达则兼济天下，穷则独善其身"之意，以此自喻。刘辰翁的《春归》："留春一日不可，种树十年未成。芳草断肠花落，绿窗携手莺声。"诗中既是写春归景色，又隐喻南宋大势已去，没有栋梁之材可支撑危局，听到莺声徒增伤感。这种把抒怀寄寓于写景中的六言诗，既有较高的艺术技巧，又有丰富的思想内涵。

沈括和黄庭坚的六言诗被刘克庄赞为"流丽巧妙"[1]。沈括的六言诗是写景的《宫中三台》四首："鹁鹊楼头日暖，蓬莱殿里花香。草绿烟迷步辇，天高日近龙床。""楼上正临宫外，人间不见仙家。寒食轻烟薄雾，满城明月梨花。""按舞骊山影里，回銮渭水光中。玉笛一天明月，翠华满陌东风。""殿后春旗簇仗，楼前御队穿花。一片红云闹处，外人遥认官家。"四首诗中对偶精丽，如"寒食轻烟薄雾，满城明月梨花"，"玉笛一天明月，翠华满陌东风"。黄庭坚的六言诗写景的较少，"流丽巧妙"主要是从对偶和用典使事的精巧方面来说的。

六言的写景诗还要求句法自在，不要刻意炼字"安排"。杨万里《农家六言》："插秧已盖田面，疏苗犹逗水光。白鸥飞处极浦，黄犊归时夕阳。"写农村风光，朴素自然。康与之的《题慧力寺松风亭壁》一："天涯芳草尽绿，路旁柳絮争飞。啼鸟一声春晚，落花满地人归。"宋代两位学者都记录了这首诗，当然是因为它写得很好。虽然王德升认为尚有可议[2]，实际上他的评点并不在行。如果按他的来改，字句就显得费了许多

---

[1] （宋）叶寘撰：《爱日斋丛钞》，程毅中主编《宋人诗话外编》，国际文化出版公司1996年版，下册，第1527页："后村刘氏……又云：'六言如王介甫、沈存中、黄鲁直之作，流丽似唐人，而妙巧过之。'后有深于诗者必曰翁之言然。"

[2] 本书第四章第五节《宋人对六言诗的理论总结》引宋人语："德升曰：'造语固佳，尚有病。如芳草、柳絮，未经点化；啼鸟一声、落花满地，几乎犯重。不如各更一字，作烟草、风絮、幽鸟、残花，则一诗无可议者。'"

力气，这首诗就没有从容自然的味道了。参寥《夏日山居》八："门外溪行碧玉，林梢日堕黄金。"《次韵闻复西湖夏日六言》七："栎杜侵阶美荫，鸣蝉托质初凉。""溪行碧玉""日堕黄金""托质初凉"都是刻意炼过的语言，但这样的语言令人感到并不自然流畅。倒是他的《次韵闻复西湖夏日六言》三"夜深一碧万顷，仿佛明河接天"，还清新净朗。再如他的"凉月娟娟清媚，舒光巧入帘栊"（《次韵闻复湖上秋日六言》九），与杨万里的"月在荔枝梢上"相比，工巧者不如自然者。

宋代写景写得美的六言句子很多，比如司马光《陪张龙图南湖暑饮》一："荷香着衣不去，竹色映水遥来。"文同《湖上》："湖上双禽泛泛，桥边细柳垂垂。"苏轼《和何长官六言次韵》四："清风初吼地籁，明月自写天容。"孙觌《东塔》一："翠竹含风袅袅，青山照水重重。"袅袅写风中翠竹摇摆之状，"重重"就把青山照水、叠澜不定、倒影摇荡的状态写活了。朱继芳《溪村》："雨洗山光绿净，波涵天影清空。"白玉蟾《秋热》："风揭莲花白起，月筛桂子黄香。"《偶成》："柳叶枝枝弄碧，花梢点点粘红。"黄庭坚《次韵舍弟题牛氏园》二："春事欲了莺催，主人虽贫燕来。"参寥《与定师话别六言》三："出海涛雷方震，横江雪阵如山。"惠洪《和人春日三首》一："冰缺涓涓嫩水，柳涡剪剪柔风。"三："家童走报新事，山茶昨夜开了。"《山居四首》一："深谷清泉白石，空斋棐几明窗。"文天祥《山中六言三首》三："一段青山颜色，不随江水俱流。"金代高宪《焚香六言四首》二："满地落花春晓，一帘微雨轻阴。"词句清新优美，不过从整篇来看不如上举的那些诗的意境浑成。

2. 咏史、议论诗

宋代六言诗中咏史、议论诗是一大宗，这是和诗坛大环境密切相关的。宋人"以议论为诗""以才学为诗"[①] 的风气在六言诗领域同样表现出来。宋人好做翻案文章，从一个较新的角度来发议论，咏史要发挥自己的观点，所以咏史与议论往往紧密结合在一起。宋代较早写咏史、议论诗的是文同。他的《相如》："相如何必称病，靖节奚须去官。就下其谁不许，如愚是处皆安。"这首诗是说只要装愚守拙就可以安稳处世，不必像司马相如称病和陶渊明辞官。再如他的《报国》："报国无忘竭节，居官勿用论功。莫问詑詑不乐，不烦咄咄书空。""咄咄书空"用晋代殷浩北

---

① （宋）严羽著，郭绍虞校释：《沧浪诗话校释》，人民文学出版社2006年版。

伐失败后被免官、对朝廷不满的典故，而且是反用了。

北宋很多文人都身不由己地卷入新旧党之争，很多人为此改变了命运，因此王安石这个新党代表人物备受争议，宋代有不少议论诗是针对他写的。有些人政治上虽不同意王安石的主张，但是敬佩他的人品，对他的议论显得百感交集。苏轼《西太一见王荆公旧诗偶次其韵二首》二："但有樽中若下，何须墓上征西。闻道乌衣巷口，而今烟草萋迷。"这首诗用倒叙手法，由昔日繁华的凋谢，生出无限感慨，由此发出"人生贵适意耳，何须功名荣耀"的议论，也就是张翰"使我有身后名，不如即时一杯酒"的意思。由景生情，议论显得水到渠成。

黄庭坚在《次韵王荆公题西太乙宫壁二首》一："风急啼乌未了，雨来战蚁方酣。真是真非安在？人间北看成南。"诗人常用自然界的风云变幻来象征世事，比如杜甫的"高江急峡雷霆斗，古木苍藤日月昏"（《白帝》）；柳宗元的"惊风乱飐芙蓉水，密雨斜侵薜荔墙"（《登柳州城楼》）。这首诗中"风急""雨来"也是当时政局多变、斗争激烈的象征，啼乌、战蚁比喻人世间的攘夺争斗。作者认为新旧两派的是非之争，只是两派的立场不同所造成的，分不清真是真非来。

《有怀半山老人再次韵二首》："短世风惊雨过，成功梦迷酒酣。草玄不妨准易，论诗终近周南。""啜羹不如放麑，乐羊终愧巴西。欲问老翁何处，帝乡无路云迷。"第一首仍有世事无常之感，也肯定了王安石在学术和文学方面，属于《易》和《周南》这样的儒家正统。第二首用了两个典故，宋人龚颐正在《芥隐笔记》中挑出这首诗来说：乐羊为人心忍，而秦西巴有不忍之心。[①] 黄庭坚用典是为了说明，王安石在政治上的作为是出于不忍之心，然而现在"无路云迷"，作者对朝廷政局的微词和对王安石的同情自然流露出来。

秦观《宁浦书事》："寒暑更拚三十，同归灭尽无疑。纵复玉关生人，何殊死葬蛮夷。"秦观坐党籍屡遭贬斥，一直贬到宁浦（今广西横县），过着"南土四时尽热，愁人日夜俱长"的生活，语气不能没有激愤。

范成大《荆公墓二首》一："百岁谁人巧拙，一丘底处亏成。半世青苗法意，当年雪竹诗情。"二："本意治功徙木，何心党祸扬尘。报仇岂

[①] （宋）龚颐正撰：《芥隐笔记》，《宋人诗话外编》下册，国际文化出版公司1996年版，第903页。

教行劫，作俑翻成害仁。"范成大认为王安石变法的本意是好的，但是"作俑翻成害仁"，完全否定了新法的成果，这与他的政治立场是有关系的。

范成大别的议论诗如《有叹二首》二："贫富交情乃见，炎凉岁序方成。越秦本异肥瘠，鲁卫何曾弟兄。"感叹世态炎凉，还一本正经地说这是天道之常、世间万物的规律，可谓婉而能讽。

陆游诗集中六言议论诗和咏史诗都有。《六言四首》一："功名正恐不免，富贵酷非所须。铁马未平辽碣，钓船且醉江湖。"诗人漠视富贵，渴望献身救国，然而空抱金戈铁马之志，却只能闲处江湖，在强烈的对比中抒发了诗人报国无门的忧愤。《六言杂兴》二："失马讵知非福？亡羊不妨补牢。病里正须《周易》，醉中却要《离骚》。"《离骚》集中表达了屈原的高洁情操和忠君爱国思想，陆游作为"喜论恢复"的爱国志士，爱读《离骚》是别有寓意。四："广平作梅花赋，少陵无海棠诗。正自一时偶尔，俗人平地生疑。"杜诗在宋代受到高度崇尚，对杜诗的讨论也深入很多细碎的题材，比如说杜诗未咏海棠，还为此作为种种猜测。苏轼曾有赠妓诗："恰似杜陵在涪万，海棠虽好不吟诗。"陆游认为，宋璟这般铁面无私的大臣有妩媚的《梅花赋》，杜甫没有海棠诗，都只是偶然。

姜夔《马上值牧儿》："马背何如牛背，短衣落日空山。只么身归盘古，未须名满人间。"偶见牧童自由自在，感叹归田隐逸胜过在世上追求声名。

刘克庄集中六言咏史、议论诗最多。他往往一次写一组诗，有咏史发议论的，比如《冬夜读几案间杂书得六言二十首》《春夜温故六言二十首》《夜读传灯杂书六言八首》《释老六言十首》等组诗；有结合时事发议论的，如《得江西报六言十首》《送明甫赴铜铅场六言七首》《送强甫赴惠安六言十首》等。

《冬夜读几案间杂书得六言二十首》是对历史人物事件的评价。其二："盘龙恨庾长史，太宰哀李崖州。达人能和大怨，壮士不报细仇。"三："有教圣愚无类。非人父子不传。此乃靖欲反矣，是亦羿有罪焉。"四："阴德必食阳报，忮心终为馁魂。智伯死而无后，愚公子又生孙。"《春夜温故六言二十首》十三："书奸书盗不隐，讳周讳鲁若私。使乱贼惧直笔，于定哀多微辞。"这些议论虽然带着封建思想，但议论精辟，衡情惬当，诗中对偶又精巧工密，在说理和技巧上都有可取之处。《冬夜读几案间杂书得六言二十首》二十："南朝有脂粉气，李唐夸锦绣堆。接休文声响去，梦太白脚板来。"这是对南朝、李唐以来文学风气的评价。

有时刘克庄对前代故事提出质疑，如《释老六言十首》九："吾尝评石鼎诗，盖出一手所为。若使弥明能道，唐朝有两退之。"从作品风格上判断石鼎联句是韩愈一人所为，其实是文学评论的性质。还有些质疑则事涉无稽，如其二、其三。

《得江西报六言十首》其二："巧发过如虿毒，困斗尤防兽穷。老种有骑河语，小姚无劫寨功。"是对当时的边防事务发表见解，继承了杜甫《塞芦子》等系列诗歌议论时事的精神。

作者对民生疾苦的关怀是可贵的。如《送明甫赴铜铅场六言七首》三："《盐铁论》儿读否，聚敛臣子攻之。公卿大夫民贼，贤良文学汝师。"五："旦市有攫金者，地灵岂爱宝哉。零陵贪而乳尽，合浦清而蚌回。"《送强甫赴惠安六言十首》二："予夺平心足矣，痛痒以身体之。薤本何须先拔，蒲鞭不可妄施。"五："脑上笔不曾插，心头肉其忍剜。乍可侬无花判，莫教渠有租斑。"他教育儿子：为官要公正，不做贪官，不虐待属民，要想到百姓也是父母生养之躯。封建社会正直的治民官吏都会遇到一个问题，就是儒家的仁民爱物思想与现实中朝廷对百姓割剥要求的矛盾。唐代高适说"鞭挞黎庶令人悲"（《封丘作》），元结写了《舂陵行》《贼退示官吏》，宁愿弃官待罪也不愿催租征敛。刘克庄早年做过县令，他教育儿子"乍可侬无花判，莫教渠有租斑"，不要追求"考绩"而催租打人，宁失上官之喜也不虐待下民，这是封建社会中正直官吏的良心的最高体现。

3. 题画诗、咏物诗

宋代是封建文化高涨的时代，出现了一批名画家与名画。惠崇是当时著名的画僧，善画水禽。黄庭坚的《题郑防画夹五首》一："惠崇烟雨归雁，坐我潇湘洞庭。欲唤扁舟归去，故人言是丹青。"极写惠崇画笔如真，使人仿佛置身于潇湘洞庭之间。这种疑幻疑真的写法，是学习杜甫的题画诗。杜甫《画鹘行》就先写"高堂见生鹘"，然后"乃知画师妙"。金代王若虚在《滹南诗话》中说："诗人之语，诡谲寄意，固无不可，然至于太过，亦其病也。山谷《题惠崇画图》云：'欲唤扁舟归去，主人言是丹青。'使主人不告，当遂不知。"① 这种评论，就如同沈括说杜甫诗里所咏古柏比例不合适一样，把诗人笔法坐实了。

徐俯的《再次韵题于生画雁》二："彭蠡何限秋雁，此君胸次为家。醉里举群飞出，着行排立平沙。"就像文与可"胸有成竹"一样，于生胸中已掌握了形形色色的雁的形态，只消"举群飞出"就行了，这是极写画家运笔的高明迅捷，就像兔起鹘落直追摩之，也写活了纸上的画雁。

祖可《书余逢时所作山水》二："折苇非关秋水，飞鸥元自斜行。坐上忽惊丘壑，窗间那有潇湘？"周紫芝《题徐季功画墨梅木犀》："夜色无人能画，徐郎挽上寒枝。仿佛孤山尽处，黄昏月到花时。"尤袤《题米元晖潇湘图》两首："万里江天杳霭，一村烟树微茫。只欠孤篷听雨，恍如身在潇湘。""淡淡晓山横雾，茫茫远水平沙。安得绿蓑青笠，往来泛宅浮家。"这几首诗中，都是把画中景物当作真景来写，金代元好问《曹得一扇头》："机中秦女仙去，月底梅花晚开。只见一枝疏影，不知何处香来。"元好问甚至说扇上梅花透出若有若无的一缕幽香，当真是把画梅写得活色生香了。

如果把宋人的写景诗与题画诗对比来看，是很有意思的。题画诗往往赞叹画景栩栩如生，写景诗又常说风景如画。下面这些写景诗，比如惠洪《登控鲤亭望孤山》："水面微开笑靥，山形故作横陈。彭泽诗中图画，为君点出精神。"汪藻《舟行三首》一："摩诘画中平远，庾郎句里清新。有底江山面目，年来到底相亲。"陆游《舍北闲望》："潘岳一篇秋兴，李成八幅寒林。舍北偶然倚仗，见尽古人用心。"明代董其昌《画禅室随笔》卷二《画诀》："李成惜墨如金。"李成所画寒林枝叶简净，陆游赞叹眼前景物如画。洪迈《容斋随笔》卷十六"真假皆妄"条："江山登临之美，泉石赏玩之胜，世间佳境也，观者必曰如画。故有'江山如画'、'天开图画即江山'，'身在图画中'之语。至于丹青之妙，好事君子嗟叹之不足者，则又以逼真目之。"② 正是对诗人以真为画、以画为真的总结。

还有一些题画诗直接把画中的内容表述出来，比如黄庭坚的《题郑防画夹五首》其四："折苇枯荷共晚，红榴苦竹同时。睡鸭不知飘雪，寒雀四顾风枝。"范成大《题黄居采雀竹图二首》："群雀岁寒保聚，两鹑日晏

---

① 陶文鹏主编：《宋诗精华》，广西师范大学出版社1996年版，第327页。
② （宋）洪迈：《容斋随笔》上册，上海古籍出版社1978年版，第214页。

忘归。草间岂无余粒,刮地风号雪飞。""蔓花露下凝碧,丛竹秋来老苍。噪雀群争何事? 么禽自啭清筼。"姜夔《金神夜猎图》:"夜半金神羽猎,奔走山川百灵。云气旌旗来下,飒然已入青冥。"其二:"后宫婵娟玉女,自鞚八尺飞龙。两两鸣鞭争导,绿云斜坠春风。"善权《奉题性之所藏李伯时画渊明·采菊》:"南山崔嵬在眼,古木参差拂云。不负手中篱菊,白衣送酒相醺。"祖可《书余逢时所作山水》:"江势卷十万顷,村墅掩三四家。落雁惊横烟水,小舟欹着寒沙。"这些都是"著题"的题画诗,注重于陈述、描绘而少了些夸张、想象,比较起来,似乎没有上面那一类生动传神。

有些题画诗别有寓意。比如黄庭坚的《蚁蝶图》:"胡蝶双飞得意,偶然毕命网罗。群蚁争收坠翼,策勋归去南柯。"宋代有人以为诗中的双蝶指苏轼兄弟。[①] 此说是否不必深求,因为诗中集中力量讽刺的是"群蚁"。宋代岳珂《桯史》卷十一:"党祸既起,山谷居黔。有以屏图遗之者,绘双蝶翾舞,冒于蛛丝,而队蚁憧憧其间。题六言于上云(诗如前)。崇宁间,又迁于宜,图偶为人携入京,鬻于相国寺肆。蔡绦得之,以示元长,元长大怒,将指为怨望,重其贬。会以讦奏,仅免。"[②] 黄庭坚曾集句为对:"蜂房各自开户牖,穴蚁或自梦侯王。"还有他的"啼乌、战蚁"的象征,可见他一向善于以虫蚁暗刺世间争名夺利者。黄庭坚《题郑防画夹》三:"徐生脱水双鱼,吹沫相看晚图。老矣个中得计,作书远寄江湖。"意思是从画中悟到人世之理。

苏轼《自题金山画像》:"心似已灰之木,身如不系之舟。问汝平生功业? 黄州惠州儋州。"在这一首诗里,总结了自己一生的经历行迹,语气看似放旷不羁的自嘲,其实在语言之外,压抑着深深的哀愤不平。以他的诗文才华,足可以做一个玉堂金马的学士;以他的治郡政绩,足可以做一个造福一方的地方官员。然而他的人生却在一贬再贬中度过了。作者将"功业"总结为"黄州惠州儋州"而不是他的文才与政绩,是在嬉笑中怒骂。

咏物诗如朱敦儒《双鸂鶒》二首:"拂破秋江烟碧,一对双飞鸂鶒。

---

① 《宋诗精华》第338页引宋代蔡载之说:"山谷诗意谓二苏而有说焉。诗虽小,清婉而意足,殆诗之《法言》也。"

② 吴战垒校注:《千首宋人绝句校注》,浙江古籍出版社1986年版,第750页。

应是远来无力,捎下相偎沙碛。""小艇谁吹横笛,惊起不知消息。悔不当时描得,如今何处寻觅。"一双鸂鶒悠然滑翔,划了一道优美的弧线拂破雾气濛濛的秋江碧水,令人心旷神怡。第二首诗是补充鸂鶒的美丽,横笛声为美景增添了清幽感。

文同的《鹭鸶》一:"颈细银钩浅曲,脚高绿玉深翘。岸上水禽无数,有谁似汝风标。"二:"避雨竹间点点,迎风柳下翩翩。静依寒蓼如画,独立晴沙可怜。""点点"是写鹭鸶既非太多成片,亦非只有一只孤孤单单,而是三三两两点缀竹间恰到好处。"翩翩"是写其颈细脚高的蹁跹风致,似乎禽类中也只有鹭鸶、鹤这类体型细长的鸟儿才当得起"翩翩"这个词。这两首诗准确地抓住了鹭鸶的形体特点,刻画生动传神,不愧是画家的笔法,当时人也认为是佳作。①

杨万里《看笋》:"笋如滕薛争长,竹似夷齐独清。只爱锦绷满地,暗林忽两三茎。"初生的笋又短又粗,三三两两拱出地面,外面包着的笋箨像包裹婴儿的锦绷一样,写得形态如生。

恭宗《鹦鹉》别有寓意:"毛羽自然可数,仙禽不受凡笼。衔得梧桐一叶,中含无限秋风。"宋亡后恭宗被俘,被迫为僧,修于寺院。他一生坎坷,多在囚禁中度日,终被赐死。在这首诗中,他以鹦鹉自比,感叹自己如同鹦鹉一样,困于笼中受人摆布。后两句有"一叶知秋"之意,借鹦鹉之灵秀暗示作者心中包含着无限辛酸凄苦,平近的语言蕴含丰富的内容。

咏物一般要求刻画得形象逼真。但是宋代还有一种咏物诗,不许说破所咏的内容。宋代俞文豹《吹剑录》:"东坡云:'作诗必此诗,定知非诗人。'宋莒公诗:'汉皋佩解临江失,金谷楼危到地香。'一似非落花诗。近来体格又别,不用事,不著相,而意在言外。"②

这样的六言咏物诗,比如刘克庄的《芙蓉六言四首》三:"月地不离人世,花城岂必仙家。且容康节向月,不羡曼卿主花。"四句都用了与芙蓉有关的典故传说,但字面上没说明是哪种花。四:"羞作太真妃帐,宁

---

① (宋)吴曾:《能改斋漫录》,程毅中主编《宋人诗话外编》下册,国际文化出版公司1996年版,第719页。"洪觉范尝记文与可《鹭鸶》诗云:……然予又尝见一首云:……亦佳作也。"

② (宋)俞文豹:《吹剑录》,程毅中主编《宋人诗话外编》下册,国际文化出版公司1996年版,第1240页。苏轼的《书鄢陵王主簿所画折枝》,原诗是"定非知诗人"。

为屈大夫裳。帝赏此花高节,别赐一名拒霜。"也是用与芙蓉有关的典故。《长恨歌》:"芙蓉帐暖度春宵。"《离骚》:"集芙蓉以为裳。"芙蓉是什么形态,两首诗中都没写到。《溪庵种蓺六言八首·竹》:"卿辈败人清思,此君有岁寒心。宁许子猷借宅,莫放阿戎入林。"《世说新语·任诞》:"王子猷尝暂寄人空宅住,便令种竹。"《世说新语·排调》:"嵇、阮、山、刘在竹林酣饮,王戎后往。步兵曰:'俗物已复来败人意!'"用与竹有关的典故来写竹。《桂》:"悟漆园自伐语,爱淮南招隐章。臭与流芳孰愈,老而弥辣何妨。"传说庄子曾为漆园吏,《庄子·人间世》:"桂可食,故伐之;漆可用,故割之。"《楚辞·招隐士》:"桂树丛生兮山之幽。"王逸说这篇是淮南小山所作①。"流芳""老而弥辣"都是桂的习性,用这些熟语来暗示写的是桂。《柏》:"盘踞祠前得地,生长石间弃才。子美咏歌不足,芝罘苦招未来。"化用杜甫《古柏行》"落落盘踞真得地",暗示写的是柏。

这种咏物诗,通过所用典故来表现所咏的是什么,不如说是用诗作为谜面,诗题作为谜底的猜谜诗更贴切。它体现的不是诗人表现和刻画的功力,而是工巧贴切地用典的功力,誉之可称为文人雅趣、才学博赡,贬之可说是破坏了诗以形象来感染人的文体特点。王安石写花的"荷花落日红酣"成为六言名篇,而刘克庄写花草树木的诗却湮没无闻,与诗中缺乏形象是分不开的。

4. 咏闲适、写日常生活俗事

吕陶《用与可韵为湖亭杂兴》十:"花烂适逢佳节,酒浓宜赏青春。酩酊任他醉客,芳菲付与游人。"彭汝砺的《拟田园乐四首》其二:"春酒家家初熟,春光处处光辉。看花更携酒去,酒醉却插花归。"两首诗都有不负春光、及时行乐的意思。孙觌《清明日与范秀实诸人过胥泽民别墅》:"兀兀三杯卯酒,昏昏一枕春融。酒醒落花风里,梦回啼鸟声中。"在落花啼鸟这样的美景间置酒欢会,一枕春睡,悠闲自在。杨简《绝句》:"净几横琴晓寒,梅花落在弦间。我欲清吟无句,转烦门外青山。""梅花"指琴曲中的《梅花三弄》。这首诗意境淡雅、清疏,饶有画意。不直接说《梅花曲》随弦而生,飘扬于青山之间,而借用"梅花"来抒

---

① (宋)洪兴祖撰,白化文等点校:《楚辞补注》,中华书局2002年版,第232页,"《招隐士》者,淮南小山之所作也。"

发此意,似乎现实中的点点梅花飘落在作者琴上。后两句写余韵不尽而又不可言喻,只有门外那无语的青山才能领略一二,抒发了高洁脱俗的情操。罗大经《鹤林玉露》评:"句意清圆,足视其所养。"[1]惠洪《山居四首》其三:"读书不求甚解,偶尔会意欣然。点笔疾书窗纸,倚蒲却看炉烟。"写闲居时读书写字的文人生活,"不求甚解"用《五柳先生传》中的话,自况高洁。范成大的《题请息斋六言十首》十:"园丁以时白事,山客终日相陪。竹比平安报到,花依次第折来。"写田园生活的悠闲自在。《喜晴二首》二:"窗间梅熟落蒂,墙下笋出成林。连雨不知春去,一晴方觉夏深。"写梅子落了,笋已经成林了,正是久雨初晴后倏然发觉景物一新的感觉。语言平易自然,诗中带着浓郁的生活气息。

杜甫开始在诗中写俗事,经过白居易等人的进一步发展,宋代写俗事更是不避琐碎,无事不可入诗。惠洪的《山居四首》四:"负日自然扪虱,看山不觉成诗。"前秦王猛扪虱谈天下,这样一位王者师都曾有此事,于是诗人也扪虱作诗而不觉有何不雅。

范成大诗六言中写俗事最多。他听到雷声要写首诗,睡不着要写首诗。他的《晓枕三首》一:"煮汤听成万籁,添被知是五更。陆续满城钟动,须臾后巷鸡鸣。"把煮汤声听成各种各样的声音,这样的生活感受至今仍让人觉得熟悉。二:"卧闻赤脚鼾息,乐哉栩栩蘧蘧。病夫心口相语:何日佳眠似渠。"失眠的苦恼和羡慕别人好睡的心情可能很多人都有过。《甲辰人日病中吟以自嘲》一:"攒眉辄作山字,啾耳惟闻水声。人应见怜久病,我亦自厌余生。"二:"目慌慌蚁旋廉,头岑岑鳌负山。笔床久已均伏,药鼎何时丐闲。"写病中况味,真切自然。

《苦雨五首》四:"润础才晴又汗,湿薪未爆先烟。"雨天柱础阴润,柴火太湿烧不着,直冒烟。五:"已厌衣裳蒸润,仍怜书画斑斓。"衣服、书画都生霉了。《积雨作寒五首》二:"养成蛙吹无谓,扫尽蚊雷却奇。"雨水多,青蛙也多;天气冷,蚊子躲起来了。二:"熨帖重寻毳衲,补苴尽护纸窗。"冬天的毛料衣服拿出来熨烫要穿,窗纸要糊得严严实实以防寒风。四:"婢喜蚊僵雾帐,儿嗔蛐篆风棂。"婢女在帐里薰蚊子,孩子埋怨虫涎侵蚀了窗棂。《乙巳十月朔开炉三首》一:"童子烧红榾柮,老

---

[1] (宋)罗大经:《鹤林玉露》丙编卷四,程毅中主编《宋人诗话外编》下册,国际文化出版公司1996年版,第1339页。

翁睡煖氍毹。"三："抆涕虽无情绪，吟诗却有工夫。"《题请息斋六言十首》七："口边一任醆去，鼻孔慵将涕收。"《久病或劝勉强游适吟四绝答之》三："扪虱即是忙事，驱蝇岂非褊心。"日常生活如薰蚊、熨衣、糊窗、生炉子、捉虱子、打苍蝇都有诗，甚至擤鼻涕、抹口涎等不雅动作都写入诗中，真可谓无事不可入诗。虽然有些诗有点无聊，但总的来看，他写的生活琐事我们都很熟悉。像"湿薪未爆先烟"，"书画斓斑""烧红榾柮"，都观察细致，带着鲜活的生活气息，我们看起来不觉得隔了千年。

刘克庄《揽镜六言三首》一："背伛水牛泅涧，发白冰蚕吐丝。貌丑似猴行者，诗瘦于鹤阿师。"人老了难免头白背伛，刘克庄把老况描写得真实甚至有点夸张，简直让人对"老"心生怯意。《释老六言十首》三："道家事颇恍惚，稗官书多诙谐。帝居非若溷也，天上岂有厕哉。"这种质疑也太无聊，然而这正是宋代诗人对生活俗事琐事决不避忌的特色。

朱自清在《什么是宋诗的精华——评石遗老人》一文中说："读此书如在大街上走，常常看见熟人。"李梦生先生《宋诗三百首全解》序言说，"熟人"除了指"不同作家的作品中，出现风格意境相近的篇章或联、句"，还指"宋诗贴近生活，把人人在生活中经常遇见的情、事、景、境用清新活泼的词句表达了出来……人们在读宋诗时，往往感到作品写出了自己的经历与思想，所以觉得'熟'"。[①] 六言诗中这种对生活俗事琐事题材的关注，宋代之前没有，宋代之后也极少。

5. 纪游诗

惠洪开始用六言诗写组诗来纪游。他有一组诗：

《夏日睡起……卧见窗间远峰点点可数为之诗曰》："疏牖自分山翠，矮墙不隔荷香。睡美不知雨过，觉来一有微凉。"这首诗写自己尚在房间。

《要阿振出门山已暝……读云庵老人戏墨为诗》："壁上龙蛇飞动，坐中金玉鎗然。起望微云生处，一声相应残蝉。"这首诗写出门所读墨迹。

《扶杖而东渡五位桥曲折而北松下逢道人贤公喜为之诗曰》："贤也嶔崟历落，轩然颐颊开张。松下偶然相值，立谈爱子清狂。"这首

[①] 李梦生：《宋诗三百首全解》，复旦大学出版社2007年版，第1页《大陆版序》。

诗写与道人贤公相值。

《乃相与濯足于落涧泉语笑不相闻于是听其声于习观亭为之诗曰》："卧听石间流水，起寻洞口归云。但愿一生如此，闲游更复同君。"这首诗是写与同伴在泉间濯足。

《须臾月出叠石峰侧……乃咏而归。钟已绝而廊庑寂无声为之诗曰》："月在留云峰上，人行落涧声中。归去殿床钟歇，满庭风露濛濛。"这首诗写归来庭中了。

从长长的诗题来看，五个题加起来就是一篇游记，尤其是从"乃相与濯足于……"到"须臾月出……"，诗题的刻意连缀感非常明显。六言赋得体组诗中，诗题是一首完整的诗而不是散文；用组诗纪游的形式，清代的袁枚、朱昆田的六言诗中也有，但是，在诗题中标明游历过程，几首诗题可以合成一篇游记来看的，惠洪是独创，前无古人后无来者。不但在六言诗中这种形式是独创，即使在五言、七言诗中，孤陋如我，至今尚未看到这种形式。

6. 伤悼诗

惠洪的《悼山谷五首》：

其一　苏黄一时顿有，风流千载追还。竟作联翩仙去，要将休歇人间。

其二　人间识与不识，为君折意销魂。独入无声三昧，同闻阿字法门。

其三　自顾面无四目，何止心雄万夫。和得灵源雅曲，绣繻更绾流苏。

其四　须鬓沧浪梦幻，江湖厌饫平生。一旦便成千古，坏桐弦索纵横。

其五　平昔驭风驾气，如今夜雨荒丘。欲动西州华屋，空余南浦渔舟。

这组诗对于黄庭坚的诗给予了高度评价："风流千载"，"人间识与不识，为君折意销魂"。同时把山谷引为平生知交："一旦便成千古，坏桐弦索纵横。"这是暗用俞伯牙摔琴谢知音钟子期的典故。惠洪的《冷斋夜话》中有不少关于他与苏黄交往唱和的记载，黄庭坚对于他是诗歌创作和评论的知音，故人归去令他黯然神伤。

刘克庄《兊女余最小孙也慧而夭悼以六言二首》一："性慧于灵照女，年小似善财童。急急之符夺汝，琅琅之音恼翁。"其二："不合小时了了，可堪长夜茫茫。暮年欠汝泪债，已干更滴数行。"灵照是传说中有佛缘的女孩，十几岁时与其父争先"圆寂"，恰似作者早慧而夭折的孙女。刘克庄有《十女诗·灵照》："首如飞蓬乱，家卖漉篱供。老汉惊吾女，禅机捷乃翁。"善财童也是佛教传说中在菩萨身边侍奉的人物。作者用这两个人物来与孙女相比，包含对孙女的怜爱，希望她慧性不灭，也能得到永生。第二首诗用《世说新语》的典故，回忆孙女聪明可爱，哀怜小小的她独自在冰冷的黄土之下如何忍受。

7. 演雅诗

宋代文人常在诗中阐释《尔雅》，黄庭坚就有七言诗《演雅》。刘克庄也有五言诗《演雅》。杨万里《演雅》："觳觫受田百亩，蛮触有宅一区。蚍蜉戒之在斗，蝇蚋实繁有徒。果嬴周公作诰，意鸟鹠由也升堂。白鸥比德于玉，黄鹂巧言如簧。"汪荐《演雅》："布谷不稼不穑，巧妇无褐无衣。提壶不可挹酒，络纬宁来贸丝。"这两首诗都是阐释《尔雅》中的品物，所以叫"演雅"。诗中对偶极为精密工整，比如"不稼不穑"出自《诗经·魏风·伐檀》："不稼不穑，胡取禾三百廛兮？""无褐无衣"出自《诗经·豳风·七月》："无衣无褐，何以卒岁？""不可挹酒"出自《诗经·小雅·大东》："维南有斗，不可以挹酒浆。""宁来贸丝"出自《诗经·卫风·氓》："抱布贸丝。"这般用典，当真是做到了极致水平。

林希逸《物理》："以鸟养鸟尽性，惟虫能虫知天。万物与我为一，反身乐莫大焉。"其二："非鱼知鱼谁乐？梦鹿得鹿谁诬？若与予也皆物，执而我之则愚。"第一首诗是反用鲁公养鸟的典故，第二首诗用庄子中典，阐述自然界各种物类的规律。

8. 偈、颂、自儆、自箴

宋代六言诗中的偈、颂多数是僧人道士所做，发挥佛道之理。释净元《投海偈二首》其二："世间人心易了，只为人多不晓。了即皎在目前，未了千般学道。"

道士的六言诗如张继先的《静室偶书》："贫有清风明月，富无红粉膏脂。子午风朝元始，去来雷电相随。"《题崇仙观知足轩》："此性本无一物，涓水亦自圆明。借问先生足处，轩前月白风清。"金代侯善渊《六言绝句十二首》，都是谈道教理论的，并无诗味，如其一："玄精出乎众类，幻释凝祥拔萃。至理易俗移风，运化灵阳天瑞。"金代于道显的《六言绝句二首》二："道本无言无说，只要君心猛烈。拔开万里闲云，推出一轮明月。"属于"明心见性"的说教。

宋代文人多数于禅宗、道教都有涉猎，好谈性理之学。宋代王辟之《渑水燕谈录》卷三："近年士大夫多修佛学，往往作为偈颂以发明禅理。"① 黄庭坚《寂住阁》："庄周梦为蝴蝶，蝴蝶不知庄周。当处出生随意，急流水上不流。"范成大《二偈呈似寿老》："法法刹那无住，云何见在去来。若觅三心不见，便从不见打开。"二："孟说所过者化，庄云相代乎前。何处安身立命，饥餐渴饮困眠。"佛教常问徒众"向何处安身立命"，这里范成大说是日常生活即是。有的文人临终往往仿效僧人作偈。如陈瓘遗偈："静坐一川微雨，未辨雷音起处。夜深风作轻寒，清晓月明归去。"

汤汉有首《自儆》："春秋责备贤者，造物计较好人。一点莫留余滓，十分成就全身。"宋王应麟《困学纪闻》曰："此老晚节，庶几践斯言也。"② 范成大也有《自箴》三首，如其二："白傅病犹牵爱，晁公老未断嗔。莫问是情是性，但参无我无人。"白、晁二人未能割爱去嗔，作者自箴要"但参无我无人"。

第三节　宋代六言诗的艺术技巧与特色

宋代六言诗在艺术技巧上和艺术特色上比起前代来都有创新。有些修辞手法在唐代六言诗中已经成熟，比如在诗中用叠字和连绵字，就不再细说了。

一　用典

唐代六言诗中用典的只有王维的《田园乐七首》和白居易的《临都

---

① （宋）王辟之：《渑水燕谈录》，程毅中主编《宋人诗话外编》上册，国际文化出版公司1996年版，第99页。

② （宋）王应麟：《困学纪闻》，程毅中主编《宋人诗话外编》下册，国际文化出版公司1996年版，第1451页。

驿答刘梦得六言二首》，此外的作品，都是明白如话，不以用典取胜，但自有诗的风情韵味。宋代六言诗的各种题材中都有用典的，在一些咏史议论诗中更是达到一句一个典故，如刘克庄的《代举人主司问答六言二首》《春夜温故六言二十首》十二等。宋代印刷术进步，书籍著作大量印行，许多文人都富于藏书，所以宋代文人所掌握的历史文化知识一般比前代学者丰富。他们说晚唐人"读书灭裂"①，自己则喜欢"以才学为诗"，传统的文史典故被用熟用滥了，诗人就向佛典道藏中去寻新典。因此，宋代六言诗中不仅典故多，而且务求精巧工致。作者对人世的理解、物理的认识、生命的感悟、情感的体验，都从浓缩精练的典故中表现出来。

1. 正用典故

宋初的六言诗作者，如梅尧臣、司马光、王安石等人写六言诗还是沿袭唐代基本不用典的习惯。文同、苏轼已经开始用典，比如文同的《闻道》："闻道幸非曲士，读书甘作陈人。"闻道，用《论语·里仁》："朝闻道，夕死可矣。"曲士，《庄子·秋水第十七》："曲士不可以语于道者，束于教也。"陈人，《庄子·寓言第二十七》："人而无人道，是之谓陈人。"《古诗十九首·驱车上东门》："下有陈死人，杳杳即长暮。"诗中说自己甘心做古人一样的人。苏轼的《忆江南寄纯如五首》二："湖目也堪供眼，木奴自足为生。若话三吴胜事，不惟千里莼羹。"湖目指莲子，用了《酉阳杂俎·广知》之说，木奴指柑橘，出《襄阳耆旧传》。千里莼羹是用《世说新语·言语》中陆机语（或者兼用张翰事）。其五"未许季鹰高洁"，是用张翰事。这两首诗是说江南风物有莲子、橘林之美，令人思念。秦观《宁浦书事》六："纵复玉关生入，何殊死葬蛮夷。"生入玉门关，用《后汉书·班梁列传》班超上帝书："臣不敢望到酒泉郡，但愿生入玉门关。"②秦观当时被贬于宁浦，不知何时能回到家乡。诗里说，即使能够活着回去，跟死在蛮夷之地又有什么区别！这是哀痛的话。刘克庄的《艾人》："不惟宝剑冲斗，亦自高冠切云。"艾人是用艾束成的人形，端午节用以辟邪。刘克庄用了晋代丰城剑气和《离骚》"冠切云之崔嵬"

---

① （宋）沈括：《梦溪笔谈》，《宋人诗话外编》上册，第88页："晚唐士人，专以小诗著名，而读书灭裂。如白乐天……杜牧……盖牧未尝读《周》《隋》书也。"

② 《后汉书》卷四七，《班梁列传》，第1583页。

的语言，这里不求其深意，唯取其字面意思，形容艾人的模样。刘克庄《六言五首为仓部弟寿》："天既劳我佚我，侯偶得之失之。安用尔铜鱼使，且伴吾竹马嬉。"《庄子·大宗师》："夫大块载我以形，劳我以生，佚我以老，息我以死。"《史记·魏其武安侯列传》："魏其侯曰：'侯自我得之，自我捐之，无所恨。'"引用这两句话来安慰弟弟：人世之常本就有劳有佚，去官也没有什么。做官佩铜鱼又有什么用处？且喜兄弟二人又可以常在一起游玩。《老病六言十首呈竹溪·足》："识郑尚书曳履，嫌高将军污靴。"《汉书·郑崇传》："上笑曰：'我识郑尚书履声。'"《旧唐书·文苑传下·李白传》："尝沉醉殿上，引足令高力士脱靴。"苏轼诗中有"平生不识高将军，手污吾足乃敢嗔"（《书丹元子所示李太白真》），刘克庄在这首诗中用了很多与"足"有关的典故。

2. 反用典故

苏轼的《西太一见王荆公旧诗偶次其韵二首》二："但有樽中若下，何须墓上征西。"若下指酒，汉代邹阳《酒赋》："其品类则沙洛鄏渌，程乡若下。"征西，曹操《让县自明本志令》："欲望封侯作征西将军，然后题墓道言'汉故征西将军曹侯之墓'，此其志也。"苏轼的意思是人生贵适意耳，不须身后荣名。

彭汝砺《拟田园乐四首》："买田何须近郭，作屋却要依山。"《史记·苏秦传》："且使我有洛阳负郭田二顷，吾岂能佩六国相印乎？"负郭田，就是靠近城郭的田。彭汝砺的意思是，不需要近郭田，而是希望远离城市，过乡间的田园生活。

刘克庄《送明甫赴铜铅场六言七首》一："文度何须膝上，阿奴姑可目前。"《世说新语·方正》："蓝田爱念文度，虽长大，犹抱着膝上。"《世说新语·识鉴》："周嵩起，长跪而泣曰：'……唯阿奴碌碌，当在阿母目下耳。'"刘克庄的意思是，只有平庸的儿子才会留在父母身边，而自己不需要将儿子留在身边。

《春夜温故六言二十首》十二："执简而往误矣，搁笔相视得之。"《左传·襄公二十五年》："大史书曰：'崔杼弑其君。'崔子杀之。其弟嗣书而死者，二人。其弟又书，乃舍之。南史氏闻大史尽死，执简以往。闻既书矣，乃还。"《史通·外篇·忤时第十三》："人自以为荀、袁，家自称为政、骏。每欲记一事，载一言，皆搁笔相视，含毫不断。故头白可期，而汗青无日。"左传表彰太史秉笔直书不畏死，这里刘克庄字面上说

"误矣"，实际上是对曲笔隐事、不敢直书的做法不满。字面上说"得之"，其实是批评"搁笔相视、含毫不断"的做法。

刘克庄《抄近稿六言二首》二："一萤导我来往，焉用宫莲送归。"《新唐书·令狐滈传》："夜对禁中，烛尽，帝以乘舆、金莲华炬送还。"作者是说自己抄稿夜归，有个萤火虫相伴就行了，不需要宫莲送归的排场。"萤"还可让人想到囊萤读书的故事，《晋书·车胤传》："胤恭勤不倦，博学多通，家贫不常得油，夏月则练囊盛数十萤火以照书，以夜继日焉。"萤是为清贫的读书人照亮的，用在这里又可暗示自己是清贫的读书人。

3. 暗用典故

有时作者用典妙化无痕，不知典故的人，也能看懂字面意思；知道典故的人，便能获得更深的理解。孙觌《东塔》："偶与白云共出，忽随倦鸟俱还。"字面上写的是出门游玩，其实暗用陶渊明《归去来兮辞》中"云无心以出岫，鸟倦飞而知还"，暗示出仕与归隐，这就使诗耐人寻味。黄庭坚《和东坡送仲天贶王元直六言韵五首》五："天子文明濬哲，今年不次用人。九原埋此佳士，百草无情自春。""九原埋此佳士"，是感伤当年朋友已经作古。如果读过《世说新语·伤逝》："庾文康亡，何扬州临葬，云：'埋玉树著土中，使人情何能已已！'"知道庾亮是怎样一个风神洒落的朝廷重臣，就会更深切地感到黄庭坚对这位朋友有多么看重与痛惜。陆游《六言四首》四："壮岁京华羁旅，暮年湖海清狂。"这首诗是写自己生平经历，暗用了杜甫壮年时"骑驴十三载，旅食京华春"（《奉赠韦左丞丈二十二韵》），和贺知章"在位常清狂"（杜甫《遣兴五首》四）的典故。贺知章与陆游同是越州山阴人，贺知章清狂纵诞，陆游用来暗比自己，用得很贴切。上面提到的刘克庄的"一萤导我来往"，也有暗用典故的意思。

4. 用佛道典故

宋代文人多数对于释道两家都有所涉猎，像苏轼、黄庭坚这些博学的大家，诗中更时有禅意。因此，宋代六言诗中的典故，有些出自佛经、道藏之中。范成大有《偈》二首，"泡幻初无典要"，"兀坐鼻端正白"，陆游《感事六言》其二："黑犊养来纯白，睡蛇死后安眠。"刘克庄《左目痛六言九首》："此玉函方不载，无金篦刮亦明。"都是用佛典。

周密《浩然斋雅谈》:"韩子苍挽中山韩帅云:'金絮盟犹在,灰钉事已新。'后村以为语妙而意婉。盖宣、靖之祸,自灭辽取燕始,上句指韩,下句指童、蔡也。又梁徐勉以时人闻丧事相尚以速,勉上疏云:'属纩才毕,灰钉已具。'又陈徐陵遗杨遵彦书云:'若鄙谚为缪,来旨必通,分请灰钉,甘从斧钺。'不特出前书也。"① 所谓"语妙"是指对偶精密,"意婉"是指用典故把自己的意思表达出来而不直说。刘克庄和周密都欣赏这联的用典,周密更举出历史上的掌故来释"灰钉"事,进一步解释。典故用得恰当,可以以古喻今,收到语少意长、含而不露、耐人寻味的效果。

二 用熟语、化用前人语

宋代人作诗喜欢用前人熟语。黄庭坚曾说:"老杜作诗,退之作文,无一字无来处。盖后人读书少,故谓韩、杜自作此语尔。古人之能为文者,真能陶冶万物,虽取古人陈言入于翰墨,如灵丹一粒,点铁成金也。"(《答洪驹父书》)黄庭坚作为江西诗派的盟主,仿效他的风格的人很多,他理论在当时影响很大。宋代龚颐正《芥隐笔记》:"荆公'晴日晚风生麦气','麦气'盖用何逊《新林分别》诗'麦气始清和'。"② 王安石用"麦气"是巧合还是特意用的,除他自己谁也不知道,但是评论者用欣赏的口气认定他是有意用熟语。这反映了宋代人普遍喜欢在故纸堆中找学问,以博学为好尚。在诗中大量用熟语,用得精密贴切,这是宋代六言诗与其他时代的诗的显著不同③。

黄庭坚《和东坡送仲天贶王元直六言韵五首》其二:"不怨子堂堂去,盖念君得得来。"用薛能诗"青春背我堂堂去"(《春日使府寓情》),贯休诗"万水千山得得来"(《陈情献蜀皇帝》)。《题东坡竹石》:"坚石岑崟当路,幽篁深不见天",是用《楚辞·山鬼》"予处幽篁僾兮深不见天"。前文提到的"百草无情自春"(《和东坡送仲天贶王元直六言韵五

---

① (宋)周密:《浩然斋雅谈》,程毅中主编《宋人诗话外编》下册,国际文化出版公司1996年版,第1507页。

② (宋)龚颐正:《芥隐笔记》,程毅中主编《宋人诗话外编》下册,国际文化出版公司1996年版,第907页。

③ 明代杨慎,清代吴伟业、王夫之、朱彝尊的六言诗中有时用熟语,但对偶不如宋人那样精密工整。宋代六言诗用事典、语典字字相对的技巧空前绝后。

首》五），化用韦应物《金谷园歌》"百草无情春自绿"。

范成大《甲辰人日病中吟以自嘲》一："人应见怜久病，我亦自厌余生"，用了苏轼《谢量移汝州表》中的"臣亦自厌其余生"。《题请息斋六言十首》五："不惜人扶难拜，非关我醉欲眠"，用杜诗的"老病人扶再拜难"（《宾至》）和李白的"我醉欲眠君且去"（《山中与幽人对酌》）。

陆游的《六言四首》一："功名正恐不免，富贵酷非所须"，用的是《世说新语·排调》："谢安……兄弟已有富贵者……谢乃捉鼻曰：'但恐不免耳！'""且小如意，亦好豫人家事，酷非所须。"以此表示自己并不在乎功名富贵。

宋代一流的诗人学者如苏轼、黄庭坚、陆游，没有把主要精力放在六言诗上。而刘克庄才学既博赡，又于六言诗专门用功，所以他六言诗里的典故、熟语都最多。《冬夜读几案间杂书得六言二十首》其三："此乃靖欲反矣，是亦羿有罪焉。"用唐代侯君集和李靖语、《孟子·离娄下》原句。其五："彼哉妾妇道也，上以俳优畜之。"用司马迁《报任安书》中语。《村居即事六言十首》七："老子腹中无物，渠侬笑里有刀。"用《唐书》中安禄山语、唐人评李林甫语。《春夜温故六言二十首》十二："子长交游莫救，孙盛门户几危。执简而往误矣，搁笔相视得之。"用《报任安书》中语、《晋书·孙盛传》典故，《左传》中语、《史通》中语。《芙蓉六言四首》二："王姬彼何秾矣，美人清扬婉兮。"一句出于《诗经》中的篇名《何彼秾矣》，另一句出于《诗经·郑风·野有蔓草》中"婉如清扬"。《夜读传灯杂书六言八首》二："稍喜世缘渐薄，尚嫌家事相关。"用《世说·巧艺》中庾道季的语意，和史载北齐兰陵王语。三："剪断郭郎线索，送还赵老灯台。"用宋代俗语："赵老送灯台，一去更不来。"《录汉唐事六言五首》一："渔阳之鼓动地，蚩尤之旗竞天"，用白居易诗"渔阳鼙鼓动地来"（《长恨歌》）和《史记·天官书》中"蚩尤之旗"语。三："白衣山人辞去，青袍拾遗步归"，用杜诗"青袍拾遗徒步归"（《徒步归行》），白衣山人是指唐代李泌。《题赵昌花一首》："自古良工独苦，于今墨画盛行"，用杜诗"更觉良工心独苦"（《题李尊师松树障子歌》）。《六言五首赠李相士景春》四："试问天人眉宇，何如土木形骸。"用杜诗"眉宇真天人"（《赠太子太师汝阳王琎》）《世说新语·容止》"悠悠忽忽，土木形骸"。《试笔六言二首》二："虽非补造化笔，不似食烟火人。"用李贺诗"笔补造化天无功"（《高轩过》）和熟语"不食烟火"。这些诗句典雅博赡，令人佩服作者的才力与精思。

熟语用得恰到好处，能使诗的语言典雅，如杜甫《丹青引》："丹青不知老将至，富贵于我如浮云"，两句都用《论语》，显得新颖流畅，别开生面。但是熟语和自作语应该有一个适宜的比例，像杜甫这样在长篇歌行中用两句恰到好处。如果像宋代六言绝句这样，本来只有四句，句句都是熟语，诗歌语言就缺乏独创与新意。虽然刘克庄用得是很贴切的，但是也缺乏清新自然的风情韵味。宋代朱熹说："或言今人作诗，多要有出处。曰：'关关雎鸠'，出在何处？"① 就是以为新意胜过熟语。宋代吴莘的《视听钞》："黄鲁直诗非不清奇，不知自立者翕然宗之。如多用释氏语，……本非其长处也。而乃字字剽窃，万首一律，不从事于其本，而影响于其末，读之令人厌。"② 所谓"不从事于其本，而影响于其末"，我们的理解是，诗以意为主，如果把精力放在雕琢字句上，就舍本逐末了。

三 用口语

因为题材中有日常俗事，因此诗中的口语也就增多了。另外，宋人常以口语入诗，所谓"以俗为雅"。罗大经《鹤林玉露》载："杨诚斋云：'余观杜陵诗，亦有全篇用常俗语者，然不害其为超妙。'……杨诚斋多效此体，亦自痛快可喜。"③ 他说的杨诚斋诗主要是五言、七言诗。在六言诗领域，杨万里诗中并没有什么常俗语，倒是范成大的诗中，口语最多。其后刘克庄继之。口语、俗语用得恰当，会有独特的效果；但是如果用得不好，又会显得粗鄙。

范成大《苦雨五首》一："河流满满更满，檐溜垂垂又垂。"用日常生活口语，表现情状真切自然，让人感觉到诗人实在忍受不了这漏了一般的老天了。

陈渊《和灿老》："江静波微皱縠，庭空落絮铺茵。正是邻床作梦，直须款款反身。"做梦、反身这样的琐事都用写入诗中，也似乎只有用口

---

① （宋）朱熹口述，黎靖德辑：《朱子语类》，程毅中主编《宋人诗话外编》下册，国际文化出版公司1996年版，第997页。

② （宋）吴莘撰：《视听钞》，程毅中主编《宋人诗话外编》下册，国际文化出版公司1996年版，第1559页。

③ （宋）罗大经：《鹤林玉露》，程毅中主编《宋人诗话外编》下册，国际文化出版公司1996年版，第801页。

语才能表达得亲切自然，如果用典雅的语言来写邻床做梦与自己反身，恐怕效果还显得不自然吧。作者和灿老大概是熟惯的朋友，所以不避忌在诗中说这些。

刘克庄《六言二首赠月蓬道人》二："希夷所见良是，麻衣之说未然。几人能急流退，这汉即平地仙。"用"这汉"，真是口语，又符合诗中写仙道那种了无挂碍、脱略不羁的气质。他的《七十八咏六言十首》一："大绛县人五岁，小鲁申公二年"，是以原生状态的口语直接入诗。《七十八咏六言十首》七："钟馗七老八大，无人与换蓝袍。""七老八大"是生活口语，直到现在还在使用。他用于自比自嘲，可见其不拘形迹。口语入诗用得好，字面显得新鲜，形式上也确实有别具一格的效果。

范成大《乙巳十月朔开炉三首》三："石湖今日开炉，俗家恰似精庐。抆涕虽无情绪，吟诗却有工夫。"日常生活，甚至是不雅动作，都带着点自嘲冲口而出，不假雕饰。他的《正月十日夜大雷震二首》一："阿香真是健妇，夜半鼓行疾驱"，第一句也是直接以口语入诗了。刘克庄《冬夜读几案间杂书得六言二十首》其七："死底埋震旦东，活底在葱岭西"，这也许是语言史上最早用"底"代替文言助词的诗。这几处用口语，并没有为诗增色，反倒显得粗疏。

惠洪《冷斋夜话》卷四："句法欲老健有英气，当间用方俗言为妙。如奇男子行人群中，自然有颖脱不可干之韵。"[①] 苏轼又说："笔工效诸葛散卓，反不如常笔。正如人学作老杜诗，但见其粗俗耳。"[②] "间用"则可，用得太多就过犹不及了。

四　用叠字、连绵字

在上章《唐代六言诗》中，已经说过叠字、连绵字的用在六言诗中的作用。宋代六言诗中也有很多用叠字的，而且主要用于写景题画诗中。下面略举几例：

> 湖上双禽泛泛，桥边细柳垂垂。（文同《湖上》）

[①] （宋释）惠洪：《冷斋夜话》，《丛书集成初编》，商务印书馆 1937 年版，第 2549 册第 21 页。

[②] （宋）黄彻，《䂬溪诗话》，丁福保辑《历代诗话续编》，中华书局 1983 年版，第 379 页。

淡淡晓山横雾，茫茫远水平沙。（尤袤《题米元晖潇湘图》其二）

木末轻风索索，云边小雨斑斑。（张昌《游真源宫》）

冰缺涓涓嫩水，柳涡剪剪柔风。（惠洪《和人春日三首》一）

南山崔嵬在眼，古木参差拂云。（善权《奉题性之所藏李伯时画渊明采菊》）

鹤外竹声簌簌，座边松影疏疏。（文天祥《山中六言三首》二）

五 意象并置

元曲《天净沙》："枯藤老树昏鸦，小桥流水人家，古道西风瘦马，夕阳西下，断肠人在天涯。"常为人称赏，其亮点在于前三句的意象并置，也就是不用动词，纯用名词并列来表达意绪。其实，早在唐代六言诗中，就有类似的意象并置了。刘长卿《苕溪酬梁耿别后见寄》："白云千里万里，明月前溪后溪。"王建《宫中三台词》二："天子千秋万岁，未央明月清风。"不过很少。宋代六言诗中也有这种用法：

寒食轻烟薄雾，满城明月梨花。（沈括《宫中三台》二）
翠霭光风世界，青松绿竹人家。（游酢《山中即景》）
深谷清泉白石，空斋棐几明窗。（惠洪《山居四首》一）
瘦马羸僮道路，清泉白石山林。（陆游《六言杂兴》）
柳院竹亭茅店，云芜风树烟溪。（陆九渊《子规》）
流水白云芳草，清风明月苍苔。（文天祥《山中六言三首》一）
归鹤苍山云际，故人锦字天涯。（刘仙伦《野步十首》二）

作者摄取眼前景物，构成一连串镜头，并没有自己的情绪指向在内，只是听凭这些画面自然融合在一起，从而产生诗情画意。六言诗的普通节拍为"二、二、二"形式，节奏匀齐，但是缺乏三字尾构成的悠长声韵，这使得这种诗体不适于吟诵，缺乏音乐美。然而诗人们因难见巧，在六言诗中用意象并置的手法，反倒利用了其诗体节奏匀齐的特点，成为六言诗这一体的独得之妙，可谓长于用短，巧于用拙。

六 对偶

宋人喜论诗、喜论好诗、喜论好对，这在宋代人的文献中有很多记载。沈括《梦溪笔谈》卷十四："古人诗有'风定花犹落'之句，以谓无人能对，王荆公以对'鸟鸣山更幽'。……荆公始为集句诗，皆集合前人之句，语意对偶，往往亲切过于本诗。后人稍稍有效而为者。"[①] 魏泰《东轩笔录》卷十五："有张师雄者……号曰'蜜翁翁'。张亢尝谓'蜜翁翁'无可为对者，一日，亢有侄不率教令，将杖之，其侄方醉，大呼曰：'安能挞我？但堂伯伯耳。'亢笑曰：'可对蜜翁翁。'释而不问。"[②] 张亢一直记着这个上联，得了一个下联（堂与糖谐音），饶了侄子一顿打（侄子的话也许让他小顾虑了一下）。宋代诗人整体上对于诗艺的爱好、对于对偶这种精妙艺术的爱好，是前代未有的，这使得六言诗的对偶技巧比唐代更进一步。

1. 不用典的对偶

写景的诗，以清新自然的语言、优美的意象取胜，因此很少用典。司马光《陪张龙图南湖暑饮》其一："荷香着衣不去，竹色映水遥来。"王安石《西太一宫楼》："草际芙蓉零落，水边杨柳欹斜。"芙蓉、杨柳都是二字的一种事物，零落、欹斜都是表状态，对得很工整。沈括《宫中三台》二："寒食轻烟薄雾，满城明月梨花。"三："玉笛一天明月，翠华满陌东风。"杨万里的《宴客夜归》："月在荔枝梢上，人行豆蔻花间。"都是天然好句，没有用典。

写景和题画诗中常用叠字、连绵字构成工整别致的对偶。文同《鹭鸶》二："避雨竹间点点，迎风柳下翩翩。"黄庭坚《子瞻继和复答二首》二："迎燕温风旎旎，润花小雨斑斑。"孙觌《东塔》一："翠竹含风袅袅，青山照水重重。"郭祥正《南丰道中六言》："前溪淡淡日落，后山霭霭云归。"彭汝砺《拟田园乐四首》一："山色依云暗淡，溪声漱玉玲珑。"范浚《冬日行兰溪道中六言二首》一："瑟缩鸦栖古树，联拳鹭立

[①]（宋）沈括：《梦溪笔谈》，程毅中主编《宋人诗话外编》上册，国际文化出版公司1996年版，第88页。

[②]（宋）魏泰：《东轩笔录》，程毅中主编《宋人诗话外编》上册，国际文化出版公司1996年版，第218页。

回塘。"对偶中使用叠字和连绵字更显炼字功夫。

2. 用典、用熟语的对偶

宋代六言诗中用典、用熟语多，对偶显得更密丽精工。范成大《题请息斋六言十首》五："不惜人扶难拜，非关我醉欲眠。"用杜诗"老病人扶再拜难"和李白诗"我醉欲眠君且去"，表示自己老病难以会客，而不是因为懒困不愿见人。他的《再游上方》："僧共老花俱在，客将春燕同回。范叔一寒如此，刘郎前度重来。""范叔"用《史记·范睢列传》典，既切合自己的姓氏，又暗示自己清贫。下句用刘禹锡《再游玄都观》的句子"前度刘郎今又来"，切合重游佛寺的事件。

陆游《感事六言》五："早岁已归南陌，暮年常在东篱。短衣幸能掩胫，长剑何须拄颐。""南陌"是用汉代杨恽《报孙会宗书》中"田彼南山"的典。"东篱"是用陶诗"采菊东篱下"。第三句反用杜诗"短衣数挽不掩胫"（《同谷七歌》二）。第四句用《战国策·齐策》中"修剑拄颐"，原意是嘲笑田单空有修剑拄颐的架子，这里只是用字面意思，是说自己早就解职归田，闲处林下，幸而衣食粗给，军旅甲胄之事都不挂怀了。实际上，陆游从未忘记国事："丈夫五十功未立，提刀独立顾八荒"（《金错刀行》）。诗题是"感事"，他怎么可能忘记国事？因此，他这里说的是反话。这里用"长剑拄颐"的典故有几层意思：第一层，是典故中齐国婴儿嘲笑田单空有"大冠若箕，修剑拄颐"的架子。第二层，是作者用典故的字面意思，说幸而衣食粗给，军旅之事不再挂怀了。这是诗的表层意思。第三层，是诗的深层意思，作者对自己解职闲居深感不满，渴望提刀剑"收取关山五十州"（李贺《南园》）。如此用典，真正是做到了精深简当。

刘克庄《后村诗话》前集卷二："古人好对偶，被放翁用尽：……长剑拄颐，短衣掩胫；……百钱挂杖，一锸随身。"① 刘克庄爱用典故作对，故深推陆游。他对于"一锸随身"的旷达很欣赏，曾在六言诗中两用其事："一奴荷锸足矣（《余作生坟何生谦致桧十株答以六言二首》二）"，"有一奴荷锸从"（《达生》）来仿效陆游。他自己所作，也不减陆游。

比如《芙蓉六言四首》二："王姬彼何秾矣，美人清扬婉兮。"一句出于《诗经》中的篇名《召南·何彼秾矣》，另一句出于《诗经·郑风·

---

① （宋）刘克庄：《后村诗话》，中华书局1983年版，第21页。

野有蔓草》中的句子"婉如清扬",用王姬和美人的气度风姿,比喻芙蓉树枝叶扶疏、芳华秾艳的姿态。《试笔六言二首》二:"虽非补造化笔,不似食烟火人。"用李贺诗"笔补造化天无功"(《高轩过》),表达自己虽然文笔不敏,但是志性高洁。《溪庵种蓺六言八首·松》:"一寸灵根蟠地,十年黛色参天。"用杜诗"黛色参天二千尺"(《古柏行》),希冀种下的松树能够绿树成荫。既用了杜诗的字面,又用了这句诗的含义。《六言五首赠李相士景春》四:"试问天人眉宇,何如土木形骸。"一出杜诗"眉宇真天人",一出《世说新语·容止》:"悠悠忽忽,土木形骸。"这里用杜诗只借用字面,并非要用杜诗的意思,而是为了反衬"土木形骸"。《竹溪再和余亦再作·腰》:"随柱史青牛易,骑吕仙黄鹤难。"这里只借用了老子、吕洞宾的传说中与腰有关的字面意思。

用典更高的要求是语典与语典对,事典与事典对,更甚者要同一时代的典故相对,同一本书中的典故相对,而且典故的字面也字字相对。叶梦得《石林诗话》卷中说:"荆公诗用法甚严,尤精于对偶。尝云用汉人语,止可以汉人语对,若参以异代语,便不相类。如'一水护田将绿绕,两山排闼送青来'之类,皆汉人语也。……如'周颙宅在阿兰若,娄约身随窣堵波',皆以梵语对梵语,亦此意。尝有人面称公诗'自喜田园安五柳,但嫌尸祝扰庚桑'之句,以为的对。公笑曰:'伊但知柳对桑为的,然庚亦自是数。'盖以十干之数也。"[1] 王楙《野客丛书》卷二十三:"前辈用事,贵出处相等,传注中用事,必以传注中对。"[2] 宋人在六言诗方面也有这么工整的对偶。

苏轼的《西太一宫见王荆公旧诗偶次其韵二首》二:"但有樽中若下,何须墓上征西。"都用魏晋人语。

陆游《六言四首》一:"功名正恐不免,富贵酷非所须。"两句都出《世说新语·排调》。实在是确得不能再确的对偶了。

刘克庄《赤侄孙改名圭行冠礼一首》:"箪瓢回也不改,宗庙赤尔何如。"一出《论语·雍也》:"一箪食一瓢饮……回也不改其乐。"一出

---

[1] (宋)叶梦得:《石林诗话》,(清)何文焕辑《历代诗话》上册,中华书局1981年版,第422页。

[2] (宋)王楙:《野客丛书》,《宋人诗话外编》下册,国际文化出版公司1996年版,第1108页。

《论语·先进》:"赤,尔何如?"都用《论语》中语。

刘克庄《送明甫赴铜铅场六言七首》一:"文度何须膝上,阿奴姑可目前。"都用《世说新语》典。

刘克庄《村居即事六言十首》七:"老子腹中无物,渠侬笑里有刀。"都用《唐书》典。

刘克庄《代举人主司问答六言二首》其一:"破题得李程赋,结语取钱起诗。遂令眊瞶举子,不满冬烘主司。"这首诗中的李程赋、钱起诗都是唐代的应试名篇。李程以《日五色赋》夺冠,钱起省试诗以"曲终人不见,江上数峰青"为结语,大为人知。"打眊瞶"和"冬烘主司"都出自五代王定保的《唐摭言》,"打眊瞶"指没取中的乡贡进士吃酒席排遣烦恼,"冬烘主司"是唐代无名氏写诗讽刺"主司头脑太冬烘"。

宋代六言诗中多用典故,而且用得精密简当,在简练的形式中包含丰富的多层次的内涵。大多数时候这些的典故的意义和诗中所要表达的意思是一致的,由典故的寥寥数语表达了作者的用意。有时候则驱遣典故为自己服务,只取其字面意思,比如刘克庄的《艾人》:"不惟宝剑冲斗,亦自高冠切云",就没有什么深刻用意,只借用字面。精密得当而又灵活多变的典故用法,为宋代六言诗增添了典雅博赡的书卷气,其水平是历代六言诗都难以企及的,也是宋代六言诗的一个显著特色。

第四节 宋代六言诗在句法上的新变

一 散文化句法

宋初科举承唐五代余风,偏重诗赋,到仁宗以后,就更重策论,这就直接影响了当时的诗文风尚。宋诗普遍有散文化的特点,六言诗中也是如此。如范成大《甲辰人日病中吟以自嘲》一:"我亦自厌余生"是直接用前人文章中的句子入诗。范成大《正月十日夜大雷震二首》一"阿香真是健妇",刘克庄《七十八咏六言十首》一"大绛县人五岁,小鲁申公二年",《题听蛙方君写生六言》"少济南生十岁,与磻溪叟同庚",是口语句子。《题赵昌花一首》:"赵叟生长太平,以著色花擅名。"上下句一气连贯,是散文句法。《春夜温故六言二十首》:"私怨有公论者,反噬非人情哉。"将文言文中的助词"者""哉"用在句末,也是散文句法。

二 突破"二、二、二"式普通节拍

六言诗句的节拍,从汉末孔融的《六言诗三首》"二、二、二"的节拍,到曹植的骚体六言诗《寡妇诗》"三、三"的节拍,到傅玄《董逃行历九秋篇》中骚体与普通六言结合的节拍形式,经过魏晋南北朝的发展,唐代大部分六言诗是"二、二、二"节拍(骚体六言诗只有一首)。也有极少数诗用了"三、三"或"二、四"等节拍。宋初用的都是普通节拍,从黄庭坚开始,大量突破普通节拍形式。这种情况,从文体内部成因来看,是由于诗人们对于六言诗句法的进一步探索,是文体自身发展的规律使然;从外部原因来看,是"以文字为诗",散化句法入诗的风气使然,这必然破坏了诗的节奏感。

中国古典诗歌包含两种节拍:音节节拍和语义节拍。音节节拍是诗歌在吟诵时的节拍,一般是以两个汉字为一个节拍单位(因为一个音节无法形成节拍旋律)。语义节拍的每个单位字数不定,有一个词为一个单位,也有一个词组为一个单位的。具体到六言诗中来说,由于音节节拍的字数是固定的(每二字一拍),因此谈六言诗的节拍就是谈语义节拍。前面提到的"六言诗的普通节拍",就是指语义节拍是"二、二、二"的形式。

当六言诗的语义节拍是"二、二、二"时,与音节节拍同步合拍,读起来就顺口,音节琅琅上口。如果诗中出现了以一字、三字或四字为一个单位的语义节拍,就同音节的节拍不相协调,诵读起来就佶屈聱牙。有的诗人为了追求这种错位造成的生新奇崛效果,就打破普通节拍。黄庭坚是宋代第一个大量破句的六言诗人。他的六言诗,以普通节拍为主,兼有二四、四二、三一二、二一三等丰富多样的节拍形式。他的《赠高子勉四首》(普通的二二二节拍形式不再标记):

其一 文章瑞世惊人,学行刻心润身。沅江/求/九肋鳖,荆州/见/一角麟。

其二 张侯海内长句,晁子庙中雅歌。高郎少加笔力,我知三杰同科。

其三 妙在和光同尘,事须钩深入神。听他/下/虎口着,我/不为/牛后人。

其四　拾遗句中有眼，彭泽意在无弦。顾我/今/六十老，付公/以/二百年。

一组四首诗，就有三首打破了普通节拍。其节拍形式除了普通的"二二二"，还有："二一三"，"一二三"的形式。

黄庭坚《荆南签判向和卿用予六言见惠次韵奉酬四首》其二："向侯赋我菁莪，何敢当/不类歌，顾我/乃/山林士，看君/取/将相科。"这一首诗里，就用了"二二二，三三，二一三，二一三"三种句式。

由于黄庭坚第一个大量破句，周紫把六言诗中的拗体叫"江西体"。他的《雨中对竹清甚效江西作六言一首》："雨声揉蓝泼黛，风茎戛玉鸣珂。不复作/可人语，奈此/数君子/何。"用"二二二，三三，二三一"三种句式。追随、学习黄庭坚的一些诗人，也在六言诗中效仿他破句。吕本中《次韵钱逊叔清江图后二首》："作清江/三两曲，胜大厦/千万间。"用了"三三，二二二"句式。

范成大诗中破句也很多。如《次韵举老见嘲未归石湖》："半世吟/客舍柳，长年忆/后园花。为报庐山莫笑，云丘今属谁家。"《二偈呈似寿老》二："孟说/所过者化，庄云/相代乎前。何处安身立命，饥餐渴饮困眠。"

刘克庄破句也很严重，如《七十八咏六言十首》一："大/绛县人/五岁，小/鲁申公/二年。"《春夜温故六言二十首》："私怨/有/公论者，反噬/非/人情哉。"《揽镜六言三首》其一："貌丑/似/猴行者，诗瘦于/鹤何师。"其二："顾我/七十余老，见公/三两分人。"其三："盲左邱明/作传，瞎张太祝/工诗。"《代举人主司问答六言二首·代举人问》："破题/得/李程赋，结语/取/钱起诗。"他的《冬夜读几案间杂书得六言二十首》中，有15首中都有破句现象。

我们做了一个数学统计：以1、2、3、4四个数代表四种语义节拍（一字一拍，两字一拍，三字一拍，四字一拍），统计其可能存在的语义节拍组合数（比如：123，132，133，134，143，111，122，222，33、24。数字的和一定得是6才合格，234、111之类都不合格），其排列组合数为11种。也就是说，六言诗可以有11种语义节拍。分别是：一二三，一三二，一一四，一四一，二一三，二三一，二二二（普通式），三三，三一二，三二一，四一一这11种。我们来看看宋代六言诗的语义节拍

（上文已注出诗题的就不再注了）：

一二三式的：我/不为/牛后人

一三二式的：大/绛县人/五岁，小/鲁申公/二年

一一四（二四）式的：坐我/集云峰顶，对公/小释迦身

一四一式的：无

二一三式的：破题/得/李程赋，结语/取/钱起诗

二三一式的：奈此/数君子/何

二二二（普通式）：略

三三式的：作清江/三两曲，胜大厦/千万间

三一二式的：鹦鹉洲/（犹/自若）（刘克庄《冬夜读几案间杂书得六言二十首》十三）

三二一式的：铜雀台/（安在/哉）（同上）

四一一（四二）式的：盲左邱明/作传，瞎张太祝/工诗

从上面举的例子可以知道，宋代六言诗除了没有"一四一"的句式，其他的句式全都有。而"一四一"的句式，读起来实在别扭，元明清六言诗中也没有。因此可以说，宋代六言诗包含了六言诗可能有的所有句式。

小结

宋代六言诗的艺术技巧，尤其是以典故组成精密工整的对偶，言深意婉的技巧，是空前绝后的。用典是宋六言诗最能区别于其他时代诗的鲜明特征。然而，名篇佳作，比如王安石、杨万里的诗，却都是没有用典、没有刻意去追求对偶的工整，句法是普通的"二、二、二"形式的诗。黄庭坚曾说，对于王安石的《题西太一宫壁二首》，"庭坚极力为之或可追及，但无荆公之自在耳"[①]。说明是这两首诗是"自在"的，而"自在"是六言诗的成功的要件。

宋代曾敏行的《独醒杂志》引用蔡絛的《西清诗话》："'黄鲁直贬宜州，谓其兄元明曰：'庭坚笔老矣，始悟抉章摘句为难。要当于古人不到处留意，乃能声出众上。'元明问其然，曰：'庭坚六言近诗，"醉乡闲处日月，鸟语花间管弦"是也。此优入诗家藩阃，宜其名世如此。'以上皆

---

① （宋）佚名：《诗事》，郭绍虞《宋诗话辑佚》，中华书局1980年版，第527—528页。（宋）何汶：《竹庄诗话》，中华书局1984年版，第528页。

蔡语。余按，此说出于鲁直，是否虽未敢必，然上句本于唐皇甫松'醉乡日月'发之，下句本于唐崔湜应制诗：'庭际花飞锦绣合，枝间鸟啭管弦同。'"① 黄庭坚晚年所作的这首六言诗，没有用典，没有破句，没有议论，没有散文句法，题材也是最常用的闲适诗，只是略略化用了熟语，语言自然平易又优美。他对这首诗是表示了满意的。因此，我们是不是可以说，对于六言诗来说，技巧并不是最重要的，普通的句式、自然的语言所构成的清水芙蓉式的美，才与这种文体最相适宜？

第五节　宋人对六言诗的理论总结

　　六言诗从产生到唐代，人们只是自发地写作，没有上升到理论层面。这种情况与以下因素有关：唐人对于诗艺精益求精，但对于诗的理论研究并不看重；当时五言、七言诗的理论总结刚开始不久，对六言诗尚无暇顾及；六言诗作为一种非主流诗体，作品很少（从产生到唐代共185首，包括佛偈34首），因此很难从作品创作实践中归纳总结出理论来。同时，理论的缺乏又导致六言诗的社会影响很小，不利于作品的产生与流传。这样交互作用之下，唐代对于六言诗的评论只有皇甫冉的一句话："懿孙，予之旧好，祇役武昌，有六言诗见忆，今以七言裁答，盖拙于事者繁而费。"② 洪迈对于"拙于事者繁而费"是这样解释的："冉之意，以六言为难工，故衍六为七。"③ 皇甫冉意识到了六言诗不易写好，这只是一种初步的感性认识，尚未上升到"为何难"的层次。

　　到了宋代，由于王安石的两首六言诗艺术性很高，受到诗人们的一致称赞和纷纷仿效。加上王安石的名声地位，这两首诗广为流传，提高了六言诗的地位，扩大了六言诗的影响。苏轼、黄庭坚作为开宋诗自己面目的诗坛领袖，在五言、七言诗上的成就各有千秋，不过在六言诗创作上却是苏不如黄。苏轼写了31首六言诗，在艺术上没有超过前人的地方。黄庭坚有73首六言诗，比唐代单个诗人创作六言诗的数量大大增加了，更重

---

① （宋）曾敏行：《独醒杂志》，《宋人诗话外编》上册，国际文化出版公司1996年版，第569、682页。
② （清）乾隆敕编：《全唐诗》卷二百五十，中华书局1960年版，第2830页。
③ （宋）洪迈：《容斋随笔》，上海古籍出版社1978年版，下册，第596页。

要的是，他的六言诗开创了宋代六言诗的新面目。作为江西诗派的开创者，黄对宋代六言诗坛的影响是广泛而深远的。他以数量众多的六言诗，以及对六言诗热心的评论，促进了六言诗在宋代的发展。刘克庄更是以自己的创作来提倡六言诗。此外，洪迈编《万道唐人绝句》，刘克庄编唐宋以来绝句，续选收集了六言诗，以及吴逢道传授六言诗作法的《六言蒙求》，都扩大了六言诗的影响。

一 记录六言诗佳作，评论六言诗优劣

宋代魏庆之《诗人玉屑》卷一九："康伯可绍兴间过清江，游慧力寺，题二诗于松风亭，其一云：'天涯芳草尽绿，路旁柳絮争飞。啼鸟一声春晚，落花满地人归。'"宋代刘昌诗的《芦浦笔记》也记录了这首诗："绍兴间，康伯可过临江，游慧力寺，题二诗于松风亭壁。今遗墨不存，因录以备忘。其一：'天涯芳草尽绿，路旁柳絮争飞。啼鸟一声春晚，落花满地人归。'"[1]

宋代吴曾的《能改斋漫录》中记载："文忠公诗：'小雨斑斑作燕泥。'东坡诗：'小雨斑斑未作泥。'山谷诗：'润花小雨斑斑。'"这是从用字上评论六言诗。书中又记载："洪觉范尝记文与可《鹭鸶》诗云：'颈细银钩浅曲，脚高碧玉深翘。沙上众禽同立，有谁似汝风标？'然予又尝见一首云：'避雨竹间点点，迎风柳下翩翩，静依寒蓼如画，独立晴沙可怜。'亦佳作也。"[2]

宋代蔡絛的《西清诗话》和何汶的《竹庄诗话》，宋代佚名的《诗事》，都记载王安石的《题西太一宫壁》二首，苏轼见此两绝，注目久之，叹曰："此老野狐精也！"遂和之。又谓惟黄庭坚笔力可及此，黄对曰："庭坚极力为之或可追及，但无荆公之自在耳。"后亦和四首[3]。从苏黄的叹慕、和诗，可见他们对这两绝是极其欣赏的。

---

[1] （宋）刘昌诗撰：《芦浦笔记》，程毅中主编《宋人诗话外编》下册，国际文化出版公司1996年版，第1172页。

[2] （宋）吴曾：《能改斋漫录》，程毅中主编《宋人诗话外编》下册，国际文化出版公司1996年版，第682页、719页。

[3] （宋）佚名：《诗事》，郭绍虞《宋诗话辑佚》，中华书局1980年版，第527—528页。（宋）何汶撰，常振国、绛云点校：《竹庄诗话》，中华书局1984年版，第176页："苏子瞻作翰林日，因休沐，邀门下士西至太一宫，见王荆公旧题《六言》云云……"

宋代魏庆之的《诗人玉屑》卷十九引黄升《玉林诗话》说："六言绝句如王摩诘'桃红复含宿雨'，及王荆公'杨柳鸣蜩绿暗'，二诗最为警绝，后难为继。近世惟杨诚斋《宴客夜归》一章，雄健富丽，殆将及之。"①

宋代罗大经的《鹤林玉露》记载："荆公《题舒州山谷寺石牛洞泉穴》云：'水泠泠而北出，山靡靡以旁围。欲穷源而不得，竟怅望以空归。'晁无咎编《续楚辞》，谓此诗具六艺群书之余味，故与其经学典策之文俱传。朱文公编《楚辞后语》，亦收此篇。"② 这都是对王安石六言诗精品的注意。

宋代龚颐正《芥隐笔记》："山谷诗：'啜羹不如放麑，乐羊终愧巴西。'按《说苑》：乐羊为魏将，以攻中山。其子在中山，中山悬其子示乐羊。乐羊不为衰志，入之愈急。中同，山因烹子而遗之，乐羊食之尽一杯。中山见其诚也，不忍与其战，果下之，遂为魏文侯开地。文侯赏其功而疑其心。孟孙猎得麑，使秦西巴持归，其母随而鸣。秦西巴不忍，纵而与之。孟孙怒而逐秦西巴。居一年，召以为太子傅。"③ 这是挑出黄庭坚诗中记错的人名，并加以解说。

二 开始总结六言诗的文体特点

严羽《沧浪诗话·诗体》："五言起于李陵苏武，七言起于汉武柏梁，四言起于汉楚王傅韦孟，六言起于汉司农谷永，三言起于晋夏侯湛，九言起于高贵乡公。"注意这里的顺序，六言是排在四言之后的。

洪迈《容斋三笔》卷十五："六言诗难工。""予编唐人绝句，得七言七千五百首，五言二千五百首，合为万首。而六言不满四十，信乎其难也。"④

刘克庄也认为"六言尤难工"。叶寘《爱日斋丛钞》说：

---

① 吴战垒校注：《千首宋人绝句校注》，浙江古籍出版社1986年版，第767页。

② （宋）罗大经撰：《鹤林玉露》，程毅中主编《宋人诗话外编》下册，国际文化出版公司1996年版，第1295页。

③ （宋）龚颐正撰：《芥隐笔记》，程毅中主编《宋人诗话外编》下册，国际文化出版公司1996年版，第902页。

④ （宋）洪迈：《容斋随笔》，上海古籍出版社1978年版，下册，第596页。

第四章　宋代六言诗

诗之六言，古今独少。洪氏云，编唐人绝句，七言七千五百首，五言二千五百首，合为万首。而六言不满四十，信乎其难也。后村刘氏选唐宋以来绝句，至续选始入六言，其叙云："六言尤难工，柳子厚高才，集中仅得一篇。惟王右丞、皇甫补阙所作，妙绝今古。学者所未讲也。使后世崇尚六言自予始，不亦可乎。"又云："六言如王介甫、沈存中、黄鲁直之作，流丽似唐人，而妙巧过之。"后有深于诗者必曰翁之言然。又云："野处编六言，终唐三百年止得三十余篇，予于本朝得七十篇，倍于唐矣。"今《后村集》中多六言，事偶尤精，近代诗家所难也。……三字起夏侯湛，九言出高贵乡公。三言汉武《秋风辞》，八字谓文帝《乐府》诗，独不著古有六言、七言者。项平父说诗句二言至八言，以"我姑酌彼金罍"为六言，按《文章缘起》，又始于汉大司农谷永。予观嵇叔夜有六言诗十首，视唐人体制固先矣。①

这一段话，包括了对洪迈、刘克庄六言诗的"难工"的总结，还简单回溯了六言诗的起源，说明从洪迈、刘克庄到叶寘，都有意识总结六言诗的文体特点。

三　论六言诗要"自在"：从理论上研究怎样把六言诗写好

宋代诗人除了记录下优秀的六言诗，还讨论怎样才能把六言诗写好，从知其然到知其所以然。

1. 总结六言诗的句法要"自在"

上文提到，黄庭坚等佩服王安石的《题西太一宫壁》二首句法"自在"，而谓追慕不及，可见这时的评论者已经意识到"自在"对六言诗很重要。所谓"自在"，首先应该是指语意间的从容不迫，没有嚣张怒拔之气。其次，还应该包括句法节奏是普通的"二、二、二"形式，具有六言诗特有的"曲淡节稀"的意味。而黄庭坚诗的风格是峭拔瘦硬，他写六言诗尤其爱破句，以至于时人把他这种不寻常节奏的六言诗叫"江西体"②，他也

---

① （宋）叶寘：《爱日斋丛钞》，程毅中主编：《宋人诗话外编》下册，国际文化出版公司1996年版，第1527页。

② 宋代周紫芝《雨中对竹清甚效江西作六言一首》："雨声挼蓝泼黛，风茎戛玉鸣珂。不复作可人语，奈此数君子何。"后两句就是突破"二、二、二"句法，成为"三、三""二、四"节奏。

意识到这些，才说"无荆公之自在耳"。

2. 把五言、七言诗中的炼字法用到六言诗中

宋代曾敏行的《独醒杂志》记：

> 康伯可予之《题慧力寺松风亭》六言云："天涯芳草尽绿，路旁柳絮争飞。啼鸟一声春晚，落花满地人归。"予尝以语王德升，德升曰："造语固佳，尚有病。如芳草、柳絮，未经点化；啼鸟一声、落花满地，几乎犯重。不如各更一字，作烟草、风絮、幽鸟、残花，则一诗无可议者。"

又引用蔡絛的《西清诗话》：

> 黄鲁直贬宜州，谓其兄元明曰："庭坚笔老矣，始悟抉章摘句为难。要当于古人不到处留意，乃能声出众上。"元明问其然，曰："庭坚六言近诗，'醉乡闲处日月，鸟语花音管弦'是也。此优入诗家藩阃，宜其名世如此。"以上皆蔡语。余按，此说出于鲁直，是否虽未敢必，然上句本于唐皇甫松"醉乡日月"发之，下句本于唐崔湜应制诗："庭际花飞锦绣合，枝间鸟啭管弦同。"①

宋代人有论诗习好，从王德升、黄庭坚、到记录此事的蔡絛、曾敏行，都对于这两首六言诗发生了兴趣，这说明六言诗在当时已经有一定影响。

洪迈《容斋诗话》卷一"西太一宫六言"条："荆公《题西太一宫壁》六言首篇，今临川刻本以'杨柳'为'柳叶'，其意欲与荷花切对，而造语遂不佳。此犹未足问。至改'三十六陂春水'为'三十六宫烟水'，则极可笑。公本意在京华中，故想见江南景物，何预于宫禁哉？不达者妄意涂窜，殊为害也。彼盖以太一宫为禁廷离宫尔。"② 这也是对于六言诗中字眼的讨论。

---

① （宋）曾敏行：《独醒杂志》，《宋人诗话外编》上册，国际文化出版公司1996年版，第569、682页。

② （宋）洪迈：《容斋随笔》，上海古籍出版社1978年版，下册，第691页。

3. 注意六言诗的对偶技巧

《朱子语类》记载："有僧月夜看海潮，得句云：'沙边月趁潮回'，而无对。因看风飘木叶，乃云：'木末风随叶下'，虽对不过，亦且如此。"① 刘克庄记载的陆游的对偶，叶寘说刘克庄的六言诗"事偶尤精"，都是对六言诗的对偶技巧的注意。

4. 评点六言诗的艺术风格

宋代罗大经的《鹤林玉露》记载："荆公《题舒州山谷寺石牛洞泉穴》云：'水泠泠而北出，山靡靡以旁围。欲穷源而不得，竟怅望以空归。'晁无咎编《续楚辞》，谓此诗具六艺群书之余味，故与其经学典策之文俱传。朱文公编《楚辞后语》，亦收此篇。"又评杨简的《绝句》："杨慈湖……又六言云：'净几横琴晓寒，梅花落在弦间。我欲清吟无句，转烦门外青山。'句意清圆，足视其所养。"② 这里的"句意清圆"，洪迈评皇甫冉的诗"清绝可画"，黄升评杨万里诗"雄健富丽"，都是从风格上来着眼的。

四　创作实践上：通过与其他诗体的对比来探索六言诗的诗体特性，开拓六言诗的题材领域

1. 通过与其他诗体的对比来探索六言诗的诗体特性

惠洪与朱熹的赋得体六言诗：

用一组诗来发挥一首诗意的"赋得"体，从梁代沈约《八咏诗》就开始了。唐代诗人有很多赋得体诗，比如赵碬以隋代《昔昔盐》二十句为题，写了一组20首诗。宋代也有很多赋得体诗。刘克庄《后村先生大全集》卷二八，有十几首赋得体的五言、七言诗，以《弄花香满衣》《掬水月在手》《僧敲月下门》《热不息恶木阴》《渴不饮盗泉水》《惜花春起早》《爱月夜眠迟》《棋声花院闭》等为题目。而惠洪最先用赋得体来写六言诗。他的《用高僧诗云："沙泉带草堂，纸帐卷空床。静是真消息，吟非俗肺肠。园林坐清影，梅杏嚼红香。谁住原西寺，钟声送夕阳"作八

---

① （宋）朱熹：《朱子语类》，《宋人诗话外编》下册，国际文化出版公司1996年版，第1004页。

② （宋）罗大经：《鹤林玉露》，《宋人诗话外编》下册，国际文化出版公司1996年版，第1295页、1333页。

首》：

  其一　江素尘泥疏绕，泉清昼夜澄明。气入茅堂萧爽，润滋草木鲜荣。
  其二　松榻独安枕簟，纸帏长隔埃尘。辉映夜窗明月，下藏梦蝶幽人。
  其三　烦扰自兹深隐，寂寞相与沉冥。淡泊既谐真性，恬颐复顺生经。
  其四　风月冥搜秀句，诗家肺腑同期。自古人间俗物，此心虽死奚知。
  其五　舍后树林深秀，日中阴影繁浓。宴坐时来有籁，炎威欲入无从。
  其六　杏实残笼金色，杨梅烂染胭脂。气味新鲜可口，清甘喉舌多时。
  其七　源坞似甘西畔，精庐于此相邻。迎接喜能忘我，住山知是何人。
  其八　林外鸣鸦零乱，山头落日微红。楼台迥然暝色，谷幽已答疏钟。

这里惠洪明显有对诗体的探索兴趣在内。南宋朱熹也有这样的作品，不同的是，他的赋得体，是自己写了 1 首四句的六言诗，再写四首五绝来赋这四句。朱熹的两组诗探索了六言绝句和五言绝句在艺术功能上的区别。第一组诗是《观刘氏山馆壁间所画四时景物，各有深趣，因为六言一绝，复以其句为题，作五言四咏》：

  绝壑云浮冉冉，层岩隐日重重。释子岩中宴坐，行人雪里迷踪。
  《绝壑云浮冉冉》：头上山泄云，脚下云迷树。不知春浅深，但见云来去。
  《层岩隐日重重》：夕阳在西峰，晚谷背南岭。烦郁未渠央，伫兹清夜景。
  《释子岩中宴坐》：清秋气萧瑟，遥夜水崩奔。自了岩中趣，无人可共论。

《行人雪里迷踪》：悲风号万窍，密雪变千林。匹马关山路，谁知客子心？

这两组诗"试图通过对六言和五言两种诗体的比较对照，来展示自己对这两种不同诗体的艺术传统和艺术效果的理解：六言适合于共时性的并列呈现，而五言适合于历时性的线性述说；六言较宜于静态描绘，而五言更宜于动感表现；六言长于刻划客观的画面，五言长于表达主观的情绪"[1]。

潘大临将六言诗减去一字成五言。他有一首独特的六言诗：

胡子云中白鹤，林生初发芙蓉。吴十九成雅奏，饶三百炼奇峰。南中复见高士，东山行起谢公。信祖真成德祖，立之无愧平中。吴生可兵南郡，老夫宁附石崇。闲雅已倾重客，说谈仍得王戎。冠盖城南高会，山阴未扫余风。客散日衔西壁，主人不道樽空。

原诗无题，保存在《王直方诗话》中，书中记载："癸未正月三日，与徐师川、胡少汲、谢无逸、林子仁、吴君裕、饶次守、杨信祖、吴迪吉，会饮于王直方之赋归堂，因作诗历数其人。徐师川辈皆言此诗殊不工，又六字无人曾如此作。想为五言亦可，遂去一字，句皆可读。至'老夫附石崇'，坐客无不大笑。"[2] 此诗虽即席所赋，一时兴到语，却为六言诗开辟一新境界。且减去一字，探索六言诗与五言诗表现功能上的差异。

宋代孙奕的《履斋示儿编》卷十："康节先生六言《四贤吟》云：'彦国之言铺陈，晦叔之言简当。君实之言优游，伯淳之言条畅。四贤洛阳之望，是以在人之上。有宋熙宁之间，大为一时之壮。'今尽去其'之'字，为五言亦可。乃见有不为剩，无不为欠。"[3] 这是从减一字变成另一种体裁的角度来看邵雍的诗的。

---

[1] 周裕锴：《宋代六言绝句的绘画美和建筑美》，《吉首大学学报（社会科学版）》2004年第2期，第20页。

[2]《全宋诗》第20册，第13435页，载潘大临此诗，并载宋代阮阅《诗话总龟》前集卷八引《王直方诗话》。

[3]（宋）孙奕：《履斋示儿编》，程毅中主编《宋人诗话外编》下册，国际文化出版公司1996年版，第1150页。

2. 用六言诗写纪游组诗、伤悼诗、赋得体诗、代言体诗、演雅诗，开拓了新的题材和应用范围

汉末魏晋时期，六言诗的题材范围在诗人那里是没有限制的，可用来表现社会问题（傅玄的《董逃行历九秋篇》），重大事件（孔融《六言诗三首》、曹丕《董逃行》《上留田》），也可用来写艳情、宴乐。也可以写包含有咏史的哲理的议论诗，如嵇康《六言诗十首》。南北朝期间，六言诗的题材范围已经缩小了。唐代六言诗作为歌辞大量应用，徒诗作品用来写山水田园隐逸风光生、抒发隐逸情致，此外还有恋情哲理等，题材也是相当广泛的。

宋代六言诗题材不再有歌辞，不过写景闲适、抒情、议论、哲理、颂偈等前代已有的题材还都有。另外，诗人们开拓了新的题材应用范围，就是纪游组诗、赋得体、伤悼诗、代言体诗、演雅诗。

惠洪开始用六言诗来写组诗纪游，就是《夏日睡起步至新丰亭观云庵墨妙与僧坐松下作五诗。明日阿振试沐华矮笺请录之，因序焉。五月十六日大热，亭上忽雨如翻盆，枕书而寝乃觉日向夕，隔墙荷气俱风而至，卧见窗间远峰点点可数为之诗曰》《要阿振出门山已暝，而烟翠重重一抹万叠，秀峰缺处，日脚横度，红碧相通，余晖光芒倒射作虹霓色，微风忽与新秧翻浪，如卷轻罗，坐新丰亭流目而长吟，读云庵老人戏墨为诗》《扶杖而东，渡五位桥曲折而北，松下逢道人贤公，喜为之诗曰》《乃相与濯足于落涧泉，语笑不相闻，于是听其声于习观亭，为之诗曰》《须臾月出叠石峰侧，散坐于知隐桥以迟之，余谓二子曰："兹游也，与存豁辈何远，所恨倔强嗟不及耳。"乃咏而归。钟已绝而廊庑寂无声，为之诗曰》。从长长的诗题来看，五个题加起来就是一篇游记，尤其是"乃相与濯足于……"到"须臾月出……"，诗题的连缀感非常明显。组诗形式，到清代的袁枚、朱昆田的六言诗中又出现了，但是用一篇游记截作一组题目的六言诗后世就没有了。

惠洪还用赋得体写了一组六言诗，就是《用高僧诗云："沙泉带草堂，纸帐卷空床。静是真消息，吟非俗肺肠。园林坐清影，梅杏嚼红香。谁住原西寺，钟声送夕阳"作八首》，每句写了一首六言诗。此后朱熹用两首六言诗为题，写了两组五言诗，就是《观刘氏山馆壁间所画四时景物，各有深趣，因为六言一绝，复以其句为题，作五言四咏》和《观祝孝友画卷，为赋六言一绝，复以其句为题，作五言四咏》。

惠洪还用六言诗写伤悼诗《悼山谷五首》，刘克庄也用六言诗写了悼念孙女的《兑女余最小孙也慧而夭悼以六言二首》。刘克庄还用六言诗来写代言体的《代举人主司问答六言二首》。第一首是代举人发出不平之问："破题得李程赋，结语取钱起诗。遂令眊矂举子，不满冬烘主司。"第二首代主司回答："梦里谁无采笔，暗中别有朱衣。苏二得援失荐，欧九黜几取煇。"苏二指苏轼，黄庭坚《避暑李氏园林》诗中称苏轼为"谪仙苏二"。欧九指欧阳修，是宋朝人的事，这首诗是说"中举论命不论才"。

宋人还用六言诗来"演雅"，也就是演绎《尔雅》中的鸟兽鱼虫部类。还用六言诗来"自做"，这些应用范围都是前代所没有的。

五　出现普及六言诗的著作和选本

《宋史·艺文志》六载有"吴逢道《六言蒙求》六卷"[1]，可能是传授六言诗的作法的书籍。洪迈编的《万道唐人绝句》收录六言绝句37首[2]，刘克庄编的唐宋以来绝句续选也收集了六言诗，宋叶适《爱日斋丛钞》三选宋人六言诗七十余首。六言诗基础知识的书籍、六言诗选本的出现，都扩大了六言诗的影响。

总之，宋人评论优秀的六言诗作品，着意探索六言诗体的功能与特点，力图上升到理论总结。宋代还出现了关于六言诗的启蒙读物和选本，这些都说明，六言诗在宋代得到了进一步的发展。

小结

宋代六言诗从作家与作品数量、艺术手法等各方面来看都比前代有了进一步发展。六言诗在宋代的兴盛，有如下动力：

第一，偶然因素——大诗人提倡。王安石的《题西太一宫壁二首》，因为王安石写得太好，引起苏黄的叹慕和仿效；庭坚几次对人谈论六言诗；苏黄与张耒等人又用六言诗相互唱和，扩大了六言诗的影响。这像是一种连锁反应，而王安石集中只有五首六言诗，并非全力创作六言诗的人。因此，由他来引发这种连锁反应，不可谓不是偶然。

---

[1] 《宋史》卷二〇七，志第一六〇，第5301页。
[2] 卫绍生：《六言诗体研究》，《中州学刊》2004年第5期，第99页。

第二，文体自身发展的必然规律。六言诗在唐代引起诗人注意并有了名篇佳作，这种文体就正式登上了文坛，会引起更多人注意，从而加速发展，在宋代达到了高峰期。这是文体发展的客观规律。

第三，不同文体的借鉴与促进。宋代是新的文体——词兴盛的时代。当宋代人怀着极大的兴趣做词的时候，对于六言句的精研就会更进一步。"龙榆生先生所编《唐宋词格律》一书中共收常用词牌一百五十三调，其中有六言律句的词牌共九十一调，占58%以上。"① "这些六字句大多是AB两个基本律句。"② 清代朱彝尊的词中，就有很多是直接用前人的六言诗句入词③。明代黄凤池刊刻的《六言唐诗画谱》中有些诗，就是将宋词稍加改动而成，其中《秋千》一诗，还直接用了词中的原句④。六言诗句与词中的六言句的置换，说明这两种文体在六言句上有相通处，完全可以互相促进。同时，像用典、化用熟语、用口语、叠字和连绵字、意象并置、对偶等修辞手法的运用是相通的。因此，词的兴盛，也促进了六言诗的兴盛。

偶然性扩大了六言诗的影响，必然性与对词的借鉴又促进了六言诗的技巧提高，反过来又扩大六言诗的影响。六言诗的技巧与影响力齐头并进又互相促进，直至宋末出现了刘克庄这样专门提倡六言诗的作者，这是文体发展的内在动力与文学环境互相影响与促进的结果。

---

① 刘继才：《论唐代六言近体诗的形成及其影响》，《文学遗产》1988年第2期，第72页。
② 林亦：《论六言诗的格律》，《文学遗产》1996年第1期，第20页。
③ 朱彝尊的《清平乐·春感》组词中大量用了唐代王维、白居易、刘禹锡、刘长卿、杜牧、韩翃、韩偓、鱼玄机、皮日休等人六言诗中原句，他的别的词中也大量采用前人六言诗句。
④ 《六言唐诗画谱》中的《秋千》和《闰月重阳赏菊》，是将宋代俞国宝的《风入松》和韩元吉的《西江月·闰重阳》稍加改动而成。《秋千》诗中"绿杨影里秋千"一句是《风入松》中的原句。

第五章

元明清六言诗

第一节 元明清六言诗概况

首先要说明的是，由于元明清诗人作家众多而没有全集，只能从别集中逐一翻检；又因为并非每位作家的别集都已经整理出来，所以元明清六言诗不可能搜罗完备，只能尽量将这三个时代有影响的诗人作家的作品收集起来，目前共辑得729首。因此，本章对于元明清六言诗的研究，是在不完全统计的基础上进行的，只能说是概况介绍。

元明清的六言诗作者，其成分更加单纯，可以说绝大多数都是文人。僧人之诗很少，仅有善启、德完、怀瑾、指南、洪恩、明秀、正念等几人的，另有几首也是用"颂""偈"的形式宣扬佛教，虽有六言诗的形式，但并不具备诗的艺术性。因此，元明清六言诗是文人的诗[①]。这些作品的内容以生活感受和日常生活为主，比如写景、闲适、抒怀、纪游、题画。明代杨慎的六言诗中反映了他贬谪云南途中的艰辛。清代吴伟业和王夫之有专门咏史议论的组诗。总的看来，元明清六言诗是生活消闲的诗。

元明清的著名文学家中，杨慎是对六言诗最感兴趣的一个。他选刻了六言诗集，他的《升庵集》卷四十为"六言四句至八句"，从体裁上有六言四句诗、五句诗、六句诗、八句诗，从内容形式上有《长干三台》《古意》《卜云林篇十二首》，热心地探索了六言诗的体裁样式。杨慎有六言诗有68首。明代张时彻有79首六言诗，收在《芘园定集》中，他可能是

[①] 明清小说中也有一些六言诗。比如三言二拍系列，其中的"开篇"和结尾"正是……"，有的是六言诗。《红楼梦》和《醒世姻缘传》中也有六言诗。由于话本小说是经过凌濛初和冯梦龙等文人加工的，因此这种六言诗也可以说是文人作品。

元明清六言诗人中现存作品最多的①。明代于慎行有《夏日村居》42首六言绝，陈继儒有六言诗39首，元代袁桷有34首，清代朱彝尊《曝书亭集》收古今诗22卷。其中六言13首，其子朱昆田《笛渔小稿》古今诗10卷，其中六言绝24首。查慎行有六言诗26首，袁枚《小仓山房诗文集》有17首六言诗，已经算是比较多了。

一些大家著述宏富，但是六言诗都只有几首或者没有。一些著名文学家，比如元代杨维桢，明代宋濂、归有光，诗写得少，诗集只有一卷或两卷，其中没有六言诗，也在情理之中；有些名家的诗很多，如明代袁中道《珂雪斋集》中有8卷诗，陈子龙集中有诗17卷，清代钱谦益有诗20卷，其中竟没有一首六言诗。

钟惺《隐秀轩集》收诗16卷，其中特辟"卷十五"，收了2首六言。袁宏道《蔽箧集》《锦帆集》《解脱集》《碧潇堂集》《破砚斋集》《瓶花集》等集中共有诗23卷，其中8首六言。顾炎武只有4首质木无文的六言诗。《吴梅村集》有诗20卷，有12首六言。王士禛《渔洋山人精华录》中只有1首六言诗，即《题小长芦三首为竹垞作》其二。这三首，第一首是五言，第二首是六言，第三首是七言，其诗体的安排可能是诗人有意为之，否则很可能连这一首也没有。这些诗人都有厚厚的诗集，其中六言诗的比例都非常小。这反映出六言诗在元明清已经逐步消隐了。

宋代由于王安石、苏黄、范成大、陆游、杨万里、刘克庄等大家都于此留意，六言诗在诗坛虽非主流，至少是不甘寂寞的。而在元明清，由于小说、戏剧等新的文学样式登场，六言诗已经归于沉寂了。

宋代也有新兴的文学样式——词，而六言诗并未被遗忘，作品数量反倒远远超过唐代，其原因在第四章小结中已经解释了：偶然原因是王安石等人的提倡，必然原因是文体自身发展规律，加上不同文体的借鉴与促进，文体发展的内在动力与文学环境互相影响与促进使得宋代成为六言诗的高峰时期。

王安石认为："世间好语言，老杜道尽；世间俗言语，乐天道尽。"②

---

① 清代法式善《梧门诗话》卷十五记载"梁溪女子余碧喜作六言小诗"，可惜流传下来的只有五首。《四库全书总目》卷一百八十五，集部三十，第329页："《咏史》六言一卷，侍讲刘亨地家藏本。国朝周宣武撰。"有存目无诗。

② （宋）孙奕：《示儿编二十三卷》卷十六。《四库全书》本。

他说的是五七言诗，也给我们了一种启示：就是文学创作有"盛极难继"的生态规律。以风神韵味见长的六言诗，已被唐代诗人做得完美了；以艺术技巧见长的六言诗，已被宋代诗人做到极致了，元明清的诗人在六言这个领域已经没有施展的余地。加上戏曲、小说这些文体的兴起，传统的五七言诗尚且走向衰落，何况是六言这种非主流体裁。因此，六言诗在元明清作品很少，艺术技巧上没能超越前人。作者只是偶然写写，并不在意，作品少、质量下降。

从诗的艺术风格和艺术手法特点来看，元明清的六言诗，没有继承宋代那种对艺术技巧的精研和对句法的探索，反倒"隔代继承"了唐代六言诗的特点。除了咏史议论诗外，几乎不用典；不再刻意破句，以普通句式为主；语言平易自然，多用白描手法。代言诗体未再出现，唱和诗也极罕见。这一期六言诗体裁主要是绝句，近体律诗、排律、古体也都有，还出现了向汉唐六言诗形式学习的《愁歌》、《卜云林篇十二首》、《长干三台》、《三台词》、《田园乐用王摩诘韵五首》、《董逃行》等作品。另外，骚体六言诗形式重现，戴表元和虞集模拟楚辞的骚体六言诗艺术性很高。总的看来，在艺术风格、技巧、句法、语言、体裁各方面，元明清六言诗隔过宋代，直接上继唐代六言诗的诗体特征。

第二节　元明清六言诗的体裁与题材内容

一　体裁

1. 近体绝句仍是创作的主体。律诗、排律、古体长篇也都有。杨慎《升庵集》卷四十有16首六言律。明代高启《夫差女琼姬墓》《甫里即事四首》，袁宏道《渑池和黄平倩壁间诗二首》，清代余碧的《墨清阁夜坐》，黄景仁的《将之关中留别吴二春田二首》等都是六言律。明代范凤翼的《游招隐洞访懋修禅师》《延令西乡同梦叟赋》等是长篇排律。古体长篇有袁宏道的《别黄道兄》，清代朱彝尊的《董逃行》等。

2. 诗人有意识向汉唐六言诗形式学习，出现了明代徐渭的《愁歌》、明代杨慎的《长干三台》《卜云林篇十二首》，杨慎所记的《弦超赠神女诗》，明代几位诗人仿王维的"田园乐"组诗，明代胡俨的《三台词》，明代刘溥的《竹枝词》，清代朱彝尊的《董逃行》等作品。

明代徐渭《愁歌》："兰膏午夜华灯，黄河千尺层冰。不知何时消尽，应须有日凋零。独予愁心苦泪，还如转环建瓴。"这首诗从语言上以"转环建瓴"来喻愁，到整首诗以物取喻的修辞手法，都不是近古用法，而是学习汉魏和六朝乐府诗的风格特色，这在唐宋六言诗中都是没有的，是独一无二的。

明代杨慎的《长干三台》其一："雁齿红桥仙坊，鸭头绿水人家。邀郎深夜沽酒，约伴明朝浣纱。桃叶横波风急，梅根渚远烟斜。"唐代《三台》常在题中随机加上内容，比如《宫中三台》《江南三台》，因此这种形式无疑是效仿唐代的。但唐词都是四句体，而杨慎这首是六句。究竟他所见的唐辞内已有这种形式，还是他自创，尚不可知。明代胡俨也有《三台词》三首。这种模仿汉魏、六朝以及唐代的现象，可能受当时的文学复古潮流影响。

杨慎的《卜云林篇十二首》序曰："卜云林篇，为吴郡王元肃云林山居作也。元肃不远滇徼，怀我好音，乃取《远游》《拟招隐》缀斯篇。"从诗的形式来看，句式是含"兮"的骚体六言句与普通句式的糅合，句句押韵，更接近于魏晋时期傅玄等人的作品：

一　卜云林兮栖真，结灵茅兮远滨。迥与太初为邻，离世遗物绝尘。鱼鸟自来亲人。

二　射干独立山椒，长松落落英标。覆露玄云素朝，结璘郁仪相邀。景界一何参寥。

三　长谣凄凄锵锵，鸾雏凤伯相将。鹍鸡群晨成行，西天老胡文康。上云乐奏俳倡。

四　吟篁啸桐四清，间宫变徵希声。井公下博明琼，玉女投壶电生。照景饮醴含情。

五　折醒晓踏瑶茸，琅玕琦玗交拥。柯攒叶抱花捧，重露成帏垂栊。睎发忘言息踵。

六　处雄虹兮标颠，玉树青葱际天。口诵石室苔篇，坐饮金膏冷泉。炯如龙汉初年。

七　横看晚霭岚沉，餐食沆瀣沧阴。微披蕙带兰襟，追和游山九吟。聊以陶铸尘心。

八　采秋菊兮露沾，黄菁玉豉金盐。充切丹房药奁，变化七乌九蟾。后天独秀苍黔。

九　织落毛兮为衣，溪谷杳窈迂威。骏狼荐暖长晖，弄彻梅轸兰徽。看舞素雪朔霏。

十　解澌圆折璇流，回渊比心清眸。游鱼皎镜中浮，遐想惠施庄周。千载一朝同游。

十一　叹物论兮难齐，甘灭景兮云栖。鶂鹔何心骤骤，升高或爷之梯。谁言亨衢可跻。

十二　两无闷兮潜龙，岁寒后凋惟松。云林朝市雍容，达人何心摽踪。逝将往兮君从。

杨慎《升庵诗话》卷六录了一首"弦超赠神女诗"。杨慎说："予尝选古今六言诗，刻已成，偶遇此诗，漫记于此。"① 弦超是《搜神记》中的人物。晋代干宝《搜神记》卷一："魏济北郡从事掾弦超，字义起。以嘉平中夜独宿，梦有神女来从之。自称天上玉女……"原文中并无这首诗，可断定是后人假托。诗曰：

今日何日辰良，今夕何夕夜长。琅疏琼牖洞房，中有美女齐姜。参差匏管笙簧，歌声含宫反商。萧晖窈窕芬芳，明灯朗炬煌煌。卸巾解珮褫裳，愿言与子偕臧。

从句句押韵的特点看，显然是刻意模拟魏晋时代的六言诗；语言文采斐然，又模拟六朝时的风格。杨慎本人就爱拟古："明诗流，谈汉魏者徐昌谷，谈六朝者杨用修。三君自运，大略近之。用修材本秾而炫之以博，故其为六朝也，时流温李。"② 杨慎自己的诗接近六朝风格，有时带点温庭筠、李商隐的绮艳特色，这首诗很可能是他自拟的。

清代朱彝尊《董逃行》：

我欲上登崆峒，谒见仙人韩终。两骖白鹿云中，轻车超忽西东。驾者何人木公，旁有千载玉童。耳长覆发丰茸，天门阍者苏

---

① （明）杨慎：《升庵诗话》，丁福保辑《历代诗话续编》，中华书局1983年版，第747页。
② （明）胡应麟：《诗薮》外编卷四，上海古籍出版社1979年新一版，第202页。

林。复开闾阖招寻,青蓝紫桂成阴。清风细雨吹襟。提壶设席盂簪,苍龙白虎交临。投壶六博无方,中筵促坐芝房。有美一人清扬,轻躯畅舞洋洋。宛若龙游鹄翔,清歌妙曲难忘。四坐欢乐未央,曈曈日出扶桑。

诗题是从汉乐府《董逃行》来的,共三节,一节之内句句押韵,这是汉代"柏梁体"的特征;节与节之间换韵又模仿了傅玄、陆机、谢灵运的同题作品的形式,内容则是汉乐府民歌《董逃行》与曹植《乐府妾薄命行》的糅合。

3. 出现了骚体六言诗的优秀作品。六言诗是在《诗经》与《楚辞》两大诗歌源流中产生的,因此从一开始就有普通六言诗与骚体六言诗两种类型。从魏晋南北朝到唐代,骚体诗都有作品,如梁代萧钧的《山中六言》,唐代徐惠的《小山篇》,许敬宗的《恩光曲歌辞》(已佚)。宋代未见有骚体诗。元代出现了戴表元和虞集模拟楚辞的骚体诗。明代詹同也有一首。

戴表元《子昂秋林行客图》:"石棱棱而白出,树悄悄以红披。嗟缟衣之嘉客,方策蹇以何之?"红叶白石间诗人骑驴而行,色彩明净,富于诗情。虞集《赵承旨画松》:"洒霏烟之余馨,见苍龙之一体。森紫髯之如戟,激清风而直指。"诗中以苍龙比松,树皮皴皱如鳞甲齿齿,松针比作"紫髯如戟",生动形象。作为题画诗这两首诗都是成功的,但是《楚辞》中是没有"策蹇"用语的,也没有题画题材的,我们能看得出来这是模拟楚辞的作品。

虞集《题柯博士画》:"登孤丘而望远,见江上之枫林。放予舟兮澧浦,何天高而水深?"从句法,到"孤丘""江上""枫林""澧浦"这些染着楚地色彩的名物,到唱叹怨慕的表达感情方式,都绝似楚辞,深得其神韵。

二 句式:绝大多数为普通句式

元明清六言诗的句式,以普通的"二二二"节拍形式为绝大多数,破句现象极少见。在笔者所辑729首诗中,有5首是骚体六言诗,杨慎的《卜云林篇》12首有意学楚辞风格。其余712首诗,只有65个句子是非普通句式,绝大多数诗都是普通句式。

三　题材内容

1. 题画、题扇、咏物

元代题画诗的比例最高。虞集共有8首诗，全部是题画与题扇。赵孟頫才兼书画，他的《题孤山放鹤图二首》一："西湖清且涟漪，扁舟时荡清晖。处处青山独往，翩翩白鹤迎归。"深得画中之趣。

虞集《题江山烟雨图》一："千村春水方生，万里归帆如羽。"其成功处在于对画中"咫尺应须论万里"[①]的处理。明张岱的《湖心亭看雪》："天与云与山与水，上下一白；湖中影子，惟长堤一痕，湖心亭一点与余舟一芥，舟中人两三粒而已。"为了表现天地之浑茫寥廓，所以将舟缩为"一芥"。虞集将帆缩为"如羽"，见出画中春水万里之势。

元末明初的王冕酷爱梅，共写有梅花诗103首，其中3首是六言诗。《梅花》二："肯同凡卉争妍？自与高人索笑。他年鼎鼐调和，不改山林节操。"诗人以调鼎燮和之器自居，隐然自傲。同时自期异日居庙之高而不改旧节，是他自我人格的写照。

明代刘基、高启、方孝孺、吴宽、朱同、徐渭、文徵明、梅鼎祚、陈继儒等都有题画诗，除了徐渭和梅鼎祚的诗有些特色，别的诗艺术上没有什么超过前人的地方。袁宗道的《六言》四首是咏傀儡戏的，亦不出色。徐渭《列子御风图》："旬余身在遥空，一叶枝辞芳树。若教风歇青蘋，试问人归何处？"想象风趣。梅鼎祚《题画》："半山半烟著柳，半风半雨催花。半没半浮渔艇，半藏半见人家。"这首诗妙在"半"字的反复运用，同一个字，有时作为量词"一半"，有时作为副词"轻微"。从"半"字见出烟是薄的，风是微的，雨是细的。

清初林坕《为鄢德都画竹》："所南之兰无土，耻斋之竹有根。想见千百年后，荧荧纸上血痕。"所南是宋末爱国诗人郑思肖，宋亡后画兰无土。林坕字耻斋，崇祯进士，明亡不仕。题画中满含孤臣血泪，惊心动魄，前所未有。清代朱彝尊、金农、查慎行、汤贻汾、魏源等也有题画诗，都不甚出色，有的堪称粗劣。

---

① 杜甫：《戏题王宰画山水图歌》。

有人以为六言诗在元代以后多用来题画①。就元代的情况而言这么说是符合实际的。笔者所辑 55 首元代六言诗，其中 33 首是题画和题扇诗。但是明清两代六言诗题材的大宗是写景和闲适诗，题画诗比例很小。台湾钱天善的《明三家画题画诗研究》②一书，所辑明三家（沈周、唐寅、文徵明）的六言题画诗只有两首，即沈周的《题画》和文徵明的《题杂画四卷·竹柏奇石》。笔者所辑明代 494 首诗，有 58 首题画诗。清代 180 首诗，有 13 首题画诗。六言题画诗数量以代降，质量亦以代降。

2. 写景、闲适诗

这是元明清六言诗中最大一宗，虽然在艺术上没有超过前人的地方，也自有写景如画，清新可喜的，如以下这些诗：

　　映水五株杨柳，当窗一树樱桃。洒扫石间萝月，吟哦琴里松涛。
（元代倪瓒《田舍》）
　　斜阳流水几里，啼鸟空林一家。客去诗题柿叶，僧来供煮藤花。
（明代高启《杨氏山庄》）
　　梦里绿阴幽草，画中春水人家。何处江南风景，莺啼小雨飞花。
（明代徐贲《梦绿轩》③）
　　家住杏花村里，林深天竺泾东。丛竹萧萧暮雨，长松落落秋风。
（明代郭浚《村居》）
　　水曲溪流浅浅，寺秋村霭苍苍。深树疑含残雨，疏钟忽带斜阳。
（郭浚《清和院晚霁》）
　　寒流绕涧急飞，翠壁苍然欲堕。何人为扫石床，独抱苍云高卧。
（郭浚《十八涧访舒苍石山人》）
　　野渡溶溶春水，夕阳点点寒鸦。欸乃数声何处，行人一櫂天涯。
（明代鲍楠《舟中》）
　　野寺一里二里，山邻三家五家。烧笋味兼兰蕙，煮茶香带梅花。

---

① 张明华、王启才：《黄庭坚与六言诗在两宋之际的发展变化》，《滁州学院学报》2006 年第 2 期，第 5 页："元代以后，题画诗渐成六言诗中的大宗。"

② 钱天善：《明三家画题画诗研究》，台北花木兰文化出版社 2008 年版。

③ 这首诗清代钱载《萚石斋诗集》卷四十九说是"张孟载"的诗。清代徐釚《本事诗》卷二说是杨基所记徐贲诗。朱彝尊《明诗综》卷十录作杨基诗。法式善《梧门诗话》卷一说这是余碧诗。每本书中所引的这首诗的文字又有不同。

(明代陈继儒《山中》)

种南山一顷豆,瞻西畴三径松。耕桑若得数亩,吾岂不如老农。(清代朱彝尊《放言五首》之五)

这些诗在语言上都有自然、明白如话的特点。朱彝尊化用了杨恽、陶渊明文章中语,《孟子》《论语》中的熟语,但用而不觉,贴切自然。

朱彝尊《顾十一孝廉嗣立载酒寓楼遂同夜泛三首》二:"白鹭鸶拳一足,绿杨柳散千条。谁唱弯弯月子,赤栏干第四桥。"前两句写景优美。"谁唱弯弯月子",风情正从此句生出,"弯弯月子"有暗示、引起联想作用,让读者联想到一弯新月挂在天上的画面,"弯弯月子"本是歌中的,又成为诗中的"借"景。若改成"谁唱弯月之歌",就逊色多了,那是因为"弯月歌"在读者脑中定位成一首歌了,引不起美好的联想。这一手法,与唐代顾况《渔父辞》中用"新妇矶""女儿浦"来暗示、引发联想的效果相似。

清代余碧喜作六言诗,她的六言诗现存只有几首,但艺术上皆有可观。如《墨清阁夜坐》:"雨过山呈浅黛,云来松起长涛。清簟疏帘看弈,碧天凉月吹箫。绣阁香帘秋水,枕函红泪春冰。夜半梦回人杳,竹间一点寒灯。"《秋夜》:"清磬敲残晓梦,疏钟撞碎乡愁。梧叶凄凉辞树,虫声作意鸣秋。"另有《锡山道中晓》:"帘外晓莺初啭,柳梢残月犹明。"《梅花下偶成》:"幽梦不离鹤径,前身合是梅花。"这几首诗,善于化用前人熟语,营造清幽凄美的意境,被法式善称为"幽奇靓艳,非鬼非仙"[1]。

还有一些句子写景很美。元代杨恽《江南道》:"野竹疏梅沙路,江边到处人家。"倪瓒《田舍》二:"山鸟下窥窗牖,春风吹过柴门。"明宣宗朱瞻基《道中杂兴》三:"楼外数声长笛,林间几点疏灯。"王廷相《江南春思》二:"过却清明谷雨,开遍梨花杏花。"何景明《江南思》:"何处相思不见,江南开遍芙蓉。"明代张宪《失题》:"何处春光最好,踏青人在苏堤。"清代莫友芝《山居》:"客来不用几席,共坐千年树根。"质朴而有野趣。

杨慎《正月六日温泉晚归》:"月似银船劝酒,星如玉弹围棋。几杵

---

[1] (清)法式善著,张寅彭、强迪艺编校:《梧门诗话合校》,凤凰出版社2006年版,第414页。

林钟敲后，两行灯火归时。"诗序："温泉晚舟归，漏已下三鼓，新月将沉，望之比初出甚大，形如银船，众以为异。……昔人咏月，'金波'自司马相如始；'玉塔'自东坡始。'银船'自予始也。"这首诗比喻形象但缺乏风韵。毛病大概在于，将寥廓深沉的夜空，写得太狭小拥挤了。以棋子比星，棋盘上才有几个子？"两行灯火归时"，星月交辉时本用不着灯火，比起朱瞻基的"林间几点疏灯"，刘克庄的"一萤导我来往"，似杀风景。

3. 咏史议论诗

明代高启《夫差女琼姬墓》："梦别芙蓉殿头，堕钗零落谁收？土昏青镜忘晓，月冷珠襦恨秋。麋鹿昔来废苑，牛羊今上荒丘。香魂若怨亡国，莫与西施共游。"从宋代起，咏史诗一般用绝句组诗，这是咏史诗中极少见的单首律诗形式。

清代吴伟业有《偶成十二首》，是他早年所作，反映明末社会腐烂已极：

  一　南山不逢尧舜，北窗自有羲皇。智如樗里何用，穷似黔娄不妨。

  三　异锦文缯歌者，黄金白璧苍头。诸生唇腐齿落，终岁华冠敝裘。

  四　宝帐葳蕤云漾，象床刻镂花深。破尽民间万室，运逾禁物千金。

  五　韩非传同老子，苏侯坐配唐尧。今古一丘之貉，不知谁凤谁枭。

第一首诗里用了宁戚《饭牛歌》"生不逢尧与舜禅"，陶渊明《与子俨等疏》中语，樗里先生与黔娄是《史记·樗里子甘茂列传》、皇甫谧《高士传》中人物。意思是时无明主，虽有智而不得用，闲居林下过着清贫的生活。第三首就是李白"珠玉买歌笑，糟糠养贤才"（《古风》十五）的意思。第四首是具体写统治者不顾百姓死活，"破尽民间万室"，疯狂聚敛。第五首写朝廷用人不当，泥沙俱下，猫鼠同眠。作者对于当时腐朽的朝廷十分不满的，像"智如樗里何用"，"破尽民间万室"，"今古一丘之貉"这些话都满含愤激。

王夫之有《咏史》27首，是入清后所作，大多是借古讽今：

  一 箕子生传《洪范》，刘歆死击《穀梁》。叛父只求媚莽，称天原是存商。
  五 公主盘飧赌命，上卿片唾输头。偏是羁孤臣妾，贪他菌蟪春秋。
  八 田丰死争官渡，鸱夷不谏夫椒。未到山穷水尽，难回坠石狂潮。
  十四 代契丹憎延广，为司马爱谯周。一线容头活计，二毛肉袒风流。

第一首诗，周武王灭纣，访于箕子，箕子遂作《洪范》。王夫之阐述对《洪范》的看法："称天原是存商"，也譬喻己之著书，有存明的苦衷在内。第五首诗用对照手法来说明代遗民惜命爱死。第八首诗用官渡之战前田丰进谏却反被下狱处死，以及范蠡谏勾践不听，遂取夫椒之败的事，喻朝朝之亡无法挽回了。第十四首诗的背景是明亡前袁崇焕等武将犹在抗争，但被清人用反间计杀了袁崇焕，以"契丹"比清朝。谯周是蜀国的投降派。这首诗是指斥明朝自毁长城，讽刺投降派。

吴伟业和王夫之的咏史诗，不用典的还算文从字顺，用典的着实佶屈聱牙。这样的诗名为诗，不如说是议论文。

文廷式《广谪仙怨》并序：

  闻之唐明皇登骆谷之时，有思贤之意。是以终戡大乱，旋返旧京。余以为明皇见机，早规入蜀，故虽仓皇迁徙，而事势昭然，不然灵武之众，焉得嗣君，勤王之师，孰为标目。登谷遐览，意在斯乎？屡迁而屡存，古有明堂。窦、康之意，今又广之。
  玄菟千里烽烟，铁骑纵横柳边。玉帐牙旗逡遁，燕南赵北骚然。相臣狡免求窟，国论伤禽畏弦。早避渔阳鼙鼓，后人休笑开元

清末慈禧太后携光绪帝逃跑以避八国联军，这首诗明显是就时事来发挥看法，尤其诗序更是暗示慈禧应该还政于光绪。

4. 纪游诗

朱昆田《六言绝句十六首送青叔北归》组诗中记载了一些当时的社会生活和风俗习惯。比如其一："画鹢漫催叠鼓，斗鸡且倒深缸。"这还是六言诗首次把斗鸡事写入。其五："摇橹粤娘问客，可有桃花米无。"摇橹的是粤娘，"桃花米"为何物，尚不可解。十一："向晚雨香云腻，留客大姑小姑。"鄱阳湖上有大孤山，与下游百十里处的小孤山遥遥相对，土人形象称为大姑山和小姑山。可能是船舶在鄱阳湖附近停靠，作者借此地名与朋友调侃。从中也可看出当时文人以狎妓为风流，美化这种事情的习尚。十四："十二红楼佳丽，凄迷断草荒烟。独有秦淮湖上，至今犹放灯船。"可见当时秦淮湖风俗。

这组诗里也有写景较好的。如其七："舟行十里五里，岸上千山万山。峡雨峡云阵阵，江花江草斑斑。"写江行之景和峡中天气特点写得真切。十二："江鱼日夜西上，江水日夜东流。七十二鳞无恙，十三行字缄愁。"借景抒情巧妙。其四："烟暝鹈鸪声急，雨昏豆蔻花开。船似画中行去，酒从树尾沾来。"前三句有渐入佳境之意。

袁枚《从端江到桂林一路山水奇绝，有突过天台、雁宕者。赋六言九章，恐未足形容，终抱歉于山灵也》这组诗写景以白描手法为主，语言浅显明白，能把桂林山水山奇、石秀、水清的特点写出来：

  一 前望不知去踪，后望不知来路。山川如此遮拦，不见一船留住。

  二 山下怒涛坌涌，水中怪石横排。橹向狼牙曳出，舟从虎口吞来。

  四 长绳牵上青天，一步船高一丈。分明水底山多，篙打乱山头响。

  六 底事船窗忽黑？压来天外孤峰。可是女娲掷下，有心惊骇诗翁。

  九 可爱溪流清浅，数来石片分明。且作沧浪童子，终朝濯足濯缨。

查慎行《江行六言杂诗十八首》写江行景物，从内容来看，不如袁枚写桂林山水特点鲜明，似乎移到别处亦可通用；语言上常化用前人熟语。比如其八："乍合乍开烟霭，一重一掩霏微。紫鳞出网能跃，翠鸟踏波乱飞。"写江上烟雾濛濛，鸟飞鱼跃，化用杜诗："一重一掩吾肺腑"（《题岳麓山道林寺》），"紫鳞冲岸跃，苍隼护巢归（《重题郑氏东亭》）"。"踏"字用得笨，不适于翠鸟这种小巧灵秀的鸟。其十："村鸡唤曙非一，野鹜眠沙必双。时有飞星过水，忽看苦雾吞江。"写鸡鸣天曙，沙上眠鹜，又写了雾，与第八首重复了。语言上化用宋代王履仁《梅村欲晓》"荒鸡喔喔号村"，杜诗"沙暖睡鸳鸯"（《绝句二首》一）、"飞星过水白"（《中宵》），李商隐诗"苦雾三辰没"（《哭遂州萧侍郎二十四韵》）。大量化用前人熟语入诗，是宋六言诗的做法，用得好了能增加诗的容量，但是并非每个人都能用得贴切自然。

此外，元明清六言诗还有零星的赠别诗，如袁宏道《别黄道兄》、清代吴嘉纪《送孙无言之吴门二首》、黄景仁《将之关中留别吴二春田二首》；悼诗如袁宏道《别恨篇为方子公赋》等。

第三节　明清六言诗理论

一　明清六言诗选本扩大了六言诗的影响

现存的六言诗选本有：明代高棅编选的《唐诗品汇》，在五言绝句之后收录六言绝句20首。明代李攀龙编《六言诗选》[1]。明代嘉靖年间黄凤池辑《六言唐诗画谱》，收六言诗61首。明代杨慎有《升庵集古六言诗》[2]。清代王士禛《万首唐人绝句》收录六言诗约五十首。清代严长明《千首宋人绝句》卷十收六言诗九十八首。清代赵翼的《檐曝杂记》中记有六言诗谜[3]。

《唐诗品汇》和《六言唐诗画谱》在当时都很有影响，尤其是《六言唐诗画谱》，结合了诗、书、画三种艺术，"俾览者阅诗以探文之神，摹字以索文之机，绘画以窥文之巧"[4]。"印行之后，普遍受到欢迎，多次翻版。流

---

[1] 萧艾辑注：《六言诗三百首》，中州古籍出版社1987年版，"序言"第7页引用。
[2] 清代钱谦益的《绛云楼书目·卷三·总集》内列有《升庵集古六言诗》。杨慎《升庵诗话》卷六说："予尝选古今六言诗，刻已成"，说明他刻印过六言诗。
[3] 张弦生：《六言诗的发展轨迹》，《漳州师范学院学报》2006年第1期，第44页。
[4] （明）程涓：《唐诗画谱序》，（明）黄凤池辑：《唐诗画谱》，上海古籍出版社1982年版。

传到日本，也一再翻刻，并有铜版刻印本。"① 扩大了六言诗的影响

二 明清的六言诗理论

1. 关于六言诗体的起源叙述

明代谢榛《四溟诗话》卷二："六言体起于谷永，陆机长篇一韵，迨张说、刘长卿八句，王维、皇甫冉四句，长短不同，优劣自见。若《君道曲》'中庭有树自语，梧桐推枝布叶'，此虽高古，亦太寂寥。"②

明代徐师曾在《文体明辨序说》中列了"六言诗"一体，简介："按六言诗昉于汉司农谷永，魏晋间曹陆间出，其后作者渐多，然不过诗人赋咏之余耳。"③

明代杨慎在《升庵诗话》卷一"六言诗始"条："任昉云：'六言诗始于谷永。'慎按《文选注》引董仲舒《琴歌》二句，亦六言，不始于谷永明矣。乐府满歌行尾一解'命如凿石见火，居世竟能几时'，亦六言也。"④

明代高棅《唐诗品汇》中对于六言诗的起源也略作叙述⑤。

以上这些说法中，有说起源于谷永的，有说起源于董仲舒《琴歌》的。董仲舒《琴歌》只二句，没有成篇，因此不能作为六言诗看待。现存最早的完整的六言诗是东汉孔融的《六言诗三首》。

2. 关于六言诗的做法

明代顾璘在《唐音评注》中，在刘长卿《苕溪酬梁耿别后见寄》"鸟向平芜远近，人随流水东西"句后批点："是六言诗法。"⑥ 但是他没讲"六言诗法"究竟应该是怎样的。

清代潘德舆《养一斋诗话》卷五："或问六言诗法，予曰：王右丞'花落家僮未扫，鸟啼山客犹眠'，康伯可'啼鸟一声春晚，落花满地人

---

① （明）黄凤池辑：《唐诗画谱》，上海古籍出版社1982年版，出版说明。
② （明）陆时雍：《诗镜总论》，丁福保辑《历代诗话续编》，中华书局1983年版，第1402页。
③ （明）徐师曾：《文体明辨序说》，人民文学出版社1982年版，第109页。
④ （明）杨慎：《升庵诗话》，丁福保辑《历代诗话续编》，中华书局1983年版，第650页。
⑤ （明）高棅：《唐诗品汇》，上海古籍出版社1982年版，第391页。
⑥ （元）杨士弘编，（明）张震辑注，（明）顾璘评点，陶文鹏、魏祖钦点校：《唐音评注》，第321页。

归',此六言之式也,必如此自在谐协方妙,若稍有安排,只是减字七言耳。"① 他认为六言诗宜"自在谐协",不可"安排"。

3. 关于六言诗的诗体

陆时雍《诗镜总论》:"诗四言优而婉,五方直而倨,七言纵而畅,三言矫而掉,六言甘而媚。杂言芬葩,顿跌起伏。"②

明代俞见龙《六言唐诗画谱·跋》:"唐诗画谱五言、七言大行宇内,脍炙人口,无庸称述。乃六言诗家独步,何耶?盖诗以咏性情,圆融则易遣兴,直方则难措辞,是以古今但鲜。"从"直方则难措辞"似可窥六言独少之原因。

清代钱良择《唐音审体》"律诗六言论":"六言诗声促调板,绝少佳什。"③

清代赵翼《陔余丛考》卷二十三"六言"条:"盖此体本非天地自然之音节,故虽工而终不入大方之家耳。……至王摩诘等,又以之创为绝句小律,亦波峭可喜。"④

冒春荣《葚原诗说》卷三中,一次引洪迈《容斋三笔》中的一段话,说明"信乎五言难,六言尤难也"。一次是简述六言诗的发展,评论说:"又皇甫冉集中云张继寄六言诗一首,冉酬以七言。其序亦谓六言难工,衍为七言裁答。然亦不过诗人之余事耳。"⑤"六言难工"和"不过诗人之余事耳",都没有自己的新见,是复述洪迈、徐师曾的话。

董文焕《声调四谱》中说:"六言诗自古无作者,以其字数排拘,古之则类于赋,近之则入于词。""六言则句联皆耦,体用一致,必不能尽神明变化之妙,此自来诗家所以不置意也。"

关于六言诗体,学者们一致同意:六言难工。陆时雍说"六言甘而

---

① (清)潘德舆:《养一斋诗话》,郭绍虞《清诗话续编》,上海古籍出版社1983年版,第2085页。

② (明)陆时雍:《诗镜总论》,丁福保辑《历代诗话续编》,中华书局1983年版,第1402页。

③ (清)钱良择:《唐音审体》,丁福保辑《清诗话》,上海古籍出版社1963年版,第783页。

④ (清)赵翼:《陔余丛考》,商务印书馆1957年版,第452页。

⑤ (清)冒春荣:《葚原诗说》,郭绍虞《清诗话续编》,上海古籍出版社1983年版,第1591—1592页。

媚",是从风格方面来说的;钱良择"六言诗声促调板"是从音节来说的;赵翼"盖此体本非天地自然之音节,故虽工而终不入大方之家耳",也是从音节来说的。俞见龙"直方"大概也是从音节较呆板来说的。纪昀说"非正体",只有一句结论。董文焕说"字数拼拘","句联皆耦,体用一致,必不能尽神明变化之妙",是说六言诗都是以二字为一个语义单位,缺乏五七言诗中语义单位字数可单可双的变化。把钱良择、俞见龙、赵翼、董文焕的意见综合起来就是:六言诗的音节的单调,语义单位的字数无变化,导致六言诗有板滞不畅的缺点。他们这种直觉体会是非常敏感、深刻而准确的,"甘而媚",是由这种较呆板的音节和语义节拍造成的散淡舒缓的诗体风格。

小结

元明清六言诗在没有直接继承宋代六言诗的艺术特点,反而"隔代继承"了唐代六言诗语言明朗平易、句法自然不破句、很少用典等特点。这一期是六言诗"拟古"的时代:不仅在艺术特点上拟古,而且通过模拟魏晋时代的六言诗的作法来拟古。不过,从整体艺术水平上、从六言在诗人总集中的比例来看,元明清是六言诗创作消沉的时代。

同时,明清又是六言诗理论有极大发展的时代。学者们开始从音节特点上追寻六言诗不行于世的原因。宋人已经感觉到了"六言难工",感觉到了"自在"对于创作很重要。他们从创作实践上去摸索,但他们仍未总结出束缚六言体发扬光大的因素是什么。明清人指出六言诗的音节和语义单位的单调是它的缺点所在,他们已经把握到六言诗体的特点了。

第六章

六言诗的文体特点与没有流行的原因

第一节　六言诗的文体特点

一　六言诗的节奏与句式

1. 汉语的音步特点

汉语中，一个字对应一个音节，一个音节对应一个字。汉语的这一特点，使得中国古典诗歌可以讲求句的均齐、字的对偶、音韵的平仄对应等，从而形成了五言诗、六言诗、七言诗等诗体，并进一步形成了各体律诗。可以说，汉语的音节特点与古诗体裁密切相关。

汉语每两个音节构成一个音步。关于汉语的音步，冯胜利的《汉语的韵律、词法与句法》一书中，有如下理论：

在韵律构词学中，最小的、能够自由独立运用的韵律单位是"音步"。因此韵律词就必须至少是一个音步。如果音步必须由两个音节组成，那么韵律词也必然至少包括两个音节。

汉语最基本的音步是两个音节，就是说，双音节音步是最一般的，尽管单音节音步跟三音节音步也是存在的。因此，双音节音步是汉语最小的、最基本的"标准音步"。其他音步形式是标准音步的变体：单音步是"蜕化音步"，三音节音步是"超音步"。"蜕化音步"跟"超音步"的出现都是有条件的。

在一般情况下，标准音步有绝对优先的实现权，因为它是最基本、最一般的。超音步的实现条件是：在一个语串中，当标准音步的运作完成以后，如果还有剩余的单音节成分，那么这个/些单音节成分就要贴附在一个相邻的双音步上，构成三音步。"蜕化音步"一般只能出现在以单音词为"独立语段"的环境中，这时它可以通过"停顿"或"拉长该音节的元音"等手段去满足一个音步。①

那么，为什么汉语最基本的音步是两个音节呢？这是由人类发音器官的生理结构决定的。"二字发声，则有气息变化，以谓'生理停延'。"②人类发音时的生理停延决定了每两个音节要有一停顿，汉字每一个字就是一个音节，所以汉语每两个字构成一个音步。我们讲话时，语流是以两字为一个单位的。

由于双音步是汉语的标准音步，具有绝对优先权，所以，古典诗歌的音节节奏是固定的，即先满足双音节，如果有剩余的音节，再构成"超音步"或"蜕化音步"。音步与语义节奏不同。语义节奏可以有很多变化，随诗人兴趣选用，而音步基于人的生理发音原理，是固定的、不可变更的。

2. 古诗的音节节奏与语义节奏

在中国古典诗歌中，句式包括两个方面：一是音节节奏，一是语义节奏。"句式的所指，首先是诗句中节拍的组合或音频的切分，由此造成诗句的长短和节奏的不同，如五言2+2+1或2+3式，并以此为基础，而形成诗的不同体制，如五律、绝等；其次则是长短、节奏同上的诗句依照字词意义组合关系所作的不同切分，如五言之上二下三、上三下二、上一下四、上四下一等。前者由于合乎声气吐纳而成为诗句的长短与节律形式，诗句的诵读恒依乎此，故称'诵读节奏'，后者则因其依于句中字词的组合关系，故谓'意义节奏'。"③

所谓"诵读节奏"基于声气吐纳，也就是基于人的生理发音原理。音节节奏是固定的，语义节奏可以有很多变化。拿孟浩然的《春晓》作例子：

春眠不觉晓，处处闻啼鸟。夜来风雨声，花落知多少？

它的语义节奏是：

春眠—不觉—晓，处处—闻—啼鸟。夜来—风雨—声，花落—知—

---

① 冯胜利：《汉语的韵律、词法与句法》，北京大学出版社1997年版，第3—4页。
② 吴洁敏、朱宏达：《汉语节律学》，语文出版社2001年版，第39—43页。
③ 易闻晓：《中国诗句法论》，齐鲁书社2006年版，第83页。

多少?

当我们诵读时,并不依语义节奏读,而是以两个字为一组来读的,这首诗的诵读节奏是:

春眠—不觉—晓,处处—闻啼—鸟。夜来—风雨—声,花落—知多—少?

古诗的诵读节奏,也就是音节节奏,与它的语义节奏并不重合,而是错落有致,由此产生语义与语音千变万化之美。

3. 六言诗的音步

由上面的音步理论,我们可以知道,五言诗的音步是两个或三个,音节节奏是"二、三"或"二、二、一",七言诗的音节节奏是"二、二、三",或"二、二、二、一"。五言与七言可以有一个多余音节所构成的超音步,也就是三字尾。六言诗有六个音节,正好构成三个音步,所以六言诗的音节,不存在"超音步",也就是说,没有三字尾所构成的悠长声韵。这是它在音韵方面的先天不足,不如五言诗与七言诗。

4. 六言诗的句式

六言诗的句式包括语义节奏和音节节奏这两个方面。音节节奏已经固定,而语义节奏,在《宋代六言诗》一章中已经说过了,理论上可以有十一种语义节奏的划分。但实际上"一、四、一"的语义节奏形式从未出现过。最常见语义节奏是"二、二、二"的形式,次之有"三、三"等几种。

对于五言诗与七言诗来说,由于句子的语义节拍与音节节拍不同,产生各种错落之美,而六言诗可以变化的只有语义单位,音步是固定不变的。因此,这种诗体显得比较呆板、缺乏变化。

二 六言诗中的"自在"

从宋代黄庭坚开始,就意识到"自在""自然""协谐"是六言诗的成功所在。宋代何汶的《竹庄诗话》记载,苏轼见王安石的《题西太一宫壁二首》,注目久之,叹曰:"此老野狐精也!"遂和之。又谓唯黄庭坚笔力可及此,黄对曰:"庭坚极力为之或可追及,但无荆公之自在耳。"后亦和四首[1]。看来,"自在"是王安石这首诗的突出优点。清代潘德舆

---

[1] (宋)何汶:《竹庄诗话》,中华书局1984年版,第528页。

《养一斋诗话》卷五也提到了"自在"这一概念:"或问六言诗法,予曰:王右丞'花落家僮未扫,鸟啼山客犹眠',康伯可'啼鸟一声春晚,落花满地人归',此六言之式也,必如此自在谐协方妙。"①

"协谐"是协调、和谐,指音节、文字等整体上的和谐感。"自在"本是佛典用语,又作无碍、纵任,即自由自在,随心所欲,做任何事均无障碍。在宋代,"自在"一词作日常用语,指自由自在,随心所欲,不受拘束。如罗大经《鹤林玉露》第九卷提到:"谚云:'成人不自在,自在不成人。'此言虽浅,然实切至之论,千万勉之。"那么,"自在"用在这几处诗论里,它究竟指一种什么样的特质呢?

首先从评论者们举出的"自在"的诗来看,黄庭坚所赞的是王安石的诗,潘德舆所赞的是赞王维与康与之的诗:

桃红复含宿雨,柳绿犹带春烟。花落家僮未扫,鸟啼山客犹眠。(王维《田园乐》)

杨柳鸣蜩绿暗,荷花落日红酣。三十六陂春水,白头想见江南。(王安石《题西太一宫壁》)

三十年前此地,父兄持我东西。今日重来白首,欲寻陈迹都迷。(同前)

天涯芳草尽绿,路旁柳絮争飞。啼鸟一声春晚,落花满地人归。(康与之《题慧力院》)

这四首诗从音节上来看,句式都是普通句式,语义节拍与音节节拍同步合拍。语意上没有多重意义,没有用典,语言既优美又明白如话。表达感情舒徐自然,水到渠成。"自在"原有"无障碍""不受羁"的意思,用在这里应该是指:音节流畅不窘滞;语言流畅不佶屈聱牙、似出天然而非矫造;感情的表达是从容不迫的,而非爆发式的激荡跳跃。"自在"作为日常用语,还有"随意、松弛"的意思,这里应该是指语义单位较松散,不紧密。看来,"自在"在六言诗论中,它的基本意思,应该是指音节、意义上表现出来的不阻不窒,流畅自然。

---

① (清)潘德舆:《养一斋诗话》,郭绍虞《清诗话续编》,上海古籍出版社1983年版,第2085页。

第六章 六言诗的文体特点与没有流行的原因

因此，六言诗要想获得"自在"的效果，首先是音节自在。句式应该是"二、二、二"句式，语义节拍与音节节拍的要求取得一致，节奏匀齐，从容不迫。六言诗缺乏三字尾的悠长声韵，这本是六言诗的缺点，但是这种节拍恰能造成"曲淡节稀"，散淡悠闲的效果，也就是"自在"。这是语义节拍符合音节节拍之后产生的音节上的"自在"。

其次，语言和内容的自在。这要求语言自然，去除矫饰，不要"造语"。造语的，比如苏轼的《忆江南寄纯如五首》："湖目也堪供眼，木奴自足为生"中的"湖目""供眼"，黄庭坚的《赠高子勉四首》其一："文章瑞世惊人，学行刳心润身"中的"瑞世""学行""刳心""润身"，清代王夫之的《咏史》其一："叛父只求媚莽，称天原是存商"中的"媚莽"、"称天""存商"，都是作者造语，读起来不自然。内容自在还包括表达感情的方式是从容的、水到渠成式的，而不是激烈的、爆发式的。因此不宜嚣张怒拔之气，不宜惊心动魄之语。

再次，语义单位也要"自在"。"自在"在这里指随意、松弛，这要求语义单位较松散，不能太紧密。为此动词不能用得太多，动词多了语义必然密。语义太紧密的，比如黄庭坚的《赠高子勉四首》其一中，"瑞世""惊人"，"刳心""润身"都是主谓词组，功能相当于紧缩了的句子，"学""行"且是两个意思，一句之中语义就太密了。王夫之的《咏史》其一，一句之中有"叛""媚""求"三个动作，一句中有"称天""存商"两个紧缩句。这样的六言诗读起来很不"自在"，不松弛。而王维等人的诗，多以两个字为一个语义单位，如"复含""宿雨"，"白首""陈迹""芳草""落花"都是偏正词组，复、宿、白、陈等都是修饰语，一句中语意疏淡，就有了舒缓的效果。

最后，我们可以把六言诗中的"自在"定义为：普通"二二二"句式造成的"曲淡节稀"的音节效果，从容自然的语言和表情方式，以及二字一个单位的语义节拍造成的语义较疏的"疏朗"效果，同步复合而产生的文句整体上舒缓、从容、流畅的感觉，就是"自在"。"自在"的三要素是：普通句式，自然流畅的语言和从容不迫的表情方式，较疏的语义单位。

用这个标准去衡量六言诗，再用衡量的结果来检验这个标准，我们会发现，它符合六言诗体的客观实际。

宋代曾敏行的《独醒杂志》引用蔡絛的《西清诗话》："'黄鲁直贬宜州，谓其兄元明曰：'庭坚笔老矣，始悟抉章摘句为难。要当于古人不到处留意，乃能声出众上。'元明问其然，曰：庭坚六言近诗，'醉乡闲处日月，鸟语花间管弦'是也。"① 这首诗全篇是："醉乡闲处日月，鸟语花中管弦。有兴勤来把酒，与君端欲忘年。"（《再用前韵赠高子勉四首》四）

这首六言诗，语义节拍是普通的"二、二、二"形式，语言自然平易又优美。作者对这首诗是表示了满意的。普通的句式、自然的语言构成了它清水芙蓉式的美。再比如以下这些优秀作品：

草际芙蓉零落，水边杨柳欹斜。日暮炊烟孤起，不知鱼网谁家。（王安石《西太一宫楼》）
惠崇烟雨归雁，坐我潇湘洞庭。欲唤扁舟归去，故人言是丹青。（黄庭坚《题郑防画夹》一）
木末轻风索索，云边小雨斑斑。行尽丹霞林樾，皖公下看灊山。（张昌《游真源宫》）
昨夜微风细雨，今朝薄霁轻寒。檐外一声啼鸟，报知花柳平安。（许棐《三台春曲》一）
偶与白云共出，忽随倦鸟俱还。明日重寻旧路，桃花流水空山。（孙觌的《东塔》二）
小槛平临更爽，孤云徙倚长闲。飞出偶成霖雨，归来依旧青山。（李靓《三学院》）
月在荔枝梢上，人行豆蔻花间。但觉胸吞碧海，不知身落南蛮。（杨万里《宴客夜归》）
插秧已盖田面，疏苗犹逗水光。白鸥飞处极浦，黄犊归时夕阳。（杨万里《农家六言》）
溪涨清风拂面，月落繁星满天。数只船横浦口，一声笛起山前。（陆游《夏日六言》三）

---

① （宋）曾敏行：《独醒杂志》，程毅中主编《宋人诗话外编》上册，国际文化出版公司1996年版，第569、682页。

这些诗都是普通句式，语言自然流畅而不矫揉造作，内容写景或闲适，都是比较"自在"的。相反，以下作品是不"自在"的：

黄庭坚《赠高子勉四首》一："文章瑞世惊人，学行刳心润身。沅江求九肋鳖，荆州见一角麟。"这首诗前两句语义密集，又多生硬造语。后两句语义节拍与音节节拍不同步，读起来拗口。

黄庭坚《有惠江南帐中香者戏答六言》其二："螺甲割昆仑耳，香材屑鹨鸪斑。欲雨鸣鸠日永，下帷睡鸭春闲。"前两句语义节拍与音节节拍不同步，第一句由于名物生僻，尤其给人生硬拗口之感。

黄庭坚《荆南签判向和卿用予六言见惠次韵奉酬四首》其二："向侯赋我菁莪，何敢当不类歌，顾我乃山林士，看君取将相科。"这首诗的音节，第一句是"二、二、二"节拍，第二句却用了"三、三"节拍，出乎意料，非常拗口。

苏轼《忆江南寄纯如》二："湖目也堪供眼，木奴自足为生。若话三吴胜事，不惟千里莼羹。"这首诗的"湖目""木奴"不是常用语言，且从字面上看不出意思。"供眼""为生"都是主谓词组，语义密集。因此读起来虽然音节不拗口，但是语义没有从容舒缓的感觉。

林垐《为鄢德都画竹》："所南之兰无土，耻斋之竹有根。想见千百年后，荧荧纸上血痕。"感情是强烈而沉痛的，因此，这首诗的风格绝非"自在"，而是沉痛。

由这些例子可以看出，我们对于"自在"的归纳是符合实际的。在句式、语言和表情方式都自然流畅的作品才会有"自在"的韵味。

此外还有一点：有些六言诗句式并不是普通句式，但是仍深具自然优美的韵味，显著的例子有王安石的《题舒州山谷寺石牛洞泉穴》："水泠泠而北出，石靡靡以旁围。欲穷源而不得，竟怅望而空归。"黄庭坚后来也题了一首："司命无心播物，祖师有记传衣。白云横而不度，高鸟倦而犹飞。"宋代蔡正孙《诗林广记》后集卷二引宋代曾慥《高斋诗话》云："鲁直此诗，识者谓其语虽奇，亦不及荆公之自然也。"为什么鲁直诗没有荆公诗自然？从语法上分析，荆公诗四句都用楚辞体，更和谐；从语义的疏密来看，荆公诗语义更疏；从语言上看，鲁直诗亦缺乏前者那种优容不迫的韵味。

再如清代朱彝尊的《顾十一孝廉嗣立载酒寓楼遂同夜泛三首》其二："白鹭鸶拳一足，绿杨柳散千条。谁唱弯弯月子，赤栏干第四桥。"语言自然优美，风格从容舒缓。这首诗中四句，每句的语义都极疏，疏到一句中只有一意，只说了一事，如此方"自在"。六言诗这种以语义疏淡为美的特色，与五言、七言诗是截然相反的。

三　五言、七言诗的文体特点

1. 五言、七言诗要求炼字，要求"句中有眼"，句法要"健"

唐代以来五七言诗的作法就有了理论总结，宋代为多。从唐代流传贾岛"推敲"的故事，到宋代的《竹庄诗话》《苕溪渔隐从话》《诗人玉屑》《鹤林玉露》等诗学理论著作，我们可以看出，对于五七言诗，学者们反复强调的就是要炼字，要句中有眼，要"健字撑拄"，字要"响"，句法要"健"。例如罗大经《鹤林玉露》卷十六载："作诗要健字撑拄，要活字斡旋。"何汶《竹庄诗话》卷一载："五字诗以第三字为句眼，七字诗以第五字为句眼。"魏庆之的《诗人玉屑》卷八"炼字"条："作诗在于炼字。如老杜'飞星过水白，落月动沙虚'是炼中间一字。'地拆江帆隐，天清木叶闻'是炼末后一字。《酬李都督早春诗》云'红入桃花嫩，青归柳叶新'。若非入与归二字，则与儿童之诗何异。"苏轼对于杜诗"身轻一鸟过"中用"过"字十分佩服，他自己也精于炼字。唐庚在《唐子西文录》中称赞苏轼《病鹤诗》"三尺长胫瘦躯阁"的"阁"字："此字既出，俨然如见病鹤矣。"在五言、七言诗中，动词的用法很关键。

这些例子中所举的"健"字，一般是指动词。"炼字""句眼""响字"中的"字"，也以动词为多，炼字大都是炼动词的用法。而句法之健，则要求句法陡峭不平易。比如魏庆之《诗人玉屑》卷六"倒一字语乃健"条："王仲至召试馆中，试罢作一绝题云：'古木森森白玉堂，长年来此试文章。日斜奏罢长杨赋，闲拂尘埃看画墙。'荆公见之甚叹爱，为改作'奏赋长杨罢'，且云：'诗家语如此乃健。'"王安石喜爱这首诗，调整其句中语序，认为句法陡峭有力才更佳。王安石在宋代诗坛地位极高，他的看法反映了当时的诗歌理论风尚。

2. 五言、七言诗中用拗律以避免平易熟滑的音节，用生僻字、改变语义节奏以造成生新崛强的风格

杜诗中有拗律，韩愈和黄庭坚诗中拗律较多。中唐以来的一些诗人还有意改变五七言诗"二二一""二三""二二二一""二二三"的语义节

奏，追求音节的拗峭带来的生新风格。胡震亨说："五字句以上二下三为脉，七字句以上四下三为脉。其恒也。有变五字句上三下二者，如元微之'庾公楼怅望，巴子国生涯'，孟郊'藏千寻布水，出十八高僧'之类。变七字句上三下四者，如韩退之'落以斧引以墨徽'，又'虽欲悔舌不可扪'之类，皆蹇吃不足多学。"① 所谓"蹇吃"就是因为破坏了汉语音韵中"先普通音步，后超音步"的规则，诵读时生理停延跟不上，有结结巴巴、上气不接下气之感。韩孟诗派的一些诗人还有意用生僻字，如卢仝《雪车》，韩愈《石鼎联句》等，造成"怪怪奇奇"的风格。这种做法本是为了打破平易滑熟的诗风，自有其意义，只是过犹不及了。黄庭坚作为宋代江西诗派的领袖人物，时作拗律，诗中时有自造语，在他的影响下，生新拗峭的诗风流布开来。这种风格对于五言、七言诗来说可能显得新颖奇崛，对于六言诗却是效果不佳。

3. 五言诗、七言诗要求言简意丰

五言诗、七言诗要求言简意丰，用最浓缩的语言表达出最丰富的意义，一句中所含语义越多越好。

历代很多学者都推崇杜甫诗歌的言简意丰。宋代罗大经对杜诗名句意蕴之深广作了详细分析。他在《鹤林玉露》卷十二评论道："杜陵诗云：'万里悲秋常作客，百年多病独登台。'盖万里，地之远也。秋，时之惨凄也。作客，羁旅也。常作客，久旅也。百年，齿暮也。多病，衰疾也。台，高迥处也。独登台，无亲朋也。十四字之间，含八意，而对偶又精确。"② 他分析杜甫的这两句诗中含有八重悲凉的意思，而且是一层递进一层的。这就是：远离家乡、感伤时令、羁旅漂泊、久旅难归、苍颜暮齿、衰疾缠身、登临伤怀、孤独伶俜之悲。整首诗由丰富的意蕴，构成雄浑高古、悲壮苍凉的境界。这首诗被历代多位学者推为古今七律第一，这与它海涵地负的意蕴是分不开的。

苏轼是宋代诗坛领军人物之一，其佳作往往言简意赅。唐庚在《唐子西语录》中说："东坡诗，叙事言简而意尽。忠州有潭，潭有蛟，人未之信也。虎饮水其上，蛟尾而食之，俄而浮骨水上，人方知之。东坡以十字

---

① （明）胡震亨：《唐音癸签》，上海古籍出版社1981年版，第31页。
② （宋）罗大经：《鹤林玉露》，程毅中主编《宋人诗话外编》下册，国际文化出版公司1996年版，第1318页。

道尽云：'潜潭有饥蛟，掉尾取渴虎。'言'渴'则知虎以饮水而召灾，言'饥'则蛟食其肉矣。"①苏轼重视炼字，争取用最少的字表达最多的语义，当时的晁无咎等诗人都佩服他这点。

宋代吴沆甚至将语义丰富看成好诗的重要标准。他在《环溪诗话》中说：

> 杜诗妙处人罕能知。凡人作诗一句只说得一件物事，多说得两件。杜诗一句能说得三件四件五件物事。常人作诗但说得眼前，远不过数十里内，杜诗一句能说数百里，能说两州军，能说半天下，能说满天下，此其所以为妙。……环溪因取前辈之诗参而考之，谓东坡惟《有美堂》一篇最工，然"天外黑风吹海立，浙东飞雨过江来"，止是一句能言三件事。如"令严钟鼓三更月，野宿貔狐万灶烟"，是一句能言四件事。如"通印子鱼犹带骨，披绵黄雀尚多脂"。"鹤闲云作氅，驼卧草埋峰"，每句亦不过三物。如"酒醒风动竹，梦断月窥楼"。"深谷留风终夜响，乱山衔月半床明。""风花误入长春苑，云月长临不夜城。""云烟湖寺家家境，灯火沙河夜夜春。"则似三物而不足。至如"峰多巧障日，江远欲浮天。""翠浪舞翻红罢亚，白云穿破碧玲珑。""叶厚有棱犀甲健，花深少态鹤头丹"等诗句虽佳而每句不过止用二物矣。山谷则有数联合格。如"轻尘不动琴横膝，万籁无声月入帘"。"饭香猎户分熊白，酒熟渔家擘蟹黄。""苦楝狂风寒彻骨，黄梅细雨润如酥"，皆是一句能言三件事。如"河天月晕鱼分子，槲叶风微鹿养茸"。"桃李春风一杯酒，江湖夜雨十年灯"，即是一句能言四件事。至荆公则合格者稍多。如"帚动川收潦，靴鸣海上潮"。"已无船舫犹闻笛，远有楼台只见灯。""山月入松金破碎，江风吹浪雪崩腾。""天浮树外苍江水，尘涨原头野火烟。"即每句皆能道三件事。以至"庙堂生莽卓，岩穴死伊周。""和风满树笙簧杂，霁色兼山粉黛重。""坐见山川吞日月，杳无车马送尘埃。""雾分星斗风雷静，凉入轩窗枕簟闲。"即是一句能言四件事。然竟未有一句能用五物者……环溪又谓用此格，私按所作，则五言诗中每句用上两

———

① （宋）唐庚：《唐子西文录》，（清）何文焕《历代诗话》，中华书局1981年版，第444页。

物，即成气象。用三物即稍工，然绝少所可举者，不过三五联耳。七言诗中每句用上三物即成气象，至四物即愈工，然愈少所可举者，不过二三联而已。至一句用及五物者，仅有一联。至用半天下满天下之说求之，在己者绝无，于人亦未见其有也，然后知诗道之难如此。①

在吴沆看来，如果诗句语义丰富，诗就"成气象"，至少具备了好诗的一个条件。从他的这段话，可以知道某些学者将语义丰富看得对五七言诗有多么重要了。

四　六言诗与五言、七言诗相比较

1. 六言诗语义较疏

六言诗与五言、七言诗相比较，不追求语义丰富，如前面所举的一些六言佳作，每句中语义都较疏。语义较疏，成为六言诗的一种特色。因此，六言诗中往往会出现一些无关紧要的字，以至于有些六言诗减去一字成为五言亦可。宋代潘大临就有一则将六言诗减去一字成五言的故事。他曾即兴作了一首独特的六言诗：

　　胡子云中白鹤，林生初发芙蓉。吴十九成雅奏，饶三百炼奇峰。南中复见高士，东山行起谢公。信祖真成德祖，立之无愧平中。吴生可兵南郡，老夫宁附石崇。闲雅已倾重客，说谈仍得王戎。冠盖城南高会，山阴未扫余风。客散日衔西壁，主人不道樽空。

原诗无题，保存在《王直方诗话》中。书中记载："癸未正月三日，与徐师川、胡少汲、谢无逸、林子仁、吴君裕、饶次守、杨信祖、吴迪吉，会饮于王直方之赋归堂，因作诗历数其人。徐师川辈皆言此诗殊不工，又六字无人曾如此作。想为五言亦可，遂去一字，句皆可读。至'老夫附石崇'，坐客无不大笑。"②

---

① （宋）吴沆：《环溪诗话》，《冷斋夜话·风月堂诗话·环溪诗话》，中华书局1988年版，第124页。
② 《诗话总龟》前集卷八引《王直方诗话》。（宋）阮阅：《诗话总龟》上册，人民文学出版社1987年版，第324页。

六言诗减去一字成为五言诗，而且"句皆可读"，说明诗中有闲散的字。我们来试试减一字，可能是这样的：

> 胡子云中鹤，林生初芙蓉。吴十九雅奏，饶三百炼峰。南中见高士，东山起谢公。信祖真德祖，立之乃平中。吴生可南郡，老夫附石崇。闲雅倾重客，说谈得王戎。冠盖城南会，山阴有余风。客散日衔壁，主不道樽空。

"白鹤"减一字成"鹤"，"可兵"减一字成"可"，"初发"减一字成"初"，"成雅奏"的"成"字去掉。可以看出来，减字的原则是名词不变，减去无关紧要的形容词、副词和一些系动词。这些词只是起修饰作用而非决定语义的动、名词。"老夫宁附石崇"这句，潘大临本是说他并非像潘岳一样依附石崇的，"宁"是否定词，去掉后语义正相反，所以坐客大笑。潘大临的六言诗由于语义较疏，可以减字成五言诗。

宋代孙奕也曾经尝试将一首六言诗减字改成五言诗。他的《履斋示儿编》卷十载："康节先生六言《四贤吟》云：'彦国之言铺陈，晦叔之言简当。君实之言优游，伯淳之言条畅。四贤洛阳之望，是以在人之上。有宋熙宁之间，大为一时之壮。'今尽去其'之'字，为五言亦可。"① 我们可以感觉一下，去掉"之"字后，语义变得有些急迫了，少了原诗那种从容舒缓的韵味，这是一个看似多余的"之"字在六言诗中的作用。从潘大临的六言诗和《四贤吟》减字成五言诗可看出，六言诗语义较疏。

明代黄凤池所辑《六言唐诗画谱》中所载 57 首六言诗②，除 14 首唐代六言诗，1 首宋代六言诗外，其余 42 首诗作者皆误，不知出处。经过考察，发现这 42 首诗，有的是直接把明代六言诗拿来改个题目与作者③；

---

① （宋）孙奕：《履斋示儿编》，程毅中主编《宋人诗话外编》下册，国际文化出版公司 1996 年版，第 1150 页。

② 现行《六言唐诗画谱》有四种版本，1982 年文物出版社以青岛市博物馆馆藏明代原刻本为底本，缩印出版的版本有 57 首诗。

③ 如明代郭浚的《村居》，被略改几字，改题《山行》，作为"杜牧之"诗；照抄郭浚的《清和院晚霁》，改题《山寺秋霁》。

有的是隐括宋词①；有的则是将前人五言、七言诗句加一字或减一字而成的。这对于六言诗体的研究，极有意义。

五言诗加一字而成的，如题为李白《醉兴》："江风索我狂吟，山月笑我酣饮。醉卧松竹梅林，天地藉为衾枕。"其实这是杨万里的《自赞》："江风索我吟，山月唤我饮。醉倒落花前，天地为衾枕。"每句加上一字略微改动而成。从这首诗更可以看出，六言诗的语义疏并不影响其艺术效果。

2. 六言诗不忌诗中无动词

《六言唐诗画谱》中将七言诗减一字改成六言诗的，如题为王昌龄的《望月》："听月楼高太清，南山对户分明。昨夜姮娥现影，嫣然笑里传声。"是将明代钱福的《题听月楼》改动而成。原诗为："听月楼高接太清，凭栏听月甚分明。辗天呀哑水轮响，捣药丁冬玉杵鸣。乐奏广寒声细细，斧裁丹桂韵丁丁。忽然一阵天风起，吹落嫦娥笑语声。""听月楼高接太清"减为"听月楼高太清"，是把动词去掉了。动词对于五、七言诗是很重要的，但是对于六言诗来说，没有动词这一句诗也不失其流畅自然。

再如《雪梅》："新安江水清浅，黄山白云崔嵬。"沈约有《新安江水至清浅，深见底，贻京游同好》诗，"新安江水清浅"是将沈约的七言句子减了一字而成。减去一个修饰性副词，对于语义也没有什么影响。

3. 六言诗不宜有突出的字眼

五言诗、七言诗讲究句中有眼，讲究炼字，讲究句中有健字、响字。但是六言诗不适宜有突出的字眼。比如唐代李中《赠东林白大师》："虎溪久驻灵踪，禅外诗魔尚浓。卷宿吟销永日，移床坐对千峰。苍苔冷锁幽径，微风闲坐古松。自说年来老病，出门渐觉疏慵。""锁"字炼字用力而且著迹，与"闲坐"似乎不大相称。或者说，如果要在六言诗中炼字，还不如炼意，追求全篇和谐自然的风格。

宋代康与之的《题慧力院》诗：

天涯芳草尽绿，路旁柳絮争飞。啼鸟一声春晚，落花满地人归。

---

① 《秋千》和《闰月重阳赏菊》，是隐括宋代俞国宝的《风入松》和韩元吉的《西江月·闰重阳》而成。

其称得上是六言诗中的佳作,但也有人觉得它美中不足。宋代曾敏行在《独醒杂志》卷六中说:"予尝以语王德升,德升曰:'造语固佳,尚有病。如芳草、柳絮,未经点化;啼鸟一声、落花满地,几乎犯重。不如各更一字,作烟草、风絮、幽鸟、残花,则一诗无可议者。'"

如此一改,全篇变为:

  天涯烟草尽绿,路旁风絮争飞。幽鸟一声春晚,残花满地人归。

由于炼字,一句中语义密集了。"烟草"是如烟的芳草。"风絮"是风中飘扬的柳絮。"幽鸟一声"是幽深的树丛中鸟啼了一声。"残花",落花的状态是残花。每个字的改动都增加了一义。

然而炼字的效果,并不尽如人意,改过的诗读起来给人的感觉是刻意求工,反不如原诗的天然风韵。所以有人持不同看法,认为这首诗不需要刻意去炼字。潘德舆《养一斋诗话》卷五中说:"或问六言诗法,予曰:王右丞'花落家僮未扫,鸟啼山客犹眠',康伯可'啼鸟一声春晚,落花满地人归',此六言之式也,必如此自在谐协方妙,若稍有安排,只是减字七言耳。"所谓"安排",便是对于字的锻炼与句法的安排。潘德舆认为,这首诗根本不需要再炼字,若炼字,风格便如七言诗那样精练严密,失了六言诗平易自然的整体风格。炼字对于六言诗是精益求精还是画蛇添足呢?六言诗本就宜"自在",王德升"改字"确属画蛇添足。

五　诗体特点对题材的限制

从以上对于五七言诗与六言诗的对照比较,我们试着归纳六言诗体特点和对于题材的限制,那就是六言适于写景、写闲适生活、闲散心境,诗体宜"自在",不宜刻意炼字、紧缩句子。王维的《田园乐》七首体裁用六言,也印证了这一看法。王维是盛唐山水田园诗大家,他的五言诗已经取得了山水田园诗的最高成就,《田园乐》七首为什么要用六言来写呢?我们来看看这几首诗:

  一　出入千门万户,经过南邻北邻。躞蹀鸣珂有底,崆峒散发何人。

  二　再见封侯万户,立谈赐璧一双。詎胜偶耕南亩,何如高卧东窗。

　　三　采菱渡头风急，策杖村西日斜。杏树枝边渔父，桃花源里人家。

　　四　萋萋芳草春绿，落落长松夏寒。牛羊自归村巷，童稚不识衣冠。

　　五　山下孤烟远村，天边独树高原。一瓢颜回陋巷，五柳先生对门。

　　六　桃红复含宿雨，柳绿更带春烟。花落家僮未扫，莺啼山客未眠。

　　七　酌酒会临泉水，抱琴好倚长松。南园露葵朝折，东谷黄粱夜舂。

这七首诗，除了第五首全是实词，无法紧缩外，都可紧缩为五言，而第五可加一字成为七言（改后成为古体诗，不复是绝句）。下面以一、四、五为例，改为五言或七言：

　　一　出入千万户，经过南北邻。躞蹀鸣珂子，崆峒散发人。
　　四　萋萋芳草绿。落落长松寒。牛羊归村巷，童稚看衣冠。
　　五　山下孤烟出远村，天边独树戴高原。一瓢颜回陋巷里，五柳先生在对门。

增减一个字，从诗意来讲，略有变化，不过影响不大；从整体韵味上来讲，却失去了那种独特的古淡、悠闲的韵致。第一、四首诗紧缩句子，使得意象变密，音节促迫，不复疏淡，悠闲的韵致少了；第五首诗增加一字，使得意象之间有了规定性联系，意思单一了，凝固了，没有了那种古朴、散淡的韵味。

六言诗的普通节拍是"二二二"的形式。这种节拍缺乏五、七言诗中奇偶相生的交替变化，显得单调、板滞、舒缓。声韵上也没有三字尾的悠长声韵。我们在前面已经归纳了"自在"的三要素是：普通句式，自然的语言，从容蕴藉的表达感情方式。这首诗所要表达的内容是田园的闲适，就这样的内容而言，六言显然是很适宜的形式。王维用它来写田园生活，表达宁静淡泊的情趣，确实是"量体裁衣"。

六言诗由于音节单调，使得诗体板，使得诗体板滞不畅，显得舒缓呆板。因此它适于用于表达古淡悠闲的内容，适于含蓄蕴藉的抒情方式，不适于表达激烈的感情。所以六言诗最适于写景、写闲适和题画。在这些题材上，六言诗的诗体特点可以扬长避短。

综上所述，我们可以总结出六言诗体的特点：音节单调，使得诗体板滞不畅，显得舒缓呆板。因此它适于用于表达古淡悠闲的内容，适于含蓄蕴藉的抒情方式，不适于表达激烈的感情。所以六言诗最适于写景、写闲适和题画。在这种题材上，六言诗的诗体特点可以扬长避短。六言诗中有不少咏史议论诗，其中有些对偶非常精密工整，但是人们欣赏的都是写景和闲适的诗，因为这种题材的诗，形式与内容结合得最好。这就极大地限制了六言诗的题材范围。

第二节　六言诗未能盛行的原因

当我们知道六言诗适合什么样的句式，什么样语义结构，什么样的表情方式，什么样的题材之后，我们就弄清了六言诗体的特点，从而对于它未能盛行的原因作出有事实基础的判断。

一　音节死板

褚斌杰先生在《中国古代文体概论·古代诗歌的其他体类》中说："六言诗在我国古代并未普遍通行，它的主要缺点是音节过于死板……六言诗句是由三个双音节构成的，这在词汇上限制了单双搭配，特别是三音词的使用，更重要的是它缺少三字尾的悠长声韵，因而显得'音促调板'。"[①]

松浦友久《关于诗型与节奏的研究》一文中提出"休音"对古诗诗型变迁的影响："五言诗或七言诗在句末具有一音＝1/2拍的'休音'，故而使得（1）句末的节奏产生出流动感（即有弹性或生动活泼的感觉），（2）下半部的三个字会发生'意义节奏'同'韵律节奏'相符与相违的现象，促使节奏多样化。"因此，五、七言诗比四、六言诗更富于表现力。"'四言诗'很早就衰退，'六言诗'几乎没见流行，'八言诗'终没

[①] 褚斌杰：《中国古代文体概论》，北京大学出版社1990年版，第233页。

成立……都是由于这些诗型'句末无休音'的关系。"① 由于"二、二、二"的节拍读起来有些板滞不畅，六言诗从来就没有长洪下注、跳丸走阪式的气势和飘逸流畅的音乐感。这限制了它的内容，使其难于抒写强烈奔放的感情或用于一气直贯的叙事。作为诗体这是一大欠缺，严重束缚了六言诗的题材领域。由于这种局限性，六言诗被历史所冷落也可以说是一种必然。但是，六言诗产生发展期，一直与音乐相伴，比如魏晋时的《董逃行》《乐府妾薄命行》都是歌辞。配乐演唱完全可以掩盖文体的音节之板滞。为什么从魏晋以来六言诗作品都很少？

二 "六言难工"

《全唐诗》载皇甫冉《酬张继》一诗，序曰："懿孙，予之旧好，祗役武昌，枉六言诗见怀。今以七言裁答，盖拙于事者繁而费。"② 洪迈《容斋随笔》云："冉之意，以六言难工，故衍为七言答之。然自又有《小江怀灵一上人》等三篇，皆清绝可画，非拙而不能也。予编唐人绝句，得七言七千五百首，五言二千五百首，合为万首，而六言不满四十，信乎其难也。"③

皇甫冉时代略晚于王维，其"六言难工"的认识很值得我们关注。这应该能够代表古代诗人们比较普遍的看法。故而宋代洪迈也有"信乎其难"的感叹。清代纪昀也说："六言一体，古今作者颇少……避其难也。"④ 六言何以难工，似乎可以从两个方面来理解：一是从创作主体来看，诗人难工于六言。诗人们熟悉，拿手的是五言、七言，六言是一种较为生疏的诗体，偶一为之，自然难工。二是从诗体本身来看，六言诗讲究题材，讲究"自在"的三个要素：普通句式，平易语言，表情方式自然平和。这对情感的自由流畅的表达有相当大的限制，不容易写出优秀的作品。高棅编《唐诗品汇》，于六言曰："六言……逮开元大历间，王维、刘长卿诸人相与继述而篇什稍屡见，然亦不过诗人赋咏之余矣。今以唐世

---

① 葛晓音：《关于诗型与节奏的研究——松浦友久教授访谈录》，《文学遗产》2002年第4期，第131—135页。
② （清）乾隆敕编：《全唐诗》，中华书局1960年版，第2829页。
③ （宋）洪迈：《容斋随笔》，上海古籍出版社1978年版，下册，第569页。（洪迈的《容斋随笔》分为五笔，这一条在"容斋三笔"的卷十五，在全书的下册第569页。）
④ 《四库全书总目》卷一百八十五，集部三十，第3294页。

始终,通得十二人,共诗二十四首,附于五言绝句之后,以备一体。"①六言难写又难工,吃力而难讨好,宜其作者少,作品也少了。

然而六言这一体式在唐代"不过诗人赋咏之余",不大被看重,似乎又不只是由于其"难工"这一点。至少像黄甫冉这样的诗坛能手,他之于六言,非不能也,他的诗"清绝可画",可见"难工"已难不倒他。为什么他不多写些"清绝可画"的六言诗呢?何况在唐代,六言诗是可以配乐演唱的,如刘长卿的《苕溪酬梁耿别后见寄》就是为《谪仙怨》这支曲子创作的歌辞。作为歌辞配乐演唱,完全可以掩盖它的音节之板滞。六言节拍上的这种特点赋予六言诗一种独特的雍容和雅、古淡悠闲的韵味。王维、黄甫冉、王安石等人充分发掘六言这一体式的特色,用它来写自然闲适的景物诗,就是扬长避短。六言诗适于写景写闲适,唐代是山水田园诗的高峰时期,正是六言诗大显身手的时候,为什么唐代六言诗这么少呢?

三 政治文化原因

首先,唐代科举,试七言和五言,有志于科举的人自然要潜心于这二者,六言也就受到冷落。闻一多先生在《唐诗杂论·贾岛》中说:"做五律即等于做功课。"唐代文献表明,举进士时,试的是七言,比如徐凝与张祜争状头,两人的诗即是七言。入京会试用五言试帖诗,如钱起的《省试湘灵鼓瑟诗》。其次,是文人对于六言歌辞之贬斥。初唐六言已经有不少用于歌辞,这从初唐有那么多关于唱《回波乐》的故事就可以知道。许敬宗《上恩光曲歌辞启》说:"近代《三台》《倾杯乐》等,艳曲之例,始用六言。今故杂以'兮'字,稍欲存于古体。"②任半塘先生说:"六言歌辞尤大用于艳曲及酒筵著辞两面。因在士大夫传统之假面具下,每指艳曲浮薄,易遭物议,乃避之……随作随歌,随歌随弃,不复顾惜。其传辞较五、七言之量所以特少者,此必一要因也。"③再次是经过南北朝的发展,五言、七言诗的主流诗体地位已经确立。到了唐代时六言诗已经无法逆势争锋了。

---

① (明)高棅:《唐诗品汇》,上海古籍出版社1982年版,第391页。
② (清)董诰等:《全唐文》,中华书局1983年版,第1549页。
③ 任半塘:《唐声诗》,上海古籍出版社1982年版,第97、98页。

至于有的研究者认为唐代韩柳提倡古文运动,"以四六言为主的骈文遭到古文家的猛烈攻击之后,诗人们有意无意作了相应的回避,以免遭人非议,这又从一个侧面影响了六言诗的发展,使得注重对偶双字的六言诗只能成为抒写情景和闲余心境的偶尔之作"。[1] 实际上,骈文遭到古文家的猛烈攻击,但文学家并未回避六言诗。宋代是古文运动的成果已经巩固的朝代,宋代六言诗却比唐代要多,就可以反驳这点。

葛晓音先生说:"(各种诗歌形式的不同格调和艺术规范)是某种诗体在它长期发展过程中自然形成的,但某种作家的典范之作也是促使规范确立的重要原因。"[2] 诗史上,某种诗体、诗歌风尚在形成过程中,优秀作品起了示范作用,客观上会推动诗歌体式、风尚的发展。五言诗的格律化过程是这样,宫体诗、上官体、台阁体、江西诗派的流行也是这样:诗坛上地位与成就较高的诗人带头写某种体式或风格的诗,会影响到别的诗人来仿效追随。王维的六言诗取得了很高的艺术成就,理应会引起同时代的人,特别是山水田园诗人的关注与效仿。为什么唐代别的诗人很少有六言诗流传下来呢?

尤其难解的是,在汉末魏晋时期,四言刚刚引退,各种诗体还未确立主流地位的时候,为什么六言诗没能争得主流地位呢?拿唐代的原因到这里就说不通了,因为这时候还没有考进士的制度。当时的四言诗等都是可以入乐的,不存在对歌辞的歧视。如果说六言诗音节单调、板滞不畅的话,《诗经》中以四言句为主,板滞、舒缓的音节特点与六言诗是一样的,六言诗比四言还增加了容量。后人都把《诗经》奉为诗学圭臬,为什么《诗经》得以长期流行,而六言诗为何未蒙及鸟之爱呢?这实在值得我们深思。

四 更深层的原因:文学形式的演进与人性发展的关系

章培恒先生在《中国文学史·导论》中认为,文学形式的演进与人性的发展是有关系的,人性随生产力发展而向自由方向发展。表达感情从以压抑为美,向以张扬为美发展。人们逐渐认为,能适应这种变化的

---

[1] 俞樟华、盖翠杰:《论古代六言诗》,《文学评论》2002年第5期,第43页。
[2] 葛晓音:《关于诗型与节奏的研究——松浦友久教授访谈录》,《文学遗产》2002年第4期,第131页。

方向的五言形式比四言形式美①。六言形式的局限与四言大致相同，这或许是六言诗在汉末魏晋时期没有流行起来的深层原因。再就是"六言难工"，难就难在要想写得美，对于题材有挑拣。魏晋时期是诗歌体式发展变动、交错升潜时期，当时制作六言的有孔融、曹丕、曹植、嵇康、傅玄、陆机等人。这些人的诗集中，包括四言、五言、六言、七言、杂言诗，五言、七言并未占压倒性优势，说明他们是在努力尝试各种诗歌体式。然而当时"百姓惨惨心悲""白骨纵横万里""奉辞讨罪遐征"的社会状况与六言诗的诗体特点是不相称的。又由于上述作者流传下来的六言作品，艺术性也不高。因此，以他们在文坛的号召力仍不足以使六言如五言那样流行起来。对于六言诗来说，在汉末魏晋这一时期错过了主流诗体的地位，就永远错过了，当五言、七言诗成诗坛正统的时候，它已无法逆势争锋了。

唐代王维的《田园乐七首》写得很美，但是未见有诗人仿和。这是因为，盛唐是一个弘扬生命意志的时代，在现实中要求建功立业，有所作为是时代的主流。整体上，反映在诗中的情绪是热烈、饱满、高昂的。这种时代的心态与六言单调、板滞，不适于表达浓烈、激动、明快、尖锐的感情显然是不相协调的。所以王维的六言诗虽然写得美，仿和者却不多。

到了宋代，由于王安石的六言诗写得非常出色，加上他本身的社会地位、引人争议的功与过，他的诗在当时就引人注目，苏轼、黄庭坚纷纷效仿。由于王安石、苏轼、黄庭坚的示例，扩大了六言诗的影响。又由于宋代是一个文人心态普遍内敛的时代，这种心态气质，比较适宜于六言这种舒缓的诗体。我们前面分析宋代六言诗是"文人式的诗"，普遍带着文人清气与书卷气。六言诗体与宋代文人的气质是比较契合的，这也是为什么唐诗是古诗最高峰，而唐代六言诗寥寥无几，宋代是六言诗极盛时代的深层的、内在的、人性方面的原因。

宋末出现了专门提倡六言诗的作者刘克庄。他一共写了397首六言诗。而且编选六言诗集，有意扩大六言诗的影响。但是，宋代覆亡，明清是小说戏曲等通俗文学兴起的时代，六言诗也就彻底消沉了。

---

① 章培恒：《中国文学史·导论》，复旦大学出版社1997年版，第46—61页。

小结

六言诗的文体特点是比较单调、板滞、舒缓。唐宋诗人扬长避短，因难见巧，不仅写出了佳作，而且总结出写好六言诗的窍门："自在"。"自在"要求普通句式，不破句；语言自然平易；感情表达从容不迫。这三个要求，决定了六言诗的题材范围，最适于写景与闲适。

在诗体交错升潜的汉末魏晋时期，这一文体特点与时代精神不相适应，决定了它没能争得主流诗体的地位。唐代王维的写景六言诗很美，却未见有唱和仿效之作，也是因为它与唐代张扬个性的时代精神格格不入。宋代是文人气质普遍内敛的时代，也是六言诗的极盛时期。

第七章

六言诗与音乐

第一节 六言诗的起源与音乐

六言诗的产生和发展过程，基本与五言、七言诗同步。都是源于诗骚，产生于汉末，经魏晋六朝的发展，到唐代律化定型①。而与五言、七言诗稍有不同的是，五言、七言诗在魏晋南北朝时期已经与音乐分离，出现大量的文人案头作品，而六言诗从产生到形式凝固，与音乐的关系非常密切，甚至可以说，早期的六言诗大体上是依音乐而行的。特别是初唐，六言诗作为筵前声诗最为流行②。盛唐王时维等人的案头六言诗作品出现，六言诗作为配乐歌辞的局面被打破。从唐末到五代，六言声诗逐渐衰落，到了宋朝，词的演唱取代了声诗演唱在尊前酒宴中的地位，六言诗也彻底独立，与音乐分离。从这个过程可以看出，六言诗早期发展的各个阶段，都有音乐的作用在内。

一　源于音乐：由配乐歌唱的六言句，产生了全篇的六言诗

六言诗最早起源于民间歌谣和《诗经》、楚辞中的六言句。而《诗经》是一部入乐的歌词集。《史记·孔子世家》载："《诗》三百五篇，孔子皆弦歌之，以求合《韶》《武》《雅》《颂》之音。"③楚辞中的《九歌》也是配乐演唱的歌诗，民间歌谣就更不用说了。在此基础上，西汉时开始出现六言残句、残篇。东汉出现了孔融的六言徒诗。六言诗的起源是与音乐分不开的。

---

① 参见本书第一章《六言诗体的起源与定型》、第二章《魏晋时期的六言诗》。
② 参见任半塘《唐声诗》，上海古籍出版社1982年版，第98页。
③ （汉）司马迁：《史记·孔子世家》，中华书局1971年版，第1936页。

二　汉乐府歌辞向六言诗的演变

明代胡应麟《诗薮》内编卷一："世以乐府为诗之一体，余历考汉、魏、六朝、唐人诗，有三言、四言、五言、七言、杂言、杂言、近体、排律、绝句，乐府皆备有之。《练时日》《雷震震》等篇，三言也；《箜篌引》《善哉行》，四言也；《鸡鸣》《陇西》等篇，五言也；《乌生》等篇，杂言也；《妾薄命》等篇，六言也；《燕歌行》等篇，七言也。……是乐府于诸体，无不备也。"[①] 汉乐府歌辞包含几乎所有后世的诗歌体式，在由杂言向齐言的演变过程中，最终形成了五言、六言、七言等各体诗。

郭茂倩《乐府诗集》收录了130首汉乐府曲调的歌辞，这些歌辞有的含有六言句，魏晋诗人为这些曲调作歌辞时，有时把歌辞创作成全篇六言的形式，继续用于配乐演唱。有的汉乐府曲调，其歌辞未含六言句，后世诗人用同调作辞时也创作为全篇六言的形式，并用于演唱。有的乐府古题中含有六言句，却最终没有演化成六言篇目，而是成了五言或七言，例如《乌生》，汉代古辞中有一字、三字、五字、六字、七字、八字、九字句。梁代齐孝威的拟作，诗中有三、五、七言，比较整齐。此后吴均、朱超的《城上乌》已是全篇五言诗了。这说明，诗体在凝固的过程中有偶然选择的作用在内。

1. 含有六言句的乐府古题变成六言篇目

汉乐府曲调中有不少含有六言句的杂言歌辞。经过文人的艰苦努力，这些乐府古题的体载逐渐从杂言体凝固定型为六言体。《乐府诗集》中含有六言句的汉代古诗有：《日出入》《天门》《乌生》《王子乔》《董逃行》《妇病行》《孤儿行》《霹雳引》《箕子操》《悲歌行》《燕王歌》《华容夫人歌》《广陵王歌》，其中演化成了全篇的六言诗的有《董逃行》。

《董逃行》的汉代古辞内容为求仙，是含有六言的杂言诗：

　　山头危险大难。遥望五岳端，黄金为阙班璘。但见芝草，叶落纷纷。

　　百鸟集来如烟，山兽纷纶，麟、辟邪；其端鹍鸡声鸣。但见山兽援戏相拘攀。

[①] （明）胡应麟：《诗薮》，上海古籍出版社1979年版，第12页。

小复前行玉堂，未心怀流还。传教出门来："门外人何求？"所言："欲从圣道求一得命延。"

教敕凡吏受言，采取神药若木端。白免长跪捣药虾蟆丸。奉上陛下一玉柈，服此药可得神仙。

服尔神药，莫不欢喜。陛下长生老寿，四面肃肃稽首，天神拥护左右，陛下长与天相保守。

曹丕的《董逃行》已经是全篇六言：

晨背大河南辕，跋涉逞路漫漫，师徒百万哗喧，戈矛若林成山，旌旗拂日蔽天。（《董逃行》）

西晋傅玄的《董逃行历九秋篇》全篇六言，但是每一节开头一句都带有"兮"字，是普通句式与骚体六言诗杂糅：

历九秋兮三春，遣贵客兮远宾。顾多君心所亲，乃命妙伎才人。炳若日月星辰。

序金罍兮玉觞，宾主递起雁行。杯若飞电绝光，交觞接卮结裳。慷慨欢笑万方。

……

东晋陆机的《董逃行》，全篇六言，句式固定，且文采、对偶都胜过前人：

和风习习薄林，柔条布叶垂阴。鸣鸠拂羽相寻，仓庚喈喈弄音，感时悼逝伤心。

日月相追周旋，万里倏忽几年，人皆冉冉西迁。盛时一往不还，慷慨乖念凄然。

昔为少年无忧，常怪秉烛夜游，翩翩宵征何求，于今知此有由。但为老去年遒，

盛固有衰不疑。长夜冥冥无期，何不驱驰及时。聊乐永日自怡，赍此遗情何之。

人生居世为安，岂若及时为欢。世道多故万端，忧虑纷错交颜，老行及之长叹。

谢灵运的《董逃行》残句：春虹散采银河①。虽只有一句，词采焕发。

《董逃行》从汉代到东晋陆机，有如下变化：第一，从杂言变为齐言。第二，汉代基本上是以五句为一节，曹丕的一首诗有五句，傅玄、陆机的诗也都以五句为一节。第三，句式从无序的杂言，到六言普通句式"二、二、二"，到骚体六言与普通六言糅合，再到普通六言句式，这中间有过反复，最终确定了"二、二、二"的普通句式。第四，曹丕的诗在末两句有了对偶的意识，傅玄、陆机的诗不对偶。可惜谢灵运的诗只剩一句，不知道他的《董逃行》有无对偶。

2. 不含六言句的乐府古题演变成六言

如《上留田行》，在《乐府诗集》中属"相和歌辞"。"是用丝竹相和，都是汉时的街陌讴谣。"（《乐府诗集》"出版说明"第2页）汉代古辞是五言或含有五言的杂言诗："里中有啼儿，似类亲父子。回车问啼儿，慷慨不可止。"②曹丕的《上留田行》歌辞已经以六言为主，后缀"上留田"三字衬字，全诗为六言与三言交错，还杂有五言和八言各一句：

居世一何不同，上留田。富人食稻与梁，上留田。贫子食糟与糠，上留田。

贫贱亦何伤，上留田。禄命悬在苍天，上留田。今尔叹息将欲谁怨？上留田。

陆机的《上留田行》将和声"上留田"删去，全篇是整齐的六言诗，

---

① 《乐府诗集》题解："古词云'我欲上谒从高山，山头危险大难'，言五岳之上，皆以黄金为宫阙，而多灵兽仙草，可以求长生不死之术，令天神拥护君上以寿考也。若陆机'和风习习薄林'，谢灵运'春虹散彩银河'，但言节物芳华，可及时行乐，无使徂龄坐徒而已。"可见谢灵运诗在宋代尚存。

② 《乐府诗集》第563页，郭茂倩引《乐府广题》曰：盖汉世人也。云："里中有啼儿，似类亲父子。回车问啼儿，慷慨不可止。"

也许是不入乐的徒诗：

> 嗟行人之蔼蔼，骏马陟原风驰。轻舟泛川雷迈。
> 寒往暑来相寻。零雪霏霏集宇，悲风徘徊入襟。
> 岁华冉冉方除，我思缠绵未纾，感时悼逝伤心。

谢灵运的同题拟作，又把衬字"上留田"加上了，缀在每句之后：

> 薄游出彼东道，上留田。薄游出彼东道，上留田。循听一何矗矗，上留田。澄川一何皎皎，上留田。
> 悠哉遐矣征夫，上留田。悠哉遐矣征夫，上留田。两服上阪电逝，上留田。舫舟下游飙驱，上留田。
> 此别既久无适，上留田。此别既久无适，上留田。寸心系在万里，上留田。尺素遵此千夕，上留田。
> 秋冬迭相去就，上留田。秋冬迭相去就，上留田。素雪纷纷鹤委，上留田。清风飙飙入袖，上留田。
> 岁云暮矣增忧，上留田。岁云暮矣增忧，上留田。诚知运来讵抑，上留田。熟视年往莫留，上留田。

谢灵运这首《上留田行》，诗中有衬字"上留田"，有叠句，明显是歌辞形式。其中衬字"上留田"，可能是人声伴和所唱。叠句有一定规则，即每一节的第一句为领起句，双叠之；后两句为并列对偶，只有和声而不叠。

谢灵运这首诗，删去衬字、重句，其实为：

> 薄游出彼东道，循听一何矗矗，澄川一何皎皎。
> 悠哉遐矣征夫，两服上阪电逝，舫舟下游飙驱。
> 此别既久无适，寸心系在万里，尺素遵此千夕。
> 秋冬迭相去就，素雪纷纷鹤委，清风飙飙入袖。
> 岁云暮矣增忧，诚知运来讵抑，熟视年往莫留。

可以看出，曹丕、陆机、谢灵运的诗有个共同特征：以三句为一节，一节中第一句领起,后两句对偶(在曹丕那里,只能说"后两句有对偶意识")。在陆机的诗里,对偶尚不甚工整,而到了谢灵运,对偶已很工整了。

梁简文帝的同题拟作,则成为写农事内容的七言诗,开范成大《四时田园杂兴》风气:正月土膏初欲发,天马照耀动农祥。田家斗酒群相劳,为歌长安金凤凰。唐代李白、贯休的同题拟作,为三言、五言、七言兼有的杂言诗。

《上留田》这一乐府古题,经历了汉魏的杂言阶段、六朝的齐言阶段,到唐代,由于唐人喜欢以乐府为题创作诗歌,特别是李白不为诗律所缚,喜欢创作杂言诗歌,终于使得《上留田》这一乐府古题又回复到了它古代的杂言体式。

值得注意的是《乐府诗集》第 636 页的《满歌行》,汉代古辞是全篇四言,晋乐所奏,则以四言为主,杂入了少许五言,结尾更连用六句六言。虽然《满歌行》后来没有发展为六言篇目,但从由四言向杂言这一变化中,可以看出晋代四言与五言、六言诗之间的消长关系。

3. 自创乐府新题,体裁为六言诗。如曹植的《乐府妾薄命行》。曹植之前没有此题,曹植用六言写了这首诗,后世诗人沿用这一乐府题目,但没有沿用六言这一体裁,而是各凭己意,用五言、七言、杂言等体裁,如梁简文帝、刘孝威、唐代李白等。

第二节 南北朝时音乐的民族融合

一 我国古代的音乐系统一直都处在动态发展过程中

我国古代的音乐系统并非一成不变的,而是一直都处在动态发展过程中。在此过程中,华夏内部各地域音乐不断交流融合,中华传统音乐也不断吸收外来的音乐因素。从内部来说,地域音乐之间不断有交流融合。战国时期,"礼乐出于诸侯,《雅》、《颂》沦于衰俗。齐竽燕筑,俱非嚯绎之音;东缶西琴,各写哇淫之状。……及始皇一统,傲视百王。钟鼓满于秦宫,无非郑卫;歌舞陈于汉庙,并匪《咸》《韶》。……"[①] 秦朝统一之后,收各

---

① (后晋)刘昫等撰:《旧唐书·音乐志》,中华书局 1975 年版,第 1039 页。

地音乐集于宫廷。晋代统一南北之后，吴声、楚调、西曲、江南弄等南方音乐也进入了宫廷音乐系统。新鲜丰富的南方音乐，吸引了南朝诗人为这些乐曲写作歌辞，至今《乐府诗集》中保存着三卷"楚调曲"的歌辞，八卷"清商曲辞"①，分别为吴声、西曲、江南弄的歌辞。

外来的音乐因素，主要指西域诸国的音乐传入中华，也就是胡乐入华。汉朝以前，周代宫廷虽设有四夷乐，但"仅仅是为了标榜中土帝王广及四方的所谓美德"②，在政治上具有统一天下的象征意义，不能看作对四夷乐的吸收。汉代胡乐对宫廷音乐系统的影响，主要是促进了鼓吹乐和横吹乐的发展。《汉书》卷一百上："始皇之末，班壹避坠于楼烦，当孝惠、高后时，以财雄边，出入弋猎，旌旗鼓吹。"③ 鼓吹乐的兴起源于楼烦。汉武帝时期，张骞通西域，"惟得《摩诃》《兜勒》二曲。李延年因胡曲更造新声二十八解"④。就是横吹曲。《晋书·乐志》曰："横吹有双角，即胡乐也。"⑤《乐府诗集》中收录的"鼓吹曲辞""横吹曲辞"，也就是为配合这两类音乐创作的歌辞，许多都是汉乐府中的名篇，如《艾如张》《战城南》《巫山高》《有所思》《上邪》，为后人提供了模拟的范本。音乐的丰富对于诗史的意义在于，可以供给诗体更多可选择的合作对象。因此，音乐的民族融合对于各体诗歌的发展都有促进作用。

二 南北朝时音乐方面的民族融合与胡乐之广受欢迎

我国历史上发生过几次胡乐入华事件，每一次都给中华传统音乐注入了新的因素，也影响了文学样式的新变。其中最大的一次胡乐入华过程，发生在南北朝时期。这一时期的胡乐入华绵延了数百年，贯穿整个南北朝始终。当时各国之间通过政治交往（聘问，战争，和亲）、商业贸易、佛教流传等途径，音乐交流频繁。北朝先后继起的少数民族政权，从政治上考虑，收中原旧乐以示征服、统治，实际上"乐操土风，未移其俗"⑥，

---

① "清商曲辞"是从隋代开始就有的名称。
② 赵铭善：《唐代西域音乐的流行》，《新疆艺术》1984年第2期，第9页。
③ （汉）班固：《汉书》，中华书局1962年版，第4197—4198页。
④ （汉）崔豹：《古今注·音乐》，中华书局1962年版，第14页。
⑤ （唐）房玄龄等：《晋书·乐志》，中华书局1974年版，第715页。
⑥ （唐）魏征等撰：《隋书·音乐志中》，第313页。

社会各阶层最爱的还是西北少数民族音乐,即胡乐。南朝统治者习用的音乐是汉来旧乐,同时他们对于胡乐很感兴趣。

1. 首先是南朝音乐传入北朝,朝廷中清乐与胡乐、高丽乐并用。从宫廷到民间,都是兼用四方杂曲

《魏书》卷一○九,志第一四记载了南朝音乐被北朝所得:

"永嘉已下,海内分崩,伶官乐器,皆为刘聪、石勒所获,慕容俊平冉闵,遂克之。王猛平邺,入于关右。苻坚既败,长安纷扰,慕容永之东也,礼乐器用多归长子,及垂平永,并入中山。自始祖内和魏晋,二代更致音伎。穆帝为代王,愍帝又进以乐物。金石之器虽有未周,而弦管具矣。逮太祖定中山,获其乐县,既初拨乱,未遑创改,因时所行而用之。"①

"自中原丧乱,晋室播荡,永嘉以后,旧章湮没。太武皇帝破平统万,得古雅乐一部,正声歌五十曲,工伎相传,间有施用。""初,高祖讨淮、汉,世宗定寿春,收其声伎,江左所传中原旧曲,《明君》《圣主》《公莫》《白鸠》之属,及江南吴歌、荆楚四声,总谓《清商》。"②

北魏得到了中原旧曲,以及江南吴楚之音,但是,并未将"中原旧曲"、也就是雅乐单独作为朝廷特定用乐,而是兼用四方杂曲,不准古旧、不辨雅郑。

"太祖初,正月上日,飨群臣,宣布政教,备列宫悬正乐,兼奏燕、赵、秦、吴之音,五方殊俗之曲,四时飨会亦用焉。""七年秋,中书监高允奏乐府歌词,陈国家王业符瑞及祖宗德美,又随时歌谣,不准古旧,辨雅郑也。"③

西魏时,得到了高昌乐。《隋书》卷十四《音乐志》中:"(北周)

---

① 《魏书》卷一○九,中华书局1974年版,第2827页。
② 同上书,第2841页。
③ 同上书,第2828、2829页。

太祖辅魏之时，高昌款附，乃得其伎，教习以备飨宴之礼。及天和六年，武帝罢掖庭四夷乐。其后帝娉皇后于北狄，得其所获康国、龟兹等乐，更杂以高昌之旧，并于大司乐习焉。采用其声，被于钟石，取《周官》制以陈之。"①

北齐所用是"今古杂曲"，或雅或郑，四夷杂歌："（北齐）太乐令崔九龙言于太常卿祖莹曰：'今古杂曲，随调举之，将五百曲。恐诸曲名，后致亡失，今辄条记，存之于乐府。'莹依而上之。九龙所录，或雅或郑，至于谣俗、四夷杂歌，但记其声折而已，不能知其本意。又名多谬舛，莫识所由，随其淫正而取之。"②

北齐是鲜卑化的汉人建立的政权，"北齐将相大臣中，十之七八为鲜卑贵族和鲜卑化的汉人"③。胡乐作为他们习见之乐，深受喜爱。"（北齐）杂乐有西凉鼙舞、清乐、龟兹等。然吹笛、弹琵琶、五弦及歌舞之伎，自文襄以来，皆所爱好。至河清以后，传习尤盛。后主唯赏胡戎乐，耽爱无已。于是繁手淫声，争新哀怨。"④ "龟兹乐，自吕光破龟兹，得其声。吕氏亡，其乐分散。至后魏有中原复获之。于是曹婆罗门者，累代相承，传其业。至孙妙达，尤为无比。至隋有两国龟兹之号。凡三部。开元中大盛。齐文宣常爱此曲，每弹，常自击胡鼓和之。"⑤

北周的朝廷音乐系统是华戎兼采，爱好的仍是胡乐。《隋书》卷十三·音乐志上："周太祖发迹关、陇，躬安戎狄，群臣请功成之乐，式遵周旧，依三材而命管，承六典而挥文。而《下武》之声，岂姬人之唱；登歌之奏，协鲜卑之音，情动于中，亦人心不能已也。"⑥

总体来看，北朝是四方乐兼用。"戎华兼采"⑦，概括了北朝用乐的

---

① 《隋书》卷一四，第341页。
② 《魏书》卷一〇九，第2843页。
③ 翦伯赞：《中国史纲要增订本》，北京大学出版社2006年版，第208页。
④ 《隋书》卷一四，第331页。
⑤ （宋）王溥撰：《唐会要》卷三三"四夷乐"条，王云五《丛书集成初编》，商务印书馆1936年版，第818种，第六册，第617页。
⑥ 《隋书》卷十三，第287页。
⑦ 《隋书》卷一四，第313页："（北齐）祖珽上书曰：'魏氏来自云、朔，肇有诸华，乐操土风，未移其俗。……至太武帝平河西，得沮渠蒙逊之伎，宾嘉大礼，皆杂用焉。此声所兴，盖苻坚之末，吕光出平西域，得胡戎之乐，因又改变，杂以秦声，所谓《秦汉乐》也。至永熙中，录尚书长孙承业，共臣先人太常卿莹等，斟酌缮修，戎华兼采，至于钟律，焕然大备。'"

特点。

2. 其次在南朝，清乐仍为欣赏，胡乐深受喜爱。很快就并入朝廷用乐系统

晋太元年间，关中的胡伎已传入江南①。刘宋时胡伎演出颇盛，上至朝廷，下至臣民，都爱好胡乐。《宋书》卷一八·礼志一五：

> （宋孝武帝孝建元年）有司……奏曰："自顷以来，下僭弥盛。器服装饰，乐舞音容，通于王公，达于众庶。上下无辨，民志靡一。今表之所陈，实允礼度。九条之格，犹有未尽，谨共附益，凡二十四条。……胡伎不得彩衣。舞伎正冬著衣圭衣，不得庄面蔽花。正冬会不得铎舞、杯柈舞。长跷伎、透狭、丸剑、博山伎、缘大橦伎、升五案伎，自非正冬会奏舞曲，不得舞。"②

《宋书》卷一九《乐志一》："又有西、伧、羌、胡诸杂舞。随王诞在襄阳，造《襄阳乐》，南平穆王为豫州，造《寿阳乐》，弄州刺史沈修之又造《西乌飞歌曲》，并列于乐官。歌词多淫哇不典正。"③

南朝一些帝王，比如南齐废帝萧昱、南齐郁林王萧昭业、南齐东昏侯萧宝卷，陈的末代君主陈叔宝，史书记载都爱好胡乐。上既好之，下必效焉。南朝的一些臣子如柳世隆、章昭达，哪怕大敌当前，也不废胡乐。

陈的末代君主陈叔宝"尤重声乐，遣宫女习北方箫鼓，谓之《代北》，酒酣则奏之。又于清乐中造《黄鹂留》及《玉树后庭花》《金钗两臂垂》等曲，与幸臣等制其歌词，绮艳相高，极于轻薄。男女唱和，其音甚哀"④。陈后主对于南北两种系统的音乐都很喜爱。

---

① （南朝梁）萧子显《南齐书》卷一一："太元中，苻坚败后，得关中檐橦胡伎，进太乐。"中华书局1972年版，第195页。
② （南朝梁）沈约：《宋书》卷一八，中华书局1974年版，第520页。
③ 《宋书》卷一九，第552页。
④ 《隋书》卷十三，第309页。

三　隋唐音乐系统中，胡乐比例较重

1. 南北统一后，隋朝的音乐系统中胡乐占的比例较重

隋朝建国之初，朝廷音乐承北周之旧，仍使用胡乐①，直到开皇九年的"开皇乐议"：

> 开皇九年平陈，获宋齐旧乐，诏于太常置清商署，以管之。求陈太乐令蔡子元、于普明等，复居其职。于是牛弘奏曰："……前克荆州，得梁家雅曲，今平蒋州，又得陈氏正乐。史传相承，以为合古。且观其曲体，用声有次，请修缉之，以备雅乐。其后魏洛阳之曲，据《魏史》云：'太武平赫连昌所得'，更无明证。后周所用者，皆是新造，杂有边裔之声，戎音乱华，皆不可用，请悉停之。"……帝乃许之。②

《隋书·音乐志下》："始开皇初定令，置七部乐：一曰《国伎》，二曰《清商伎》，三曰《高丽伎》，四曰《天竺伎》，五曰《安国伎》，六曰《龟兹伎》，七曰《文康伎》。又杂有疏勒、扶南、康国、百济、突厥、新罗、倭国等伎。其后牛弘请存《鞞》、《铎》、《巾》、《拂》等四舞，与新伎并陈。……帝曰：'其声音节奏及舞，悉宜依旧。惟舞人不须捉鞞拂等。'及大业中，炀帝乃定《清商》、《西凉》、《龟兹》、《天竺》、《康国》、《疏勒》、《安国》、《高丽》、《礼毕》，以为《九部》。乐器工依创造既成，大备于兹矣。"③

2. 唐代音乐系统中，胡乐仍占较重比例

唐代的音乐是在隋代集华乐与胡乐之大成的基础上踵事增华。唐初是用隋九部乐④，唐太宗时，增加了高昌乐，又造宴乐，去礼毕曲，共有十部乐，即《清商》、《西凉》、《龟兹》、《天竺》、《康国》、《疏勒》、《安

---

① 《隋书》卷一五《音乐志》下，第349页；"开皇二年，齐黄门侍郎颜之推上言：'礼崩乐坏，其来自久。今太常雅乐，并用胡声，请凭梁国故事，考寻古典。'高祖不从，曰：'梁乐亡国之音，奈何遣我用邪？'"

② 《隋书》，第349—351页。

③ 《隋书》卷一五，第376页。

④ 《旧唐书·音乐志》，第1059页、1069页。

国》、《高丽》、《高昌》、《燕乐》。这十部乐之中,清商乐是汉来旧曲,西凉乐是经过汉族人改造的胡戎乐①。燕乐是唐太宗时张文收所造。宋代王溥《唐会要》中说:"国家以周隋之后,与陈、北齐接近,故音声歌舞,杂有四方云"。②并且将四方之乐分类:东夷二国乐:高丽、百济。南蛮诸国乐,扶南、天竺、南诏、骠国。西戎五国乐:高昌、龟兹、疏勒、康国、安国。

从数量上来看,唐代十部乐系统中胡乐占多数。不过当代有学者认为,"十部伎"的根本意义,主要是政治的,而不是艺术的。"唐代胡乐虽盛于往昔,但决非盛过华乐,更非取华乐而代之。宫廷乐如此,民间乐更是如此。"③ 不论如何,乐曲的增多,则是不争的事实。由于这些异域乐曲的输入,使得歌辞增多,六言诗也随之增多。

第三节 六言诗作为歌辞得到发展

一 南北朝时期的六言歌辞

南北朝时期,六言诗作为歌辞得到发展。北齐的阳俊之就写过六言歌辞。《北史·阳休之传》:"次俊之,位兼通直常侍,聘陈副尚书郎。当文襄时,多作六言歌辞,浮荡而拙,世俗流传,名为《阳五伴侣》,写而卖之,在市不绝。"④ 北齐武平中发生了杀和士开、杀高俨、逐赵彦深等一系列政治事件,当时出现了这样的童谣:"七月刈禾太早,九月啖糕未

---

① 《隋书·音乐志下》,第378页:"西凉者,起苻氏之末,吕光、沮渠蒙逊等,据有凉州,变龟兹声为之,号为秦汉伎。魏太武既平河西得之,谓之《西凉乐》。至魏、周之际,遂谓之《国伎》。今曲项琵琶、竖头箜篌之徒,并出自西域,非华夏旧器。《杨泽新声》《神白马》之类,生于胡戎。胡戎歌非汉魏遗曲,故其乐器声调,悉与书史不同。"

② 《唐会要》卷三十三"诸乐"条,王云五《丛书集成初编》,商务印书馆1936年版,第818种,第六册,第617页。

③ 李昌集:《华乐、胡乐与词:词体发生再论》,《中国文化研究》2004年夏之卷,第64页:"古代弱者向强国献乐,是表示一种臣服;征服者对被征服者'收其乐',乃是表示占有。'十部伎'的主要意义即在此。……因此,唐代胡乐虽盛于往昔,但决非盛过华乐,更不取华乐而代之。宫廷乐如此,民间乐更是如此。"

④ (唐)李延寿:《北史·阳尼传附休之弟俊之传》卷四七,中华书局1974年版,第1728页。

好。本欲寻山射虎,激箭旁中赵老。"①

庾信、王褒进入北周后都写有六言歌辞。《舞媚娘》《怨歌行》都是乐府旧题,庾信之前,陈后主的《舞媚娘》是五言诗,梁简文帝、江淹、沈约的《怨歌行》也是五言诗,庾信的同题之作都是六言诗。他为北周朝廷所写的郊庙歌辞《黑帝云门舞》《周五声调曲·羽调曲五首》也是六言诗。

王褒的《高句丽》是六言诗。高句丽从汉代开始就被称为东夷,与中原一直有政治、文化交流。北魏平冯氏、通西域,得到高丽伎乐。北周承北魏之旧,朝廷有高丽乐,因此王褒才得以为《高句丽》曲子配歌辞。《隋书·音乐志下》:"《疏勒》《安国》《高丽》,并起自后魏平冯氏及通西域,因得其伎。后渐繁会其声,以别于太乐。"② 在唐代《高丽》亦属于十部伎之一,《唐会要》中称为东夷乐。陈陆琼的《饮酒乐》也是六言诗。这几首诗中,《怨歌行》有"为君能歌此曲,不觉心随断弦",饮酒乐》有"夜饮舞迟销烛,朝醒弦促催人",王褒《高句丽》"倾杯覆碗灌灌,垂手奋袖娑娑",二者都是在艳舞弦歌的场合下写的,可推断为歌辞。

二 初唐的六言歌辞

六言诗经过魏晋南北朝的发展,到初唐时,已经成为常见的歌辞形式。唐代有唱歌诗的习惯,我们比较熟悉的是五七言绝句作为歌辞,比如王之涣等侍人旗亭画壁的故事,再如王维的《送元二使安西》作为大名鼎鼎的《阳关三叠》常被演唱。李峤《汾阴行》:"山川满目泪沾衣,富贵荣华能几时?"玄宗听到演唱这首诗,怅然动容地说"李峤真才子",还有李贺、李益的诗被乐工采用作为歌辞,这些都是七言绝句。实际上,在初唐时,歌辞里的六言诗,可能比五言、七言还多。这些六言歌辞,广泛应用于艳曲和酒筵著辞的场合。但是,由于艳曲浮薄,易遭物议,作者出于种种考虑,可能不愿承认自己有这些作品(比如五代和凝长于短歌艳曲,他显贵后专门托人收拾焚毁这些作品),自编集时既不收,后人编集

---

① 《北史·綦连猛传》卷五三,第 1927 页。
② 《隋书·音乐志下》,第 380 页。

时也难于确定地收入诗文集中,导致很多作为艳曲的六言诗就这样遗失了。① 从现存的资料,我们还可以看到初唐时六言诗作为歌辞的繁荣。

孟棨《本事诗》中记载:中宗大筵群臣,沈佺期唱《回波乐》:"回波尔时佺期,流向岭外生归,身名已蒙齿录,袍笏未复牙绯。"中宗就赐他穿绯佩鱼。《大唐新语》卷三记载,中宗景龙年间游兴庆池,侍宴的人纷纷起来歌舞,并唱《回波乐》,借机请求加官晋爵。给事中李景伯也唱了一首《回波乐》来进谏:"回波尔时酒卮,微臣职在箴规。侍宴既过三爵,喧哗窃恐非仪。"《本事诗》还记载,中宗宴会,优人唱《回波乐》揶揄皇帝:"回波尔时栲栳,怕妇也是大好。外边只有裴谈,内里无过李老。"关于演唱《回波乐》的故事,在《隋唐嘉话》《唐诗纪事》中都有记载,说明此事广为流传。连优人都能随口唱《回波乐》,可见《回波乐》是当时宴会中常唱的曲子,它现存的歌辞都是六言诗。

唐代还有几支曲子也经常配合六言诗作歌辞,比如《三台》《倾杯乐》。唐代许敬宗的《上恩光曲歌辞启》:"……窃寻乐府雅歌,多皆不用六字。近代有《三台》《倾杯乐》等,艳曲之例,始用六言。"②《三台》是唐代流行的劝酒、促饮、伴舞、伴歌的曲子。唐代李匡乂《资暇集》说:"三台,今之劝酒三十拍促曲。"③ 唐代韦绚的《刘宾客嘉话录》中也有"以《三台》送酒"的记载④。唐代的《佛说阿弥陀佛经》中有"更兼好酒唱三台"⑤。敦煌文献中还有"忆想平生日,何不唱三台!"⑥ 意思是后悔没有及时行乐。王建的《江南三台》:"树头花开花落,道上行人去来。朝愁暮愁即老,百年几度三台。"意思是不知人生能有几度欢娱。可见当时唱《三台》是很流行的。《三台》现存的歌辞,多数是六言诗,

---

① 《唐声诗》上册,第97页:"燕乐更制之初,长短句歌辞尚未大兴之前,五、七言之歌辞甚至不及六言歌辞数多。"

② 《全唐文》,第1549—1550页。

③ (唐)韦绚:《刘宾客嘉话录》,《唐五代笔记小说大观》,上海古籍出版社2000年版,第806页。

④ (唐)李匡乂:《资暇集》,《笔记小说大观三编》,台北新兴书局1979年版,第二册,第1007页。

⑤ 王重民、王庆菽、向达、周良、启功、曾毅公等编:《敦煌变文集》,人民文学出版社1957年版,第470页;任半塘:《唐声诗》下册,上海古籍出版社1982年版,第96页。

⑥ 任半塘:《唐声诗》下册,上海古籍出版社1982年版,第96页,引用刘复《敦煌掇琐》三一。

比如王建的《宫中三台》："池北池南草绿，殿前殿后花红。天子千秋万岁，未央明月清风。"《江南三台》："青草湖边草色，飞猿岭上猿声。万里湘江客到，有风有雨人行。"

《倾杯乐》这支曲子出于北周，隋朝时配上六言诗作为郊庙歌辞。唐代舞马时演奏《倾杯乐》，配上六言的《舞马辞》①。比如张说《舞马辞》其三："彩旄八佾成行，时龙五色因方。屈膝衔杯赴节，倾心献寿无疆。"此外还有《轮台》现存歌辞是六言诗："燕子山里食散，莫贺盐声平回。共酹葡萄美酒，相抱聚蹈轮台。"②《塞姑》歌辞也是六言："昨日卢梅塞口，整见诸人镇守。都护三年不归，折尽江边杨柳。"

第四节　胡乐对六言诗体的影响

一　《回波乐》《三台》《倾杯乐》等胡乐性质的曲子

《回波乐》这个乐曲名最早见于北魏。③《北史·尔朱荣传》记载：尔朱荣举止轻脱，喜驰射……每及酒酣耳热，必自匡坐唱虏歌；日暮罢归，与左右连手踏地唱《回波乐》而出。"④尔朱荣是鲜卑族的契胡部族人，因此，《回波乐》最初是北朝境内胡人的歌曲。

---

① 《旧唐书》卷二八，第1051页："玄宗在位多年，善音乐，若宴设酺会，即御勤政楼。先一日……日旰，即内闲厩引蹀马三十匹，为《倾杯乐》曲。"（唐）郑处诲，《明皇杂录》，中华书局1994年版，第45页："玄宗尝命教舞马……其曲谓之《倾杯乐》者数十回，奋首鼓尾，纵横应节。"张说有六言《舞马辞》。

② 《唐声诗》引用《大日本史》卷348所载的《轮台》歌辞，是六言四句："燕子山里食散，莫贺盐声平回。共酹葡萄美酒，相抱聚蹈轮台。"轮台在今新疆轮台县，葡萄酒为新疆特产。"盐"即译语"曲"。此曲中的"燕子山"即"焉支山"，是北方游牧民族长期生活的地区。《史记》卷一一零，匈奴列传第五十第2908页，颜师古注："《西河故事》云：'匈奴失祁连、焉支二山，乃歌曰：'亡我祁连山，使我六畜不蕃息。失我焉支山，使我妇女无颜色。'"

③ 《北史》卷四八《尔朱荣传》："荣举止轻脱，喜驰射……每见天子射中，辄自起舞叫，将相卿士悉皆盘旋，乃至妃主亦不免随之举袂。及酒酣耳热，必自匡坐唱虏歌；日暮罢归，与左右连手踏地唱《回波乐》而出。"尔朱荣是胡人，因此，《回波乐》最初是北朝境内胡人的民歌。

④ 现存《回波乐》歌辞有王梵志、李景伯、崔日用、沈佺期，中宗时优人等的，杨廷玉辞中有衬字。

《倾杯乐》出于北周,也是北朝音乐。《隋书·音乐志下》:"十四年三月,乐定。于是并撰歌辞三十首,诏并令施用,见行者皆停之。……先是高祖遣内史侍郎李元操、直内史省卢思道等,列清庙歌辞十二曲。令齐乐人曹妙达,于太乐教习,以代周歌。其初迎神七言,象《元基曲》,献奠登歌六言,象《倾杯曲》。"①

《三台》曲名在史籍中最早见于许敬宗《上恩光曲歌辞启》:"……窃寻乐府雅歌,多皆不用六字。近代有《三台》《倾杯乐》等,艳曲之例,始用六言。"②"近代"就是距离唐代很近的朝代。郭茂倩在《乐府诗集》中叙《近代曲辞》曰:"以其出于隋、唐之世,故曰近代曲也。"③ 这是宋代人,把隋、唐视为"近代"。许敬宗这篇启是上给唐高宗的,因此,他所谓"近代",应该是隋、北周等距离唐代近的朝代。

韦绚《刘宾客嘉话录》曰:"以三台送酒……盖因北齐高洋毁铜雀台,筑三座台,宫人拍手呼上台,因以送酒。"④ 唐代李匡《资暇集》说:"昔邺中有三台,石季伦(是'石季龙'之误。石季伦是西晋石崇,在河南有金谷园。石季龙是后赵石虎,都于邺,邺中有石勒所造三台)常为宴游之所,乐工倦怠,造此以促饮也。一说蔡邕自治书御史累迁尚书,三日之间,周历三台。乐府以邕晓音律,制此曲动邕心,抑希其厚遗,亦近之。"⑤

宋代王溥所编《唐会要》卷三三"林钟羽"载有《三台盐》⑥。"盐"之名起于西域疏勒乐,最早见于北魏。《隋书·音乐志下》:"《疏勒》《安国》《高丽》,并起自后魏平冯氏及通西域,因得其伎。后渐繁会其声,以别于太乐。《疏勒》,歌曲有《亢利死让乐》,舞曲有《远服》,解曲有

---

① 《隋书·音乐志下》,第360页。
② (清)董诰等编:《全唐文》,中华书局1983年版,第1549—1550页。
③ (宋)郭茂倩:《乐府诗集》,中华书局1979年版,第1107页。
④ (唐)韦绚:《刘宾客嘉话录》,《唐五代笔记小说大观》,上海古籍出版社2000年版,第806页。
⑤ (唐)李匡乂:《资暇集》,《笔记小说大观三编》,台北新兴书局1979年版,第二册,第1007页。
⑥ (宋)王溥撰:《唐会要》卷三十三"诸乐"条,王云五《丛书集成初编》,商务印书馆1936年版,第818种,第六册,第617页。

《盐曲》。①后来高昌亦有"盐"曲："（炀帝大业）六年，高昌献《圣明乐》曲……其歌曲有《善善摩尼》，解曲有《婆伽儿》，舞曲有《小天》，又有《疏勒盐》。"②

任半塘曰："（盐）起于疏勒乐，亦作'炎'，显系外语译音，乃曲之别称。"③"盐"曲是北魏时从疏勒输入中国的，因此《三台盐》不可能是汉代或后赵时的乐曲。且这两朝去唐远，不符合许敬宗之说。韦绚引刘禹锡谓《三台》起源于高洋之时，北齐于唐为"近代"，与许敬宗说相合。

北齐朝廷所用音乐中本来就有胡戎乐："杂乐有西凉鼙舞、清乐、龟兹等。然吹笛、弹琵琶、五弦及歌舞之伎，自文襄以来，皆所爱好。至河清（北齐武成帝高湛年号，始于562年，共三年）以后，传习尤盛。后主尤赏胡戎乐，耽之无已。于是繁手淫声，争新哀怨。"④笛、琵琶、五弦，都是胡乐中的乐器。北齐统治者普遍喜好胡乐，上有所好，下必逢迎，因三台送酒而用胡乐造《三台》曲，也是很自然的事。因此，可以认定《三台》是产生于北齐时的胡乐乐曲。这支曲子常配合六言诗作歌辞。

《轮台》这支曲子是西北边地之曲。轮台在今新疆轮台县，古为胡地。岑参《轮台即事》："轮台秋色异，地是古单于。"葡萄酒为新疆特产。"盐"即译语"曲"。此曲中的"燕子山"即"焉支山"，是北方游牧民族长期生活的地区。从这些地名来看，《轮台》这支曲子是西北少数民族地区的曲子。《塞姑》这首诗里有"卢梅塞口"，有"都护"，说明是北方边境地区的曲子。

二 胡乐的音乐特点与应用

唐代《回波乐》《倾杯乐》《三台》等曲子，广泛应用于艳曲和酒筵著辞的场合。尤其是《三台》，是唐代流行的催酒、促饮、伴歌、伴舞的曲子。从这支曲子中可以看出胡乐的音乐特点与在声色场合的应用。

---

① 《隋书·音乐志下》，第380页。

② 同上书，第379页。

③ 任半塘：《唐声诗》下册，上海古籍出版社1982年版，第209页。此页列了"盐"的另外几种释义，与疏勒曲名所用"盐"无关。

④ 《隋书·音乐志中》，第331页。

《三台》曲的变体很多：《教坊记》中"曲名"有《怨陵三台》《三台》。"大曲名"有《突厥三台》。《羯鼓录》"太簇角"中有《西河师子三台舞》。韦应物有《上皇三台》歌辞，王建有《宫中三台》《江南三台》歌辞。《唐会要》中载有《三台盐》。《乐府诗集》引《乐苑》："唐天宝中羽调曲有《三台》，又有《急三台》。"①

　　这些名目繁多的《三台》变体，可从几个标准来分类：

　　从"曲"与"大曲"来区分，曲是单独的乐曲，"大曲"有歌舞，有《序》《破》等几个组成部分。

　　《上皇三台》《江南三台》《宫中三台》《突厥三台》《怨陵三台》《西河师子三台舞》等，乃是于调名上附加内容，"内容与调名本意不必每辞皆符"②。《西河师子三台舞》又明示是舞曲。

　　《三台盐》之名是疏勒乐命名的特征。"盐"是胡语译名，有学者认为即"急曲"之义③，那么《三台盐》也许就是《急三台》。

　　《急三台》顾名思义，是《三台》的急曲。《唐会要》卷三三中"诸乐"条下还有《火凤》《急火凤》《行天》《急行天》。可见当时的曲子，有些伴生有急曲。

　　唐代这些《三台》的乐谱，今多不传，流传下来的有日本《昭明文库》藏《唐五弦谱》中《三台》曲调的乐谱："共简字百二十四个，以小点点节拍，可辨者二十五处，疏密有间。"④任半塘认为是《上皇三台》的乐谱⑤。这个乐谱至今无人能解。因此，《三台》的音乐特点，现在只能靠推想。

　　南北朝时胡乐大规模入华，输入了许多鼓板类打击乐器，胡乐的普遍特点，是比较急促，节拍较多，所谓"繁手淫声"。白居易《五弦弹》将胡乐与传统华乐相比较，五弦的效果是"冰泻玉盘千万声"，"正始之音"则"曲淡节稀声不多"⑥。《三台》本是北朝胡乐，必然带有胡乐的普遍特点。

---

① （宋）郭茂倩编：《乐府诗集》，中华书局1979年版，第1058页。
② 同上书，第301页。
③ 王昆吾：《唐代酒令艺术》，东方出版中心1995年版，第204页。
④ 任半塘：《唐声诗》下册，上海古籍出版社1982年版，第609页。
⑤ 同上书，第92页。
⑥ （唐）白居易：《白香山集》，文学古籍出版社1954年版，第43页。

李匡乂《资暇集》说："三台，今之雁酒三十拍促曲。"① 张表臣《珊瑚钩诗话》："乐部中有促拍催酒，谓之《三台》。"② 这里的《三台》是一支乐曲，又用为酒令。唐代开始，这支乐曲就普遍用于催酒，孙棨《北里志》记载：胡证为救裴度，曾冲进一个军中的筵席。他取下铁灯台，摘去台上的枝叶，横放在膝上，对众军士说：现在我要求"非次改令"——每人倒满三盅酒，等奏完一遍《三台》曲时，每人都要喝干酒，不得剩余。犯令者受此灯台一击。于是他一举三盅，喝完后又加了一角觥酒。等《三台》一曲奏完，众人都没能按酒令要求喝完。从文中看，喝完三钟酒的时间已奏一遍乐，按喝一钟酒的时间演奏十拍算，乐曲的节拍急促而密集，曲子本身也很短。

《三台》的音乐特性，使其特别适合于催酒侑饮。它节拍密集，首先从声音效果上来说，给人以"紧锣密鼓""刻不容缓"的逼迫感。其次，节奏性强的曲子，适于用来估量时间。打个比方：我们打电话时，听筒里的声音是"嘟——嘟——嘟……"，单调而节奏规律的声音，使人容易估量时间。响了一声就有人接了，可知人就在电话旁；响了三四声有人接了，可知人在屋里；如果听到了五六声还没人接，要么是没人在家，要么是主人忙，这时就该挂断了。但是如果是彩铃，听筒里是一曲婉转悠扬的歌呢？怎么判断电话响了多久了？节拍有似更点、滴漏，便于估量时间。《三台》又甚短，共三十拍，饮者数着拍子就可以自我判断喝酒的进度了。由于这支曲子有这些特性，所以在唐宋广泛应用于歌筵酒席，"《三台》"也成了饮酒行乐的代称。比如唐代《佛说阿弥陀经讲经文》："更兼好酒唱《三台》。"③ "忆想平生日，悔不唱《三台》！"④ 意思是后悔没有及时行乐。元稹《三月三十日程氏馆饯杜十四归京》诗："拍逐飞觥绝，香随舞袖来。消梨抛《五遍》，娑葛磕《三台》。"这里的《三台》用于

---

① （唐）李匡乂：《资暇集》，《笔记小说大观三编》，台北新兴书局1979年版，第二册，第1007页。

② （宋）张表臣：《珊瑚钩诗话》，（清）何文焕：《历代诗话》，中华书局1981年版，第461页。

③ 任半塘：《唐声诗》下册，上海古籍出版社1982年版，第96页，引用《敦煌变文集》，第470页。

④ 任半塘：《唐声诗》下册，上海古籍出版社1982年版，第96页，引用刘复《敦煌掇琐》三一。

歌舞。王建《江南三台》："朝愁暮愁即老，百年几度《三台》！"谓人生苦短，能得几时欢娱。

《三台》的变体或衍生曲很多，这源于一个不可忽视的因素：唐人对于外来文化的接受热情。胡乐、胡舞、胡服、胡食在唐代都深受喜爱，是当时的流行时尚。元稹《法曲》："女为胡妇学胡妆，伎进胡音务胡乐。"[①]"实际上，整个唐代都没有从崇尚外来物品的社会风气中解脱出来。"[②] 在音乐方面，"许多世纪以来，欣赏西域音乐的人在中国各朝代都大有人在。在隋代，欣赏西域音乐的社会风气尤其盛行一时，而这种风气也一直延续到了唐代"[③]。随着这股崇胡之风，《三台》曲的应用范围，由最初北齐宫廷那一个"点"，扩散到唐王朝上下整个"面"。《三台》曲成为约定俗成的酒令曲，到了宋朝，朝廷宴会也用这一乐曲侑酒[④]。《三台》曲的衍生曲也越来越多，有舞曲，有大曲等，用于舞蹈伴奏中。宋代史浩的《花舞》中屡出现"后行吹《三台》"，"后行吹《折花三台》一遍"[⑤]。此外宋代有《三台夜半乐》（《碧鸡漫志》卷四）、《三台舞》（《东京梦华录》卷九）等名目，金代有《耍三台》（《刘知远诸宫调》）、《叠字三台》（《董西厢》）诸宫调，元曲有《插花三台》（《白兔记》）等曲目。

三 从胡乐的六言歌辞看胡乐对六言诗体的影响

音乐与诗体的发展，一直是文学史上引人探寻的问题。萧涤非先生在《汉魏六朝乐府文学史》一书中，有数处论及音乐对于诗歌体裁之影响。论《月节折杨柳歌》曰："诗体之变迁，恒以音乐之变迁为转移。此歌特殊之格式，为求适合于当时特殊之声调，而非由于作者之矜奇，殆无可疑。汉乐府如《安世歌》《郊祀歌》之整齐骈骊，与《鼓吹铙歌》之长短

---

① （宋）郭茂倩编：《乐府诗集》，中华书局1979年版，第1352页。

② （美）爱德华·谢弗：《唐代的外来文明》，吴玉贵译，陕西师范大学出版社2005年版，第55页。

③ 同上书，第82页。

④ （宋）程大昌：《程氏演繁露》卷一一，《影印文渊阁四库全书》，台北商务印书馆1986年版，第852册，第163页："丙戌所见燕乐，上自至尊，下至宰执，每酌曲，皆异奏。而惟侑百官者，不问初终，纯奏《三台》一曲。"

⑤ 唐圭璋编纂，王仲闻参订，孔凡礼补辑：《全宋词》，中华书局1999年版，第1627页。

参差，其所以不同者，亦即缘声调之关系。此歌足以说明其故。"①

"楚声与秦声，此二声者皆出中土，大抵节奏停匀，故文句亦多联整，其贡献在于产生五言诗体。而新声（即北狄西域之声）则节奏参差，故句读亦复长短不齐，有少至一字者，有多至十余字者，其贡献在开后世长短歌行一派。"②

然萧先生书中又有数处文字，可以证明音乐不制约诗体字数："按《宋书·乐志》引张华《表》云：'二代三亦，袭而不变，虽诗章词异，兴废随时，至其韵逗曲折，皆系于旧。'意者当时乐府之模拟，只求合于旧曲之韵逗曲折，不必如后世之按字填词，故能于一调之中，而适用各种诗体，观同时曹丕《陌上桑》，与曹操所作者，文句长短便不同，亦可为证也。"③ 这是对于齐杂言来说的。对于六言诗体与音乐的关系这个问题，同样有各种说法。

由于《三台》《倾杯乐》《回波乐》《轮台》《塞姑》等乐曲都属胡乐、裔乐性质，而其歌辞都采用六言诗体，因此，人们不禁推测，胡乐与六言诗体有什么关系。由此推及大的方面，南北朝时期胡乐入华，经华乐吸收并与之合流构成隋唐燕乐，是为音乐方面的民族融合，这对于文学必定有影响、促进作用。对于六言诗体来说，这种影响和促进是通过什么途径实现的？产生的结果是什么？历来研究者甚少。日本学者小川环树和任半塘先生最先注意到这个现象，王昆吾先生的《唐代酒令艺术》，李炳海先生的《民族融合与中国古代文学》，继轨前贤，各有创见。另有几名研究者在其著作中对此亦略及一斑。④

小川环树在《〈敕勒之歌〉——它的原来的语言与在文学史上的意义》一文中说："六绝的发生和北歌有更密切的关系，除了《回波乐》以外，还有几个以六言四句作为歌辞的曲，其中之一便是北齐时所作。这些现象，可以认为是互相连贯的。"⑤ 由于这篇论文旨在讨论《敕勒歌》，因

---

① 萧涤非：《汉魏六朝乐府文学史》，人民文学出版社 1984 年版，第 241 页。
② 萧涤非：《萧涤非说乐府》，上海古籍出版社 2002 年版，第 20 页。
③ 同上书，第 43 页。
④ 施蛰存：《唐诗百话》，上海古籍出版社 1987 年版，第 737—738 页 "六言诗"。姜必任：《庾信对北朝文化环境的接受》，《文学遗产》2001 年第 5 期。
⑤ [日]小川环树：《〈敕勒之歌〉——它的原来的语言与在文学史上的意义》，《北京大学学报》（哲学社会科学版）1982 年第 1 期。

此，在六言绝句与北歌之间的关系上，只是点到为止，并未深究。

任半塘先生在《唐声诗》中说："《三台》得名之由在北齐，《回波乐》最早之歌舞传在北魏，王褒作《高句丽》之六言六句在北周，《轮台》六言出西北，《塞姑》六言出北边——综此种种，一部分六言声诗与北歌有关，势所必至矣。"① 但六言声诗与北歌的关系究竟如何，任先生也并没有下结论，而这一说法，开启了后人研究的门径。王昆吾先生在《唐代酒令艺术》中说："六言体实为音乐上的急三拍节奏的文学表现。""总之，《回波乐》《倾杯乐》《三台令》……都起于北朝俗乐，是第一批华夷融合的乐曲的实例；都是节奏急促、使用急三拍结构的乐曲。"② 李炳海先生在《民族融合与中国古代文学》中说："《回波乐》原来是配合'连手踏地'的舞蹈动作，后来依曲所填的词者是三拍子的六字句，是进行曲的节奏，保留了原来的特点。""四句六言的诗歌，是为配合《回波乐》曲调首先在北朝制作出来的。""庾信……这些六言歌词明显是受《回波乐》一类胡乐制约的结果。"③ 这些论断的重点大致相同，就是：一、《三台令》《回波乐》《倾杯乐》属于胡乐或带胡乐性质；二、这些胡乐曲都是急三拍节奏；三、由于胡乐的急三拍节奏，制约了歌辞的文学样式为六言体。

这些论证的隐含前提是："《三台》《回波乐》等胡乐的音乐节奏是三拍子"，然而，现存《回波乐》《三台》等的节拍如何，迄无人知，只知道催酒的《三台》曲共有三十拍。虽然《唐声诗》下册附图有《三台》《回波乐》的乐谱，却至今无人能识。因此，这个前提是未经验证的。

这些论证的另一个隐含前提是：音乐节奏制约语义节拍。但实际上有些事实都和这种观点相反：

其一，同一曲有不同的歌辞体载。如《三台》曲，歌辞有五言，有六言，有七言。《乐府诗集》第七十五卷载有几首《三台》歌辞，有五言《上皇三台》："不寐倦长更，披衣出户行。月寒秋竹冷，风切夜窗声。"有六言《江南三台》《宫中三台》《三台》："一年一年老去，明日后日花开。未报长安平定，万国岂得衔杯？"有七言的《突厥三台》："雁门山上

---

① 任半塘：《唐声诗》上册，上海古籍出版社 1982 年版，第 99—100 页。
② 王昆吾：《唐代酒令艺术》，东方出版中心 1995 年版，第 49、50 页。
③ 李炳海：《民族融合与中国古代文学》，东北师范大学出版社 1997 年版，第 190、191 页。

雁初飞，马邑栏中马正服。日旰山西逢驿使，殷勤南北送征衣。"《上皇三台》《江南三台》《宫中三台》《突厥三台》《怨陵三台》《西河师子三台舞》等，乃是于调名上附加内容，"内容与调名本意不必每辞皆符"。①

再如唐代的乐曲《何满子》，所配的歌辞也有五言、六言、七言。《乐府诗集》第八十卷载有白居易的《何满子》："世传满子是人名，临就刑时曲始成。一曲四词歌八叠，从头便是断肠声。"② 同页薛逢的《何满子》是五言四句："系马宫槐老，持杯店菊黄。故交今不见，流恨满川光。"五代和凝的《何满子》是六言六句："写得鱼笺无限，其如花锁春辉。目断巫山云雨，空教残梦依依。却爱熏香小鸭，羡他常在屏帏。"《隋书·音乐志中》："（北齐）武成之时，始定四郊、宗庙、三朝之乐。……迎送神及皇帝初献、礼五方上帝，并奏《高明》之乐，为覆焘之舞。"③ 北齐的迎神、送神、皇帝初献，分别为四言、三言歌辞。礼五方上帝为三言、四言、五言、六言、九言歌辞，都用同一《高明乐》，说明乐曲并不制约歌辞的节拍。

其二，不同的乐曲也有同样的歌辞体裁。比如《乐世》与《急乐世》，演奏速度不同，然而白居易的两首歌辞都是七言体。《乐世》："管急丝繁拍渐稠，《绿腰》宛转曲终头。诚知《乐世》声声乐，老病人听未免愁。"《急乐世》："正抽碧线绣红罗，忽听黄莺敛翠蛾。秋思冬愁春怅望，大都不得意时多。"更别说唐代许多曲调都共用五绝、七绝两种形式了。这些事实说明音乐节奏并不制约语义节拍。

音乐对歌辞究竟有无要求呢？《辞海》解释"乐段"："由若干乐句组成的段落，表达一相对完整的音乐思想。最常见者有二句式与四句式两种，并有整乐段一气呵成而不易划分句读者。""乐句"："乐段的主要组成部分。规模短小，长短不一，相邻各乐句的长度可相等，也可不相等。乐段常包括两个或四个乐句。"由于乐段表达的是一个相对完整的音乐思想，因此，一个乐段之内，容纳一首绝句，应该是恰当的。至于一个乐句是否必须对应一句歌辞，没有硬性规定。一个乐句的歌辞，并非必须是五言或六言或七言。

---

① 李炳海：《民族融合与中国古代文学》，东北师范大学出版社1997年版，第301页。
② （宋）郭茂倩编：《乐府诗集》，中华书局1979年版，第1133页。
③ 《隋书·音乐志中》，第314页。

李昌集先生在《华乐、胡乐与词：词体发生再论》《"词体发生于民间"与"词起源于隋唐燕乐"》① 等系列论文中一再强调，"任何一种音乐歌唱，在可容范围内对歌词的语文样式都没有强迫规定；任何歌词的语文样式，均非由某种音乐产生的决定"。② 至于任半塘先生所言"一部分六言声诗与北歌有关"，我们可以从如下角度来理解：北歌提供了新鲜丰富的音乐，可供六言诗选择，从而造就了六言声诗的繁荣。那么，如何解释六言诗在北朝的兴起呢？我们认为，这完全是诗体与音乐配合偶然选择的结果。

从诗歌发展的整个纵向历史来看，音乐对诗歌的发展必然是有影响的，但是，在诗歌发展的某一具体时期，这种影响的作用并不明确，或者说，在六言诗体发展过程中，胡乐对六言诗体，是偶然选择的，而不是必然的。六言诗早在汉魏时就出现了，当时六言诗的出现并非是因胡乐节拍制约，而是诗人们对于诗体探索、尝试的兴趣的产物。以汉乐府题《上留田行》为例，曹丕《上留田行》是以六言为主的杂言诗，后缀"上留田"三字：

居世一何不同，上留田。富人食稻与梁，上留田。贫子食糟与糠，上留田。
贫贱亦何伤，上留田。禄命悬在苍天，上留田。今尔叹息将欲谁怨？上留田。

陆机的《上留田行》将"上留田"删去，演为全篇六言：

嗟行人之蔼蔼，骏马陟原风驰。轻舟泛川雷迈。
寒往暑来相寻。零雪霏霏集宇，悲风徘徊入襟。
岁华冉冉方除，我思缠绵未纾，感时悼逝伤心。

---

① 李昌集：《华乐、胡乐与词：词体发生再论》，《文学遗产》2003 年第 6 期。《"词体发生于民间"与"词起源于隋唐燕乐"》，《徐州师范大学学报》（哲学社会科学版）2005 年第 3 期。

② 李昌集：《"词体发生于民间"与"词起源于隋唐燕乐"》，《徐州师范大学学报》（哲学社会科学版）2005 年第 3 期，第 24 页。

谢灵运的同题拟作，又把"上留田"加上了，而且每节第一句叠句：

  薄游出彼东道，上留田。薄游出彼东道，上留田。循听一何矗矗，上留田。澄川一何皎皎，上留田。
  悠哉遏矣征夫，上留田。悠哉遏矣征夫，上留田。两服上阪电逝，上留田。舫舟下游飙驱，上留田。
  此别既久无适，上留田。此别既久无适，上留田。寸心系在万里，上留田。尺素遵此千夕，上留田。
  秋冬迭相去就，上留田。秋冬迭相去就，上留田。素雪纷纷鹤委，上留田。清风飙飙入袖，上留田。
  岁云暮矣增忧，上留田。岁云暮矣增忧，上留田。诚知运来讵抑，上留田。熟视年往莫留，上留田。

  从魏曹丕的《上留田行》到晋代陆机的《上留田行》，再到刘宋谢灵运的《上留田行》，歌辞从杂言到六言，从有衬字、到无衬字，再到有衬字并有复沓叠句，是一个动态发展的过程，时时可加减损益。证明《上留田行》这一曲调并非制约了歌辞一定要用六言体或一定不能用六言体。魏晋时胡乐尚未大量输入，这些六言歌辞，并非胡乐制约的结果。
  有些学者以庾信身居北朝时的《羽调曲》等作品为六言来证明其诗体受北方胡乐制约①。事实上，一是《羽调曲》虽是六言，却更像赋而非诗，比如"居休气而四塞，在光华而两旦"。"实昊天有成命，惟四方其训之"，等等，其语义节拍并非三个节拍，而是两拍。如果说乐曲节奏制约语义节拍的话，这与"急三拍"的乐曲是配不上的。二是从刘宋谢庄时开始，祀黑帝用六言诗："明堂歌辞，祠五帝，汉郊祀歌皆四言。宋孝武使谢庄造辞，庄依五行数，木数用三，火数用七，土数用五，金数用

---

  ① 李炳海《民族融合与中国古代文学》第192页："（庾信）为北周朝廷撰写的《羽调曲五首》，都是六言的句子，庾信所存诗文大多是身居北朝时的作品，这些六言歌辞明显是受《回波乐》一类胡乐制约的结果。"姜必任：《庾信对北朝文化环境的接受》，《文学遗产》2001年第5期，第18页："由此可见，庾信创作《郊庙歌辞》《燕射歌辞》时，接受北方音乐的可能性较大，本歌辞中使用胡乐的六言节奏，就能够作为例证。"

九，水数用六。"① 《宋书·乐志二》："右歌黑帝辞，六言，依水数。"②谢庄以字数配五行，这是五行观念在音乐上的表现，庾信只是依前人而行罢了。

　　汉魏时期就已出现的六言诗，受到有的诗人的喜爱，或有人对此有兴趣探索，于是或将六言诗作为歌词来配乐，或为六言诗来制作乐曲，都是文学发展史上偶然选择的情况。在这一过程中，有时音乐与诗体的配合逐渐稳定，有时则不断变化。同理，南北朝时，诗人偶然为《回波乐》《倾杯乐》《高句丽》《舞媚娘》《怨歌行》等乐曲创作了六言歌辞，这种偶然选择逐渐固定，此后约定俗成，《回波乐》《三台》《倾杯乐》等乐曲的歌词大多为六言。

　　由于《三台》曲的风行，许多人为此曲写歌辞，这就造就了六言歌辞"大用于艳曲及酒筵著辞两面"③ 的局面。从这方面来说，《三台》《回波乐》《倾杯乐》等胡乐为六言诗提供了新鲜丰富的可选择的音乐，促进了六言诗的繁荣。

　　《回波乐》《三台》《倾杯乐》等的歌辞是六言诗，这还有一种可能：就是南北朝时，比如尔朱荣所唱的《回波乐》，是鲜卑语的六言诗。当用汉语把这诗翻译过来的时候，也翻译成了六言；后来的作者模仿了这最初的歌辞样式。薛瑞兆和郭明志在《全金诗序》中提到，20世纪50年代，在山东蓬莱发现的奥良屯良弼女真文诗刻，翻译过来，是汉语的七绝形式。"这首诗虽是女真文诗，却完全合乎汉诗七律的格律，其意象、格律，显然是按照汉语的诗歌的思维定势创作的。"④ 这可以作为一个佐证，证明民族融合时期，各种诗歌形式是互相模仿的。中国古代诗歌形成五言、七言为主的形式，就像英国有"十四行诗"这种特殊的诗体一样，这是有很多因素共同影响，有偶然性也有必然性，其原因一言难尽，到现在也没有人能完全说得清楚。尔朱荣所唱的《回波乐》是几言诗，现在也不知道，因此，这只是一种推测。

---

① 《南齐书》卷十一，第172页。
② 《宋书》卷二十，第570页。
③ 任半塘：《唐声诗》上册，上海古籍出版社1982年版，第97页。
④ 薛瑞兆、郭明志：《全金诗·序言》，南开大学出版社1995年版。

小结

1. 相较传统华乐来说，胡乐是一种新鲜的、带着异域风情的音乐。唐人特善于接受新鲜的、异域的事物。比如胡舞、胡服等演变为举国时尚。胡乐随着胡文化的潮流被接受，《回波乐》《三台》成为流行的送酒、歌舞著辞曲子。《三台》之大用于酒筵，又与它的音乐特性有关的。其乐曲多用拍板，速度快而节奏强，合于催酒之用；又因其短，节奏耳熟能详，便于饮者掌握喝酒的进度。

2. 胡乐入华，丰富了唐代音乐系统；新鲜丰富的乐曲为六言诗体提供了更多可选择的配乐乐曲，刺激了六言诗的发展。

3. 在选辞配乐或依曲调作辞的过程中，曲调与诗体的结合，由偶然性的、松散的、不固定的结合，到约定俗成的、较为固定的结合，但这种"约定俗成"并非"一成不变"，仍可有加减损益。这才能解释《三台》有五言、六言、七言体式，且传辞并不完全相同的现象。

第八章

六言诗向词的演变

第一节　唐代六言声诗调演变为词调

唐代有不少声诗曲调，成为宋代的词调。唐代崔令钦《教坊记》①中记载的"曲名"后来成为宋代词牌名的有：《献天花》、《抛球乐》、《清平乐》、《夜半乐》、《破阵乐》、《渔歌子》②、《何满子》……《教坊记》中所载的"大曲"名在宋代成为词牌名的有《回波乐》、《雨霖铃》、《薄媚》等。

声诗曲调向词调的演变有两种情况：一种是在唐代所配歌辞本是齐言诗，宋代成为词牌后，其辞仍是齐言，比如《木兰花》、《玉楼春》、《浣溪沙》、《生查子》，只占很小比例；大部分齐言诗逐渐演变为长短句词，例如《浪淘沙》、《杨柳枝》、《苏慕遮》、《水调》、《乌夜啼》、《南歌子》、《轮台》、《凤归云》等。

唐代六言声诗曲调在宋代成为词调的有：《倾杯乐》、《破阵乐》、《轮台》、《塞孤》（塞姑）、《何满子》、《渔父引》、《谪仙怨》、《三台》七种。下面逐次分析其演变情况。

1.《倾杯乐》声诗调与词调

《倾杯乐》的歌辞从北周开始是六言诗。《隋书·音乐志下》记载：

（开皇）十四年三月，乐定。秘书监、奇章县公牛弘等奏曰："臣等伏奉明诏，详定雅乐，博访知音，旁求儒彦，研校是非，定其去就，取为一代正乐，具在本司。"于是并撰歌辞三十首，诏并令施

---

① 任半塘：《教坊记笺订》，中华书局1962年版，第3—6页"曲名"和"大曲名"。宋代词牌名的统计，依据唐圭璋主编《全宋词》，中华书局1999年版。

② 《教坊记》中写作《鱼歌子》在《花间集》中写作《渔歌子》，后世都写作《渔歌子》。

用，见行者皆停之。先是高祖遣内史侍郎李元操、直内史省卢思道等，列清庙歌辞十二曲。令齐乐人曹妙达，于太乐教习，以代周歌。其初迎神七言，象《元基曲》，献奠登歌六言，象《倾杯曲》，送神礼毕五言，象《行天曲》。至是弘等但改其声，合于钟律，而辞经敕定，不敢易之①。

《倾杯曲》等的歌辞十二曲，是开皇十四年之前李元操等所撰，当时《倾杯曲》已经存在，是周代所用之乐，歌辞是六言。

初唐《倾杯曲》仍在应用。《新唐书·礼乐志》载："（太宗）其后因内宴，诏长孙无忌制《倾杯曲》，魏征制《乐社乐曲》，虞世南制《英雄乐曲》。……皆宫调撷琵琶。"②

许敬宗在《上恩光曲歌辞启》："近代有《三台》《倾杯乐》，艳曲之例，始用六言……"也就是说，许敬宗所见《倾杯乐》的歌辞是六言诗的形式，许敬宗历事隋炀帝、唐高祖、太宗、高宗四君，在唐太宗朝与长孙无忌同殿为臣，太宗时的《倾杯曲》他是知道的，他所见《倾杯乐》用的是六言，那么长孙无忌所制《倾杯曲》，其歌辞也许就是六言。

任半塘先生的《隋唐五代燕乐杂言歌辞集》收录了两首《倾杯乐》，即《倾杯乐·五陵堪娉》和《倾杯乐·求名宦》。这两首歌辞都是杂言。据任先生考订，前一首为盛唐人作，后一首为晚唐人作。两首曲辞同为女性的叙述口吻，同为长短句形式，也就是说，盛唐时《倾杯乐》歌辞已经既有六言体又有杂言体了。但《倾杯乐·五陵堪娉》的体式，此后没有出现过，而《倾杯乐·求名宦》的体式在宋代又出现过。也就是说，晚唐《倾杯乐》长短句歌辞的句式在宋代稳定下来，成为固定词牌句式。这也说明，词调固定过程中有偶然选择的作用在内。

唐代《倾杯乐》曲调到宋代演变为好几种不同的词调。单就柳永词来看，就有七种不同词体：分别为：

其一，《倾杯乐》（仙吕宫）"禁漏花深"，上片为：四，四，四。三、四，四，四。七。四，六。四，六。

其二，《倾杯乐》（大石调）"皓月初圆"，上片为：四，四，七。三、

---

① 《隋书》卷一五，第359—360页。
② 《新唐书·礼乐志》，中华书局1975年版，第471页。

四。三、四。三、四。六,五。四,七。

其三,《古倾杯》(林钟商)"冻水消痕",上片为:四,四,五。四,四,六。六,四。四,四,四,六。

其四,《倾杯》(林钟商)"离宴殷勤",上片为:四,四,六。五,六,四。三,六,五,四。四,七。

其五,《倾杯》(黄钟羽)"水乡天气",上片为:四,四,五。六,三、四,四,四。一、五,四,六,四。

其六,《倾杯》(大石调)"金风淡荡",上片为:四,四,三。六,四,六。五,四、三。六。四,六。

其七,《倾杯》(散水调)"鹜落霜洲",上片为:四,四,六。四,四,五。七,五。四,三,六。下片为:二、四,四,五。五,五,四。四,四,五。三,三,四。

下片:

> 为忆。芳容别后,水遥山远,何计凭鳞翼。想绣阁深沈,争知憔悴损、天涯行客。楚峡云归,高阳人散,寂寞狂踪迹。望京国。空目断、远峰凝碧。

其八,《倾杯乐》(散水调)"楼锁轻烟",上片与第七相同,但下片略有不同:六,四,五。五,四,五。四,四,五。三。三,四。

> 算伊别来无绪,翠消红减,双带长抛掷。但泪眼沈迷,看朱成碧。惹闲愁堆积。雨意云情,酒心花态,孤负高阳客。梦难极。和梦也、多时间隔。

两首都是仄韵,下片之不同,或出于后人句读之误。因"为忆。芳容别后,水遥山远",亦可点为"为忆芳容别后,水遥山远"。"争知憔悴损、天涯行客",亦可点为"争知憔悴、损天涯行客"。

2. 唐曲《破阵乐》与宋词牌《破阵乐》

《破阵乐》是唐太宗敕造的大型舞曲。"太宗为秦王之时,征伐四方,人间歌谣《秦王破阵乐》之曲。及即位,使吕才协音律,李百药、虞世南、褚亮、魏征等制歌辞。百二十人披甲持戟,甲以银饰之。发扬蹈厉,声韵慷慨，享宴奏之，天子避位，坐宴者皆兴。"①《破阵乐》是唐代最重要的乐曲之一，大型庆典活动时都会演奏："《破阵》《上元》《庆善》三舞，皆易其衣冠，合之钟磬，以享郊庙。""玄宗……若燕设酺会，即御勤政楼。先一日……令宫女数百人自帷出击雷鼓，为《破阵乐》《太平乐》《上元乐》。"②可见，《破阵乐》既是郊庙享祀的音乐，又是大宴酺会的音乐。唐代《破阵乐》的歌辞，现存有张说的《破阵乐》二首：

汉兵出顿金微，照日明光铁衣。百里火幡焰焰，千行云骑騑騑。足咸踏辽河自竭，鼓噪燕山可飞。正属四方朝贺，端知万舞皇威。

少年胆气凌云，共许骁雄出群。匹马城西挑战，单刀蓟北从军。一鼓鲜卑送款，五饵单于解纷。誓欲成名报国，羞将开阁论勋。

因《破阵乐》太长，不便演出，其后唐玄宗把《破阵乐》改编为较短的《小破阵乐》，隶属于坐部伎："坐部伎有《燕乐》《长寿乐》《天授乐》《鸟歌万寿乐》《龙池乐》《破阵乐》，凡六部。""《破阵乐》，玄宗所造也。生于立部伎《破阵乐》。舞四人，金甲胄。"③《旧唐书·音乐志》第1084页校记曰："《通典》卷一四六、《唐会要》卷三三、《册府元龟》卷五六九、《文献通考》卷一四五作《小破阵乐》，加'小'字，盖区别于唐太宗所制之《破阵乐》。"崔令钦《教坊记》中"曲名"记载有《破阵乐》和《小秦王》，《小秦王》很有可能就是《小破阵乐》。

宋初有《破阵乐》词牌，柳永《破阵乐》（林钟商）词如下：

露花倒影，烟芜蘸碧，灵沼波暖。金柳摇风树树，系彩舫龙舟遥岸。千步虹桥，参差雁齿，直趋水殿。绕金堤、曼衍鱼龙戏，簇娇春罗绮，喧天丝管。霁色荣光，望中似睹，蓬莱清浅。

时见。凤辇宸游，鸾觞禊饮，临翠水、开镐宴。两两轻舠飞画楫，竞夺锦标霞烂。罄欢娱，歌鱼藻，徘徊宛转。别有盈盈游女，各委明珠，争收翠羽，相将归远。渐觉云海沈沈，洞天日晚。

---

① 《旧唐书·音乐志一》，第1049页。
② 《旧唐书·音乐志二》，第1060页。
③ 同上书，第1061、1062页。

柳永词中另有《小秦王》词牌，不知其乐曲是否从《小破阵乐》的乐曲演变而来。

3.《轮台》与《轮台子》

唐代《轮台》歌辞是六言诗："燕子山里食散，莫贺盐声平回。共酌葡萄美酒，相抱聚蹈轮台。"[①]

宋代柳永有《轮台子》（中吕调）词，其中有不少六言句：

  一枕清宵好梦，可惜被、邻鸡唤觉。匆匆策马登途，满目淡烟衰草。前驱风触鸣珂，过霜林、渐觉惊栖鸟。冒征尘远况，自古凄凉长安道。行行又历孤村，楚天阔、望中未晓。

  念劳生，惜芳年壮岁，离多欢少。叹断梗难停，暮云渐杳。但黯黯魂消，寸肠凭谁表。怎驱驱、何时是了。又争似、却返瑶京，重买千金笑。

另一首《轮台子》（中吕调）体格不同：

  雾敛澄江，烟消蓝光碧。彤霞衫遥天，掩映断续，半空残月。孤村望处人寂寞，闻钓叟、甚处一声羌笛。九凝山畔才雨过，斑竹作、血痕添色。感行客。翻思故国，恨因循阻隔。路久沉消息。

  正老松枯柏情如织。闻野猿啼，愁听得。见钓舟初出，芙蓉渡头，鸳鸯滩侧。干名利禄终无益。念岁岁间阻，迢迢紫陌。翠蛾娇艳，从别后经今，花开柳拆伤魂魄。利名牵役。又争忍、把光景抛掷。

这是将原来的六绝歌辞，演化成了长篇慢词。

4. 唐代声诗《塞姑》（塞孤）与宋代《塞孤》

唐代《塞姑》的歌辞如下：

  昨日卢梅塞口，整见诸人镇守。都护三年不归，折尽江边杨柳。

[①] 任半塘：《唐声诗》下册，上海古籍出版社1982年版，第310页，引《大日本史礼乐志》。第312页："《乐家录》引《笛说》曰：'《轮台》，大唐乐也。写其地土俗之歌舞者。'"

柳永《塞孤》（般涉调）与此相比，有很大不同：

　　一声鸡，又报残更歇。秣马巾车催发。草草主人灯下别。山路险，新霜滑。瑶珂响、起栖乌，金钲冷、敲残月。渐西风紧，襟袖凄冽。
　　遥指白玉京，望断黄金阙。还道何时行彻。算得佳人凝恨切。应念念，归时节。相见了、执柔荑，幽会处、偎香雪。免鸳衾、两恁虚设。

5.《何满子》歌辞从唐至宋的演变

《何满子》，本是声诗曲调，白居易《何满子》："世传满子是人名，临就刑时曲始成。一曲四词歌八叠，从头便是断肠声。"自注："开元中，沧州有歌者何满子，临刑，进此曲以赎死。上竟不免。"① 此曲开元中问世，演唱时"一曲四词歌八叠"。《何满子》在唐代有五言、七言歌辞，今存五言歌辞有薛逢的《何满子》，七言歌辞有白居易的《何满子》。五代时有六言歌辞，因此推测唐代也有六言歌辞。

宋代的《何满子》词体，是由六言歌辞演变来的。南宋王灼《碧鸡漫志》卷四解说《何满子》词牌："今词属双调，两段各六句，内五句各六字，一句七字。五代时尹鹗、李珣亦同此。其他诸公所作，往往只一段，而六句各六字。"② 也就是说，五代时"其他诸公所作"，是一首六句六言诗，而尹鹗、李珣所作是双调词的形式。到了王灼时，词体已经固定。

五代毛文锡所作《何满子》为六句六言诗：

　　红粉楼前月照，碧纱窗外莺啼。梦断辽阳音信，那堪独守空闺。恨对百花时节，王孙绿草萋萋。

五代和凝所作两首《何满子》，一首是六句齐言，另一首是六句杂言：

　　写得鱼笺无限，其如花锁春辉。目断巫山云雨，空教残梦依依。却爱熏香小鸭，羡他常在屏帏。（其一）

---

① 《乐府诗集》，第1133页。元稹也有诗名《何满子》，所说情况与白居易不同。
② 岳珍：《碧鸡漫志校正》，巴蜀书社2000年版，第103页。

正是破瓜年纪，含情惯得人饶。桃花精神鹦鹉舌，可堪虚度良宵。却爱蓝罗裙子，羡他长束纤腰。（其二）

第二首的第三句"桃花精神鹦鹉舌"，已无从指出衬字，也就是说，衬字已经由"偶然"变为常格，第三句已固定为七言。

五代孙光宪《何满子》，咏唐武宗孟才人事[①]，与和凝第二首一样，第三句是七言：

冠剑不随君去，江河还共恩深。歌袖半遮眉黛惨，泪珠旋滴衣襟。惆怅云愁雨怨，断魂何处相寻。

五代尹鹗《何满子》已成为双调：

云雨常陪胜会，笙歌惯逐闲游。锦里风光应占，玉鞭金勒骅骝。戴月潜穿深曲，和香醉脱轻裘。

方喜正同鸳帐，又言将往皇州。每忆良宵公子伴，梦魂长挂红楼。欲表伤离情味，丁香结在心头。

上下片都是六句，上片是六言诗形式，下片第三句多了一字，其实是双叠了和凝诗的齐言、杂言两种歌辞体裁。

五代毛熙震所作《何满子》，双叠了和凝诗的第二首的体裁：

寂寞芳菲暗度，岁华如箭堪惊。缅想旧欢多少事，转添春思难平。曲槛丝垂金柳，小窗弦断银筝。

深院空闻燕语，满园闲落花轻。一片相思休不得，忍教长日愁生。谁见夕阳孤梦，觉来无限伤情。

此后宋代《何满子》词调，以毛熙震所作《何满子》为标准调式。从和凝的六言诗形式，到宋代词体定型，这其间演变的痕迹明显可寻。

宋代创作《何满子》的，有张先、杜安世、孙洙、苏轼、晏几道、晁端礼、毛滂、仇远8位词人。其中张先、晏几道的作品与毛熙震所作

[①] 王灼《碧鸡漫志》卷四："伪蜀孙光宪《何满子》一章云'冠剑不随君去，江河还共恩深'，似为孟才人发。"见岳珍《碧鸡漫志校正》，巴蜀书社2000年版，第103页。

《何满子》体格相同，也就是王灼所谓的"今词属双调，两段各六句，内五句各六字，一句七字"的形式。而杜安世所作，与以上诸人所作略有不同，下片出现了一个四字句："命薄不倚栏槛，或占郊垧。""又见云中归雁，断续和鸣。"这说明词体既有相对稳定性，也会因人而异，随作者创作偏好不断变化。

6. 唐曲《渔父引》《渔歌子》调名与歌辞的演变

崔令钦《教坊记》中记载的"曲名"中有《渔父引》和《鱼歌子》。很多诗人为它们写歌辞，歌辞的样式也不断变化，这两个题名也出现了《渔父》《渔父乐》《渔父歌》《渔歌子》等变体。到南宋时，《渔父》与《渔歌子》又被人们认为是同一词牌。

（1）《渔父引》的名称与歌辞样式的演变

中唐顾况为《渔父引》写的歌辞是六言三句：

新妇矶边月明。女儿浦口潮平。沙头宿鹭鱼惊。

与顾况基本同时的张志和，所写的《渔父》①五首在当时影响很大。这五首的样式与顾况不同，是"七七三三七"的形式：

西塞山前白鹭飞，桃花流水鳜鱼肥。青箬笠，绿蓑衣，斜风细雨不须归。（其一）②

五代和凝的《渔父》也是"七七三三七"形式：

白芷汀寒立鹭鸶，蘋风轻剪浪花时。烟幂幂，日迟迟，香引芙蓉惹钓丝。

---

① 《渔父》这个题名见于南唐沈汾《续仙传》："（颜）真卿为湖州刺史，与门客会饮，乃唱和为《渔父》词。其首唱即志和之词，曰：'西塞山边白鹭飞……'"（唐）沈汾：《续仙传》，（宋）李昉等：《太平广记》卷二十七，中华书局1961年版，第180页。其后清人所编《全唐诗》中，也将这组诗称为《渔父》。

② 此处所引唐五代词据曾昭岷等辑《全唐五代词》，中华书局1999年版，并参照（后蜀）赵崇祚辑《花间集》，上海古籍出版社2002年版。所引宋词则据唐圭璋编纂《全宋词》，中华书局1965年版。

第八章　六言诗向词的演变

五代李珣的《渔父》三首也是"七七三三七"形式：

水接衡门十里余，信船归去卧看书。轻爵禄，慕玄虚，莫道渔人只为鱼。（其一）

五代欧阳炯的两首《渔父歌》也是"七七三三七"形式：

风浩寒溪照胆明，小君山上玉蟾生。荷露坠，翠烟轻，拨剌游鱼几处惊。（其一）

五代李煜的《渔父》词二首，也是"七七三三七"的形式：

浪花有意千重雪，桃李无言一队春。一壶酒，一竿纶，世上如侬有几人？（其一）

一棹春风一叶舟，一纶茧缕一轻钩。花满渚，酒满瓯，万顷波中得自由。（其二）

北宋徐积有《渔父乐》词一首，与《渔父》词的样式相同，是"七七三三七"形式：

水曲山隈四五家。夕阳烟火隔芦花。渔唱歇，醉眠斜。纶竿蓑笠是生涯。

北宋苏轼有《渔父》四首，这四首算诗还是算词，不同的学者有不同的看法①。苏辞如下，是"三三六七六"形式：

渔父饮，谁家去，鱼蟹一时分付。酒无多少醉为期，彼此不论钱数。（其一）

---

① 清代王文诰将这四首《渔父》编入苏轼诗集中，但在《苏文忠公诗编注集成总案》中说其可以"谱入琴声"，又觉得它们是歌辞。晚清朱祖谋认为它们是词，将其收入《东坡乐府》。《全宋词》收录。

渔父醉，蓑衣舞，醉里却寻归路。轻舟短棹任斜横，醒后不知何处。（其二）

渔父醒，春江午，梦断落花飞絮。酒醒还醉醉还醒，一笑人间今古。（其三）

渔父笑，轻鸥举，漠漠一江风雨。江边骑马是官人，借我孤舟南渡。（其四）

南宋高宗赵构有《和渔父词》十五首，其小序中说明是"因览黄庭坚所书《和渔父词》十五首，戏同其韵"，这组词也都是"七七三三七"的形式：

一湖春水夜来生，几叠春山远更横。烟艇小，钓丝轻，赢得闲中万古名。（其一）

南宋戴复古词集中也有《渔父》四首，如此看，似乎是追和苏轼的作品，但句式不同，是"三三七五"形式：

渔父饮，不须钱。柳枝斜贯锦鳞鲜。换酒却归船。（其一）
渔父醉，钓竿闲。柳下呼儿牢系船。高眠风月天。（其二）
渔父醒，荻花洲。三千六百钓鱼钩。从头下复休。（其三）
渔父笑，笑何人。古来豪杰尽成尘。江山秋复春。（其四）

从唐到宋，《渔父》的题名不断演变，词的样式也不断演变，从三言六句变成长短句形式。

（2）《渔歌子》的名称与歌辞样式的演变

张志和的《渔父》五首，在唐代人记载中又被称为《渔歌》或《渔歌子》[①]。在《花间集》中，二者已经统一为《渔歌子》这个题名。《花

[①] 唐代人如李德裕、张彦远、朱景玄等都把这组诗称为《渔歌》。李德裕《元真子渔歌记》："德裕倾在内廷，伏睹宪宗皇帝写真，求访元真子《渔歌》，叹不能致。"张彦远《历代名画记》说：张志和"自为《渔歌》，便画之，甚有逸思"。唐代朱景玄《唐朝名画录》也说："鲁公宦吴兴，知其高节，以《渔歌》五首赠之。"

间集》中的《渔歌子》，与张志和的《渔歌子》样式不同，都是双调，每片为"三，三，七。三，三，六。"的形式：

五代顾敻的《渔歌子》词是双调"三，三，七。三，三，六。"的形式：

晓风清，幽沼绿，倚栏凝望珍禽浴。画帘垂，翠屏曲，满袖荷香馥郁。

好撼怀，堪寓目，身闲心静平生足。酒杯深，光影促，名利无心较逐。

五代魏承班的《渔歌子》词是"三，三，七。三，三，六。"的形式：

柳如眉，云似发，鲛绡雾縠笼香雪。梦魂惊，钟漏歇，窗外晓莺残月。

几多情，无处说，落花飞絮清明节。少年郎，容易别，一去音书断绝。

五代李珣的《渔歌子》词四首与魏词形式相同：

楚山青，湘水渌，春风澹荡看不足。草芊芊，花簇簇，渔艇棹歌相续。

信浮沉，无管束，钓回乘月归湾曲。酒盈尊，云满屋，不见人间荣辱。（其一）

五代孙光宪的《渔歌子》词也与魏词的形式相同：

泛流萤，明又灭，夜凉水冷东湾阔。风浩浩，笛寥寥，万顷金波澄澈。

杜若洲，香郁烈，一声宿雁霜时节。经霅水，过松江，尽属侬家日月。

(3)《渔父》与《渔歌子》的渊源与混同

对照以上所举的例子就会看出,《渔父》词与《渔歌子》词的样式,在唐五代时期是明显不同的。本来,《渔父》与《渔歌子》,最初是不同的教坊曲调,歌辞样式也不同。在《花间集》中,既有《渔歌子》,又有《渔父》。其中《渔歌子》都是双调,每片为"三,三,七。三,三,六。"的形式。《渔父》都是单调,为"七,七,三,三,七。"的形式。《尊前集》中收《渔父》五首,《金奁集》①中收《渔父》十五首,都是单调,"七,七,三,三,七。"的形式。这说明在五代时,《渔父》与《渔歌子》还是两种各不相干的曲调,其歌辞样式也不同。

自屈原以来,文人描写渔父,都是将其作为隐逸的形象,以渔隐为内容。唐代文人如柳宗元等,在诗中写到的渔父形象都是如此。而《渔歌子》可能是江边海畔之人随口所唱情歌小调,以闺情为主。二者所抒发的情致不同:"从现存敦煌词中的四首《鱼歌子》来看,主题皆是闺情闺思,这与以渔隐为题的《渔父》可谓大异其趣。"②五代魏承班的《渔歌子》内容就是写相思之情的,这也是《渔歌子》本为情歌小调的一个佐证。

张志和的组诗内容,是以渔隐为题的,按内容分应入《渔父》类;其形式用的也是《渔父》"七七三三七"的形式,确凿无疑,应该叫《渔父》。但是,由于李德裕、张彦远、朱景玄等人将张志和的组词称为《渔歌》,导致后人将这组词称为《渔歌子》。究其原因,可能因为古文句读不如现代标点符号清楚严密,《渔歌》与"渔歌"不易分清,李德裕等人所谓"渔歌",其内涵应该是"关于渔父(或渔隐)之歌诗",指《渔父》,而非《渔歌子》。

由于张志和这组诗极负盛名,追和者众多,一方面是在《渔歌子》这个题目下也开始出现渔隐内容,如李珣、孙光宪的《渔歌子》也写渔隐;另一方面是"(关于渔父之)渔歌"混淆成了"渔歌子"。唐穆宗年间,日本的嵯峨天皇出于对张志和词之意境的仰慕,模仿其作,御制了《渔歌子》五首,《渔歌子》在日本声名大振。到了苏轼时,《渔歌子》的

---

① 朱祖谋校,蒋哲伦增校:《尊前集》(附《金奁集》),江西人民出版社1984年版。
② 邓乔彬:《唐宋渔父词的文人化发展》,《文史哲》2009年第1期,第144页。

曲调已经失传①，《渔歌子》作为词牌名，其词成为文人案头作品。苏轼的《渔父》似是自创之格，此后未见相同的样式。

南宋张炎有《渔歌子》十首，自序说："张志和与余同姓，而意趣亦不相远。庚戌春，自阳羡牧溪放舟过鼋画溪，作《渔歌子》十解，述古调也。"他的这组词是"七，七，三，三，七。"的样式，实际上是《渔父》的形式。由于张炎是词学理论大家，他说这种样式是《渔歌子》，后来的人们也没有异议。另外，五代时双调《渔歌子》的样式也未再出现过，后续无词，无从证其伪。这样，《渔父》与《渔歌子》就混为一谈。张志和的《渔父》，如今在我国的中小学教材中普遍称为《渔歌子》。

（4）后人对顾况和张志和《渔父》辞的隐括

顾况和张志和的《渔父》歌辞，都很受宋朝人赞赏。先是苏轼隐括后者写成《浣溪沙》：

西塞山边白鹭飞，散花洲外片帆微。桃花流水鳜鱼肥。
自庇一身青箬笠，相随到处绿蓑衣。斜风细雨不须归。

黄庭坚见了表示欣赏，也隐括顾况与张志和的两篇作品写了一首《浣溪沙》：

新妇矶边眉黛愁，女儿浦口眼波秋，惊鱼错认月沉钩。
青箬笠前无限事，绿蓑衣底一时休。斜阳细雨转船头。

苏轼因渔父主题本写渔隐之事，而黄庭坚词中，以玉肌花貌代替水色山光，调侃道："此渔父无乃太澜浪乎？"② 于是黄庭坚的外甥徕俯又隐括顾况、张志和的作品，另写了一首《浣溪沙》：

---

① 宋代曾慥《乐府雅词》卷中收录徐俯隐括顾况《渔父词》和张志和的《渔父词》成《浣溪沙》《鹧鸪天》各二首，并于词后加注：东坡云："元真语极丽，恨其曲度不传，加数语以《浣溪沙》歌之云：……"《乐府雅词》卷中，《影印文渊阁四库全书》，台北商务印书馆1986年版。

② （宋）苏轼：《跋黔安居士渔父词》，施蛰存、陈如江辑录《宋元词话》，上海古籍出版社1994年版，第44页。

新妇矶边秋月明。女儿浦口晚潮平。沙头鹭宿戏鱼惊。

青箬笠前明此事，绿蓑衣底度平生。斜风细雨小舟轻。

从唐到宋，六言声诗调《渔父引》的歌辞最终成了长短句的形式，题名也改称《渔歌子》。徐俯的这首词，成为六言诗《渔父引》在宋代以另一种形式的重现，也是绝响。

7.《谪仙怨》

《谪仙怨》本是唐玄宗所制曲调。唐代窦弘余《广谪仙怨序》对此有详细介绍：

> 天宝十五载正月，安禄山反，陷没洛阳，王师败绩，关门不守。车驾幸蜀，途次马嵬驿，六军不发，赐贵妃自尽，然后驾行。次骆谷，上登台下马，望秦川，遥辞陵庙，再拜，呜咽流涕。左右皆泣。谓力士曰："吾听九龄之言，不到于此。"乃命中使往韶州，以太牢祭之。因上马，索长笛，吹笛，曲成，潸然流涕，伫立久之，时有司旋录成谱。及銮舆至成都，乃进此谱，请名曲。帝谓："吾因思九龄，亦别有意，可名此曲为'谪仙怨'。"其旨属马嵬之事。厥后以乱离隔绝，有人自西川传得者，无由知，但呼为"剑南神曲"。其音怨切，诸曲莫比。大历中，江南人盛为此曲，随州刺史刘长卿左迁睦州司马，祖筵之内，长卿遂撰其词，吹之为曲，意颇自得，盖亦不知本事。余既备知，聊因暇日撰其词，复命乐工唱之，用广其不知者。

窦弘余祖窦叔向，官左拾遗。父窦常，大历中进士及第，元和间自湖南判官入为侍御史，以国子祭酒致仕。窦弘余官至台州刺史。其祖、父曾在朝廷，谙知旧闻，制序撰词的本义亦是"用广其不知者"，其叙述是可靠的。宋代王谠《唐语林》卷四引用窦弘余此说，略有不同。窦弘余诗是六言律：

> 胡尘犯阙冲关，金辂提携玉颜。云雨此时萧散，君王何日归还？伤心朝恨暮恨，回首千山万山。独坐天边初月，蛾眉犹自弯弯。

其后康骈亦有《广谪仙怨》并序。其序曰：

窦使君序《谪仙怨》云：刘随州之辞，未知本事，及详其意，但以贵妃为怀。盖明皇登骆谷之时，实有思贤之意。窦之所制，殊不述焉。骈因更广其辞，盖欲两全其事。虽才情浅拙，不逮二公，而理或可观。贻诸识者。诗曰：
晴山碍目横天，绿叠君王马前。銮辂西巡蜀国，龙颜东望秦川。曲江魂断芳草，妃子愁凝暮烟。长笛此时吹罢，何言独为婵娟。

刘长卿所作是六言律诗：《苕溪酬梁耿别后见寄》

清川永路何极，落日孤舟解携。鸟向平芜远近，人随流水东西。白云千里万里，明月前溪后溪。惆怅长沙谪去，江潭芳草萋萋。

三首诗都押平韵，体格一致。

清代徐立本《词律拾遗》对于《谪仙怨》声诗调曰："本唐时乐府新声，后用以填词。"后来就算作是词调了。《全唐诗》卷八九零《词录》内，依据明代选本，把唐人这三首诗都分为四句两片，当作词了。《唐五代词》《全宋词》也这样分类。

《三台春》与此情况相同。也是本属诗作，被《全宋词》当作词收录了。这两首诗调，可以说是"被误认为是词的诗调"。见下节。

第二节　由唐代《三台》演变来的一组词调

本节其实应归入第一节，因唐代《三台》在宋代演变的情况较为复杂，所用篇幅较多，故单独立一节。

初唐许敬宗《上恩光曲歌辞启》："近代有《三台》《倾杯乐》等，艳曲之例，始用六言。"可见许敬宗时，《三台》歌辞的普遍形式是六言诗。现存唐代《三台》歌辞，以六言诗为主，如韦应物《三台》二首，王建《宫中三台》二首、《江南三台》四首，都是六言诗。从中唐到宋代，《三台》衍生出一组词牌：《三台令》《调笑令》《古调笑》《宫中调笑》《转应词》《伊州三台》《三台春》《开元乐词》《翠华引》。其中

《三台令》《调笑令》《古调笑》《宫中调笑》《转应词》是同调异名，《开元乐词》与《翠华引》是同调异名。

一 《三台》与《三台令》《调笑令》《古调笑》《宫中调笑》《转应词》

1. 一组同调异名的词牌：《三台令》《调笑令》《古调笑》《宫中调笑》《转应词》

《乐府诗集·近代曲辞四》载王建《宫中调笑》四首，韦应物《调笑令》两首，戴叔伦《转应词》一首。郭茂倩题注：“《乐苑》曰：'《调笑》，商调曲也。戴叔伦谓之《转应词》。'”① 这几首词句式、韵法相同，为同调异名。王建的词在《全唐诗》卷八九零中题为《调笑令》，题注："即《宫中调笑》。"五代冯延巳有《三台令》三首，与王建等的作品句式相同。

施蛰存在《唐诗百话》中说：

> 王建也有《调笑》一首，即韦应物的《古调笑》，大约这是一个古代传下来的曲子，故韦应物加"古"字。后世称《调笑令》……
> 韦、王、戴三家所作，句式、韵法都相同，已成定格，故后世划入词调，名《调笑令》或《转应曲》，但南唐词人冯延巳已有三首《三台令》，却就是《调笑令》。由此可知，《转应曲》或《调笑令》，就是《三台》的变体。以六言四句为本体，加了四个二言短句。②

《全唐诗》卷八九零中所载韦应物的《调笑令》，题下注："一名《宫中调笑》，一名《转应曲》，一名《三台令》。"《全宋词》中有吕南公的《调笑令》，自注："效韦苏州作。"也就是说，《三台令》与《宫中调笑》《调笑令》《转应词》是同调异名。

2. 从《三台》到《三台令》

唐代《三台》的歌辞是六言四句诗。《三台令》以四句六言为主干，增加了两组二言叠句，从六言诗变成了长短句。五代时冯延巳的《三台

---

① （宋）郭茂倩编：《乐府诗集》，中华书局1979年版，第1155页。
② 施蛰存：《唐诗百话》，上海古籍出版社1987年版，第737—738页"六言诗"。

令》三首如下：

  春色，春色，依旧青门紫陌。日斜柳暗花嫣，醉卧谁家少年？年少，年少，行乐直须及早。（其一）
  明月，明月，照得离人愁绝。更深影入空床，不道帏屏夜长。长夜，长夜，梦到庭花阴下。（其二）
  南浦，南浦，翠鬓离人何处？当时携手高楼，依旧楼前水流。流水，流水，中有伤心双泪。（其三）

  齐言歌辞变成长短句，多因演唱时增加和声衬字，或是偷声、添声，或是叠句造成的。后来这些和声、衬字、偷声、添声、叠句位置固定，文人写作歌辞时在此位置加减字数，形成长短句。歌辞中加上和声、衬字，在曹丕的《上留田》中就已经出现，这首诗每句后都有"上留田"三个衬字。《世说新语·任诞》中也记载桓子野每每为清歌和声"奈何"。但那时歌辞里的和声和衬字，并未形成常格：其后陆机的《上留田》就去掉了衬字，成为全篇六言，而谢灵运的《上留田》又加上了衬字"上留田"，且每节第一句叠句。那时的和声、衬字、叠句如果成为常格，也许词的历史就会提前了。
  唐五代时期，不少齐言声诗在演唱时都会运用和声、衬字、添声、叠句的技巧，这些和声、衬字、添声、叠句，有的成为常格，导致歌辞全篇演变为长短句；有的则否。在《花间集》《尊前集》中，保留了一些当时歌辞中和声、衬字、添声、叠句的资料。
  增加和声衬字的例子，如中唐时刘禹锡的《竹枝词》都是七言诗，在《花间集》中，孙光宪的《竹枝》二首加上了和声"竹枝""女儿"：

  门前春水（竹枝）白苹花（女儿），岸上无人（竹枝）小艇斜（女儿）。
  商女经过（竹枝）江欲暮（女儿），散抛残食（竹枝）饲神鸦（女儿）。（其一）
  乱绳千结（竹枝）绊人深（女儿），越罗万丈（竹枝）表长寻（女儿）。
  杨柳在身（竹枝）垂意绪（女儿），藕花落尽（竹枝）见莲心

（女儿）。（其二）

《花间集》中皇甫松《采莲子》，和声为"举棹""年少"：

> 菡萏香莲十顷陂（举棹），小姑贪戏采莲迟（年少）。
> 晚来弄水船头湿（举棹），更脱红裙裹鸭儿（年少）。

添声的例子，如温庭筠的《杨柳枝》都是七言诗，《花间集》中，顾敻的《杨柳枝》已有添声，与温辞不同：

> 秋夜香闺思寂寥，漏迢迢。鸳帏罗幌麝烟销，烛光摇。
> 正忆玉郎游荡去，无寻处。更闻帘外雨萧萧，滴芭蕉。

《花间集》中还载有顾敻的《荷叶杯》九首，每首的结句似乎是和声，并且重叠：

> 春尽小庭花落，寂寞。凭槛敛双眉，忍教成病忆佳期。知么知，知么知。（其一）
> 歌发谁家筵上，寥亮。别恨正悠悠，兰釭背帐月当楼。愁么愁，愁么愁。（其二）
> 弱柳好花尽坼，晴陌。陌上少年郎，满身兰麝扑人香。狂么狂，狂么狂。（其三）
> 记得那时相见，胆战。鬟乱四肢柔，泥人无语不抬头。羞么羞，羞么羞。（其四）

《尊前集》中载有刘禹锡《抛球乐》二首，是五言诗：

> 五色绣团圆，登君玳瑁筵。最宜红烛下，偏称落花前。上客如先起，应须赠一船。（其一）
> 春草见花枝，朝朝恨发迟。及看花落后，却忆未开时。幸有抛球乐，一杯君莫违。（其二）

同样是《尊前集》中，皇甫松《抛球乐》二首如下：

  红拨一声飘，轻球坠越绡。坠越绡。带翻金孔雀，香满绣蜂腰。少少抛分数，花枝正索饶。（其一）
  金蹙花球小，真珠绣带垂。绣带垂。几回冲凤蜡，千度入香怀。上客终须醉，觥盂且乱排。（其二）

从刘禹锡到皇甫松的《抛球乐》，歌辞中添加了叠句"坠越绡""绣带垂"，齐言诗变成了长短句，演变轨迹清晰可寻。

3. 从《三台》到《调笑令》《宫中调笑》《转应词》

《三台令》又有《调笑令》《宫中调笑》《转应词》等异名。唐代这些不同名的作品，形式一致。韦应物《调笑令》如下：

  胡马，胡马，远放燕支山下。跑沙跑雪独嘶，东望西望路迷。迷路，迷路，边草无穷日暮。（其一）
  河汉，河汉，晓挂秋城漫漫。愁人起望相思，江南塞北别离。离别，离别，河汉虽同路绝。（其二）

戴叔伦《转应词》：

  边草，边草，边草尽来兵老。山南山北雪晴，千里万里月明，明月，明月，胡笳一声愁绝。

《三台令》又有《调笑令》《转应词》这些异名，其转化过程，应该与《调笑》曲、"转应"方式有关。

《调笑》曲原来是教坊曲，常用作酒令中的抛打曲。"抛打"是一种酒令，类似于"击鼓传花"游戏，王昆吾解释它的特点："通过巡传行令器物，以及巡传中止时的抛掷游戏，来决定送酒歌舞的次序。因此，它是针对歌舞者以及饮酒者两方面的酒令形式。"[①] 唐代抛打常用的物品是用布料做成的彩色软球，称为"香球""花球"。根据抛球落点，

---

① 王昆吾：《唐代酒令艺术》，东方出版中心1995年版，第22页。

"上客"饮酒,歌舞伎表演送酒歌舞。白居易的《江南喜逢萧九彻因话长安旧游》:"旧曲翻《调笑》,新声打《义扬》。"这首诗是记贞元年间在长安内坊游乐之事,所谓"旧曲"指教坊旧曲或更古老的曲子,总之在唐代已经翻为新声。白居易《代书诗一百韵寄微之》:"打嫌《调笑》易,饮讶《卷波》迟。"自注:"抛打曲有《调笑》,饮酒曲有《卷白波》。"从这些诗中,可知当时《调笑》作为抛打曲广泛应用于饮酒场合。

当时酒筵上常用的抛打乐曲,除了《调笑》,还有《三台》。元稹《三月三十日程氏馆饯杜十四归京》诗:"拍逐飞觥绝,香随舞袖来。消梨抛《五遍》,娑葛磕《三台》。"王昆吾解释:"《五遍》《三台》,是两支抛打乐曲。"① 三台是著名的送酒曲,这里用作抛打乐曲,它也可用于普通歌舞,当然也可有歌辞。

那么,《三台令》为何又叫《调笑令》?

对此,任半塘先生推测:"《三台》之舞,已成一种基本舞蹈,可向多方面配合应用。如所谓《西河师子三台舞》等……《调笑令》所以牵合《三台》之名,疑亦因用《三台》舞之故。"②

王昆吾先生在《唐代酒令艺术》中说:"韦应物有《调笑令》二首,王建有《宫中调笑》四首,均为杂言辞,载在《尊前集》。冯延巳有同调辞三首,题《三台令》——可见《调笑》是使用《三台》节拍的一支乐曲。"③ 这是说因为《调笑》使用了《三台》的节拍,所以《三台令》又名《调笑令》。

王昆吾先生又说:"用于调笑的《三台令》,由于加入了产生于命题要求和转韵要求的二言句,原来的六言四句体遂变成了杂言八句体。"④ 从现存《调笑令》的作品来看,每一首都是头两句先举一物,接下来赋此物,说明确实是有命题要求的。这一调也确实包括转韵要求。但要说因《三台令》的使用功能是调侃嬉笑,从而有《调笑令》别名恐不妥。因酒席歌筵上绝大部分令词,是用于调笑,为何只有《三台令》别名为《调

---

① 王昆吾:《唐代酒令艺术》,东方出版中心1995年版,第30页。
② 任半塘:《唐声诗》下册,上海古籍出版社1982年版,第97页。
③ 王昆吾:《唐代酒令艺术》,东方出版中心1995年版,第30页。
④ 同上书,第73页。

笑令》？

　　笔者认为，因唐代《调笑》与《三台》两支曲子都是酒筵常用曲，应用场合一致，那么很可能会组合使用。在令格规定下，歌舞伎先唱六言《三台》，再将《三台》的歌辞用《调笑》曲演唱，为配合乐曲增减了字数，成为长短句，称为《调笑令》。因长短句本由六言《三台》演变来，故又称《三台令》。

　　在此，我们不妨看一下宋代《调笑令》的情况。唐圭璋主编的《全宋词》中，有两位作者（苏轼，吕南公）有小令《调笑令》，都注有"效韦苏州作"，与韦作的形式完全一致。有八位作者有用于演唱或歌舞的《调笑令》：郑仅《调笑转踏》，秦观《调笑令》，晁补之《调笑》，毛滂《调笑》，曾慥《调笑令》，李邴《调笑令》，洪适《番禺调笑》，李吕《调笑令》。这八位的《调笑令》，形式大致相同：

郑仅　《调笑转踏》（《全宋词》第 573—575 页，选二首）

　　良辰易失，信四者之难并；佳客相逢，实一时之盛事。用陈妙曲，上助清欢。女伴相将，调笑入队。

　　秦楼有女字罗敷。二十未满十五余。金钗约腕携笼去，攀枝摘叶城南隅。使君春思如飞絮。五马徘徊芳草路。东风吹鬓不可亲，日晚蚕饥欲归去。

归去。携笼女。南阳柔桑三月暮。使君春思如飞絮。五马徘徊频驻。蚕饥日晚空留顾。笑指秦楼归去。

　　石城女子名莫愁。家住石城西渡头。拾翠每寻芳草路，采莲时过绿苹洲。五陵豪客青楼上。醉倒金壶待清唱。风高江阔白浪飞，争催艇子操双桨。

双桨。小舟荡。唤取莫愁迎叠浪。五陵豪客青楼上。不道风高江广。千金难买倾城样。那听绕梁清唱。

秦观 《调笑令》十首并诗（《全宋词》第598—601页，选二首）

王昭君

诗曰：汉宫选女适单于。明妃敛袂登毡车。玉容寂寞花无主，顾影低回泣路隅。行行渐入阴山路。目送征鸿入云去。独抱琵琶恨更深，汉官不见空回顾。

曲子

回顾。汉宫路。捍拨檀槽鸾对舞。玉容寂寞花无主。顾影偷弹玉箸。未央宫殿知何处。目送征鸿南去。

乐昌公主

诗曰：金陵往昔帝王州。乐昌主第最风流。一朝隋兵到江上，共抱凄凄去国愁。越公万骑鸣箫鼓。剑拥玉人天上去。空携破镜望江尘，千古江枫笼辇路。

曲子

辇路。江枫古。楼上吹箫人在否。菱花半璧香尘污。往日繁华何处。旧欢新爱谁是主。啼笑两难分付。

毛滂 《调笑》并白语（《全宋词》第892—894页，选二首）

[掾] [白语] 窃以绿云之音，不羞春燕；结风之袖，若翩秋鸿。勿谓花月无情，长寄绮罗遗恨。试为调笑，戏追风流。少延重客之余欢，聊发清尊之雅兴。诗词：

珠树阴中翡翠儿。莫论生小被鸡欺。鹳雀楼高荡春思，秋瓶盼碧双琉璃。御酥作肌花作骨。燕钗横玉云堆发。使梁年少断肠人，凌波袜冷重城月。

城月。冷罗袜。郎睡不知鸾帐揭。香凄翠被灯明灭。花困钗横时节。河桥杨柳催行色。愁黛有人描得。（右一崔徽）

隼旌佩马昌门西，泰娘绀幰为追随。河桥春风弄鬓影，桃花髻暖黄蜂飞。绣茵锦荐承回雪。水犀梳斜抱明月。铜驼梦断江水长，云中月堕韩香歇。

香歇。袂红颭。记立河桥花自折。隼旌绀幰城西阙。教妾惊鸿回雪。铜驼春梦空愁绝。云破碧江流月。（右二泰娘）

曾慥 《调笑令》并口号（《全宋词》第1191—1192页，选二首）

五柳门前三径斜。东篱九日富贵花。岂惟此菊有佳色，上有南山日夕佳。

调笑　佳友菊

佳友。金英辏。陶令篱边常宿留。秋风一夜摧枯朽。独艳重阳时候。剩收芳蕊浮卮酒。荐酒先生眉寿。

清友梅

清友。君芳右。万缟纷披兹独秀。天寒月薄黄昏后。缟袂亭亭招手。故山千树连云岫。借问如今安否。

李邴 《调笑令》（《全宋词》第1233页）

伏以长安丽人，杜工部水边瞥见；洛川神女，陈思王梦里相逢。虽赋咏之尽工，亦纤秾之未备。若乃吟烟吐月，镂玉雕花。众中唤做百宜娇，诗里装成十样锦。汉鬟楚腰呈妙伎，竹枝桃叶换新声。彩袖初呈，传踏来至。

睡起斜痕印枕檀。弄羞未怕指尖寒。紫绵香软红膏滑，不惜春娇对舞鸾。袅鬟细发金凤钗，春工只在纤纤玉。却月弯环未要深，留着伊来画双绿。

双绿。淡匀拂。两脸春融光透玉。起来却怕东风触。本是一团香玉。飞鸾台上看未足。贮向阿娇金屋。

洪适 《番禺调笑》（《全宋词》第 1771—1774 页，选二首）

[句队]盖闻五岭分疆，说番禺之大府；一尊属客，见南伯之高情，摭遗事于前闻，度新词而屡舞。宫商递奏，调笑入场。

羊仙

黄木湾头声哄然。碧云深处起非烟。骑羊执穗衣分锦，快睹浮空五列仙。腾空昔日持铜虎。嘉瑞能名灼前古。羽人叱石会重来，治行于今最南土。

南土。贤铜虎。黄木湾头腾好语。骑羊执穗神仙五。拭目摩肩争睹。无双治行今犹古。嘉瑞流传乐府。

药洲

传闻南汉学飞仙。炼药名洲雉堞边。炉寒灶毁无踪迹，古木闲花不计年。惟余九曜巉岩石。寸寸沦漪湛天碧。画桥彩舫列歌亭，长与邦人作寒食。

寒食。人如织。藉草临流罗饮席。阳春有脚森双戟。和气欢声洋溢。洲边药灶成陈迹。九曜摩挲奇石。

从以上罗列的《调笑令》作品和作者的自注，大致可以了解宋代《调笑令》词体和歌舞形式。综合起来有几方面：

（1）歌舞用的乐曲是《调笑》

郑仅《调笑转踏》："女伴相将，调笑入队。"洪适《番禺调笑》："宫商递奏，调笑入场。"乐曲的歌辞有一组，分别敷演不同的主题，是用同调词来演出整场歌舞，这是金代用诸宫调表演故事的先演。

（2）每组作品有诗有词

如秦观作品注："十首并诗。""诗曰：……"毛滂作品注："诗词。"曾慥《调笑令》注："并口号。诗云：……"一首《调笑》词，要配一首诗，词必须隐括诗义，可用诗中原句，其实即诗的变体。比如秦观《调笑令》：

  诗曰：汉宫选女适单于。明妃敛袂登毡车。玉容寂寞花无主，顾影低回泣路隅。行行渐入阴山路。目送征鸿入云去。独抱琵琶恨更深，汉宫不见空回顾。
  回顾。汉宫路。捍拨檀槽鸾对舞。玉容寂寞花无主。顾影偷弹玉箸。未央宫殿知何处。目送征鸿南去。

  词的头两字，为诗的末二字。《调笑转踏》之"转"，大概就是由此而来。《转应词》之"转"，料亦如此。但曾慥《调笑令》只有一首诗，有六首词，可见其艺术形式是在相对稳定中又不断变化，并非一成不变的，这也解释了小令《调笑令》与歌舞所用《调笑令》的形式不同的原因。
  （3）词为演唱的主体，骈文和诗为乐语口号
  有的诗、词之前有一段骈体文，如李邴《调笑令》："伏以长安丽人，杜工部水边瞥见；洛川神女，陈思王梦里相逢……"这段骈文和诗，作为致词，称为"致语""口号"，一般由一个"主持人"念出[①]。演唱的主体则是词。
  这其中最值得注意的是，宋代《调笑令》曲的歌辞是长短句，却必须配一首诗，而且词的内容必须隐括这首诗。为什么会有这种组合形式？笔者认为，这可能是从唐代流传下来的约定俗成的习惯。在唐代，《调笑》与《三台》两支曲子都常作为抛打乐曲用于酒筵，应用场合一致，人们对二者都很熟悉。由于令格要求，人们将这两支曲子组合起来唱，先是唱一首《三台》，然后增减字数，配上《调笑》曲重唱一遍。这种长短句因所使用乐曲是《调笑》，就称为《调笑令》，这是由乐曲来定称呼。因是由《三台》的六言歌辞按行令要求变化而来，所以又叫《三台令》。

---

① 杨晓霭：《宋代声诗研究》，中华书局2008年版，第393页："文学体裁中的乐语，主要包括致语与口号声两部分，以骈文与律绝诗的组合为常体。演出方式主要是'念'，或根据表演需要安排，有'长诵'、'进趋诵咏'、'且舞且唱'等多种形式。"

宋代《调笑令》词要配诗，且词要隐括诗的内容，很可能就是由唐代先唱一首六言《三台》，再根据行令规则唱长短句《调笑令》这种习俗演变来的。用于歌唱的六言《三台》，演变为宋代乐语口号中的诗，这首诗有时是诵读的，有时仍然配乐歌唱。

《三台》的齐言歌辞在宋代以后就很少了，而《调笑令》在宋代用于歌唱演出。可以看出在配乐歌唱时，齐言声诗逐渐让位给长短句词。中唐《三台》的诗体中产生出《调笑令》杂言体，为六言诗与音乐的分离准备了条件。唐代是六言声诗兴盛的时代，也是六言诗声辞开始分离的时代。

中唐王建有《宫中调笑》四首，与《调笑令》《转应词》形式完全一致：

  团扇，团扇，美人病来遮面。玉颜憔悴三年，谁复商量管弦。弦管，弦管，春草昭阳路断。（其一）
  胡蝶，胡蝶，飞上金花枝叶，君前对舞春风，百叶桃花树红。红树，红树，燕语莺啼日暮。（其二）
  罗袖，罗袖，暗舞春风依旧。遥看歌舞玉楼，好日新妆坐愁。愁坐，愁坐，一世虚生虚过。（其三）
  杨柳，杨柳，日暮白沙渡口。船头江水茫茫。商人少妇断肠。肠断，肠断，鹧鸪夜飞失伴。（其四）

《宫中调笑》的命名，类似于《宫中三台》《江南三台》，《番禺调笑》，在曲名前随机加上所赋内容即可。

《调笑令》又为何称为《转应词》呢？王昆吾先生认为，"转应"之名，是由"递转命题"而来，即韦应物与戴叔伦之间互相唱和，产生"胡马"与"边草"之间的递转命题，从而命名为《转应词》。但现存的不同作者之间递转命题，只此一例，难以立为证据。

笔者认为，"转"与"应"，第一层指字顺转变。比如由"管弦"转为"弦管"，由"树红"转为"红树"；第二层指所赋之物转变。比如由"团扇"转为"弦管"，由"胡蝶"转为"红树"；第三层指声律的递转与回应。以下是对其声律的分析：

戴叔伦《转应词》

边草，边草，边草尽来兵老。山南山北雪晴，千里万里月明，明月，明月，胡笳一声愁绝。

平仄，平仄，平仄仄平平仄。仄平仄仄平平，平仄平平仄仄。平仄，平仄，平仄仄平平仄。

王建《宫中调笑》

团扇，团扇，美人病来遮面。玉颜憔悴三年，谁复商量管弦。弦管，弦管，春草昭阳路断。

平仄，平仄，平仄平平仄仄。仄平仄仄平平，平仄平平仄仄。平仄，平仄，平仄平平仄仄。

冯延巳《三台令》

春色，春色，依旧青门紫陌。日斜柳暗花嫣，醉卧谁家少年。年少，年少，行乐直须及早。

平仄，平仄，平仄平平仄仄。仄平仄仄平平，平仄平平仄仄。平仄，平仄，平仄平平仄仄。

头三句押仄韵，中间两句是"转"，由仄韵转平韵；末三句是"应"，回应、重复头三句的仄韵，而且，末三句与头三句的平仄格律完全一致。这种回环往复、结构精巧的词体，名《转应》，亦实至名归。

二 《三台》与《伊州三台令》

以上说的是《三台》歌辞由六言绝句转为《调笑令》（《三台令》等）词体，下面再看宋代杨韶父《伊州三台令》：

> 水村月淡云低。为爱寒香晚吹。瘦马立多时。是谁家、茅舍竹篱。
>
> 三三两两芳蕤。未放琼铺雪堆。只这一些儿。胜东风、千枝万枝。

如果数字数，这首词恰是两组六言绝句的字数。由此推测这一词体的产生，本是《三台》的六言歌辞，由于演唱时停顿不同，本该六字一顿，变成第三句时五字即顿。先是偶然，后来变成规律，歌辞作者干脆在作词时也就这样写，词体于是稳定下来。

三　宋代万俟咏的《三台·清明应制》

见梨花初带夜月，海棠半含朝雨。内苑春、不禁过青门，御沟涨、潜通南浦。东风静、细柳垂金缕。望凤阙、非烟非雾。好时代、朝野多欢，遍九陌、太平箫鼓。

乍莺儿百啭断续，燕子飞来飞去。近绿水、台榭映秋千，斗草聚、双双游女。饧香更、酒冷踏青路。会暗识、夭桃朱户。向晚骤、宝马雕鞍，醉襟惹、乱花飞絮。

正轻寒轻暖漏永，半阴半晴云暮。禁火天、已是试新妆，岁华到、三分佳处。清明看、汉宫传蜡炬。散翠烟、飞入槐府。敛兵卫、阊阖门开，住传宣、又还休务。

这首词分三片，各片体格完全一致。词的开头以一字逗领起并列的两个六言句，尚可看出唐代《三台》六言句的遗留痕迹。

四　《三台》与《三台春》

宋代许棐有两首《三台春》，从形式上来看是六言绝句：

昨夜微风细雨，今朝薄霁轻寒。檐外一声啼鸟，报知花柳平安。
春是人间过客，花随春不多时。人比花尤易老，那堪终日相思。

两首都是仄起首句不入韵格式，都押平韵（第一首押平声寒韵，第二首押平声支韵）。《三台》在唐代，常按所咏题材随机加上题目字，如《宫中三台》《江南三台》。任半塘推测《三台春》之命名曰："因咏春故，遂曰'三台春'与?"[①]《宋代声诗研究》对于《三台春》之名曰："又名《宫中三台》《江南三台》《三台令》。"

许棐这两首《三台春》载于《梅屋诗稿第四稿》，作者是把它当作诗来看的。《全宋词》将它收录进去，算作词了。编者的按语说："《三台》乃唐曲，收入《尊前集》。此二首虽见于许棐诗集中，未入词集，

[①]　任半塘：《唐声诗》下册，上海古籍出版社1982年版，第303页。

而其调句及字数句法,与唐曲无异。"① 意思说这首诗与唐代《三台》歌辞体格相同,作为词收录。那么在全宋词的编者看来,《三台》也是词体了。

清代张宗橚《词林纪事》卷十八"葛长庚"条载葛的《三台令》:"千古蓬头跣足,一生服气餐霞。笑指武夷山下,白云深处吾家。"② 明代朱国祯《涌幢小品》卷二十九已有此条,原书所记为葛长庚自赞云:"千古蓬头跣足……"③ 本是六言绝形式,并未称为《三台令》词。也就是说,在张宗橚观念中,六言绝的形式,就是《三台》歌辞的形式。

五 《三台》与《开元乐词》

宋代沈括有《开元乐词》四首:

鹓鹒楼头日暖,蓬莱殿里花香。草绿烟迷步辇,天高日近龙床。
楼上正临宫外,人间不见仙家。寒食轻烟薄雾,满城明月梨花。
按舞骊山影里,回銮渭水光中。玉笛一天明月,翠华满陌东风。
殿后春旗簇仗,楼前御队穿花。一片红云闹处,外人遥认官家。

这四首诗都是六言绝句的仄起首句不入韵格式,都押平声韵(第一首押平声阳韵,第二首押平声麻韵,第三首押平声东韵,第四首押平声麻韵)。从题名和内容来看,是写开元年间宫中之事,如"按舞骊山影里","玉笛一天明月",都是切合于唐玄宗之事。从"开元乐"的题名和所用六言形式来看,极似唐代《宫中三台》辞。任半塘《唐声诗》考证:"调

---

① 唐圭璋编纂,王仲闻参订,孔凡礼补辑:《全宋词》第4册,中华书局1999年版,第2863页,编者按语。

② (清)张宗橚:《词林纪事》卷十八,《笔记小说大观》,台北新兴书局有限公司1975年版,十七编第六册,第3530页"葛长庚"条:"长庚字白叟,又号白玉蟾……其三台令:千古蓬头跣足,一生服气餐霞。笑指武夷山下,白云深处吾家。小字注:《涌幢小品》:白玉蟾有《海琼子》集,自言世间有字之书无不目过,足迹半天下,尝为朱晦庵题像,赋《三台令》词,其自题亦云云。"

③ (明)朱国祯《涌幢小品》卷二十九,见《笔记小说大观》,台北新兴书局有限公司1975年版,二十二编第七册,第4957—4958页:"紫清明道真人白玉蟾,或云姓葛名长庚……尝赞朱文公遗像云:'天地棺,日月葬……'其自赞云:'千古蓬头跣足,一生服气餐霞。笑指武夷山下,白云深处吾家。'这首诗《全宋诗》中亦属白玉蟾。"

名显由唐来，非沈括自创。"《宋代声诗研究》考证："今按既题作《开元乐词》，或仿开元曲调'唐音'所歌也。"①

《历代诗余》卷一："《三台令》，一名《翠华引》，一名《宫中三台》，一名《江南三台》，一名《开元乐》，平仄不拘叶。"②《词谱》卷一《三台》注释："沈括词名《开元乐》。"这是直接把沈括的六言诗当作词了。

《六言诗三百首》收此四组诗，名《翠华行》，注曰："此即《宫中三台》。因作者于第三首有'翠华满陌东风'句，后遂名《翠华行》。"③ 这种因词中字句而改词牌名的情况，在宋代常见，例如人们因苏轼的《念奴娇·大江东去》气势磅礴，而将《念奴娇》称为《大江东》《酹江月》；因《撷芳词》中有"可怜孤似钗头凤"，而将词牌名改称《钗头凤》。既然《开元乐词》可以改为《翠华引》，那么，《宫中三台》为何不可改为《开元乐》？沈括这组词可能是效王建《宫中三台》而作。

六 《三台》与《长干三台》

明代杨慎《升庵全集》卷四十有《长干三台》四首，六言六句，三韵诗，押平声麻韵。

> 雁齿红桥仙坊，鸭头绿水人家。邀郎深夜沽酒，约伴明朝浣纱。桃叶横波风急，梅根渚远烟斜。（其一）

《长干三台》之题名，究竟是杨慎所见的唐辞中已有，还是他自命名，现在无法考证。我们现在可知的是：宋代《三台春》《开元乐》，明代《长干三台》都是六言诗形式，明代张宗橚又把六言绝叫《三台令》，由此推测：由于唐代《三台》歌辞多数是六言诗，于是《三台》成为六言诗的代名词，后人把六言诗都叫作《三台》，这是以特殊代一般的借代命名法。

---

① 杨晓霭：《宋代声诗研究》，中华书局2008年版，第132页。
② 任半塘：《唐声诗》下册，上海古籍出版社1982年版，第303页引用。
③ 萧艾辑注：《六言诗三百首》，中州古籍出版社1987年版，第85页。

第三节 六言诗向词转化的技术手段

从前两节六言声诗曲调向同名词调转化的情况，可以总结其转化的技术手段：

1. 增加衬字成为杂言体，进而成为词调

衬字的增加，起初或出于偶然，并非有意；后来由偶然为之变成约定俗成，进而固定下来成为词体。《何满子》从五代六言诗到宋代长短句词，就是增字成词的例子。

增加衬字之偶然者，有《回波乐》可以为例：唐初王梵志的《回波乐》是六言诗体。后来杨廷玉所作在第三句第一字前加了一个衬字："回波尔时廷玉，打獠取钱未足，阿姑婆见作天子，旁人不得帐触。"杨廷玉之后，李景伯等所作，并未加衬字，仍是六言诗。唐代之后《回波乐》未成为词牌。因此，杨词的"偶然"就成为唯一一例杂言体，没有固定成为词体。

增加衬字之固定为词体者，以《何满子》为例。五代时毛文锡所作为六言六句诗；和凝所作一首是六句齐言，另一首是六句杂言；孙光宪所作为杂言；尹鹗所作已成为双调；毛熙震所作，成为宋代《何满子》的标准调式。从六言诗形式，到词体定型，这其间演变的痕迹清晰可寻。宋代杜安世的《何满子》，比起张先所作，又有了变化。晏几道的词又与张先、毛熙震所作《何满子》相同。这说明词体有相对稳定性，也会随时间推移不断变化。

2. 演唱时添声、偷声、和声、叠歌或乐句的句逗位移

第一点着重讲文人创作中增加衬字，这点着重讲歌者演唱技巧的应用导致词体变化。

演唱时为了美听，有时运用添声、偷声等歌唱技巧增减字数，比如温庭筠有《新添声杨柳枝》，"添声"是在演唱时为了美听增加衬字。如果这个衬字位置固定，以后可能就成为一种新的词体。

从汉代起，演唱时就会增加和声，魏晋时曹丕、谢灵运等人的《上留田》，保留了和声。五代时所编的《花间集》《尊前集》中，还保留着一些演唱时的和声的资料，这些上文已讲过。和声位置固定下来，齐言诗就成为长短句。

唐代演唱声诗时经常叠歌。王维的《渭城曲》又名《阳关三叠》，当时传唱时就叠歌，只是具体叠法不清楚。白居易《对酒》诗："相逢且莫推辞醉，听唱阳关第四声。"自注："第四声：'劝君更饮一杯酒。'"白居易《听歌六绝句》之五"一曲四词歌八叠"，就是一种叠歌法。

宋人杨湜《古今词话》录有一首无名氏的《阳关三叠》：

渭城朝雨，一霎浥清尘，更洒遍客舍青青。弄柔凝，千缕柳色新。更洒遍客舍青青，千缕柳色新。休烦恼！劝君更饮一杯酒，人生会少，自古功名富贵有定分，莫遣容仪瘦损。休烦恼！劝君更饮一杯酒，只恐怕西出阳关，旧游如梦，眼前无故人。只恐怕西出阳关，眼前无故人。①

这是《阳关三叠》的叠法之一。由于叠歌，《渭城曲》成为长短句形式。叠歌的设计并非只能有这一种，应该可以随机产生许多种叠法。宋王灼《碧鸡漫志》卷五："今黄钟商有《杨柳枝》曲，仍是七字四句诗，与刘白及五代诸子所制并同。但每句下各增三字一句，此乃唐时和声，如《竹枝》《渔父》，今皆有和声也。"② "每句下各增三字一句"，是宋代《杨柳枝》的和声形式。《竹枝》《渔父》也各有和声。李昌集《"苏慕遮"的乐与辞》一文说："'叠歌'之法的意义是双重的：第一，其可使'一首诗'产生若干不同的'曲'；第二，其可针对各种既有曲调对一首诗作相应的歌唱'设计'，以使'诗'更圆满地'被乐'，从而使齐言诗配合任何乐曲皆成为可能。"③《三台》转化为《调笑令》，其中就有叠句的作用在内。

演唱时乐句的句逗移位，也可以造成新的词体，这是笔者根据《伊州三台令》与六言《三台》的区别而推测的。《辞海》解释"乐句"："乐段的主要组成部分。规模短小，长短不一，相邻各乐句的长度可相等，也可不等。乐段常包括两个或四个乐句。""乐段"："由若干乐句组成的段

---

① 李昌集：《"苏慕遮"的乐与辞——胡东人华的个案研究与唐代曲子辞的声、词关系探讨》，《中国文化研究》2004年夏之卷，第32页引用。
② 岳珍：《碧鸡漫志校正》，巴蜀书社2000年版，第132页。
③ 李昌集：《"苏慕遮"的乐与辞——胡东人华的个案研究与唐代曲子辞的声、词关系探讨》，《中国文化研究》2004年夏之卷，第32页。

落，表达一相对完整的音乐思想。"由于乐段表达的是一个相对完整的音乐思想，因此，一个乐段之内，容纳一首绝句，应该是恰当的。至于一个乐句是否必须对应一句歌辞，没有硬性规定。《伊州三台令》很可能就是在演唱时，将《三台》的每六字对应一个乐句，改换成在第三个乐句对应五个字，第四个乐句对应七个字，由偶然的位移变为常格。

3. 改令著词

王昆吾先生在《唐代酒令艺术》中说："由于改令的要求，著辞是按照曲调规定和题材规定而写作的特殊的曲子辞。……《宫中调笑》便是题材（宫中）与修辞令格（调笑）的合名。""改令著辞则进一步造就了丰富的曲子辞格律。"① 六言诗用于酒令过程中，由"变格""转应""下次据令"等令格规则作为中介，产生变格，比如《三台》转变为《调笑令》《转应词》。改令著词要求依曲调规定和题材规定，需要增字、叠句等，是一种综合技术手段。

从《三台》歌辞由六言诗演变为杂言词体的过程，我们可以得出如下结论：

1. 六言诗用于酒令过程中，由于命题要求和韵式要求等规则，产生变体，成为长短句；

2. 这一变化的技术手段，乃是增字、减字、叠句等技巧，由此产生文体的差异；

3. 在古代有些学者观念中，认为六言诗《三台》本来就是词。

4. 音乐与六言诗由声辞结合到声辞分离。这一过程，首先是曲调与文体偶然结合的过程，这种偶然，指某一曲调选词时，可结合五言，亦可六言、七言；可结合齐言歌辞，亦可结合杂言歌辞。依曲调作辞的过程中，情况亦同此。然后曲调与文体的结合逐渐凝固，《三台》曲多结合六言绝；又由于行酒令之变格或演唱中出现字数加增减少、或唱叠和声，衍生出变格，原来的六言声诗曲调变成了词调。这就是音乐、酒令规则、演唱艺术共同作用于六言诗，使六言声诗调经为词调的过程。由于宋代以后配乐演唱的主要是词而不是诗，六言诗开始与音乐分离。初唐是六言诗声辞结合的盛期，中唐以后又是六言诗声辞开始分离的时期。

宋代六言诗脱离音乐成为徒诗，但是很多六言句仍保留在词中。《调

---

① 王昆吾：《唐代酒令艺术》，东方出版中心1995年版，第71、74页。

笑令》中就有六言句。《何满子》是"六六七六六六，六六七六六六"，六言句占多数。《西江月》这个词牌，为"六六七六，六六七六"形式，也以六言句居多；《清平乐》这个词牌，为"四七七六，六六六六"的形式，下片是四句六言句，几乎就是一首完整的六言诗。据统计，龙榆生的《唐宋词格律》所收153个词调中，"含六言律句者91调，几乎占总数的十分之六"①。任汸、武涉仁的《宋词全集》②，收词牌1107个，"宋词的精华已尽入其中"（序语）。书中统计1107个词牌中，出现频率最高、作品数量最多的前十名词牌依次是：1. 浣溪沙。2. 水调歌头（含六言句）。3. 鹧鸪天。4. 临江仙。5. 念奴娇（含六言句）。6. 菩萨蛮。7. 西江月（几乎全部是六言）。8. 满江红。9. 点绛唇。10. 清平乐（下片是四句六言）。这个统计说明六言句在词里的运用是相当频繁的。

第四节　以六言诗为词的观念

《尊前集》将《三台》当作词体收录了，因此《三台春》也被《全宋词》收录。沈括《开元乐词》明确将六言绝标明为词体。张宗橚将葛长庚的六言绝当作《三台令》，都是把六言诗看作词体。

中古四言诗逐渐引退，五言、七言诗的地位确定之后，六言诗一直若隐若现，不绝如缕，其地位既无法与五言、七言诗抗衡，又不像八言、九言诗极其罕见，当然也不像四言诗曾有诗坛正宗的地位，因此，六言诗的地位是相当尴尬的，有点"妾身未分明"的意味。唐代词体尚未大兴，关于六言诗为诗为词尚无异说；在宋代词体大兴之后，就有不少人认为六言诗是词。比如将《谪仙怨》算作词③；将《三台》收入《尊前集》；沈括的六言绝，《侯鲭录》视为词体④。这种将六言诗视为词体的观念，后世代有其人。杨慎创作的六言诗题作《长干三台》，清代张宗橚将一首六

---

① 韩经太：《词体：两大声律系统的复合》，《文学遗产》1994年第5期，第63页。
② 任汸、武涉仁编选：《宋词全集》，国际文化出版公司1995年版。
③ 清代徐立本《词律拾遗》对于《谪仙怨》曰："本唐时乐府新声，后用以填词。"说明《谪仙怨》后来被当成词调了。
④ （宋）赵令畤撰：《侯鲭录》卷七，中华书局2004年版，第170页"沈存中开元乐词"条："沈存中元丰中入翰林为学士，有开元乐词四首，裕陵赏爱之。词云：'鹳雀楼头日暖……'"

言绝看作《三台令》词，即是不安于其为诗的一种表现。《全唐诗》将六言的《回波乐》《舞马辞》《三台》《谪仙怨》《广谪仙怨》都当作词（《全唐诗》从卷八八九开始为"词"，"词二"收录了这些作品）。《全宋词》将《三台春》作词收入。《六言诗三百首》将一首顾况的六言绝《归山》（一说是张继作）题为李煜《开元乐》。虽然作为六言诗收录，然题为《开元乐》，而《开元乐》宋人认为是词牌，说明编者观念中六言诗与词的界限并不分明。

明代吴讷的《文章辨体序说》，在"古诗""律诗""排律"中都未列六言，在"绝句"中提到了六言绝[1]。明代徐师曾的《文体明辨序说》，列了"四言古诗""五言古诗""七言古诗""近体歌行""近体律诗""排律诗""绝句诗"。在这些之外，单列了"六言诗"，暗示六言诗与四言、五言、七言诗的"级别"不同。

明代汤显祖《玉茗堂评花间集序》："尝考唐调所始，必以李太白《菩萨蛮》《忆秦娥》及杨用修所传《清平乐》为开山，而陶弘景之《寒夜吟》、梁武帝之《江南弄》、陆琼之《饮酒乐》、隋炀帝之《望江南》又为太白开山。"[2] 清代刘熙载《艺概》卷四仿此："梁武帝《江南弄》、陶弘景《寒夜怨》，陆琼《饮酒乐》，徐孝穆《长相思》，皆具词体，而堂庑未大。至太白《菩萨蛮》之繁情促节，《忆秦娥》之长叹远慕，遂使前此诸家，悉归环内。"[3] 汤、刘二人所举的梁武帝《江南弄》、陶弘景《寒夜怨》，徐孝穆《长相思》、隋炀帝《望江南》，都是长短句体；谓已具词体，认为是词体的滥觞，这也是当代词学家尚在探讨的命题；独有《饮酒乐》乃是齐言，并非长短句，二人却认为是词体，说明六言诗在古人分类观念中这种模棱两可，无固定归着的地位。

---

[1] （明）吴讷：《文章辨体序说》；（明）徐师曾：《文体明辨序说》，人民文学出版社1962年版，第57页。

[2] 徐朔方笺校：《汤显祖全集》第五十一卷，北京古籍出版社1998年版，第1648页。

[3] 刘立人、陈文和点校：《刘熙载集·艺概》卷四，华东师范大学出版社1993年版，第133页。

参考文献

一 基本文献

（魏）曹操、曹丕著，黄节校注：《魏武帝魏文帝诗注》，人民文学出版社1958年版。

（魏）曹植著，赵幼文校注：《曹植集校注》，人民文学出版社1998年版。

（晋）陆机撰，张少康集释：《文赋集释》，上海古籍出版社1984年版。

（晋）陆机著，金涛声点校：《陆机集》，中华书局1982年版。

（宋）谢灵运著，李运富编注：《谢灵运集》，岳麓书社1999年版。

（宋）释道原著：《景德传灯录》，上海书店出版社1985年版。

（梁）沈约：《宋书》，中华书局1974年版。

（梁）钟嵘撰，陈延杰注：《诗品注》，人民文学出版社1961年版。

（梁）慧皎等撰：《高僧传合集》，上海古籍出版社1991年版。

（梁）刘勰著，詹锳义证：《文心雕龙义证》，上海古籍出版社1989年版。

（梁）萧子显撰：《南齐书》，中华书局1972年版。

（北齐）魏收：《魏书》，中华书局1974年版。

（唐）杜佑：《通典》，浙江古籍出版社1988年版。

（唐）姚思廉：《陈书》，中华书局1972年版。

（唐）李百药：《北齐书》，中华书局1972年版。

（唐）李延寿：《南史》，中华书局1975年版。

（唐）李延寿：《北史》，中华书局1974年版。

（唐）令狐德棻等：《周书》，中华书局1971年版。

（唐）魏征等撰：《隋书》，中华书局1973年版。

（唐）刘肃：《大唐新语》，中华书局1984年版。

（后晋）刘昫等撰：《旧唐书》，中华书局1975年版。

（宋）欧阳修等：《新唐书》，中华书局1975年版。

（宋）王溥撰：《唐会要》，王云五《丛书集成初编》，商务印书馆1936年版。

（宋）郭茂倩编：《乐府诗集》，中华书局1979年版。

（宋）李昉等：《太平御览》，商务印书馆民国十八年影印本。

（宋）黄庭坚著，（宋）任渊等注，刘尚荣点校：《黄庭坚诗集注》，中华书局2003年版。

（宋）刘克庄：《后村诗话》，中华书局1983年版。

（元）虞集著，王颋点校：《虞集全集》，天津古籍出版社2007年版。

（元）方回：《瀛奎律髓》，黄山书社1994年版。

（明）汤显祖著，徐朔方笺校：《汤显祖全集》，北京古籍出版社1998年版。

（明）高棅编选：《唐诗品汇》，上海古籍出版社1982年版。

（明）赵宧光、黄习远编订，刘卓英校点：《万首唐人绝句》，书目文献出版社1983年版。

（清）严可均辑：《全晋文》，商务印书馆1999年版。

（清）彭定求等：《全唐诗》，中华书局1960年版。

（清）董诰等编：《全唐文》，中华书局1983年版。

（清）杜文澜辑：《古谣谚》，中华书局2000年版。

（清）胡凤丹辑，许逸民校点：《六朝四家全集》，辽宁教育出版社2000年版。

（清）刘熙载著，刘立人、陈文和点校：《刘熙载集》，华东师范大学出版社1993年版。

傅璇琮等主编：《全宋诗》，北京大学出版社1996年版。

唐圭璋编纂，王仲闻参订，孔凡礼补辑：《全宋词》，中华书局1999年版。

薛瑞兆，郭明志编纂：《全金诗》，南开大学出版社1995年版。

陈书良等编校：《六朝十大名家诗》，岳麓书社2000年版。

《影印文渊阁四库全书》，台北商务印书馆1986年版。

逯钦立辑校：《先秦汉魏晋南北朝诗》，中华书局 1983 年版。

王云五：《丛书集成初编》，商务印书馆 1939 年版。

历代学人撰：《笔记小说大观二十二编》，台北新兴书局有限公司 1975 年版。

上海古籍出版社编：《唐五代笔记小说大观》，上海古籍出版社 2000 年版。

二　研究专著

（唐）徐坚等：《初学记》，中华书局 1962 年版。

（宋）晁公武撰，孙猛校证：《郡斋读书志校证》，上海古籍出版社 1990 年版。

（宋）洪迈：《容斋随笔》，上海古籍出版社 1978 年版。

（宋）何汶撰，常振国、绛云点校：《竹庄诗话》，中华书局 1984 年版。

（宋）胡仔：《苕溪渔隐丛话》，《丛书集成初编》，商务印书馆 1937 年版。

（宋）魏庆之编：《诗人玉屑》，上海古籍出版社 1959 年版。

（宋）赵令畤等撰，孔凡礼点校：《侯鲭录·墨客挥犀·续墨客挥犀》，中华书局 2004 年版。

（明）胡应麟：《诗薮》，上海古籍出版社 1979 年版。

（明）胡震亨：《唐音癸签》，上海古籍出版社 1981 年版。

（明）黄凤池等辑：《六言唐诗画谱》，缩印青岛市博物馆明代原刻本，文物出版社 1982 年版。

（明）杨慎，王仲镛笺证：《升庵诗话》，上海古籍出版社 1987 年版。

（明）许学夷：《诗源辩体》，人民文学出版社 1987 年版。

（明）谢榛：《四溟诗话》，人民文学出版社 1961 年版。

（明）吴讷：《文章辨体序说》；（明）徐师曾著：《文体明辨序说》，人民文学出版社 1998 年版。

（清）何文焕辑：《历代诗话》，中华书局 1981 年版。

（清）董文焕：《声调四谱》，台北广文书局 1974 年版。

（清）王夫之等编：《清诗话》，上海古籍出版社 1999 年版。

（清）王尧衢注：《唐诗合解笺注》，河北大学出版社 2000 年版。

参考文献

丁福保辑：《历代诗话续编》，中华书局1983年版。
郭绍虞编：《清诗话续编》，上海古籍出版社1983年版。
陈伯海编：《唐诗汇评》，浙江教育出版社1995年版。
程毅中主编：《宋人诗话外编》，国际文化出版公司1996年版。
（元）杨士弘编，（明）张震辑注，（明）顾璘评点，陶文鹏、魏祖钦点校：《唐音评注》，河北大学出版社2006年版。
任半塘：《教坊记笺订》，中华书局1962年版。
任半塘：《唐声诗》，上海古籍出版社1982年版。
施蛰存：《唐诗百话》，上海古籍出版社1987年版。
史双元编著：《唐五代词纪事会评》，黄山书社1995年版。
孙昌武：《佛教与中国文学》，上海人民出版社1988年版。
邱明洲：《中国佛教史略》，四川省社会科学院出版社1986年版。
游彪：《宋代寺院经济史稿》，河北大学出版社2003年版。
曹刚华：《宋代佛教史籍研究》，华东师范大学出版社2005年版。
谭家健：《骈体文综论》，燕山出版社2002年版。
王国维：《词录》，学苑出版社2003年版。
王瑶：《中古文学史论》，北京大学出版社1986年版。
王钟陵：《中国中古诗歌史》，江苏教育出版社1988年版。
王运熙：《乐府诗述论》，上海古籍出版社1996年版。
王运熙：《汉魏六朝唐代文学论丛》，复旦大学出版社2002年版。
王力：《汉语诗律学》，上海教育出版社2005年版。
启功：《诗文声律论稿》，中华书局2001年版。
启功：《汉语现象论丛》，中华书局1997年版。
易闻晓：《中国诗句法论》，齐鲁书社2005年版。
冯胜利：《汉语的韵律、词法与句法》，北京大学出版社1992年版。
吴洁敏、朱宏达：《汉语节律学》，语文出版社2001年版。
鄢化志：《中国古代杂体诗通论》，北京大学出版社2001年版。
褚斌杰：《中国古代文体概论（增订本）》，北京大学出版社1990年版。
杨仲义、梁葆莉：《汉语诗体学》，学苑出版社2000年版。
王昆吾：《唐代酒令艺术》，东方出版中心1995年版。
王小盾：《隋唐五代燕乐杂言歌辞研究》，中华书局1996年版。

杨晓霭：《宋代声诗研究》，中华书局2008年版。

汪涌豪、骆玉明主编：《中国诗学》，东方出版中心1999年版。

吴世昌：《罗音室学术论著第一卷·文史杂著》，中国文艺联合出版公司1984年版。

谢无量编：《中国大文学史》，中州古籍出版社1992年据1918年中华书局本影印。

龙榆生：《中国韵文史》，上海古籍出版社2002年版。

林传甲、朱希祖、吴梅著，陈平原辑：《早期北大文学史讲义三种》，北京大学出版社2005年版。

林庚：《中国文学史》，鹭江出版社2004年版。

柳存仁等：《中国大文学史》，上海书店出版社2001年版。

刘大杰：《中国文学发展史》（新二版），上海古籍出版社1997年版。

刘师培：《中国中古文学史讲义》，上海古籍出版社2000年版。

陆侃如、冯沅君：《中国诗史》，山东大学出版社2000年版。

萧涤非：《汉魏六朝乐府文学史》，人民文学出版社1984年版。

莫林虎：《中国诗歌源流史》，中国社会科学出版社2001年版。

马积高：《赋史》，上海古籍出版社1987年版。

萧艾辑注：《六言诗三百首》，中州古籍出版社1987年版。

徐公持：《魏晋文学史》，人民文学出版社1999年版。

郑宾于：《中国文学流变史》，中州古籍出版社1991年影印1936年北新书局本。

郑振铎：《中国文学史》，团结出版社2006年版。

［日］泽田总清源：《中国韵文史》，商务印书馆1937年2月第一版，1998年4月影印第一版。

李日刚：《中国诗歌流变史》，台北文津出版社1987年版。

李维：《诗史》，东方出版社1996年版。

李炳海：《民族融合与中国古代文学》，东北师范大学出版社1997年版。

刘逸生：《宋词小札》，广东人民出版社1981年版。

罗根泽：《乐府文学史》，东方出版社1996年版。

罗宗强、郝世峰主编：《隋唐五代文学史》，高等教育出版社1990年版。

罗宗强：《隋唐五代文学思想史》，中华书局1999年版。

罗宗强、陈洪主编：《中国古代文学发展史》，南开大学出版社2003年版。

章培恒、骆玉明主编：《中国文学史》，复旦大学出版社1996年版。

张松如：《中国诗歌史论》，吉林大学出版社1985年版。

壮子选注：《历代六言诗选注》，大连出版社1991年版。

游国恩主编：《中国文学史》，人民文学出版社1963年版。

袁行霈主编：《中国文学史》，高等教育出版社1999年版。

曹道衡、沈玉成：《南北朝文学史》，人民文学出版社2006年版。

杜晓勤：《隋唐五代文学研究》，北京出版社2001年版。

郭预衡：《中国古代文学史》，上海古籍出版社1998年版。

胡适：《白话文学史》，岳麓书社1986年版。

胡云翼：《胡云翼重写文学史》，华东师大出版社2004年版。

贺严：《清代唐诗选本研究》，人民出版社2007年版。

岳珍：《碧鸡漫志校正》，巴蜀书社2000年版。

［美］爱德华·谢弗著，吴玉贵译：《唐代的外来文明》，陕西师范大学出版社2005年版。

三 研究论文

葛晓音：《先唐杂言诗的节奏特征和发展趋向》，《文学遗产》2008年第3期。

韩经太：《词体：两大声律系统的复合》，《文学遗产》1994年第5期。

［韩］姜必任：《庾信对北朝文化环境的接受》，《文学遗产》2001年第5期。

李乃龙：《游戏性与严肃性的统一——论连珠的文体特征与陆机的〈演连珠〉》，《广西师范大学学报》（哲学社会科学版）2007年第4期。

林亦：《论六言诗的格律》，《文学遗产》1996年第1期。

刘继才：《论唐代六言近体诗的形成及其影响》，《文学遗产》1988年第2期。

葛晓音：《关于诗型与节奏的研究——松浦友久教授访谈录》，《文学遗产》2002年第4期。

卫绍生：《六言诗体研究》，《中州学刊》2004 年第 5 期。

卫绍生：《六言诗为何未能广为流行——兼及六言诗的评价问题》，《中州学刊》2006 年第 2 期。

[日] 小川环树：《敕勒之歌——它的原来的语言与在文学史上的意义》，《北京大学学报》1982 年第 1 期。

俞樟华、盖翠杰：《论古代六言诗》，《文学评论》2002 年第 5 期。

易闻晓：《诗与骈文句式比较》，《贵州师范大学学报》2006 年第 6 期。

周裕锴：《宋代六言绝句的绘画美和建筑美》，《吉首大学学报》2004 年第 2 期。

周萌：《六朝诗赋观考辨》，《深圳大学学报》2007 年第 5 期。

葛晓音：《初盛唐清乐从属关系质疑》，《北京大学学报》（哲学社会科学版）1994 年第 4 期。

葛晓音：《盛唐清乐的衰落和古乐府诗的兴盛》，《社会科学战线》1994 年第 4 期。

刘小龙：《清乐大曲究竟有多少》，《中央音乐学院学报》1999 年第 2 期。

汪聚应：《诗乐离合与词体确立》，《陕西师范大学学报》（哲学社会科学版）2000 年第 4 期。

李石根：《法曲辩》，《交响》2002 年第 2 期。

李昌集：《华乐、胡乐与词：词体发生再论》，《文学遗产》2003 年第 6 期。

李昌集：《"苏幕遮"的乐与辞——胡乐入华的个案研究与唐代曲子辞的声、词关系探讨》，《中国文化研究》2004 年夏之卷。

岳珍：《关于"词起源于隋唐燕乐"的再思考》，《文学遗产》2004 年第 5 期。

李昌集：《"词体发生于民间"与"词起源于隋唐燕乐"——答岳珍学友商榷文》，《徐州师范大学学报》（哲学社会科学版）2005 年第 3 期。

李昌集：《词之起源——一个千年学案的当代反思》，《文学评论》2006 年第 3 期。

洛地：《板眼—节奏—句乐》，《中国戏曲学院学报》2006 年第 1 期。

郑祖襄：《唐宋"雅、清、燕"三乐辨析》，《音乐研究》2007 年第

1期。

赵雷、李文倩：《四言诗与雅乐的离合——从诗乐分离的角度考察四言诗衰落的原因》，《学术交流》2008年第2期。

吴鸿雅：《弦管拍板的繁衍、传播及其思想意义》，《自然辩证法研究》2008年第2期。